OEUVRES

DE

A. V. ARNAULT.

IMPRIMÉ PAR LACHEVARDIÈRE FILS,
rue du colombier, n. 30

OEUVRES

DE

A. V. ARNAULT,

DE L'ANCIEN INSTITUT DE FRANCE, ETC., ETC.

CRITIQUES

PHILOSOPHIQUES ET LITTÉRAIRES.

TOME I.

PARIS,

BOSSANGE, LIBRAIRE,

RUE CASSETTE, N. 22.

LEIPZIG,

MÊME MAISON, REICHS STRASSE

1827.

PRÉFACE.

Si un homme de soixante ans avait tenu note de toutes les réflexions que lui auraient suggérées les divers objets offerts à son attention, il aurait fait, sans y songer, un livre énorme, une espèce d'encyclopédie. Mais qui diable songe à cela?

La main est paresseuse, si l'esprit est prompt; et, pour une main paresseuse, c'est une chose si pesante qu'une plume, une chose si laborieuse que l'action d'écrire!

Des circonstances impérieuses peuvent seules déterminer un homme à enregistrer, sans l'intention de faire un livre,

tout ce que le caprice lui dicte sur tout ce
que lui présente le hasard.

C'est ce qui est arrivé à l'auteur de ces
fragments. Rêveur de sa nature, mais de
sa nature paresseux aussi, il n'aurait jamais songé à jeter ses rêveries sur le papier, s'il n'y avait été amené par un fait
très indépendant de sa volonté, la perte
absolue de sa fortune.

Contraint à la chercher désormais dans
son écritoire, il s'engagea à coopérer à la
confection de plusieurs feuilles périodiques.
Ce n'était pas toutefois dans la bande des
Des Fontaines, des Fréron, des Geoffroy,
qu'il entendait s'enrôler.

Pénétré de l'excellence de la maxime consignée dans le livre par excellence, « *Noli*
» *judicare, ut non judicemini,* Ne jugez pas,
» si vous ne voulez pas être jugé[1], » il se

_____

[1] *Évang. sec. Matth., c. VII, v. 1.*

refusait à porter des jugements sur les hommes. On l'invita à publier ses opinions sur les choses. Ce travail lui plut. Il s'y livra par amusement autant au moins que par spéculation.

Loin de songer cependant à réunir ses rapsodies éparses dans des feuilles étrangères, auxquelles plusieurs feuilles françaises les empruntaient journellement, il doutait qu'un recueil formé de tant d'objets incohérents pût obtenir quelque succès, quand d'honnêtes gens se sont fait un plaisir de le désabuser. Publiant, sans son aveu, malgré son opposition même, une partie des articles qu'il avait fait insérer dans *le Libéral* de Bruxelles, ils l'ont mis à même de reconnaître que la lecture n'en était pas désagréable au public, et qu'une édition revue et corrigée de cette collection pourrait être accueillie avec bienveillance.

Ce sont ces pièces, réunies à d'autres fragments inédits, qu'il publie aujourd'hui sous un titre commun.

Ce livre n'est pas le fruit de la combinaison; ce n'est pas un livre fait avec méthode, mais un composé de pièces hétérogènes, classées sans ordre nécessaire, se suivant sans se lier, se touchant sans s'appuyer. Nous serions étonnés néanmoins qu'on ne reconnût pas le même esprit dans ces divers produits d'une même manière de voir.

Les travers, les vices de l'humanité y sont fréquemment signalés par un homme qui a été plus d'une fois en frottement avec eux. Mais il les signale, à ce qu'il nous semble, avec plus de gaieté que d'humeur, et montre pour les méchants eux-mêmes moins de haine que de pitié. Ce dernier sentiment est, au reste, celui qui finit par l'emporter dans les esprits justes. Plus on étudie l'homme, qui n'est pas toujours bon, plus on reconnaît qu'il est plus faible encore que pervers. Cette conviction une fois acquise, ce qui paraissait odieux ne paraît plus que ridicule.

Cela explique comment on peut rire en parlant de choses peu plaisantes; mais qu'on ne s'y trompe pas, ce rire n'est rien moins que l'expression de la gaieté. Cela explique aussi comment à un certain âge on se montre moins sévère ; mais qu'on ne se trompe pas non plus sur la nature de cette indulgence, ce n'est pas celle que l'espérance accorde à l'homme qui peut se corriger.

Avant de clore cette préface, consignons-y une déclaration. Parmi les noms qui se reproduisent dans les pages de ce recueil, il en est qui n'appartiennent qu'à des personnages fictifs. Nous protestons, pour l'au-

teur, contre toute interprétation qui ferait
application à des individus réels des faits
où ces noms figurent. Ces noms ne désignent pas plus des personnages de notre
temps que les noms de *Ménalque* et de
Nicandre, dans le livre de La Bruyère,
ne désignent des personnages du siècle de
Louis XIV.

MON

PORTE-FEUILLE.

MON
PORTE-FEUILLE.

DE LA VANITÉ.

De tous les legs qui nous aient été faits par notre père commun, c'est celui qui a été partagé le plus également entre ses descendants. Il n'en est pas de la *vanité* comme du *mérite,* personne n'en manque; et la plupart du temps la distribution de la *vanité* semble avoir été faite en raison inverse de celle du *mérite,* ce qui fait compensation.

Vanité vient du mot latin *vanitas,* dont le synonyme en cette langue est *inanitas,* vide, inanition, *inanité* (qui n'est pas français).

Vanité se dit en français des sentiments et des objets, de ce besoin d'être remarqué qui nous fait aspirer à des succès frivoles, et de ces difficultés oiseuses, de ces inutilités brillantes que nous affrontons, que nous poursuivons si souvent, dans l'espoir de quelque renommée.

Il se dit aussi du sentiment qu'inspire cette sorte de succès, comme de celui qui nous y fait aspirer; de la conséquence, comme du principe. Bassompierre boit par *vanité* tout le vin que sa botte peut contenir, et tire *vanité* d'avoir bu tout le vin que sa botte a contenu.

Appliqué aux choses, ce mot désigne quelquefois celles qui, malgré leur importance apparente, n'ont qu'une valeur passagère en éclat comme en durée. Les succès, les grandeurs périssables de ce monde, les victoires, les couronnes académiques, les couronnes royales, sont ainsi désignées par des sages, entre lesquels on compte des rois et même des académiciens. C'est dans ce sens

> Que Salomon, ce sage fortuné,
> Roi philosophe et Platon couronné,

s'écriait, comblé des biens d'ici-bas : *Vanitas vanitatum, omnia vanitas! Vanité des vanités, tout n'est que vanité!*

Il est fâcheux que nous n'ayons pas en français l'équivalent du mot latin *inanitas, chose vide, nulle, vaine, inanité :* il conviendrait à merveille pour exprimer l'objet que poursuit la *vanité.* Cicéron n'emploie pas indifféremment ces mots *inanitas* et *vanitas.* Salomon, penseur tout aussi profond, ne serait-il pas aussi bon écrivain ? Peut-être le mot *inanitas* manque-t-il en hébreu comme en français. Peut-être, enfin, le tort du philosophe juif n'est-il que celui de ses traducteurs; ce ne serait pas le premier tour de cette espèce que ces messieurs auraient joué à leur original.

Ce mot *vanité* doit avoir eu, dans son origine, quelque analogie avec le mot *vent*, dont il rappelle quelques propriétés. Tout en laissant aux glossateurs, aux étymologistes, la décision de cette question, je les prierai de ne pas oublier que l'homme vain est appelé par le latin, *homo ventosus, homme rempli de vent. Homo captus aurâ frivolâ; homme* trompé, séduit, saisi, occupé, dominé *par un souffle léger.*

La *vanité*, comme objet, est la bulle de savon : à nos yeux, c'est un corps enrichi des couleurs les plus brillantes; sous nos doigts, ce n'est rien.

La *vanité,* comme sentiment, est celui qu'éprouve l'enfant, soit lorsque son souffle enfle cette bulle, soit lorsque, de ce même souffle, il la force à s'élever *si haut,* c'est-à-dire au-dessus de sa tête, c'est-à-dire à quatre pieds de terre.

C'est une singulière passion que cette *vanité!* elle semble n'avoir que la grandeur pour objet, et cependant elle rapetisse tout, même ce qui est petit.

Rien de petit comme ces colosses inutiles, comme ces ambitieuses pyramides qui surchargent le sol de Memphis. Que disaient-elles, que disent-elles aux générations? Qu'on a épuisé l'Égypte d'hommes, de pierres et d'ognons, pour élever, à je ne sais quel roi, un tombeau, qui ne conserve ni le corps ni le nom de son fondateur.

La *vanité* qui a construit la pyramide de *Rhodope* la *courtisane* se rattache à des souvenirs moins tristes. Cette honnête femme avait fait un grand nombre d'heu-

reux, si l'on juge de la quantité des contribuables par
le produit de la contribution. Je ne le lui reproche pas;
mais, entre nous, peut-on s'empêcher de rire de la *vanité* qui lui a empêché de voir qu'en nous mettant à
même d'estimer le nombre des sots qu'elle a rencontrés,
elle nous donne occasion d'estimer le nombre des sottises qu'elles a faites?

Les grands monuments de l'Égypte sont ces puits
creusés par Joseph pour le besoin du peuple; cette bibliothèque où les Ptolémées offraient aux savants de
tous les pays les travaux des savants de tous les âges; ces
canaux ouverts par des rois bienfaisants pour les besoins
de l'agriculture et du commerce. Si les colosses et les
pyramides ont été élevés des mains de la *vanité*, ces
monuments-là ne sont dus qu'aux mains de l'utilité : à
eux seuls doit s'attacher la gloire.

C'est un véritable protée que la *vanité*. Elle prend
toutes les formes et tous les noms, comme elle produit
tous les effets, depuis le plus plaisant jusqu'au plus
terrible; c'est la poudre, qui n'est pas moins propre à
accroître les horreurs d'un combat que les agréments
d'une fête, et qui provoque le deuil ou la joie, suivant
qu'elle est employée par l'artilleur ou l'artificier.

Que de maux n'ont pas été enfantés par la *vanité*
des maîtres du monde! *Vanité* qui trop souvent les a
portés à la tyrannie par les motifs les plus opposés,
par un excès de mépris, comme par un excès d'estime
pour le genre humain; par cette persuasion que trop

de gens valaient mieux qu'eux, ou que tous valaient moins.

Cette dernière manière de voir fut une des causes du despotisme injurieux de Tibère, qui s'est montré plus cruel envers les hommes à mesure qu'il les méprisa davantage; l'autre explique en grande partie la cruauté de Domitien, qui, au contraire, exécrait les hommes en raison de ce qu'il les estimait plus.

La *vanité* de Tibère, qui, sous tous les rapports, se croyait le premier personnage de l'empire, n'épargnait pas dans ses caprices des hommes qu'il méprisait. La *vanité* de Domitien sacrifiait dans ses calculs tout homme qui, par une supériorité quelconque, empêchait qu'il ne fût, sous ce rapport, comme par son rang, le premier personnage de l'empire. L'un croyait posséder la grandeur; l'autre voulait l'atteindre, et, ne pouvant s'élever jusqu'à elle, tentait de la rabaisser jusqu'à lui.

La *vanité* de pareils princes s'appelle *fierté* ; mais qu'on n'aille pas se méprendre ici sur le vrai sens de ce mot : qu'on se souvienne ou qu'on apprenne qu'il désigne ce mélange d'orgueil ou de cruauté dont se compose le caractère du tigre, et qu'il se rend en latin par le mot *ferocitas*, férocité.

Mais laissons la férocité, la fierté, la *vanité* de ces monstres. Les vices des rois, leurs défauts même fournissent rarement de quoi rire : rentrons, pour nous égayer, dans une sphère moins élevée, et voyons ce que c'est que la *vanité* dans le commun des hommes.

On la retrouve dans tous les sexes et dans toutes les conditions : oui, lecteurs, dans tous les sexes, soit simples, soit composés, soit neutres même, et dans toutes les conditions, depuis celle du duc et pair jusqu'à celle de capucin ; depuis celle de cardinal jusqu'à celle de journaliste.

La *vanité* prend, suivant les formes qu'elle affecte, des noms différents.

Dans l'auteur qui dit tout hautement tout le bien qu'il pense de lui-même, elle s'appelle simplicité, bonhomie ; dans le militaire qui exalte son courage, amplifie ses prouesses, sincérité, franchise ; dans ces moralistes de toutes robes, qui, infatués de leur perfection, reprennent, relèvent, gourmandent si durement les défauts d'autrui, sévérité, véracité ; dans le magistrat qui persiste par obstination dans une opinion embrassée sans réflexion, rigidité, fermeté ; dans la femme qui, faisant deviner ce qu'elle ne montre pas, a le talent de ne rien cacher, modestie ; enfin, dans le frère quêteur, orgueilleux de son froc et de sa besace, fier dans la crasse et dans la gueuserie, humilité.

Ce genre de *vanité* est plus vieux que l'ordre séraphique. La *vanité* d'Antisthènes se faisait voir *à travers les trous de son manteau*, disait Socrate.

Cette *vanité*-là fait pitié, ainsi que celle du moraliste ; celle du magistrat fait horreur. Il est rare qu'on n'ait pas quelque indulgence pour la *vanité* des femmes. La *vanité* des militaires est assez amusante, pour peu qu'ils soient gascons; quant à celle d'un auteur, elle n'offense pas toujours les auteurs eux-mêmes.

Qui jamais s'est choqué de la préférence que Lemierre donnait à ses vers sur tous les vers faits et à faire? Quel académicien reprochera jamais à un homme de lettres, qui a plus de talents que Lemierre peut-être, et sûrement ne s'estime pas moins, ce mot si naïf qui lui échappa en passant devant la porte de l'académie : *Il n'y a là que des imbéciles. et je n'en suis pas!* Dans les formes que la *vanité* affecte, n'oublions ni l'impassibilité de tant de gens, ni la sensibilité de tant d'autres; sous cette dernière forme, elle est plaisante quand elle n'ennuie pas. Nous nous en occuperons dans un chapitre à part. Il y a matière.

La *vanité* produit souvent dans le même homme les effets les plus contradictoires; ce besoin d'occuper l'attention publique a porté plus d'une personne à montrer un grand dédain pour les objets que le public prise le plus, et qu'elles avaient poursuivis d'abord avec le plus d'ambition. Ne se manifeste-t-elle pas dans ce dégoût que le cardinal de Retz affectait pour le chapeau, Christine pour la couronne, et Chamfort pour le fauteuil?

Et monté sur le faîte, il aspire à descendre.

La *vanité* porte un homme à égaler aux plus grands mérites celui par lequel il a réussi dans de petites choses; comme à se prévaloir de petits avantages dans une condition supérieure, avec laquelle ils font souvent disparate.

Le vieux Vestris mettait la danse au premier rang parmi les arts, et se plaçait sans façon à la tête des grands hommes du siècle, entre Frédéric et Voltaire. Néron était plus fier de son talent de comédien que du trône des Césars. Ses derniers regrets portèrent moins sur la puissance qui lui échappait que sur la perte que les arts faisaient par sa mort. *Qualis artifex pereo! quel artiste va mourir en moi!* disait-il en essayant la pointe du poignard qui allait venger le monde.

La *vanité* se pardonne facilement quand elle se borne à donner à un homme une idée exagérée de son mérite; mais elle est intolérable quand elle le porte à rabaisser le mérite d'autrui, et surtout à le persécuter. Henri VIII, argumentant contre un pédagogue, est ridicule; mais quand il le jette au feu après l'avoir mis *à quia,* il est atroce.

C'est une vanité de ce genre que celle qui fait faire à quelques femmes des caquets, à quelques auteurs des satires, à quelques journalistes des articles. Elle a pris alors le caractère et les habitudes de l'envie; comment se fait-il qu'elle se soit trouvée quelquefois alliée, dans des âmes supérieures, à l'amour de la gloire? Ce n'est pas là l'émulation, noble sentiment qui, engendré par les grandes actions, les engendre à son tour; ce n'est pas là cette généreuse inquiétude qui, à chaque victoire de Miltiade, renouvelait les insomnies de Thémistocle : mais l'obscure malveillance dont était tourmenté ce rustre qui votait l'exil d'Aristide, fatigué qu'il était de l'entendre sans cesse appeler *juste.*

La *vanité* n'est pas moins disposée à repousser les conseils qu'à les donner; de là cette guerre éternelle entre la vieillesse et la jeunesse, les bonnes et les enfants, les auteurs et les critiques. Disons pourtant que les critiques n'ont pas toujours tort, et que les auteurs n'ont pas toujours raison. Il y a certes beaucoup de *vanité* dans cet écolier qui débute par s'ériger en critique des auteurs qui seraient ses maîtres; mais il n'y a pas moins de *vanité* dans cet auteur qui, en sortant du collége, se tient pour offensé des observations qui lui sont faites par un émérite blanchi dans l'étude du bon et du beau.

Le mot *vanité*, dans les prosateurs, semble ne pouvoir être pris qu'en mauvaise part; dans les poëtes, il supplée quelquefois les mots gloire, orgueil.

Le plus parfait des poëtes dit, dans le plus parfait de ses ouvrages :

> Oui, ma juste fureur, et j'en fais *vanité*,
> A vengé mes parents sur ma postérité.
>
> RACINE, *Athalie.*

Le plus spirituel des hommes d'esprit dit, dans un billet adressé à Néricault Destouches :

> Mais je sentirai plus encore
> De plaisir que de *vanité.*
>
> VOLTAIRE.

C'est un des priviléges de la poésie que de donner

ainsi un nouveau sens aux mots. Mais remarquons que ces mots sont encadrés de manière à préciser la nouvelle signification qu'on leur attribue, et que c'est parcequ'ils sont entourés de tous les accessoires qui accompagnent le mot propre, qu'ils en ont accidentellement toute la valeur.

Encore quelques mots, non sur le mot, mais sur la chose.

La *vanité* peut pousser avec une égale violence, dans le bien ou dans le mal, l'être qui en est tourmenté; que de monuments et que de ruines attestent cette vérité! L'homme qui veut absolument faire parler de lui est tout prêt à brûler le temple d'Ephèse, s'il n'a pas les moyens de le bâtir.

Combien de bons cœurs ont fait le mal par *vanité!* Disons, en compensation, que, par *vanité,* les méchants ont quelquefois fait le bien.

Rien de comique comme la *vanité* dans une situation ou dans une condition qui commande la vertu contraire. Un prélat qui officiait, scandalisé moins de ce qu'on n'écoutait pas *la* messe que de ce qu'on n'écoutait pas *sa* messe: *Quand ce serait un laquais qui vous la dirait!* s'écrie-t-il en se retournant vers l'*irrévérencieux* auditoire.

La Bruyère eût recueilli ce trait; il eût recueilli sans doute aussi l'acte de contrition suivant; il est d'un grand seigneur, qui, pour l'édification du prochain, le récitait de manière à être entendu:

« Mon Dieu! vous voyez devant vous le plus grand
« pécheur du monde, monseigneur le maréchal duc de...,
« chevalier des ordres du roi, chevalier de la Toison-
« d'Or, duc et pair de France, grand d'Espagne de la
« première classe, gouverneur pour le roi des provinces
« de... et de..., baron de..., comte de..., marquis de...,
« marguillier d'honneur à Saint-Roch, etc. » Le même
dévot ne communiait qu'avec des hosties à ses armes; et
portait son nom écrit sous ses talons avec des clous dorés, afin qu'on sût, quand il était à genoux, combien de
dignités il humiliait en sa seule personne.

Le Dante, avec toute sa sévérité, eût sans doute
répugné à colloquer un pareil chrétien en enfer, qui
doit lui être fermé par une contrition aussi parfaite;
mais où est en paradis la place d'une si singulière humilité?

LES PIGEONS.

Nous ne faisons pas ici un article de science, mais un
chapitre d'histoire. C'est dans ses rapports avec les hommes
seulement que nous allons parler du pigeon.

La grâce de ses formes, la douceur de ses mœurs,
l'innocence de son caractère, ont évidemment destiné
cet oiseau à être un messager de paix et d'amour. Aussi
les poètes, qui donnent à Jupiter l'aigle pour mon-

ture, à Junon les paons pour cortége, n'ont-ils pas manqué d'atteler les colombes au char de la déesse de la beauté.

Mais laissons la fable et les fictions, et cherchons au pigeon, dans la vérité, des titres d'une gloire plus solide. Nous les trouverons dans la Bible même.

Dès l'époque du déluge, il devient l'interprète de la réconciliation de Dieu avec l'homme. C'est la colombe qui apporte à Noé la nouvelle de la résurrection de la nature. Le rameau d'olivier qu'elle tient en son bec prouve à ce patriarche que la colère céleste est désarmée, et qu'elle a consenti à sauver de l'eau ce pauvre univers, qui ne doit plus périr que par le feu.

Le pigeon obtient bientôt un honneur plus grand. C'est sous sa forme que la divinité même se manifeste aux hommes; c'est sous sa forme que le Très-Haut couvre Marie de son ombre, et accomplit le plus gracieux de nos mystères; c'est sous sa forme enfin que l'Esprit saint descend du ciel et se repose sur le fils de Dieu pendant que Jean le baptise.

Nous voyons après le pigeon figurer encore dans de grandes occasions, s'il en peut être comparativement à celle-ci. Au baptême de Clovis, c'est un pigeon qui apporte à saint Remi l'ampoule qui renfermait l'huile sainte dont il oignit ce fier Sicambre quand il le régénéra dans la foi; l'huile dont les rois de France ont usé depuis pour donner à leur personne ce caractère inviolable que les rois juifs tenaient de l'onction sacrée, huile qui, pen-

dant la révolution, semblait tarie, mais qui s'est repro-
duite par un miracle, ainsi que l'avait prédit *la Quo-*
tidienne.

Le pigeon figure enfin sur cette plaque brillante que
le dernier des Valois distribuait à ses favoris, ornement
de courtisan qui s'est quelquefois trouvé sur la poitrine
des héros.

Tant de faits glorieux suffiraient pour assigner au pigeon la place la plus honorable parmi les volatiles. Peut-
être y a-t-il droit aussi par quantité de faits utiles. Peut-
être n'est-il pas moins recommandable par ses services
que par sa noblesse, ce qu'on ne peut pas dire de tous
les gentilshommes.

Qu'on ne s'imagine pas que je veuille parler ici des
services qu'il nous rend à la cuisine, et que je songe à
le faire descendre de sa gloire pour l'enfiler à une bro-
che, le rôtir sur le gril, ou le bouillir dans une casse-
role. Loin de nous une pareille idée. Sous ce rapport
d'ailleurs pourrait-on lui conserver son rang? A quelque
sauce qu'on le mette, le pigeon n'est-il pas à table obligé
de céder le pas à plus d'un personnage, en commençant
par le dindon?

C'est dans les cieux encore, c'est dans la force de sa
vie, et dans la plénitude de son activité, que je veux
l'offrir à votre attention.

La poste n'a pas existé de toute éternité. Bien long-
temps avant la création de ce précieux établissement,
les pigeons faisaient l'office de courriers, conjointement

avec les chiens qui le remplissent encore de La Haye
à Rotterdam, et avec les hirondelles, qui n'y sont plus
employées que je sache. La poste aux pigeons existait de
temps immémorial, quand, cinq cents ans avant Jésus-
Christ, Cyrus inventa la poste aux chevaux, si l'on en
croit Xénophon; et quand, cinq cents ans après Jésus-
Christ, si l'on en croit Procope, la poste aux ânes
fut inventée par Justinien, qu'immortalise aussi son
code.

L'usage de la poste aux pigeons s'est encore conservé
dans le Levant. En Égypte, en Syrie, en Arabie, on ne
connaît pas de messagers plus prompts et plus fidèles.
Ils sont dressés là, dès l'âge le plus tendre, à porter,
sous leur aile, des lettres dont ils rapportent la réponse
avec une incroyable célérité. C'est par eux que, dans les
cas pressés, on correspond d'Alep avec Alexandrie. C'est
par eux que les caravanes errantes dans le désert donnent avis de leur marche aux chefs arabes dont elles
attendent secours et protection. Au Mogol, on entretient aussi des pigeons pour porter les dépêches
urgentes.

Que ces messagers reviennent avec exactitude et
promptitude au lieu où ils ont été nourris, au lieu où
ils ont leur nid, au lieu où ils ont reçu le jour et où ils
l'ont donné, cela se conçoit; mais par quel attrait les dé-
termine-t-on à s'en éloigner avec une égale rapidité? c'est
ce que je ne conçois pas, et ce que les gens qui l'affirment auraient bien dû nous expliquer.

Depuis quelque temps on commence à se servir en
Europe de ce moyen de communication. Si l'on en croit
les journaux, une poste de ce genre vient d'être établie
entre Anvers et Londres, et une autre entre Liége et
Paris. Le pigeon, il est vrai, ne fait librement que la
moitié du voyage. Comme ces médecins de village, qui
viennent en carrosse et s'en vont à pied, il part dans la
diligence pour la ville d'où il doit, en volant, rapporter
des nouvelles, et n'est sous ce rapport, pour nous, que
de la moitié de l'utilité dont il était pour les peuples
dont nous avons parlé. N'importe, on conçoit les services qu'une telle institution peut rendre, tout incom-
plète qu'elle est.

Il n'y a guère que les télégraphes qui transmettent la
pensée avec plus de vitesse. Mais ces truchements de la
politique ne sont-ils pas astreints à beaucoup de concision? Leur pantomime, si compliquée qu'elle soit, ne
peut-elle pas à toute force être devinée comme on traduit un chiffre diplomatique? La poste aux pigeons n'a
pas cet inconvénient. Les dépêches qu'on leur confie
sont closes et peuvent renfermer les plus longs développements; de plus, ces courriers, qui sont à la disposition de tout le monde, peuvent traverser les mers,
ainsi que le prouvent les pigeons qui viennent de l'Angleterre sur le continent.

Le fait qu'on va lire prouverait bien plus encore.
Grâce aux ailes de la colombe, les deux hémisphères
pourraient correspondre sans autre intermédiaire.

Un négociant d'une ville peu distante de Bruxelles, où l'on écrit ceci, avait une belle collection de pigeons. Il finit par s'en dégoûter : on se lasse de tout. Un de ses vaisseaux partait pour le Brésil ; profitant de l'occasion pour évacuer son colombier, il l'y fit embarquer tout entier, en recommandant au capitaine à la consignation duquel il remettait ces passagers, de les tenir en cage bien fermée, et de veiller à ce qu'il ne s'en échappât aucun. Voilà le colombier parti pour Rio-Janeiro.

Plusieurs mois se passent. Une domestique du négociant s'aperçoit un jour qu'un pigeon se présentait à l'entrée du colombier, fermé depuis la déportation de ses habitants. Elle ne s'en inquiéta pas d'abord ; mais l'animal s'opiniâtrant à garder son poste pendant plusieurs jours de suite, elle fit remarquer cette singularité à son maître. Certain du départ de ses pigeons et presque de leur arrivée, le maître s'occupa peu de celui-ci, et le laissa roucouler tout à l'aise sans lui ouvrir, quoique le pauvre animal s'obstinât à attendre qu'on lui ouvrît : au bout de quelques jours il ne roucoulait plus. On le trouva mort au pied du colombier. Le fait parut bizarre. On en parla ; et puis on l'oublia.

Arrive une lettre du capitaine. Elle contenait sur son voyage les détails les plus circonstanciés. La traversée avait été rapide et heureuse. Il espérait se défaire avec avantage de sa cargaison ; voire des pigeons, qui étaient tous arrivés à bon port, tous excepté un, qui, je ne sais comment, avait trouvé moyen de s'évader aux approches de la terre. On donnait le signalement du fugitif; on indiquait l'époque de la désertion. Toutes ces circonstances firent songer au pauvre animal mort à la porte du colombier. On fit des rapprochements : la date de la fuite, la couleur du plumage, cette obstination à frapper à une porte qui, quoiqu'en dise l'Évangile, ne lui avait pas été ouverte, ne permirent pas de douter que le pigeon défunt ne fût le proscrit qui avait rompu son ban et était venu mourir sur le seuil de la maison paternelle [1].

Tant de sensibilité, jointe à tant d'intelligence, ne semble pas avoir été accordée en proportion égale à l'espèce entière des pigeons. C'est une faculté plus particulière à une variété qui s'appelle en conséquence *columba tabellaria*, pigeon messager. Ce pigeon, disent les ornithologistes, est à peu près de la grosseur d'une tourterelle : il est d'un bleu foncé ou noirâtre; la membrane qui couvre ses yeux et celle qui entoure ses narines sont fort épaisses et semées de tubercules farineux et blanchâtres. Son bec noirâtre est d'une moyenne grosseur.

Quel parti ne peut-on pas tirer d'un pareil serviteur ? Le commerce, les amours, la diplomatie, la contrebande, qui ont à peu près les mêmes intérêts, peuvent-

---

[1] Si le fait est vrai, comme on l'affirme, il est accompagné de quelques circonstances que l'on ne connait pas. L'oiseau qui s'éloigne le plus en mer est *la frégate*. On l'a rencontré à plus de trois cents lieues de toutes côtes, ce qui suppose un vol de six cents lieues; mais il y a loin de ce fait à celui dont il est ici question.

ils employer des agents plus discrets et plus dévoués? Ces fraudeurs-là se moquent bien des douaniers et duègnes : ils n'ont guère à craindre au fait que le fusil, les oiseaux de proie et les chats.

Qu'ai-je dit là? Ne voilà-t-il pas que le fisc prend l'alarme! impôts indirects, droits réunis, tout est en l'air, et déjà songe à établir une ligne de douane entre la terre et le ciel ; ce qui ne serait pas impossible après tout, car les bêtes de proie sont presque aussi communes là-haut qu'ici-bas.

Pline nous apprend que les Romains se sont servis de pigeons pour faire parvenir des avis dans Modène pendant que cette ville était assiégée par Marc-Antoine.

Les patriotes hollandais employèrent aussi des pigeons en 1574 et en 1575, pendant les siéges à jamais mémorables de Harlem et de Leyde, pour établir leurs intelligences ; et l'on peut présumer qu'ils leur ont été d'une grande utilité, puisque Guillaume-le-Grand a voulu que ces pigeons patriotes fussent nourris aux dépens de l'état dans une volière construite exprès, et qu'après leur mort ils fussent embaumés et gardés à l'hôtel-de-ville, en signe d'éternelle reconnaissance.

Le culte que les Hollandais décernèrent à ces pigeons rappelle celui que les Égyptiens rendaient à l'ibis qui les défendait contre les serpents ; il les honore un peu plus que celui que les Romains rendaient aux poulets sacrés.

N'écrivant pas ici un traité d'histoire naturelle, nous

n'y tiendrons pas note de toutes les variétés de pigeons. Faisons mention pourtant du pigeon *pantomime* (*columba gyratrix*). Il est ainsi nommé parceque, en volant, il tourne sur lui-même comme un farceur qui fait le saut périlleux. C'est sur le nombre de ses tours que se règle le degré d'estime que lui accordent les amateurs. Inutile d'ailleurs, cet oiseau est un des plus minces de son espèce : rapport de plus entre lui et la classe d'hommes à laquelle on l'assimile.

Disons, pour compléter cet article, qu'on appelait à Paris *bizet* le garde national qui ne faisait pas son service en uniforme. Il y a peu de guerriers plus pacifiques que les *bizets;* leurs infortunes ont été décrites de la manière la plus touchante par *M. Pigeon.*

QU'EST-CE QU'AVOIR DU CARACTÈRE.

Commençons par définir le mot *caractère* dans ses principales acceptions.

Au physique ainsi qu'au moral, le caractère n'est-il pas ce qui distingue l'espèce dans le genre, l'individu dans l'espèce ?

Les peuples, les hommes, les animaux ont des formes, des traits, des inclinations, des habitudes qui leur sont propres. C'est ce qui constitue leur caractère.

Ce mot s'applique naturellement aux productions des

arts. En peinture, en sculpture, on appelle tête sans caractère la tête qui n'exprime rien. La même chose se dit
d'une musique insignifiante. En architecture, un édifice
manque de caractère quand ses ornements ne sont ni
conformes aux règles, ni analogues à l'usage pour lequel
il est construit. Dans le premier cas, caractère est synonyme d'expression, et de style dans le second.

Le nom de caractère se donne aussi à des pierres fines
ou à des pièces de métal empreintes de certaines figures
auxquelles on attribue des vertus extraordinaires, en
conséquence de leur rapport avec la constellation sous
laquelle elles ont été gravées ou fondues.

On m'a même accusé d'avoir un caractère,

dit Crispin dans *les Folies amoureuses*. Caractère est
ici synonyme de talisman, meuble très utile pour vous
garantir de tous les malheurs qui ne doivent pas vous
arriver.

En typographie, on appelle caractères les pièces de
métal sur lesquelles les lettres sont figurées et les empreintes que ces lettres laissent sur le papier.

Ce nom se donne aussi aux lettres tracées avec la
plume.

Le bon homme Lawater avait la prétention de reconnaître à la seule inspection des caractères le caractère
de l'homme qui les avait écrits. Ce n'est pas la moins ridicule de ses innocentes rêveries.

En diplomatie, le caractère est la qualité sous laquelle l'agent d'une puissance est accrédité près d'une autre.

C'est à ce sens que Duclos faisait allusion, quand il disait à l'abbé de Voisenon, homme sans *caractère,* qu'un prince allemand avait nommé son ministre pléni-potentiaire à Paris : « Je vous félicite, mon cher abbé, vous avez donc enfin un caractère. »

Le mot est drôle. Remarquons cependant que, comme ecclésiastique, Voisenon avait déjà un *caractère,* ainsi que le constate ce couplet, qu'il chantait quelquefois avec madame Favart :

> Respect de leur *caractère,*
> Leur enfant m'est demeuré :
> Cet enfant est du vicaire,
> Si ce n'est pas du curé.
>
> COLLÉ.

Dans le sens général, caractère indique ces quali-tés morales, ces vertus ou ces vices qui dominent dans l'individu et forment pour ainsi dire la physionomie de son âme. En ce sens, le caractère est dans l'homme ce que l'instinct est dans l'animal : c'est la tendance à la-quelle il obéit s'il n'est réprimé, et à laquelle il revient dès qu'il est redevenu libre. En ce sens, chaque homme a son caractère ; celui-ci n'est pas plus fait pour garder une caisse que le loup pour garder les moutons ; celui-là n'est pas plus propre à marcher à la guerre qu'une poule à chasser le renard.

Dans la locution qu'on analyse ici, caractère a un sens

tout différent, un sens tout-à-fait particulier. *Avoir du caractère*, c'est avoir une volonté ferme, opiniâtre, inébranlable. A ce titre, que de caractères avec lesquels le caractère est incompatible! L'irrésolu, l'inconstant, l'insouciant, l'inconséquent, sont des caractères très prononcés, et cependant tout-à-fait dépourvus de cette persévérance qui constitue le caractère proprement dit.

Les hommes de ce caractère sont des cires molles que le premier venu, sans beaucoup d'adresse même, pétrit et modifie à sa guise. C'est Prusias qui change de résolution suivant qu'il se trouve avec Annibal ou Flaminius, c'est M. Cassandre qui est toujours de l'avis du dernier qui parle.

L'homme de caractère est au contraire celui qui manie les autres, celui que la nature a fait pour maîtriser les hommes et les choses. Sa parole a l'accent de l'autorité, son visage l'empreinte de la supériorité.

> En quelque obscurité que le sort l'eût fait naître,
> Le monde, en le voyant, eût reconnu son maître.
>   RACINE.

C'est une âme de bronze que rien ne peut amollir, et dont la volonté, semblable au boulet, ne se détournant jamais dans sa course, renverse l'obstacle ou tombe sans force à ses pieds. Tel fut Caton, qui, ne pouvant briser la fortune de César, se brisa contre elle. Tel avait été Brutus, qui, plus heureux, grâce à sa feinte stupidité,

avait brisé les chaînes des Romains. Tel fut aussi ce Mahomet, qui finit par être reçu comme envoyé de Dieu
dans la même ville d'où il avait été banni comme im-
posteur, et fut prophète en son pays, en dépit du proverbe.

> L'ascendant qui partout suit un grand caractère
> Lui sert de bouclier jusque sous le couteau,
> D'un regard foudroyant l'arme contre un bourreau;
> Intrépide vertu, tranquillité profonde,
> Que n'étonnerait pas la ruine du monde.

Ces hommes-là possèdent le levier d'Archimède. Don-
nez-leur un point d'appui, ils soulèvent le monde.

Ce point d'appui César le trouva, et l'empire fut substitué à la république.

Rien de plus admirable que l'homme de caractère
qui combat pour les principes. Il suffit quelquefois pour
sauver l'état. Un Horace, un Bayard, soutient seul l'effort d'une armée.

Rien de plus redoutable aussi que l'homme de caractère sans principes. Comme tout moyen lui est bon, il
en viendra à ses fins, quoi que vous fassiez. Sinon, en
une nuit, s'empare d'Ilion, dont les Grecs n'avaient
pu se rendre maîtres en dix ans.

Les hommes de cette espèce ont d'autant plus d'avantage sur les autres, quand ils ne sont pas connus, qu'ils
fortifient tout l'ascendant de la vertu de toutes les ressources du crime.

Faites deux parts de l'histoire de Cromwel; vous y

trouverez la vie d'un grand homme et la vie d'un grand scélérat. Mais, chose déplorable, c'est au scélérat surtout que la fortune s'est montrée propice. S'il n'eût été qu'un grand homme, il n'eût jamais été protecteur des trois royaumes.

Avec de l'adresse et de l'audace, à quoi un homme de caractère ne peut-il pas parvenir?

> Cet homme était planteur de choux,
> Et le voilà devenu pape.
>
> LA FONTAINE.

Mais quelle force de caractère ne lui a-t-il pas fallu pour s'élever de son fumier au siége pontifical? Pendant combien de temps, avant de tyranniser les autres, cet homme violent, altier, impérieux, n'a-t-il pas été obligé de se tyranniser lui-même, de déguiser, sous l'apparence de l'humilité, l'ambition qui le dévorait, de tourner le dos à son but, de peur qu'on ne lui barrât son chemin, qu'il a fait pour ainsi dire à reculons?

Telle est l'histoire de *Félix Peretti*, qui, d'une étable à cochons passant dans un couvent de cordeliers, s'éleva graduellement jusqu'à la papauté. Ce qu'il y a de surprenant, c'est que ce n'est qu'en dissimulant, qu'en cachant les qualités qui en ont fait un grand souverain, qu'il est parvenu à l'être. Il n'eût jamais été porté au trône s'il en eût été jugé digne, si chaque cardinal en particulier ne se fût flatté de l'espoir de gouverner sous ce vieillard imbécile et cacochyme, qui n'avait pas été

moins habile à cacher la vigueur de sa santé que celle
de son génie. Il n'a, disaient-ils, ni assez d'esprit pour
faire le mal, ni assez de discernement pour faire le bien;
ils l'appelaient *la bête romaine, l'âne de la Marche* [1].
Au rebours de la fable, c'était le lion vêtu de la peau
de l'âne.

Une fois nommé pape, il devint un homme nouveau.
Rajeuni sous le nom de Sixte-Quint, frère Félix en-
tonne d'une voix de Stentor le *Te Deum* en action de
grâces pour son exaltation, qui dès lors ne satisfait plus
que lui. Jetant au loin sa béquille, il marche d'un pied
ferme et la tête levée. « Avant d'être pape, disait-il,
je cherchais les clefs de saint Pierre; pour les trouver,
je me courbais et baissais la tête; mais depuis qu'elles
sont entre mes mains, je ne regarde plus que le ciel. »
Que de caractère n'a-t-il pas fallu à un tel homme pour
dissimuler son caractère!

Cette persévérance dans la même volonté a fait souvent accuser d'inconstance les hommes les plus opiniâtres. Plus d'une fois l'opinion publique a accusé de
changer de principes tel homme qui, en conséquence
même de ses principes, tendait à son but en changeant
de moyens. Pour ne pas tomber dans cette injustice,
avant que de prononcer sur un homme, il faut tâcher
de bien connaître l'objet qu'il poursuit.

S'il préfère sa fortune à l'honneur, ne l'accusez pas

[1] Il était né dans la marche d'Ancône.

de manquer de caractère quand il sacrifie son honneur à sa fortune, quand, surmontant tout scrupule, il se détache d'un bienfaiteur en disgrâce pour se perpétuer, sous une autre protection, dans la jouissance du bienfait. Rien de plus constant dans sa volonté que cet homme-là ; et vous n'en jugez autrement que parceque vous le jugez d'après vos affections, et non pas d'après les siennes.

Telle est la cause de l'injustice du siècle envers tant de gens qu'on a inscrits au *Dictionnaire des girouettes.* Celui-ci a changé dix fois de parti ! Soit ; mais a-t-il jamais changé de place ? n'a-t-il pas été législateur sous tous les régimes ? dans tous les costumes n'a-t-il pas été ministre ? Qu'en conclure ? qu'affectionné à son poste il a eu le courage de faire tout ce qu'il fallait pour s'y maintenir. Vous le comparez à la girouette, qui tourne à tous les vents : la comparaison est juste sans doute ; mais, immobile dans son apparente mobilité, c'est en cédant aux vents que la girouette leur résiste ; elle ne fait que tourner sur elle-même pendant les plus violents orages, et fixée au sommet de l'édifice, elle n'a guère à craindre que la foudre ou la main d'un maçon.

Le vicaire de Bray, disent les Anglais, *sera toujours vicaire de Bray.* Telle a été en effet l'unique ambition de l'honnête ecclésiastique qui, au seizième siècle, donna lieu à ce proverbe. Papiste sous Henri VIII, protestant sous Édouard VI, il redevint papiste sous Marie, et protestant sous Élisabeth. Comme ses fréquentes apostasies le faisaient quelquefois accuser d'inconséquence et de versatilité par les esprits superficiels : *On se trompe, disait-il, je suis fidèle à mes principes : je veux mourir vicaire de Bray.*

Quoi qu'on fasse, il n'est pas donné à tout le monde de mourir *vicaire de Bray*, n'est-il pas vrai, mon prince?

Quand un chien suit son maître qui déménage, il fait preuve de caractère. Un chat en fait preuve aussi quand il ne veut pas quitter la maison.

DES PERRUQUES.

A quelle époque a été inventé cette espèce de bonnet auquel l'art rattache les cheveux que la nature nous a repris? C'est ce que nous ne pouvons dire précisément. Moins ancienne que l'homme, la perruque n'existe pas de toute antiquité. Dans la Bible, où il est question de chevelures, soit au sujet de Samson, soit au sujet d'Absalon, il n'est nullement question de perruques. Hélas! une perruque eût sauvé ce dernier.

Des docteurs de Louvain, si l'on en croit Jean-Baptiste Thiers, docteur de Sorbonne, *ont cependant trouvé des perruques* dans ce passage d'Isaïe : *Decalvabit Dominus verticem filiarum Sion, et Dominus crinem earum denudabit;* passage qu'ils traduisent ainsi : « Le

« Seigneur déchevèlera la tête des filles de Sion, et le
« Seigneur *decouvrira leurs perruques.* » Malgré la sagacité de ces traducteurs, le passage latin ne nous paraît pas assez clair pour qu'on puisse en conclure qu'il
n'y soit pas question d'une chevelure toute naturelle.

Le docteur Thiers, qui, ennemi capital des perruques, en voyait partout, nous paraît démontrer plus
évidemment que la perruque n'était pas inconnue des
Grecs. Nous doutons toutefois qu'ils aient connu le *tou-
pet*, quoique l'on ait honoré du nom de *grecque* celui qui
succéda, en 1779, au *fer-à-cheval*, et qui depuis, rem-
placé lui-même, en 1791, par la plate coiffure appelée
le *chemin de Coblentz*, n'a plus de refuge au monde
depuis le décès du conseiller Jaubert, ci-devant directeur de la banque de France. Cet échantillon de l'ancienne élégance, qu'il promenait au milieu de Paris, y
ressemblait à ces monuments de la vieille Rome entourés d'édifices modernes. On ne pense pas à ce magistrat
sans être frappé de toute la grâce que la grecque peut
prêter à un beau visage de l'autre siècle.

Il n'est question de perruques ni dans Hésiode, ni
dans Pindare, ni dans Homère lui-même, qui entre dans
des détails si minutieux, soit qu'il habille, soit qu'il
déshabille son monde. Ce père de l'épopée, chez qui les
héros se prennent si souvent aux cheveux, se serait-il
fait plus de scrupule de chanter la perruque de Nestor
que la chevelure de Pâris, si, au siége de Troie, quelque bonne tête eût porté perruque? Inventée trois ou

quatre mille ans plus tôt, la perruque devenait aussi épique qu'Agamemnon, et serait encore plus héroïque aujourd'hui qu'un Montmorency. A quoi tient la noblesse!

Les Romains ont connu l'usage des faux cheveux, comme il appert par ces vers d'Ovide :

> Femina procedit densissima crinibus emptis,
> Proque suis alios efficit ære suos [1].

Vers qui ne contiennent pas un sens moins fin que celui qui fait le trait de cette épigramme si connue :

> On dit que l'abbé Roquette
> Prêche les sermons d'autrui;
> *Moi, qui sais qu'il les achète,*
> *Je soutiens qu'ils sont à lui.*

D'autres vers d'Ovide aussi prouvent que c'est sur les têtes des captifs que les perruquiers romains récoltaient les cheveux, dont nos perruquiers, la plupart du temps, se fournissent à l'hôpital.

> ..... Captivos mittet Germania crines ;
> Culta triomphatæ munere gentis eris [2].

Ces faux cheveux étaient probablement ajustés sous

---

[1] Une femme s'avance : sa tête *ébouriffée* se charge de cheveux achetés : grâce à son argent, les cheveux qu'elle a perdus sont remplacés par des cheveux étrangers devenus les siens.

[2] Les Germains captifs t'apporteront leur chevelure, et tu t'embelliras aux dépens de la nation dont nous aurons triomphé.

des bandelettes, et assujettis par les réseaux qui ornaient la tête des dames romaines. Cela ne constitue pas une perruque.

La preuve que la perruque n'était pas connue de l'ancienne Rome, c'est que César fut obligé de cacher sous une couronne de lauriers la nudité de sa tête victorieuse. Peu d'hommes ont eu autant de droit que lui à porter une pareille perruque.

Est-ce du mot *Cæsar* que vient le mot *cæsaries*, qui signifie chevelure, et ne me semble pas avoir été employé antérieurement à Virgile? Il serait assez singulier qu'un chauve eût donné son nom à la chose même qui lui manquait. C'est aux doctes à résoudre cette question, si l'étymologie que je leur propose leur semble par trop tirée aux cheveux.

Si les Romains ne connaissaient pas l'art de faire des perruques, du moins possédaient-ils l'art de peigner, de friser, de parfumer la chevelure, et même celui de la teindre. Un homme à cheveux blancs ayant en vain demandé une grâce à Auguste, fit teindre ses cheveux en noir, et, ainsi rajeuni, renouvela sa demande. « Je ne puis vous accorder ce que vous me demandez, dit Auguste, qui ne se laissait guère attraper, j'ai refusé la même grâce à votre père. »

Il n'est nullement question de perruques, comme mode française, dans l'histoire du moyen âge. Clodion-le-Chevelu n'en avait pas besoin. Charles-le-Chauve sut s'en passer : la couronne et le bonnet de nuit lui suffisaient contre le rhume. Dans les siècles où l'on cloîtrait les rois, on s'occupait moins de leur faire une chevelure postiche que de les débarrasser de leur chevelure naturelle.

L'invention de la perruque, qui, comme celle de la poudre à canon et de l'imprimerie, devait illustrer le règne des Capétiens, ne fut pas trouvée sous saint Louis, que les perruquiers ont pris pour patron, je ne sais trop pourquoi. Jamais tête humaine ou tête couronnée, ce qui peut être différent, n'a eu moins de rapport avec ces artistes. Ce pieux monarque n'était rien moins que coquet. Les fonctions de Pierre Labrosse, son valet de chambre ou son barbier, se bornaient à couper exactement la partie des cheveux qui excédaient l'écuelle dont ce prince couvrait sa tête pour procéder à cette toilette. Cette mode a été adoptée depuis par les jacobins de toutes les observances, comme il conste par ce vers d'une épopée que vous connaissez :

Portant crinière en écuelle arrondie.

C'est sous le règne de Louis-le-Juste que parut la première perruque. Ce ne fut d'abord qu'un rang de cheveux attaché à la large calotte dont les laïques se coiffaient alors comme les ecclésiastiques, et qu'on retrouve sur la tête de Corneille et de Molière, comme sur celle de Richelieu et de Mazarin, à la couleur près.

Sous le règne de Louis-le-Grand, la perruque se ressentit du caractère *grandiose* que ce prince imprimait à

I.   5

son siècle. Elle prit un accroissement immense. Ce n'est
pas cependant à la seule inclination qui le portait à
agrandir ce qu'il n'avait pas inventé qu'il faut attribuer
ce perfectionnement : un intérêt de coquetterie, dit-on, y
eut autant de part que l'amour du grand. Sous cet énorme
amas de cheveux, le plus galant des rois cachait certaine
loupe où, malgré l'opinion de ceux qui lui disaient la
vérité, il croyait voir une difformité ; car c'était un
homme de beaucoup de jugement, quoiqu'il ait ordonné
les dragonnades et signé la révocation de l'édit de Nantes.
Les têtes les mieux faites adoptèrent bientôt cette coiffure. Elle orna le front de tous les souverains de l'époque, Cromwel excepté. Guillaume III lui-même courba
la tête sous la perruque du prince devant lequel il n'a-
vait jamais plié.

Il n'y a pas jusqu'au roi Gingiro, nègre auguste dont
les états sont situés au pied des monts de la Lune, à huit
degrés de l'équateur, qui, fortifiant de la dignité de la
perruque la majesté de sa couronne, n'ait cru devoir se
coiffer à la Louis XIV. La perruque *in-folio,* qu'il reçut
en présent d'un voyageur français, est encore aujour-
d'hui dans ses états l'insigne de la puissance. De roi en
roi, elle a passé, depuis 1667, au roi actuellement ré-
gnant. Quand ce monarque, qui d'ailleurs ne déguise
sous aucun vêtement les belles formes dont la nature l'a
pourvu, se montre ainsi paré dans les grandes cérémo-
nies, il n'est, dit-on, ni moins héroïque ni plus ridicule
que ce Louis sans culottes ou cet Hercule en per-

ruque que les Parisiens admirent dans les bas-reliefs de
la porte Saint-Martin.

Cet ornement, au reste, ne quitte jamais le front du
grand roi, sous quelque attribut qu'on le représente.
Vêtu à la grecque ou à la romaine, ou sans vêtements
même; à cheval sur l'aigle de Jupiter, coiffé du casque
de Mars, armé du trident de Neptune, il garde toujours
sa perruque. L'artiste qui l'a remis en selle, place des
Victoires, a toutefois cru devoir la lui rogner.

Cette volumineuse coiffure, que prirent les bourgeois,
singes des courtisans, comme ceux-ci sont singes du
maître, n'était pas la pièce la moins chère de la toilette
même du riche. La tête coûtait plus à vêtir que le reste
du corps. Aussi les filous spéculaient-ils sur le vol des
perruques. Il se faisait plaisamment. Dans une hotte un
grand coquin en cachait un petit qui, à l'aide d'un bâton
armé d'un crochet, harponnait et pêchait les perruques
des badauds, pendant qu'ils se coudoyaient en se querel-
lant dans la foule.

Boileau nous a transmis l'histoire de la disgrâce de la
perruque de Chapelain. Il a parodié à ce sujet quelques
scènes du *Cid*. Cette plaisanterie, qui ne blessa pas
moins Corneille que Chapelain, ne vaut pas le *Lutrin*,
et ne méritait pas de figurer auprès dans un recueil de
chefs-d'œuvre. De plus, Boileau se rabaissait par là au
niveau de Scudéri. La perruque de Chapelain fut, dit-il,
métamorphosée en comète. L'antiquité avait fait le même
honneur à la chevelure de Bérénice.

Sous le règne de Louis-le-Bien-Aimé, l'imposante uniformité fit place à la variété la plus prodigieuse, même en fait de perruques. C'est à cette époque, si célèbre d'ailleurs par l'invention de la poudre à poudrer, qu'on vit paraître cette innombrable quantité de perruques aussi différentes entre elles que les conditions et les physionomies des gens qui s'en parèrent. *Perruques à boudins, perruques à marteaux, perruques à bourse, perruques à queue, perruques rondes, perruques carrées,* toutes ces perruques signalent le génie inventif des perruquiers dont ce siècle abondait. Si, à l'instar des savants, de cette nomenclature de famille nous descendions à celle des genres et des espèces, ce serait à n'en pas finir. Un perruquier, qui, s'il eût classé les objets avec un peu de méthode et d'après un système philosophique, eût été pour son art ce que les Tournefort, les Jussieu, les Linnée, sont pour la botanique, comptait, vers le milieu du dernier siècle, je ne sais combien d'espèces différentes de perruques, dont il décrit les caractères avec une exactitude digne d'un membre de la classe des sciences physiques et mathématiques de feu l'Institut de France. Son livre est orné de dessins aussi corrects que ses descriptions. C'est à la fois le Buffon et le Daubenton de son genre. En créant un système, il pouvait être mieux.

La perruque était alors l'étiquette du sac : la perruque faisait l'homme. Il suffisait de la regarder pour savoir ce qu'était celui qui la portait. Chaque profession avait sa perruque. Rien ne ressemblait moins à la perruque d'un président que celle d'un brigadier, et à la perruque d'un cordonnier que celle d'un tailleur. Les perruques tenaient lieu de ces uniformes différents par lesquels, si l'on en croit Fénelon, Idoménée faisait reconnaître à Salente les citoyens des diverses professions. La perruque n'était pas d'une médiocre utilité pour les gens qui aiment à savoir au premier coup d'œil à qui ils ont affaire.

L'usage de la perruque fut long-temps interdit aux ecclésiastiques. Les prédicateurs se déchaînèrent contre elle avec presque autant d'emportement que certains curés en mettent encore à prêcher contre la vaccine ou contre le libéralisme. Les premiers tonsurés qui osèrent prendre perruque furent frappés de censure. On se relâcha, il est vrai, avec le temps. Les évêques accordèrent petit à petit des permissions qu'on finit par ne plus leur demander. Un pape même, Lambertini, prit perruque, *inde mali labes*. Vers la fin du dix-huitième siècle, les perruques s'étaient multipliées à l'infini dans le clergé catholique, ce qui a évidemment amené ses disgrâces.

Cela n'empêche pas la perruque d'être un des meubles les plus utiles. Elle déguise l'âge, commande le respect, et conserve la santé. Il est même des cas où elle a sauvé la vie à son possesseur.

Dans le temps des guerres du Canada, un officier français tomba entre les mains des Iroquois. L'habitude

de ces sauvages est, comme on sait, d'enlever la chevelure à leurs prisonniers. Leur étonnement ne fut pas
petit, quand ils virent un Européen auquel ils voulaient
faire cette opération, détacher de lui-même sa chevelure, la saisir par la queue, et les poursuivre avec cette
arme d'un nouveau genre. On ne disputa pas le passage
à ce sorcier, qui n'eût pas conservé sa tête s'il n'eût pas
porté perruque.

Que de services capitaux n'a-t-elle pas rendus pendant la terreur, au milieu d'une autre espèce de canni-
bales, cette perruque non poudrée, à l'aide de laquelle
on pouvait se changer en un moment du blanc au noir !
Elle n'a pas été non plus inutile aux ambitieux, qui, le
matin, s'en servaient pour cacher au déjeuner du ministre démocrate la poudre dont ils étaient couverts la
veille au souper d'un ministre aristocrate.

On a vu pendant quelque temps, à Paris, toutes les
femmes se faire blondes, en dépit de leurs cils et de leurs
sourcils, les blondes exceptées : celles-ci avaient profité
de l'occasion pour se faire brunes. La perruque avait
opéré ces deux prodiges.

La restauration n'a pas laissé que d'être profitable aux
vieilles perruques. Elles ont formé long-temps la majorité d'un ministère où M. de Richelieu n'était pas déplacé, quoiqu'il portât ses cheveux.

Terminons par une anecdote. Pendant que le grand
Frédéric, poursuivant le cours de ses conquêtes, enle-
vait toutes les places de la Silésie, un journal annonça

que ce vainqueur avait pris perruque. — De quelle ville me parlez-vous là, dit au politique qui lisait tout haut cet article, un gobe mouche qui ne rêvait que siéges et que batailles. Perruque : dans quel pays, sur quelle rivière cette place est-elle située? — Sur la nuque.— Diable! voilà une belle victoire! Le roi de Prusse fera sans doute chanter le *Te Deum.*

Vous doutez du fait; je ne l'affirme pas. Je suis certain pourtant que, dans le pays où vous lisez ceci, il y a plus d'un politique de cette force; et ils règlent le sort de l'Europe!

DES PIERRES ET D'AUTRES CHOSES.

Aujourd'hui, 1er juillet 1818, on a posé la première pierre du théâtre de Liége; la première de nos actrices, pour l'esprit comme pour le talent, mademoiselle Mars, assistait à cette cérémonie. Il semble que Thalie en personne soit descendue ici-bas pour présider à la consécration de son temple. Puisse-t-il être digne de la déesse! Mais pour cela, il faut qu'il s'achève.

Une première pierre peut être considérée comme une graine jetée en terre. Toute semence ne lève pas.

Que d'édifices immenses sur le papier n'ont occupé sur terre que la place de leur première pierre !

J'ai vu poser la première pierre des cent trois

colonnes qui devaient s'élever dans les cent trois départements de la république française, et aucune d'elles
n'est parvenue seulement à la hauteur d'un champi-
gnon.

De même que l'on voit des grains produire des tiges
qui ne portent pas de fruits, de même on voit aussi des
édifices s'élever sans s'achever, sans recevoir le degré
de confection qui les rendrait utiles. Ainsi les travaux du
nouveau pont de Sèvres n'ont été poussés qu'autant
qu'il le fallait pour gêner la navigation; ainsi l'arc des
Champs-Élysées, à demi construit et à demi ruiné,
obstrue de sa masse informe la voie qu'il devait embellir; ainsi les fouilles si coûteuses qui creusaient un lit
au canal de Saint-Denis, au lieu d'offrir une route au
commerce, n'ont fait que priver l'agriculture d'un terrain devenu inutile, devenu nuisible même, puisqu'il
s'est changé, sous les pas du voyageur, en un précipice
de plusieurs lieues [1].

La tour de Babel, dont le sommet devait toucher au
ciel, *ad cælum pertingere,* ne s'est pas élevée au-delà
de vingt mille pieds, suivant saint Jérôme. Un vieux
livre juif, intitulé *Jacult,* prétend bien que la hauteur
de ce monument de vanité et de confusion a été portée
à quatre-vingt-un mille pieds. C'est une hauteur honnête; mais qu'est-ce en comparaison de trente-trois mil-

[1] Les divers travaux dont il s'agit ici ont été terminés depuis la publi-
cation de ces réflexions, écrites en 1818.

lions de lieues qui nous séparent du soleil, au-delà duquel est placé le paradis, comme on sait.

Que de monuments aussi se continuent dans une intention différente de leur première destination !

Les pierres employées à la construction de l'église de
la Madeleine n'ont-elles pas été déplacées pour former
un temple à l'Honneur, et ne se déplacent-elles pas de-
rechef pour reconstruire une église de la Madeleine ?
On finit pour le ministère des finances un palais commencé pour la poste aux lettres : Henri IV, reconqué-
rant le Pont-Neuf, vient se camper plus ferme que jamais sur les granits destinés primitivement à supporter
un obélisque égyptien. Le sort des pierres de notre temps
n'est pas plus stable que celui des hommes.

Les monuments les plus solides ne sont pas éternels.
Il y a trois mille ans à peu près que Salomon posa la
première pierre,

De ce temple où Dieu fit sa demeure sacrée,
Et qui devait du ciel égaler la durée.

Il y aura bientôt deux mille ans qu'il n'existe plus
pierre sur pierre de ce temple, détruit de fond en
comble par le meilleur des princes [1].

Force fut de déménager. Un autre temple, depuis dix-
huit cents ans, sert de demeure au Tout-Puissant ; son
fils même en fut l'architecte, saint Paul le premier ma-

[1] Titus.

çon, et saint Pierre la première pierre. Ce temple-là
doit être éternel, et ce qui le prouve, c'est qu'il est encore solide, quoique ses desservants en aient de temps
en temps détaché quelques pierres pour se les jeter à la
tête les uns des autres.

Cette coutume de jeter la pierre à son prochain devrait être abandonnée aux sectateurs de l'ancien Testament. Entre les mains des Juifs, les pierres étaient des
instruments de supplice, comme le plomb entre les
mains de nos soldats, que la loi fait aussi bourreaux de
leurs camarades; et que de fois ces instruments de justice ont été employés par la vengeance! que de justes en
ont été victimes avant et même après le diacre Étienne [1],
à la lapidation duquel un bon apôtre [2] ne s'opposa pas!
Dans le conseil judaïque, où tant d'exécutions semblables ont été résolues, comment ne s'est-il pas élevé une
voix qui ait adressé aux successeurs de Caïphe ces admirables paroles par lesquelles Jésus confondait les accusateurs de la femme adultère? *Que celui de vous qui
est sans péché lui jette la première pierre* [3].

Deucalion et Pyrrha firent un meilleur usage des pierres. Loin de s'en servir à détruire l'espèce humaine, c'est
avec des pierres qu'ils réparèrent ses pertes après le déluge. Ceci n'est pourtant peut-être qu'une fable; vu la

[1] Et lapidabant Stephanum. *Act. apost.*, c. VII, v. 58.
[2] Saulus autem erat consentiens neci ejus. *Act. apost.*, c. VII, v. 59.
[3] *Ev. sec. Joan.*, c. VIII, v. 7.

sensibilité des trois quarts des hommes, on serait tenté cependant de croire qu'ils n'ont pas d'autre origine.

La Bible nous apprend que le jour où le soleil s'arrêta à la voix de Josué, le Seigneur fit pleuvoir une grêle de pierres sur les Gabaonites, mis en déroute par ce capitaine. Depuis on n'a guère entendu parler de pierres tombées du ciel qu'à dater de 1492. Celle qui alors fut ramassée à Ensizeim, en Alsace, où on la conserve encore, est d'une prodigieuse proportion: j'en ai vu des fragments. Soumis à l'analyse, ils donnent les mêmes produits que ces pierres qui, depuis quelque temps, tombent assez fréquemment de la partie la plus élevée de l'atmosphère, où elles semblent s'être formées. Ces nouvelles pluies de pierres seraient-elles le prélude de quelque miracle sollicité par quelqu'un de nos Josués modernes? On sait que l'oraison dominicale se réduit pour tant de gens a cette formule : *Mon Dieu, prenez pitié de moi, et jetez des pierres aux autres!* Rien de plus conforme, disent-ils, *au génie du christianisme*, qui n'est pas, au reste, celui de l'évangile.

Des chimistes ont cherché long-temps la pierre philosophale, et se sont ruinés sans la trouver. Les architectes l'ont trouvée eux sans la chercher, mais en ruinant les autres. Toutes les carrières du monde, celles de Montmartre comme celles de Carrare, la leur fournissent. Le miracle que le fils de Dieu ne voulut pas faire pour le diable, ils le font journellement pour eux-mêmes; ils disent, et *les pierres deviennent du pain*. Il est vrai que

quant aux gens qui emploient les architectes, leur art
a un effet tout autre; pour ceux-là le pain se change
parfois en pierres. C'est encore un miracle; mais il ne
nourrit pas son homme.

Les pierres ne sont pas rares ici-bas; des milliers de
Napolitains n'ont pas d'autre lit. Tel en fait son matelas,
tel son oreiller; ce fut celui de Jacob aux jours de sa
persécution; que d'honnêtes gens, persécutés comme
lui par leurs frères, n'ont cependant pas même une
pierre pour reposer leur tête!

Les pierres ont rendu plus d'un service aux hommes;
ne soyons donc pas trop ingrats envers elles. Non seulement nos saints leur doivent leurs temples, nos rois
leurs palais, nos soldats leurs casernes; non seulement
nous leur devons nous-mêmes nos maisons; mais, grâce
à elles, de combien de chefs-d'œuvre les arts ne se sont-
ils pas enrichis? Voyez la pierre s'animer sous le ciseau
du sculpteur et devenir à votre volonté le héros que
vous admirez, l'ami que vous regrettez, la beauté que
vous adorez.

> Le fatal courroux des dieux
> Changea cette femme [1] en pierre;
> Le sculpteur a fait bien mieux,
> Il a fait tout le contraire.
>
> VOLTAIRE.

C'est sur la pierre que Dieu traça de sa main les lois
qu'il daigna faire remettre aux enfants d'Israël par l'en-

[1] Niobé.

tremise de Moïse son serviteur. Bien plus, il avait taillé
lui-même les tables sur lesquelles le Décalogue était
écrit. « *Et factas opere Dei : scriptura quoque Dei
erat sculpta in tabulis :* Les tables avaient été taillées
par Dieu, et l'écriture de Dieu était sculptée sur ces
tables, dit l'Exode [1]. » Ce qui ne laisse pas que de relever l'état de sculpteur.

Mais en quel temps les pierres ont-elles mieux mérité
des hommes qu'à cette époque? Renouvelant, surpas-
sant même les prodiges de la gravure et de l'imprimerie,
ne servent-elles pas aujourd'hui à multiplier avec autant
de fidélité que de célérité les productions de la plume
et du crayon? de quelle utilité ne seront-elles pas pour
la propagation de la pensée? Avec elles on peut se passer du copiste comme de l'imprimeur. Il est vrai que
déjà les agents de l'autorité s'en servent pour propager
leurs ordres, pour reproduire dans le nombre utile les
expéditions de leurs circulaires. J'ai même vu une table
de proscription, où se trouvait mon nom, ainsi multi-
pliée, en un tour de main, en quantité suffisante pour
que chaque maire de village en ait reçu copie conforme.
Mais c'est un léger inconvénient de la lithographie en
comparaison des avantages qu'elle assure à la société.
Il en est de cette invention comme de celle du canon :
deux armées en usent, mais elle ne profite en définitive
qu'à celle des deux qui en use avec le plus d'habileté.

[1] C. XXXII. v. 16.

Pierre angulaire. On donne ce nom par extension à l'idée principale sur laquelle repose une institution, une constitution. La liberté de la presse est, par exemple, la pierre angulaire des constitutions libérales ; sans cette pierre, pas de solidité pour ce genre d'édifice. L'homme le plus important d'un parti, celui sur lequel il s'en remet du soin de ses intérêts, en est aussi la *pierre angulaire*. La *pierre angulaire* du parti absurde ou du parti atroce, c'est un marquis auvergnat pour le présent.

Cette métaphore, tirée de l'évangile, qui l'a empruntée au psalmiste, me rappelle une anecdote. Les membres du chapitre de Lyon prenaient le titre de comtes. Pour être admis parmi eux, il fallait faire preuve de je ne sais combien de quartiers, tant du côté paternel que du côté maternel. Faute de pouvoir satisfaire à cette condition, l'abbé de Montazet, quoique bon gentilhomme, fut refusé. Celui qu'on n'avait pas trouvé digne d'être chanoine n'en parut pas moins propre à être archevêque. Nommé par le roi au siége de Lyon, voilà M. de Montazet président du chapitre même qui l'avait repoussé. Le chapitre vient l'en féliciter. Eh bien, messieurs, dit le prélat avec malice, *Lapidem quem reprobaverunt ædificantes, hic factus est in caput anguli ;* la pierre qui a été rejetée par ceux qui bâtissaient est devenue la principale pierre de l'angle. — Monseigneur, répond un vieux chanoine en récitant le verset suivant du même psaume, c'est le maître qui a fait cela, *a domino factum est istud ;* et nos yeux ne le voient pas sans étonnement, *et est mirabile in oculis nostris* [1].

Comme nous ne faisons ni un cours d'architecture ni un cours de minéralogie, nous ne tiendrons pas note ici de tous les genres de pierres existantes, ni de tous les usages auxquels on peut les employer. Le pire de tous, la lapidation exceptée, est de s'en servir pour casser les vitres du voisin, quand on a soi-même une maison de verre. On recueille bientôt au centuple de ce qu'on a semé. La durée de la vie entière ne suffit pas à l'épuisement de cette grêle toujours renaissante.

L'histoire des hommes n'est, au reste, qu'une série de représailles. Il y a long-temps que la première pierre a été jetée : elle partit de la main du premier homme ; et tant qu'il y aura deux hommes sur terre, ils ne se seront pas jeté la dernière.

L'ENTERRERA-T-ON ?

DIALOGUE ENTRE UN HOMME DU MONDE
ET UN HOMME D'ÉGLISE.

Notre vicaire est plus éclairé des lumières de la foi que de celles de la raison. Cela est fâcheux. Peut-être

[1] Ps. cxvii, v. 22, 23.

serait-il à désirer, pour l'intérêt de tout le monde, que
l'une ne marchât jamais sans l'autre; la charité irait nécessairement de compagnie, et la raison entre ces deux
vertus... Mais la raison n'est pas une vertu théologale.

Je pensais à cela tout en me promenant dans la campagne, quand je rencontrai le vicaire qui se promenait
aussi, et avait aussi l'air de penser à quelque chose.

Ici commence notre conversation.

L'HOMME DU MONDE.

Et bonjour donc, monsieur le vicaire. Vous avez l'air
bien préoccupé. Vous passiez sans m'apercevoir.

L'HOMME D'ÉGLISE.

C'est vrai, monsieur. Pardonnez-le-moi; je suis occupé en effet d'une question fort grave. Vous savez ce
qui est arrivé sur la paroisse?

L'HOMME DU MONDE.

Madame la baronne a rendu le pain bénit.

L'HOMME D'ÉGLISE.

Et il était superbe et excellent! Ce n'est pas à cela
pourtant que je pensais pour le quart d'heure, mais à
quelque chose de plus sérieux encore.

L'HOMME DU MONDE.

Qu'est-ce donc? Un malheur?

L'HOMME D'ÉGLISE.

Jugez-en. Un brave homme entre, il y a trois heures,
à l'auberge de *la Cigogne*, demande une bouteille de
vin du Rhin, un verre de genièvre, paie le tout, et s'enferme aux verrous.

L'HOMME DU MONDE.

Pour boire à l'aise?

L'HOMME D'ÉGLISE.

Vous allez voir. Au bout d'une demi-heure, on entend un coup de pistolet. On court, on frappe ; personne ne répond : on enfonce la porte ; l'étranger s'était brûlé la cervelle.

L'HOMME DU MONDE.

Pauvre malheureux!

L'HOMME D'ÉGLISE.

Oui, bien malheureux de s'être tué.

L'HOMME DU MONDE.

D'avoir été obligé de se tuer. La mort est un remède à tout. Cependant elle ne laisse pas de nous répugner. Il faut, monsieur le vicaire, être bien malheureux pour pouvoir se résoudre à user de ce remède-là !

L'HOMME D'ÉGLISE.

Erreur. L'homme dont il s'agit en est la preuve. Ses affaires étaient dans le meilleur état possible. Sa famille ne lui donnait que de la satisfaction. C'était le plus heureux des hommes.

L'HOMME DU MONDE.

S'il eût été le plus heureux des hommes, se serait-il tué? Toutes les fois qu'un homme se détermine, au prix d'un grand sacrifice, à passer d'un état dans un autre, c'est qu'il croit gagner au change; c'est qu'il est décidé par la crainte de la douleur ou par l'attrait du plaisir; par l'espérance de saisir un bonheur ineffable ou d'échapper à un malheur insupportable. Votre homme était sans doute dans un de ces cas. N'est-il, vicaire, d'autres peines ici-bas que celles dont la Providence avait garanti cet infortuné? Conclure de ce qu'il était heureux sous quelques rapports, qu'il ne fût malheureux sous aucun, ce n'est pas conclure juste; c'est ressembler à ces médecins qui, de ce qu'un homme est travaillé d'une maladie qui leur est inconnue, affirment qu'il n'est pas malade. Votre homme était ou malheureux ou fou.

L'HOMME D'ÉGLISE.

Vous pourriez avoir raison. Mais, qu'il se soit tué par excès de malheur ou par excès de folie, il n'en est pas moins fâcheux que ce *suicide* se soit commis sur la paroisse; cela met M. le curé dans l'embarras.

L'HOMME DU MONDE.

Dans le chagrin, et je le conçois; un pareil évènement est de nature à en donner! Mais en quoi cela doit-il l'embarrasser? Un homme est mort; qu'on l'enterre.

L'HOMME D'ÉGLISE.

C'est plus tôt dit que fait; et voilà justement le point délicat, la difficulté. Un homme est mort, c'est bien; mais est-ce un motif suffisant pour qu'il soit enterré? Avant d'accorder cet honneur à un défunt, il faut que nous ayons la certitude qu'il est mort convenablement. Or, un homme qui s'est détruit lui-même n'est pas mort convenablement, donc il ne saurait être enterré.

L'HOMME DU MONDE.

Eh! pourquoi cela, cher abbé? Ce n'est sûrement pas

en exécution d'un ordre de Dieu, de qui toute loi doit
émaner sur ces matières. J'ai lu avec attention les livres
où sa loi est consignée, elle ne porte aucune interdic-
tion de cette nature.

L'HOMME D'ÉGLISE.

Vous croyez? Quoi! il ne nous est pas défendu par
Dieu même d'enterrer les *suicides?*

L'HOMME DU MONDE.

En aucune manière, soit dans le nouveau Testament,
soit dans l'ancien. Le *suicide* n'y est pas même condamné.

L'HOMME D'ÉGLISE.

Que me dites-vous là?

L'HOMME DU MONDE.

Ce que je croirai jusqu'à ce que vous m'ayez prouvé
le contraire. Avez-vous lu la Bible, monsieur le vicaire?
Vous devez avoir l'ancien e. le nouveau Testament un
peu présents à l'esprit? Récapitulons un peu les *suicides*
dont ils parlent, et vous verrez si je vous trompe.

L'HOMME D'ÉGLISE.

Oui, récapitulons. J'ai ma Bible sous mon bras.

L'HOMME DU MONDE.

Le nouveau Testament ne parle que d'un seul *suicide,* celui de Judas. En le racontant, l'évangéliste
ne fait aucune réflexion sur la nature de cet acte de
repentir ou de désespoir. Saint Pierre lui-même, dans
les Actes des apôtres, en parle avec une indifférence
absolue.

L'HOMME D'ÉGLISE, *après avoir vérifié.*

C'est vrai. Mais l'ancien Testament?

L'HOMME DU MONDE.

L'ancien Testament raconte avec la même indifférence le *suicide* de Saül après le combat de Gelboé. Le fait même est présenté de manière à ce que l'on pourrait en induire que l'historien sacré n'improuve pas ce moyen, par lequel l'oint du Seigneur évita de tomber vivant entre les mains des incirconcis. Voyez.

L'HOMME D'ÉGLISE, *après avoir vérifié.*

Oui, cela est ainsi; mais de ce que l'écrivain sacré ne blâme pas cette action, n'en induisons pas, je vous prie, qu'il l'approuve : c'est ce que je ne saurais vous passer.

L'HOMME DU MONDE.

Soit : qu'est-il besoin au fait de recourir ici à des inductions pour démontrer que le *suicide* était approuvé dans l'ancienne loi, lorsque cela est constaté autre part, dans la Bible même, par des éloges positifs qu'elle y donne à un acte de cette nature?

L'HOMME D'ÉGLISE.

Je vous vois venir : vous allez me citer pour preuve la mort de Samson, qui était fort comme un Turc, et qui d'un tour de main...; mais *distinguo.*

L'HOMME DU MONDE.

Eh non! l'abbé, je ne vous citerai comme preuve à l'appui de mon opinion ni les éloges donnés à Samson, qui périt sous les ruines du temple dont il écrasa les

Philistins, ni ceux qu'obtint Éléazar, qui s'offrit à une mort certaine, en enfonçant son épée dans le ventre de l'éléphant qu'il croyait porter Antiochus. Ce sont là des traits de dévouement, des actes d'un héros qui se sacrifie pour le salut de tous, sacrifice dont le Sauveur du monde nous a lui-même donné l'exemple, quand il s'est fait homme, car il savait bien ce qui s'ensuivrait. L'exemple que je vais vous présenter est bien autrement concluant : c'est un *suicide* dans toutes les règles, et un *suicide* offert à notre admiration. Votre Bible est-elle française ?

L'HOMME D'ÉGLISE.

Je ne sais pas l'hébreu.

L'HOMME DU MONDE.

Bon ; voyez au second livre des Machabées, ch. xiv, v. 37 ; et lisez tout haut, s'il vous plaît, du ton de l'épître.

L'HOMME D'ÉGLISE.

J'y suis. « Or, on accusa auprès de Nicanor un des « anciens de Jérusalem, nommé Razias, homme zélé « pour la ville, qui était en grande réputation, et qu'on « appelait le père des Juifs, à cause de l'affection qu'il « leur portait. Il menait depuis long-temps, dans le ju- « daïsme, une vie très pure et éloignée de toute souil- « lure, et il était prêt d'abandonner son corps et sa vie « pour y persévérer jusqu'à la fin. Nicanor, voulant donc « donner une marque publique de la haine qu'il avait « contre les Juifs, envoya cinq cents soldats pour le

« prendre; car il croyait que s'il séduisait cet homme,
« il ferait aux Juifs un grand mal. Lors donc que ces
« troupes s'efforçaient d'entrer dans sa maison, d'en
« rompre la porte et d'y mettre le feu, comme il se vit
« sur le point d'être pris, il se donna un coup d'épée,
« aimant mieux mourir noblement (*nobiliter*) que de se
« voir assujetti aux pécheurs, et de souffrir des outrages
« indignes de sa naissance. Mais parceque, dans la pré-
« cipitation où il était, il ne s'était pas donné un coup
« mortel, lorsqu'il vit tous ces soldats entrer dans sa
« maison, il courut avec une *fermeté extraordinaire* à
« la muraille, et il se précipita lui-même *héroïquement*
« (*viriliter*), du haut en bas, sur le peuple; et tous
« s'étant retirés promptement, pour n'être pas accablés
« de sa chute, il tomba la tête la première. Lorsqu'il
« respirait encore, il fit un nouvel effort, se releva, et
« les ruisseaux de sang lui coulaient de tous les côtés, à
« cause des grandes plaies qu'il s'était faites. Il passa en
« courant à travers le peuple, et, étant monté sur une
« pierre escarpée, lorsqu'il avait perdu tout son sang, il
« tira ses entrailles hors de son corps, et les jeta avec
« ses deux mains sur le peuple, *invoquant le domina-*
« *teur de la vie et de l'âme, afin qu'il les lui rendît*
« *un jour :* et il mourut de la sorte. »

L'HOMME DU MONDE.

Noblement! héroïquement! et cela au sujet d'un *suicide*, et dans un livre canonique! Plutarque ne parle
pas autrement de la mort de Caton.

L'HOMME D'ÉGLISE.

C'est singulier !

L'HOMME DU MONDE.

Moins que vous ne le croyez; car le *suicide* n'était pas défendu aux Juifs par la loi. Le Pentateuque n'en parle pas; et vous voyez que Razias, loin de croire faire, en se tuant, une chose désagréable à Dieu, espère bien que ses entrailles lui seront rendues un jour par ce Dieu de miséricorde; ce qui, soit dit en passant, prouve que les Juifs croyaient à une vie future, ce que Voltaire révoque en doute.

L'HOMME D'ÉGLISE.

Mais, dans le Décalogue, Dieu défend l'homicide. Or celui qui se tue commet un homicide, donc le *suicide* est défendu par le Décalogue; donc nous avons raison de ne pas vouloir enterrer l'homme qui s'est tué à *la Cigogne*. Tirez-vous de là.

L'HOMME DU MONDE.

Votre conséquence est plus subtile que juste. Ni la loi divine ni la loi humaine ne comprennent le *suicide* dans l'homicide. La condamnation n'est évidemment portée, dans le Décalogue, que contre celui qui tue son frère; et il la mérite. Poussé par une passion quelconque, quand un homme en tue un autre, ce n'est certes pas pour lui rendre service. Rien ne peut l'excuser aux yeux de Dieu et des hommes. Cet assassin, de plus, dispose de ce qui ne lui appartient pas. Il en est tout autrement de celui qui se tue. Après tout, qu'il agisse en

vertu de causes suffisantes ou non, il ne fait que disposer de sa propriété. Il en abuse sans doute; mais user et
abuser sont des droits de propriétaire; et je ne vois pas
que les prodigues soient traités comme les voleurs, dans
quelque législation que ce soit. Rien n'autorise donc ce
refus de la sépulture; refus aussi peu conforme au caractère de l'église qu'aux égards dus à l'humanité. De tout
temps, donner la sépulture aux morts a été faire une
œuvre de miséricorde devant le Seigneur. C'est ainsi que
le vieux Tobie a mérité de recouvrer la vue, et s'est attiré la bénédiction du ciel. Or, vous savez qu'il ne s'en-
quérait pas de la manière dont était mort celui qu'il en-
terrait, et qu'il rendait les mêmes honneurs à ceux qui
étaient *tués* qu'à ceux qui étaient *défunts. Defunctis at-
que occisis*, dit le texte sacré : faites de même. Enfin,
vous croyez-vous en droit de manquer de charité envers
un malheureux qui a manqué de raison?

L'HOMME D'ÉGLISE.

Je ne dis pas cela. Mais il ne faut pas encourager les
gens à se tuer.

L'HOMME DU MONDE.

La maladie ne sera jamais contagieuse. Tant de motifs
nous encouragent à vivre! De plus, ce n'est pas pour
les morts que je sollicite ici votre charité, mais pour les
vivants. Qu'importe, après tout, à un homme qui se tue
s'il sera enterré ou non? Mais cela importe à sa famille,
qui dans ce fait n'a rien à se reprocher, et n'est déjà que
trop à plaindre.

L'HOMME D'ÉGLISE.

C'est vrai.

L'HOMME DU MONDE.

Assurez-moi donc que vous ferez tous vos efforts pour déterminer M. le curé à ne pas donner de scandale dans notre paroisse. Ou promettez-moi du moins que s'il lui répugne trop d'officier à cette triste cérémonie, vous ne vous y refuserez pas, vous.

L'HOMME D'ÉGLISE.

Je vous le promets de tout mon cœur; j'enterrerai volontiers notre homme, pourvu que M. le curé me le permette, et que la municipalité nous y force.

L'HOMME DU MONDE.

C'est ce qui s'appelle entendre raison.

BIOGRAPHE ET BIOGRAPHIE.

Biographe. Auteur qui écrit une vie ou plusieurs vies particulières.

Biographie. Histoire d'un particulier, collection d'histoires de plusieurs particuliers. Ce mot est composé des mots grecs βίος (bios), *vie,* et γράφω (grapho), *j'écris.*

Certains livres de la Bible, tels que ceux de Joseph et de Tobie, sont des biographies. Ce sont aussi des biographies que la collection des Bollandistes et les recueils intitulés *Vies des Saints.*

La différence de la biographie à l'histoire proprement
dite, c'est que la biographie ne raconte de l'histoire des
peuples que ce qui est en rapport avec l'individu dont
elle s'occupe.

Une biographie doit être écrite avec impartialité. La
malveillance ou la bienveillance s'y montre-t-elle, dès
lors elle perd son caractère : ce n'est plus qu'une dia-
tribe ou qu'un panégyrique ; et l'on ne la consultera plus
qu'avec défiance.

Que cherchent, au fait, dans une biographie, les amis
de la vérité? Les faits qui doivent servir de base à leur
opinion sur l'homme dont on a écrit, et non l'opinion
de l'homme qui a écrit ; ils y cherchent enfin ce que le
titre de l'ouvrage leur a promis, la vérité toute nue.

Les biographies anciennes sont des modèles d'impartialité. Cornélius Népos ne fait aucune acception des
personnes. Il écrit sur Amilcar et sur Annibal comme il
écrit sur Caton et sur Atticus ; il n'est ni Romain ni
Carthaginois, il est honnête homme ; ainsi en est-il du
bon Plutarque.

Les biographies se sont beaucoup multipliées dans
les temps modernes, et chez nous surtout depuis la révolution. Elles ont leur prix ; mais le mérite que nous
reconnaissons aux vieilles biographies n'est pas celui par
lequel elles sont le plus recommandables.

La preuve de leur partialité, c'est leur multiplicité.
Si les auteurs de la première de ces biographies s'étaient
renfermés dans les bornes du genre ; s'ils s'étaient con-

tentés de raconter les faits avérés, sans les commenter, sans les dénaturer, il n'eût été besoin que de continuer leur travail.

Comme ils ont suivi une méthode tout opposée, il a fallu le refaire ; il a fallu redresser leurs erreurs, qui toutes ne sont pas involontaires. De là sont nées d'autres biographies, qui peut-être ne sont pas non plus exemptes de partialité. Écrites sous l'influence d'une généreuse indignation, elles peuvent quelquefois porter l'empreinte de l'esprit de réaction ; dans les questions d'honneur, il est difficile de ne point se passionner quand on réfute.

Un célèbre jurisconsulte[1] a dit, au sujet de quelques biographies où il n'est question que de contemporains, « Il serait à souhaiter qu'on n'en eût pas fait une ; mais « la première une fois faite, la seconde est devenue né- « cessaire. »

Je suis absolument de ce sentiment sur la seconde partie de cette proposition ; quant à la première, j'ose en différer.

Si jamais une biographie des contemporains a été nécessaire, c'est, sans contredit, après les trente années qui viennent de se passer. Pendant cette longue période, tout a été dénaturé par l'esprit de parti : les hommes, les faits, les opinions ; et presque toutes les réputations sont assises sur de fausses bases. Il importait donc aux hommes qui ne sont pas insouciants de leur

[1] M. Dupin.

réputation qu'il existât un registre où l'on tînt note de
leurs actions, et où leurs opinions fussent consignées.
Il importait donc aux honnêtes gens, et il y en a dans
tous les partis, que ce qu'ils ont dit et fait fût recueilli
avec exactitude, et raconté avec véracité; car, comme ils
ne l'ont dit et fait que dans la persuasion qu'ils servaient
la bonne cause, ils n'ont rien dit et fait dont ils ne se
puissent honorer, s'ils n'ont pas violé les lois impres-
criptibles de la probité. Que leurs drapeaux aient été
vainqueurs ou vaincus, un républicain et un vendéen
ne doivent pas craindre qu'on rappelle qu'ils ont combattu sous ces drapeaux, si c'est en soldats et non pas
en brigands qu'ils ont fait la guerre.

Il n'est donc pas à regretter qu'une première biographie des contemporains ait été faite, mais qu'elle ait été
mal faite, et qu'au lieu d'être archive de vérité, elle soit
archive d'erreur, et, qui pis est, arsenal de calomnie.

Certes, on ne doit pas se presser de juger les contemporains, parceque ce n'est pas sur des faits isolés
et d'après ce qu'on fut un jour, mais sur une série de
faits et d'après ce qu'on a été pendant sa vie entière,
qu'on peut en conscience prononcer sur un individu.
Mais, pour mettre la société à même de porter sur lui,
quand le temps sera venu, un jugement définitif, en sûreté de conscience, on ne saurait trop s'appliquer à mettre sous les yeux de ce juge les faits dont la vie de ses jus-
ticiables se compose; et le biographe qui les a recueillis
ne fait rien que d'honnête et d'utile en les publiant.

L'exactitude et la véracité sont les premières qualités exigibles dans un biographe, comme historien ; comme écrivain, il ne saurait être trop clair, trop simple et trop concis.

Les plus célèbres biographes modernes sont Brantôme, Moréri, l'Advocat, abréviateur de ce dernier, et Bayle, son critique.

On a rangé Voltaire parmi les biographes, en se prévalant de ce qu'il a écrit la vie de Charles XII ; mais la vie d'un roi est tellement liée à tout ce qui s'est passé sous son règne, qu'on ne saurait l'écrire sans écrire l'histoire de sa nation pendant tout le temps qu'il a régné. Comme Robertson, auteur de la vie de Charles-Quint ; comme Waston, auteur de la vie de Philippe II ; comme Quinte-Curce, Voltaire est classé, par la nature même de son travail, au rang des historiens.

CABALE.

Cabale, de l'hébreu *kabbalah*, qui signifie *tradition*. Ce mot s'applique à plusieurs objets ; nous expliquerons successivement ses diverses significations.

Cabale. Doctrine non écrite, et transmise de père en fils, d'âge en âge. C'est ce que les Juifs appellent *la loi orale*, par opposition à *la loi écrite*. Moïse, disent-ils, reçut de Dieu, sur le mont Sinaï, avec la loi, l'explica-

tion de la loi ; rentré dans sa tente, il communiqua cette
explication à son frère Aaron, le grand-prêtre, puis à
Éléazar et à Ithamar, fils d'Aaron, puis aux soixante et
dix vieillards qui formaient le sanhédrin, puis enfin à
tout Israélite qui voulait l'entendre ; de sorte qu'il n'y
avait pas une de ces explications qu'Aaron n'eût entendue quatre fois, Éléazar et Ithamar trois, les soixante
et dix vieillards deux, et les curieux d'Israël une.

Cabale, interprétation que les docteurs juifs et les
rabbins ont donnée, soit du texte de l'écriture, soit des
mots et des lettres mêmes dont ce texte se compose, et
qu'ils soumettent à certaines combinaisons.

Cette espèce de *cabale* se divise en trois. 1° La *gema-
tria* (de geometria). Elle consiste à prendre les lettres
d'un mot pour des chiffres, et à expliquer ce mot par
la valeur de ces chiffres. Exemple : les lettres hébraïques
du mot *schilo* donnent le même produit arithmétique
que celles du mot *messiach* ; les *cabalistes* en ont conclu
que les mots *jabo-schilo*, qui signifient *schilo viendra*,
annoncent évidemment la venue du Messie.

2° La *notaricon* (de notarius). Celle-là prend chaque
lettre d'un mot pour une diction entière, ou compose
une seule diction des premières lettres de plusieurs
mots. Exemple pour le premier cas : *Béréschit*, premier
mot de la Genèse, livre où se trouve l'histoire de la
création du monde, contient, d'après la glose des doctes,
l'histoire même de la création. Du B ils font *basa*, de
l'R *rakia*, de l'A *arez*, du SCH *schamain*, de l'I *jam*,

du T *téhomoth;* lesquels mots réunis signifient *il a
créé le firmament, la terre, les cieux, la mer et les
abîmes.* Exemple pour le second cas : les mots *Alhah,
Gibbor, Leholam, Adonaï,* signifient *vous êtes fort
dans l'éternité, Seigneur;* et la réunion de la première
lettre de chacun de ces mots donne le mot *Agla,* qui
signifie *je révèlerai,* ou *une goutte de rosée.* Le produit
de cette opération, comme on le voit, est tout-à-fait
celui de l'*acrostiche.*

3° La *thémurah,* c'est-à-dire *changement.* Celle-là
consiste à tirer un nouveau sens d'un mot, soit en trans-
posant, soit en séparant les lettres dont il se compose.
Telle est la théorie du calembour et de l'anagramme,
théorie à l'aide de laquelle d'*Olimpie* les ennemis de
Voltaire faisaient *ô l'impie;* et les gens peu révéren-
cieux envers Hippocrate trouvaient dans le nom de ce
grand médecin celui du vase qui sert au plus vil des besoins. C'est pourtant d'une de ces opérations que les
rabbins ont conclu que le monde avait été créé en septembre. Cette cabale s'appelle *artificielle.*

Cabale pratique. Science à l'aide de laquelle les Juifs
prétendaient opérer des miracles, et à laquelle ils attribuent ceux de Moïse, de Josué, d'Élie et de Jésus-
Christ. Si l'on en croit quelques uns de leurs docteurs,
celle-là serait aussi vieille que le monde; elle serait consignée dans un livre qu'Adam aurait reçu en consola-
tion de sa chute; encyclopédie où sont exposés tous les
secrets de la nature, et entre autres l'art de converser

avec le soleil et la lune, de commander aux anges, tant
bons que mauvais, de lire dans l'avenir, d'appeler ou
d'écarter à sa fantaisie les fléaux les plus redoutables.
C'est à l'aide des recettes contenues dans ce livre, que
Salomon, par les mains duquel il a passé, trouva le
moyen de bâtir le temple sans le secours d'aucun instrument de fer, par le seul ministère du ver *zamir*. Ce
livre, que le savant Isaac-Ben-Abraham a fait imprimer
au commencement du siècle dernier, ne doit pas être
perdu, si les rabbins qui l'ont condamné au feu n'ont
pas saisi l'édition tout entière.

D'après certaines traditions, les anges eux-mêmes auraient révélé aux patriarches les mystères de la *cabale*.
Adam les tiendrait de l'ange Raziel; Sem, de l'ange Ja-
phiel; Abraham, de l'ange Zédékiel; Isaac, de l'ange Raphaël; Jacob, de l'ange Péliel; Joseph, de l'ange Gabriel;
enfin Moïse, de Métatron; et Élie, de Malathiel, qui sont
aussi des anges.

Cabale philosophique. Celle-là contient, sur Dieu,
sur les esprits et sur le monde, une métaphysique sublime, disent ceux qui l'enseignent. Elle se divise en
deux : l'une s'appelle *Béréschit,* mot par où commence
le premier livre du Pentateuque; celle-là est toute relative à la connaissance de la terre; l'autre, toute relative
à la connaissance des choses célestes, s'appelle *mercava*
ou *le chariot,* par allusion au chariot d'Ézéchiel, où les
cabalistes trouvent l'explication de toutes les vérités.
Si sacrées que soient ces deux sciences, la seconde l'est

bien plus que la première; car s'il n'est pas permis de parler du *Bereschit* devant plus de deux personnes, il est défendu d'expliquer le *Mercava* devant qui que ce soit : telle est la volonté d'en haut. Les rabbins citent à l'appui de cette opinion plusieurs faits; voici le plus vraisemblable et le plus concluant.

Un jeune étudiant, qui conduisait l'âne de son maître, Rabbi Jochanan, lui demanda la permission de parler et d'expliquer la *vision du chariot* ou le *Mercava*. Le maître y consentit, sans faire attention qu'ils étaient au moins deux. Or, comme il n'est pas permis de parler de cet objet en marchant, et à plus forte raison monté sur un âne, le maître met pied à terre. L'étudiant commence sa glose; mais à peine a-t-il dit une phrase, toute la nature s'émeut, le feu du ciel descend, et tous les arbres de la forêt entonnent en chœur ce verset du psaume, *ô terre, louez l'Éternel!*

La *cabale philosophique* pose en principe, 1° *De rien il ne se fait rien;* 2° *il n'y a donc point de substance qui ait été tirée du néant;* 3° *donc la matière même n'a pu sortir du néant;* 4° *la matière, à cause de sa nature civile, ne doit pas son origine à elle-même;* 5° *de là il suit que, dans la nature, il n'y a pas de matière proprement dite;* 6° *de là il suit que tout ce qui est, est esprit;* 7° *cet esprit est incréé, éternel, intellectuel, sensible, ayant en soi le principe du mouvement, immense, indépendant et nécessairement existant;* 8° *par conséquent cet esprit est l'ENSOPH ou le Dieu infini;* 9° *il est donc nécessaire que tout ce qui existe soit émané de cet esprit infini;* 10° *plus les choses sont proches de leur source, plus elles sont grandes et divines; et plus elles en sont éloignées, plus leur nature se dégrade et s'avilit;* 11° *le monde est distingué de Dieu comme un effet de sa cause, non pas à la vérité comme un effet passager, mais comme un effet permanent; le monde étant émané de Dieu, doit donc être regardé comme Dieu même, qui, étant caché et incompréhensible dans son essence, a voulu se manifester et se rendre visible par ses émanations.*

Ces émanations ont créé quatre sortes de mondes. Le premier est le monde *azileutique*, peuplé par les *séphirots* ou par les *splendeurs,* lumières sorties de l'être infini, comme la chaleur sort du feu et la lumière du soleil ; lumières toujours proches de Dieu, dont elles émanent.

Le second est le monde *briathique,* mot qui signifie *dehors* ou *détacher.* Ce monde-là est habité par des âmes moins rapprochées de leur source que les *séphirots,* sous l'influence desquels elles se trouvent. Ce monde, inférieur au leur, occupe encore une assez belle place dans la hiérarchie cabalistique : on l'appelle *trône de la gloire.*

Le monde *angélique* ne vient qu'en troisième; il s'appelle *jésirah,* mot qui indique le but dans lequel ont été tirés du néant les anges, qui tous sont placés dans des corps célestes d'air ou de feu. Ces purs esprits forment dix troupes; ils ont pour général Métraton, qui leur *distribue tous les jours le pain de leur ordinaire*, et seul a le privilége de voir incessamment Dieu face à face.

En dernier vient le monde *asiah*, monde créé pour des corps qui ne subsistent pas par eux-mêmes comme les âmes, ni dans un autre sujet comme les anges, et qui sont composés d'une matière divisible, changeante et destructible.

Ne perdons pas notre temps à discuter cette doctrine, d'où il résulte que la matière est éternelle, puisque, d'après le principe premier, *de rien il ne se fait rien*, et que néanmoins la matière a été créée, puisque le troisième principe pose qu'*elle a pu sortir du néant*, et que, suivant le quatrième principe, *elle ne doit pas son origine à elle-même*; d'où il résulte aussi que la matière existe, et que pourtant, si l'on en croit le cinquième principe, *la matière n'existe pas, que tout ce qui est, est esprit, que cet esprit est Dieu*, ce dont on peut induire, la matière existant, que la matière est Dieu. Ne perdons pas notre temps, dis-je, à discuter ces absurdités, qui, pour tout bon esprit, se réfutent par elles-mêmes; et bornons-nous à dire que de la *cabale judaïque* sont dérivées d'autres *cabales* non moins extravagantes : telle est la *cabale grecque*, qui consiste dans l'art de combiner des lettres grecques, et tire toute sa puissance de l'alphabet; telle est la *grande cabale*, qui place dans chaque élément des génies spéciaux, fait habiter par les salamandres les régions du feu, celles

de l'air par les sylphes, les abîmes de la terre par les
gnomes, et par les ondins les gouffres des mers. Ces
êtres, plus parfaits que l'homme, furent toutefois soumis à l'homme. Adam était leur chef, mais en perdant
le paradis, il a perdu son empire sur eux, et sa postérité a été détrônée en lui. Il existe pour nous néanmoins
des moyens éprouvés de se ressaisir de cet empire, mais
comme il serait trop long de les déduire ici, nous renvoyons le lecteur aux livres où ces secrets sont déposés.

Les *créatures élémentaires* ont souvent eu avec notre
espèce le commerce le plus intime, les rapprochements
les plus étroits. Cela s'explique : mortels comme les nô-
tres, leurs corps ne sont pas habités par une âme faite
immortelle ; c'est en s'unissant à nous qu'un sylphe peut
participer au privilége que nous avons de ne pas mourir
tout entier, et de jouir après la mort de la présence de
l'Être suprême. De là entre eux et nous plus d'une alliance d'où sont issues de très nobles familles. Il est pourtant quelques sylphes qui craignent plus le mariage que
la mort, et s'obstinent à rester garçons.

Cabale se dit aussi des opérations faites suivant les
règles de la *cabale*.

Les adeptes des différentes *cabales* s'appellent *cabalistes*. Il ne faut pas les confondre avec les *cabaleurs*, suppôts d'un autre genre de *cabale* dont il nous reste à parler.

Cabale, association secrète, formée dans un but illi-
cite, dans une intention malveillante. *Cabale*, en ce
sens, porte avec elle l'idée du projet et de l'exécution.

C'est une conspiration conçue dans des intérêts secondaires, comme la promotion d'un marguillier, la nomination d'un académicien, la chute d'une pièce de théâtre, l'admission d'un acteur. S'applique-t-elle à l'élection d'un député ou d'un pape, ennoblie par son objet, la *cabale* prend le nom de parti, de brigue, de ligue, de faction.

Rien de plus opposé aux intérêts de la société que ceux de la *cabale,* qui n'est au fait qu'une révolte de la minorité contre la majorité, et dont le but est toujours de faire prévaloir une opinion particulière sur l'opinion générale, et d'asservir la volonté publique à des affections privées. La ruse, la violence, le dénigrement, la calomnie, tout lui est bon pour parvenir à ses fins, et elle n'y parvient que trop souvent. Ses triomphes, à la vérité, sont plus bruyants que longs; mais enfin, tant qu'ils durent, la société est lésée sous plus d'un rapport, et quand, au jour de la justice, chacun est remis à sa place, le public reconnaît souvent que la *cabale* lui a fait un dommage irréparable.

Pradon s'est couronné des lauriers de Racine. En vain le public a-t-il depuis fait justice de Pradon; en vain a-t-il fini par exclure Pradon de la scène, où Racine ne partage l'empire qu'avec ses égaux; en rendant au théâtre les ouvrages que ce grand poëte avait faits, il n'a pu lui rendre ceux qu'il aurait faits si, dégoûté par tant d'injustices, il n'eût pas renoncé à son art lorsqu'il était dans la force de l'âge et du talent. Vingt ans de la vie de

Racine ont été stériles pour la gloire française. Voilà l'ouvrage de la *cabale*.

On appelle aussi *cabale* la réunion des *cabaleurs*. *Clique*, *séquelle*, et quelquefois aussi *coterie*, sont synonymes de *cabale* dans cette dernière acception.

DES BÊTES ET DE LA BÊTISE.

Si l'on en juge par les formes, le nom de bête désigne, dans le règne animal, tout ce qui n'est pas homme. Tu n'es donc pas une bête, toi qui n'as le corps ni velu comme un singe, ni écaillé comme une carpe, ni emplumé comme un dindon, et qui marches sur tes pieds de derrière, les bras ballants et le nez en l'air. Cette dernière faculté surtout caractérise l'homme.

> Formé d'un peu de boue à l'image des dieux,
> Il lève un front superbe, et regarde les cieux,

dit Ovide:

> Os homini sublime dedit, cœlumque tueri
> Jussit, et erectos ad sidera tollere vultus.

Ainsi bâti, dis-je, tu n'es pas une bête; mais il ne s'ensuit pas que tu ne sois pas bête; car bête s'emploie aussi adjectivement.

En juge-t-on par les qualités morales, on range dans

la classe des bêtes tout animal privé de raison; mais alors le nombre des bêtes s'accroît dans une immense proportion; et nous pouvons à coup sûr y comprendre les trois quarts et demi de nos semblables.

Dans cette hypothèse, l'histoire des bêtes se retrouve autant dans La Bruyère que dans Buffon; car il est à remarquer que les différents caractères qui distinguent les hommes entre eux, les écartent aussi souvent de la droite raison que les animaux en sont écartés par l'instinct.

L'instinct est cette faculté innée qui porte l'animal à chercher ce qui lui est bon et à fuir ce qui lui est nuisible. Multipliez les combinaisons de l'instinct, ce sera la raison; car ce qui distingue l'instinct de la raison, c'est qu'il n'a guère qu'une même manière d'opérer; c'est qu'il ne procède que par routine; c'est qu'il emprisonne tous les individus d'une même espèce dans le cercle des mêmes habitudes, dont les bornes sont celles de leur intelligence; c'est enfin qu'il n'est pas assisté par la réflexion.

Le caractère, quoique allié dans l'homme à la faculté de réfléchir et à une intelligence sans bornes, ne produit-il pas souvent les mêmes effets que l'instinct? Quoi de plus déraisonnable et de plus borné que l'homme vicieux ou passionné?

Il est au-dessous de la bête; car c'est par sa nature même que la bête manque de raison, tandis que c'est contre sa nature que l'homme en a manqué.

Un chat se laisse mourir de faim sur un tas de blé dont les grains, broyés sous sa dent, pourraient se convertir en farine dans sa gueule, et lui fournir un aliment semblable à cette bouillie dont il mange tous les jours; voilà un des effets de l'instinct à qui toutes ces combinaisons sont impossibles. Un avare se laisse manquer de tout sur des monceaux d'or dont il connaît l'usage; voilà un effet du caractère qui étouffe en lui l'intelligence et la réflexion. Or, l'animal doué de raison n'est-il pas ici fort au-dessous de la bête qui n'en a pas?

Appelons donc bête tout animal qui agit contre les lois de la raison; et convenons qu'il n'y a pas d'homme qui, une fois le jour, n'ait droit à ce titre, que tant d'honnêtes gens s'étudient à mériter tout le long de la journée.

L'histoire des hommes n'est guère, au fait, qu'une série d'illustres bêtises. Si, comme il n'est pas permis d'en douter, le fruit défendu est la cause de toutes les misères dont notre chétive espèce est affligée en ce monde et dans l'autre; il faut en convenir, la première bêtise a été faite par le premier homme, et notre père commun a débuté par une *bêtise pommée*; d'où vient sans doute cette locution, par laquelle on caractérise certains actes de ses enfants.

Bêtise, dans le sens où nous venons de l'employer, est l'action d'une bête. Ce mot a encore un autre sens: l'état moral d'un homme qui, privé de jugement, n'est pourtant pas en état de folie s'appelle bêtise.

La bêtise semble inhérente à cette tache originelle qu'Adam a transmise à toute sa race; et cette portion de la tache est indélébile; car, malgré la régénération du genre humain, la bêtise reste liée à l'esprit et au génie même.

Remarquons d'abord que l'histoire des premiers hommes est aussi l'histoire des premières bêtes. Consultez la mythologie : est-il une race de bêtes qui n'ait un héros pour aïeul? Est-il une race de héros qui, parmi ses aïeux, ne compte une bête? Pour quiconque connaît un peu l'antiquité grecque et romaine, ces idées sont inséparables. Un cygne, une ourse, un loup, sont pour lui Jupiter, Calisto, Lycaon. Il ne saurait voir une bête sans songer à un homme; preuve de la grande analogie qu'il y a entre l'instinct et le caractère.

La lecture de la Bible aussi donne lieu à de pareils rapprochements. Que de gens parlant doux, mangeant la terre et marchant sur le ventre, nous rappellent ce serpent qui était le plus malin des animaux! Pouvez-vous entendre tel législateur, tel avocat ou tel académicien, sans songer à l'âne de Balaam, bien que vous n'ayez pas envie de crier miracle? Et l'intelligence de telle et telle majesté, noire ou blanche, olivâtre ou cuivrée, ne vous rappelle-t-elle pas ce pauvre Nabuchodonosor, qui, sept ans durant, ne mangea que du foin et régna à quatre pattes?

Les règnes des Charles VI, des Henri VI, et autres monarques qui ne se contentaient pas de foin, ont été plus longs et plus funestes que celui du roi babylonien.

Rien de plus propre que l'ignorance à entretenir la bêtise ; néanmoins elle sympathise fort avec la science. L'on peut dire avec une égale justesse, bête comme une oie, et bête comme un savant. Ce n'est pourtant pas qu'il n'y ait entre eux quelque différence sur certains points. Malebranche, en fait de métaphysique, Varignon, en fait de calculs, sont incontestablement supérieurs à l'autre bipède. Mais tirez-les de là, la parité se rétablit. Après avoir lu une tragédie de Corneille ou de Racine, tous trois vous demanderont ce que cela prouve. Placez l'oison à la tête d'un ministère, il n'y sera pas plus nul que l'un des premiers géomètres de notre âge ne l'a été pendant les six semaines de son administration.

Cette espèce de bêtise dans des hommes supérieurs sous un rapport unique s'explique au reste facilement. La nature n'a pas donné à notre esprit, non plus qu'à notre corps, toutes les aptitudes. Ce que nous avons de force et de souplesse intellectuelle tourne au profit de la faculté que nous exerçons le plus, comme ce que nous avons de force et de souplesse physique tourne au profit du talent que nous cultivons par prédilection ; mais c'est à notre détriment pour le reste. Tel mathématicien ne sait pas écrire, par la même raison que tel danseur ne sait pas marcher.

La bêtise alliée aux sciences exactes est, après tout, fort innocente, quand les savants ne sortent pas du cercle de leur science, quand on ne leur fait pas prendre part au maniement des affaires, quand ils n'ont à prononcer ni sur les hommes ni sur les choses. Dans leur isolement, ils peuvent même rendre de grands services. Comme les machines d'Archimède, comme la grue des architectes, employés conformément à leur aptitude, ils feront des prodiges. Il n'en est pas ainsi de la bêtise alliée aux sciences inexactes. Un esprit faux ne saurait tirer une fausse conséquence des mathématiques; elles redressent leur homme. Mais, en théologie, en politique, c'est tout différent; la science fausse l'homme. Les propositions les plus absurdes s'y démontrent aussi facilement que les propositions les plus justes; les conséquences les plus vicieuses s'y tirent des principes les plus incontestables. C'est ainsi qu'au nom du Dieu de paix, des fanatiques provoquent l'intolérance et la persécution; c'est ainsi qu'au nom de l'ordre et de la félicité publique, des factieux redemandent l'oppression et l'asservissement des nations. Ce genre de bêtise est d'autant plus à redouter, qu'il dégénère trop souvent en stupidité, si ce n'est en férocité.

La stupidité passe peut-être pour de l'héroïsme aux yeux de ces messieurs. Je conviens qu'elle s'y est trouvée quelquefois mêlée. Des héros n'ont pas dédaigné de l'employer au succès de leurs projets. David était perdu à la cour du roi Achis, s'il ne s'y était pas fait prendre pour un imbécile. Enveloppant son génie du voile de la bêtise, *immutavit os suum*, il se mit à faire des grimaces; *collabebatur in manus eorum*, il se jetait dans les bras de tout le monde; *impingebat in ostia portæ,* il se cognait à toutes les portes; *defluebant-que saliva ejus in barbam,* et il bavait sur sa barbe. Bref, il joua si bien la comédie, que le bon roi Achis dit à ceux qui le lui avaient amené : Manquons-nous de furibonds? *An desunt nobis furiosi?* Fallait-il m'amener celui-ci pour *furibonder* en ma présence? *quod introduxistis istum, ut fureret me præsente* [1]! et il envoya David *furibonder* ailleurs.

Les saints pères regardent cette bêtise de David comme l'effet d'une profonde sagesse. Telle est l'opinion que l'on pourrait avoir aussi de celle que feignit Brutus, de celle qui prépara la liberté de Rome. Les actions de Brutus n'étaient au fait que des actes d'un grand sens; c'est faute de les comprendre que les insensés devant lesquels il jouait cette noble farce le prenaient pour un imbécile. Par ses moyens et par ses résultats, la bêtise du consul romain est peut-être plus héroïque encore que celle du roi des Juifs.

Mon Dieu! que les gens d'esprit sont bêtes! dit Beaumarchais. La bêtise, en effet, se concilie avec le génie même. N'en concluons pas cependant que toute bêtise soit indice d'esprit. Les bons hommes ne sont pas tous aussi spirituels que La Fontaine. Ce n'est pas sans justice qu'on lui donnait pourtant l'épithète de bête. L'esprit dont ses ouvrages abondent se retrouvait rarement dans ses discours et dans sa conduite. Oubliez ses

---

[1] *Regum* lib. I, c. XXI.

fables et ses contes, et l'homme qui a fait et dit ce que les biographes nous ont conservé de lui, vous paraîtra tout aussi bête qu'il le paraissait à sa servante. Mais que cet homme si bête quand il parlait, avait d'esprit quand il faisait parler les bêtes!

Nicole [1] a plus d'une fois passé pour bête en société. De son aveu, il ne trouvait qu'au bas de l'escalier la réplique dont il avait eu besoin dans le salon. Rousseau était évidemment bête dans le cabinet de M. de Montaigu. La bêtise n'était chez eux, il est vrai, que défaut de présence d'esprit. Mais si, au moment du besoin, vous n'usez pas de ce que vous possédez, n'êtes-vous pas de pair avec les gens qui ne possèdent rien?

Ce qu'on a dit plus haut du génie appliqué aux sciences est également vrai de l'esprit appliqué aux lettres. Il est rare de trouver un homme d'esprit qui en ait également pour tout.

Celui de tous les hommes qui incontestablement a eu le plus d'esprit, Voltaire, était traité de bête par sa fille de basse-cour. Babet dit que je suis bête! s'écriait-il tout enchanté. Si Babet avait adressé ce compliment à tel chansonnier ou à tel journaliste que vous connaissez, il est probable qu'il aurait été reçu moins gaiement. Au fait, il aurait tiré à conséquence.

Madame Geoffrin réunissait chez elle la société la

---

[1] Il n'est pas ici question de la servante du *Bourgeois gentilhomme*, mais du collaborateur d'Arnauld de Port-Royal.

plus spirituelle de son temps. D'Alembert, Marmontel, la Condamine, Piron, l'abbé Morellet, en faisaient partie. Elle les appelait ses bêtes. Elle en avait le droit. Tout à leurs travaux, ces gens d'esprit-là eussent souvent connu le besoin, si cette femme de sens n'avait eu pour eux de la prévoyance. Aussi leur faisait-elle présent chaque année, aux étrennes, d'une belle culotte de velours de Gênes.

Peut-être est-il aussi rare d'être bête en tout, que d'avoir du génie pour tout. La bêtise n'est presque jamais que relative. Pour savoir ce que signifie ce mot, sachez donc quel est le genre d'esprit de celui qui parle. Le premier poëte et le premier financier de l'époque peuvent se regarder réciproquement comme des bêtes, et avoir raison tous deux.

La bêtise est mêlée à toutes les passions, et peut-être l'absence de toute passion est-elle aussi la bêtise; car il y a bien peu de différence entre l'apathie et la stupidité. En résumé, les hommes, en fait de bêtise, pourraient bien ne différer que du plus au moins.

Monsieur, me dira-t-on, cette dissertation pourrait le prouver, quant à ce qui vous concerne. — D'accord, lecteur; mais faites un peu votre examen de conscience, et peut-être vous reconnaîtrez-vous pour aussi bête que Monsieur.

L'animal dépourvu de toute intelligence prend le nom de brute. Il y a des gens qui sont encore au-dessous de cette classe-là. Un homme qui n'était rien moins que bête, disait d'un homme plus bête qu'il n'est permis de l'être : « Il ne lui manque qu'une chose pour ressembler à une brute, c'est l'instinct. »

DES ACADÉMIES,

ET PLUS PARTICULIÈREMENT DE L'ACADÉMIE FRANÇAISE.

Sociétés littéraires et scientifiques.

Dans l'antiquité, ce nom fut donné successivement à plusieurs écoles de philosophie. La première fut celle de Platon, dont les disciples se réunissaient au Céramique, dans les jardins d'Académus; de là ils s'appelèrent académiciens.

Les académies modernes ne sont pas des écoles, mais des réunions où l'on cultive les lettres et les sciences sans les professer.

Charlemagne avait établi dans son propre palais une académie dont il était membre. Il s'était donné pour confrères les plus beaux génies de sa cour. Pour maintenir entre eux l'égalité la plus parfaite, se dépouillant de ses titres, chacun prenait le nom de son auteur de prédilection. Le docte Alcuin, de qui l'on tient ces détails, se nommait *Flaccus*, surnom d'Horace; Adelard, évêque de Corbie, s'appelait *Augustin*; Charlemagne, *David*; le seigneur Engilbert avait pris sans façon le nom d'*Homère*; et Riedulphe, archevêque de Mayence, se

contentait du nom champêtre et modeste de *Da-
mœtas*.

Cette méthode a été plus récemment adoptée par
l'académie des *Arcades* ou *Arcadiens* de Rome. Là tous
les académiciens reçoivent un nom pastoral dans un
brevet qui, pour trois sequins, leur assigne un pâturage
en Arcadie et l'immortalité. Cette dernière société a
cela de particulier que les femmes y sont admises. On a
vu même des académiciens du troisième sexe parmi
ces bergers *in partibus*. C'est sous la protection de la
reine Christine que s'est formée cette association bu-
colique.

Les académies sont innombrables en Italie. Il n'y a
pas de ville un peu considérable qui n'en possède plusieurs. Jarkius, en 1725, en comptait vingt-cinq dans la
seule ville de Milan. Ces sociétés se plaisaient à prendre
des noms bizarres, et plus convenables à des troupes
de mimes et de bouffons qu'à des réunions d'amis des
lettres.

Conçoit-on que des académiciens se soient appelés
inquieti, *impazienti*, *eterocliti*, *lunatici*, *alterati*,
umidi, *infernati*, *insensati*, *insipidi*, *chimerici*, *fan-
tastici*, *vagabondi*, *estravaganti*, *addormentati*, *ato-
mi*, *infarinati*, c'est-à-dire les *inquiets*, les *impatients*,
les *hétéroclites*, les *lunatiques*, les *altérés*, les *humi-
des*, les *infernaux*, les *insensés*, les *insipides*, les
chimériques, les *fantasques*, les *vagabonds*, les *extravagants*, les *endormis*, les *atomes*, les *enfarinés*, etc.

La plus célèbre des académies italiennes est, sans contredit, celle *della Crusca* de Florence. Ce mot, qui signifie *son* ¹, indique l'objet des travaux de cette académie, lequel est de dégager la langue de ses expressions vicieuses, comme on sépare le son de la farine. Les meubles de la salle où elle se réunit y font allusion. La chaire est faite en trémie ; l'on y monte par des degrés taillés en meules. Une meule sert de siége au directeur. Les autres siéges ressemblent à des hottes, et pour dossiers ont des pelles à four. Le bureau est une huche ; c'est dans un blutoir que se place le lecteur. Les portraits même qui décorent la salle sont encadrés dans un ustensile de boulangerie. Il ne restait plus qu'à donner à l'édifice la forme d'un moulin, et aux savants qui s'y rassemblent un costume fourré de la peau et couronné des oreilles de l'animal qui fréquente le plus ces sortes d'usines.

Ces puérilités n'empêchent pas que l'académie *della Crusca* n'ait rendu de grands services à la littérature italienne par sa critique. Ce tribunal suprême en matière de style et de goût ne pouvait être mieux placé nulle part que dans la patrie du Dante, de Boccace et de Pétrarque. Mais comment les arbitres du goût ont-ils pu se meubler d'une manière aussi grotesque ?

L'établissement de l'académie française pourrait remonter au règne de Charles IX. Ce prince, qui a fait de

¹ Partie grossière du blé.

fort mauvais vers, et ce n'est pas ce qu'il a fait de pis,
protégeait du moins les poëtes qui faisaient de meilleurs
vers que lui. Il assista plusieurs fois à leur réunion, qui
avait lieu à Saint-Victor, sous la présidence de Ronsard,
et non seulement il leur permettait de s'asseoir en sa
présence, mais même de rester couverts devant lui,
quand ils ne lui adressaient pas la parole. Et c'est pourtant ce même prince qui a autorisé le massacre de la
Saint-Barthélemi!

La société de Saint-Victor servit de modèle à celle
qui, soixante ans après, s'assembla chez Conrard, et devint le noyau de l'académie française, laquelle reçut,
comme on sait, en 1635, du cardinal de Richelieu, une
organisation définitive.

Le but de cette institution est à peu près celui de
l'académie *della Crusca*. Elle veille particulièrement à
maintenir la langue dans sa pureté. Elle a fixé les principes de l'art d'écrire. Si, comme Despréaux le lui avait
proposé, elle en avait fait application par la critique à
certains ouvrages de génie qui, tels que ceux de Corneille, de Molière et de La Fontaine, ne sont pas exempts
d'incorrections, elle serait aussi utile qu'une académie
peut l'être.

Ce travail, fait sur des ouvrages dont les auteurs
n'existent plus, ne contribuerait pas peu à la conservation du goût. Demandé par l'intérêt de la littérature, il
ne saurait préjudicier à la gloire des grands écrivains. Il
aurait tous les avantages des commentaires de Voltaire

sur Corneille, et aucun des inconvénients de la critique
du *Cid* par l'académie, qui, bien qu'elle l'ait voulu, n'a
pas pu faire en toute liberté l'examen de l'ouvrage d'un
de ses membres encore vivant, et s'affranchir entièrement, soit des égards commandés par les convenances,
soit de la complaisance exigée par le pouvoir en cette
circonstance, où l'animosité de Richelieu ne faisait d'elle
qu'une Sorbonne littéraire.

L'égalité la plus parfaite règne entre tous les membres
de l'académie française, où les plus grands seigneurs
ont brigué l'honneur d'être admis. Une fois là, ils ne
sont considérés que comme hommes de lettres. Mais
est-il bien sûr que c'est à leurs titres littéraires seuls
que tant de gens titrés, qui n'ont rien écrit, aient dû
la préférence qu'ils ont trop souvent obtenue sur des
écrivains?

« L'académie française, dit un homme d'esprit, est
un corps où l'on reçoit des gens titrés, des gens d'église,
des gens de robe, et même des gens de lettres. »

Cela était trop vrai par le passé. Espérons qu'il n'en
sera pas ainsi à l'avenir. Ce n'est pas que, pour l'exécution du travail dont elle s'est chargée, l'académie n'ait
intérêt à choisir dans la classe supérieure des hommes
d'esprit, qui, pour n'avoir rien produit, n'en sont pas
moins bons juges de la manière dont la langue doit être
écrite ou parlée. Les ménagements commandés par les
relations de cour ont dû leur apprendre à manier la
langue avec une adresse particulière, et leur faire dé-

couvrir des finesses de tournures et des propriétés d'expression inconnues souvent à l'écrivain correct qui ne
sort pas de son cabinet, ou qui fréquente une société
moins choisie. Des hommes de cette espèce peuvent
être d'une grande utilité pour la confection du dictionnaire, qui doit tenir note de toutes les acceptions heureuses dans lesquelles chaque mot a pu être employé.
Mais l'académie doit être sobre de ces sortes de no-
minations, et s'abstenir surtout de les faire tomber,
comme cela lui est arrivé plus d'une fois, sur tel duc
qui ne sait pas l'orthographe. Loin de s'ennoblir alors,
elle déroge. C'est dans ce sens que Duclos lui recom-
mandait à chaque élection de ne pas *s'enducailler*.

L'amour-propre explique seul ces prétentions des
grands seigneurs, et ces complaisances des académiciens. En s'asseyant dans le fauteuil, les uns se croyaient
assimilés à des hommes de lettres, et les autres à des
hommes de cour en les y faisant asseoir. C'est l'histoire
de la liaison de Racine et de Cavoie.

Pour obvier aux inconvénients qui pourraient résulter de ces admissions, certaines académies ont déterminé le nombre dans lequel les amateurs pouvaient
être admis chez elles, et les reçoit à titre d'honoraires.

Cette différence établie entre les membres d'un même
corps n'était guère honorable, ce me semble, pour ces
derniers. Admis sans titres dans ce corps où ils sié-
geaient sans utilité, en quelle qualité pensaient-ils participer à la considération due à ce corps? Qu'étaient-ils

dans ces ruches, si ce n'est des bourdons qui vivent de miel et n'en produisent pas?

Les statuts n'exigeaient des honoraires que la seule intelligence des sciences. Quel grand seigneur n'avait pas le droit de se croire éligible? Il s'en est trouvé cependant qui ont eu assez d'amour-propre pour dédaigner ce genre d'illustration. L'un d'eux, pressé de souffrir que l'on couchât son nom sur la liste d'une académie ressuscitée, répondit fort spirituellement : « Eh! à quel titre? Je ne crois pas avoir assez d'esprit pour y entrer comme académicien ; mais je ne crois pas non plus en avoir assez peu pour y entrer comme honoraire. »

Aux académiciens honoraires, qui ne faisaient rien, étaient opposés les académiciens pensionnaires, qui, bien qu'ils travaillassent, semblaient d'une condition inférieure, par cela même qu'ils étaient payés pour travailler. Ces distinctions, introduites par l'abbé Bignon, n'existaient que dans l'académie des sciences et celle de belles-lettres. L'académie française, préférant sa liberté à des pensions, garda toujours sa forme primitive.

Par habitude, elle demeura cependant trop accessible aux hommes de cour. Le comte de Bissi, après de longues sollicitations, y était entré comme un autre quand une place vint à vaquer. Louis XV en parlait à son lever, où se trouvait le duc de La Vallière. Ne vous mettez-vous pas sur les rangs? dit-il au comte de Bissi. — Sire, je suis de l'académie. — Qu'est-ce que cela fait? reprend le duc de La Vallière. Sollicitez toujours, vous en serez deux fois.

Il faut cependant en convenir, en inscrivant de grands noms sur sa liste, cette académie a plus d'une fois admis dans son sein de grands talents. Sans être universel, le duc de Nivernais n'y était certes pas déplacé auprès de Voltaire, non plus que notre Boufflers, qui, dans les poésies fugitives, avait un esprit et une facilité si analogues au talent de ce grand homme.

Le chevalier de Boufflers, qui était membre de la commission du dictionnaire, n'y fut pas d'une médiocre utilité. Homme de lettres et homme du monde tout à la fois, il joignait à beaucoup d'instruction une grande connaissance de la société. Il en savait pour ainsi dire tous les idiomes. Si l'abbé Morellet était le grammairien de l'école, le chevalier de Boufflers était celui de la bonne compagnie. Tous ces avantages se retrouvent aussi dans le comte de Ségur, qui, dans ses derniers ouvrages, met autant de solidité et de philosophie qu'il a déployé d'esprit et de grâces dans ses premiers, et a supporté à diverses reprises, avec une si heureuse égalité d'âme, la rude épreuve de la mauvaise fortune et de la bonne.

En empruntant à la cour de pareils hommes, l'académie se complète. Quant aux admissions faites dans la seule considération du rang, c'est tout autre chose. Semblables à l'eau versée dans une bouteille de liqueur à demi pleine, elles lui ôtent de sa valeur en la remplissant.

Nous ne discuterons pas ici l'utilité des académies. Le fait a décidé cette question. Supprimées comme inutiles, elles ont été bientôt rétablies pour la raison contraire. Leur influence sur le progrès des lumières est incontestable. Pendant que les universités professent la science, les académies l'étendent. Il est de leur nature d'aller en avant comme de celles des corps enseignants de s'arrêter; il est de leur nature de douter comme de celle des corps dogmatiques d'affirmer. Sans les académies, la France ne serait peut-être, sous la férule des *doctrinaires,* que ce que les peuples du Paraguay étaient sous celle des jésuites, ou les Égyptiens sous l'autorité des prêtres d'Isis.

Les honneurs du fauteuil sont l'objet de l'ambition secrète de tout homme de lettres et de tout savant. C'est au dépit de ne pas les obtenir qu'il faut attribuer ce déluge d'épigrammes dont l'académie française est l'objet depuis qu'elle existe; déluge qui s'arrête dès qu'il y a une place vacante, et recommence dès que la place est donnée.

> Sommes-nous trente-neuf, on est à nos genoux ;
> Mais sommes-nous quarante, on se moque de nous.
>   FONTENELLE.

Les mots les plus piquants lancés contre elle sont presque tous de Piron. Piron eut tort. Ce n'est pas à l'académie, qui l'avait nommé, que l'auteur de *la Métromanie* devait s'en prendre, mais au roi, qui avait refusé de ratifier cette nomination. Louis XV n'avait pas trouvé à Piron des mœurs assez régulières pour travailler à la réforme du dictionnaire. Louis XV!

Des noms plus illustres que celui de Piron manquent à la liste des immortels. On n'y trouve ni Pascal, ni J.-B. Rousseau, ni J.-J. Rousseau, ni Diderot; mais Cotin y figure auprès de Racine. Peut-être est-ce à cause de cela que Molière montra tant d'indifférence pour le titre d'académicien, auquel il préféra sa condition de comédien. Picard a été moins fier.

Les démarches auxquelles les prétendants étaient assujettis par les anciens règlements ont dû répugner à plus d'un homme recommandable. Elles avaient été exigées comme garantie de l'acceptation. Le refus que le premier président Lamoignon, nommé de plein mouvement par l'académie, avait fait de cet honneur, la détermina à se mettre dorénavant à l'abri d'un pareil affront. Mais la mesure adoptée n'était-elle pas inconvenante? Une garantie donnée par celui des académiciens qui propose un candidat paraît aujourd'hui suffisante. Elle concilie en effet tous les intérêts.

La réunion de toutes les académies forme l'institut de France. Observons qu'en cela on n'a fait que mettre à exécution le premier plan d'après lequel Colbert avait organisé l'académie des sciences; mais en l'exécutant on l'a étendu. L'institut de France, tel qu'il est, est l'académie la plus complète et la plus respectable qui ait jamais existé.

En attachant un traitement au titre de membre de

l'institut, la loi a mis les académiciens à l'abri du besoin. Mais ils ne perdent pas pour cela leur indépendance. C'est l'état et non le ministère qui leur paie ce traitement inamovible de droit.

La qualité d'académicien est plus inamovible encore; car on peut illégalement empêcher la conséquence d'un fait, mais on ne peut rien contre le fait lui-même; on peut faire que ce qui s'est fait ne se fasse plus, mais non que ce qui s'est fait n'ait pas été fait; un traitement peut être rayé sur les états du ministère, mais le souvenir de la nomination qui donne droit à ce traitement ne peut pas s'effacer de la mémoire des hommes.

Si l'ordonnance contresignée Vaublan, par laquelle l'institut s'est vu décimer en 1816, préjudicie à l'honneur de quelqu'un, c'est surtout à celui de ce ministre. La flétrissure qu'il a voulu imprimer aux autres est tombée sur lui seul; et l'on rit de lui comme d'un bourreau maladroit, qui se marque avec le fer qu'il faisait chauffer pour autrui.

L'autorité ne saurait trop se garder d'intervenir en ces sortes de matières. Comme toutes celles qui touchent à l'honneur, elles sont hors de sa puissance. C'est par ses actions qu'un homme s'honore ou se déshonore. Un décret, une ordonnance, un jugement, constatent cet honneur ou ce déshonneur, mais ne le font pas. Et quand, par malheur, ils retranchent d'un corps un homme honorable et honoré, ne produisent-ils pas l'effet contraire à celui qu'ils ont voulu produire? N'est-ce pas à l'honneur du corps qu'ils portent le dommage qu'ils n'ont pas pu porter à l'honneur d'un homme? David manque plus à la gloire de l'académie, que l'académie à la gloire de David.

Cent ans après la mort de Molière, l'académie française plaça le buste de ce grand homme dans la salle de ses séances, et inscrivit sur le socle :

Rien ne manque à sa gloire, il manquait à la nôtre.

DE LA GLOIRE DES ARMES

ET

DE LA GLOIRE DES ARTS.

..... Et moi aussi, j'aime la gloire; il m'en faut. Je me suis souvent demandé comment je m'y prendrais pour en obtenir un peu, à une époque où tant de gens en ont beaucoup, et même trop. Cela m'a conduit tout naturellement à comparer entre eux les divers genres de gloire, et les moyens divers par lesquels on pouvait les acquérir. Ce premier examen m'avait engagé d'abord à rechercher ce que c'est que la gloire. Comme aucun dictionnaire, pas même celui de l'Académie, ne la définit à mon gré, c'est par là que je veux débuter. Rien n'est propre comme une définition à fixer les idées.

C'est en n'employant les mots qu'après les avoir définis, qu'on parvient à s'entendre : c'est ainsi que les autres savent ce que vous dites, et que vous le savez vous-même.

La gloire est, si je ne me trompe, cette célébrité qui résulte du succès avec lequel nous exécutons, pour l'avantage de tous, les choses que tous ne peuvent pas faire.

La gloire, tantôt s'obtient à peine par les efforts de la vie entière, tantôt elle se livre à vous pour prix d'un heureux élan. On la rencontre dans toutes les professions libérales, mais elle leur est distribuée dans des proportions bien différentes. L'homme d'état, l'administrateur, la trouvent quelquefois au bout d'une longue et pénible carrière ; le guerrier, l'artiste, le poëte, l'enlèvent souvent par une seule action, par un seul ouvrage.

Comme je suis assez impatient de mon naturel, et que d'ailleurs je n'ai ni places dans les administrations, ni protecteurs pour m'en procurer, je renonce à cette gloire que l'on ne commença à concéder aux Sully et aux Colbert que soixante ans après leur mort. Remettant de côté les spéculations politiques et administratives, je veux m'illustrer de mon vivant dans l'une de ces professions où l'on peut entrer sans patrons et réussir par ses propres moyens, telles que la carrière des armes et celle des arts, l'état militaire ou celui d'homme de lettres.

Mais dans laquelle de ces carrières entrerai-je ? Je l'ai

donné à entendre : dans celle qui m'offrirait le même avantage avec le moins de difficultés. Nouvelle perplexité! Est-il plus difficile de s'illustrer dans les ateliers que dans les camps, et dans un cabinet que dans un corps-de-garde? Est-il plus difficile d'être célèbre par les lettres après Corneille et Voltaire, que par la guerre après Alexandre, César et Napoléon? Le problème a besoin d'être médité pour être résolu. Sortons pour y rêver à l'aise.

Je sortis; et tout en rêvant je me promenais sous les marroniers du Luxembourg. Deux hommes s'y promenaient aussi. L'un était en uniforme, et portait des épaulettes de capitaine; l'autre était en habit noir, et portait un livre sous son bras; le militaire avait l'étoile de la légion d'honneur; le civil, la palme de l'université: Aussitôt qu'ils s'aperçurent, ils se précipitèrent l'un vers l'autre et s'embrassèrent avec cette cordialité qui n'appartient qu'aux amitiés de collége, et s'étant assis sous un arbre, ils eurent ensemble cette conversation, que j'ai transcrite presque textuellement :

DIALOGUE.

LE CAPITAINE, LE PROFESSEUR ET MOI.

LE PROFESSEUR.

.... Ainsi c'est par amour pour la gloire que j'ai préféré la plume à l'épée.

LE CAPITAINE.

Et moi, par amour pour la gloire que j'ai préféré l'épée à la plume.

LE PROFESSEUR.

La gloire! mon ami, elle est difficile à acquérir dans tous les métiers, mais dans le tien plus encore que dans tous les autres.

LE CAPITAINE.

Je pense, au contraire, que c'est dans ta profession surtout qu'il est difficile de l'atteindre.

MOI.

Voilà deux amis qui ne sont pas plus d'accord entre eux que je ne le suis avec moi-même.

LE PROFESSEUR.

Un capitaine peut aisément acquérir de l'honneur; mais de la gloire, dans toute l'acception du mot!.... ne faudrait-il pas pour cela qu'il s'élevât au premier rang, c'est-à-dire qu'il effaçât tous les capitaines près desquels ou contre lesquels il aurait combattu? Or cela n'est pas aisé, quand, ainsi qu'il est arrivé à Alexandre, on a affaire à toutes les nations. Il ne suffit pas de gagner une bataille, il faut n'en jamais perdre. Ce n'est pas isolément la prise de Thèbes, ou le passage du Granique, ou la bataille d'Issus, ou la bataille d'Arbelles, ou la défaite de Porus, qui l'ont fait grand par-dessus tous les autres guerriers, mais cette continuité de victoires qui n'a été interrompue par aucun revers. Oui, c'est cette *invincibilité*, passe-moi le mot, qui constate les droits du héros

macédonien à cette gloire immense que ses contemporains n'ont pu lui refuser, et qui lui est confirmée par
vingt siècles d'admiration. Pour être illustre autant et
aussi long-temps que lui, il faudrait donc vaincre les
héros de toutes les nations, et être assez heureux pour
mourir à trente-deux ans sans avoir trouvé un vainqueur,
ce qui n'arrive pas à tout le monde. Ces réflexions, mon
ami, m'ont déterminé à entrer à l'école normale quand
on m'offrait une place à l'école militaire. Avec un peu de
travail, et assidu comme je le suis aux cours de littérature qu'on rencontre à tous les coins, il me sera bien
moins difficile de m'élever assez haut pour acquérir par
ce moyen une renommée durable, qu'à toi d'obtenir,
avec toutes tes prouesses, le haut degré de gloire militaire auquel tu oses aspirer.

MOI.

Bien raisonné! Je me prononce pour les lettres; dès
demain je m'abonne à l'Athénée. Il m'en coûtera trois
louis pour me former le goût; mais quand il s'agit d'un
si grand intérêt, on ne doit pas y regarder.

LE CAPITAINE.

Ainsi, mon ami, c'est parceque la gloire littéraire te
paraît plus facile à atteindre, que tu t'es donné aux lettres de préférence. Encore une fois, je ne conçois pas
ton erreur. La gloire, comme tu le dis, ne s'obtient que
très péniblement dans quelque carrière que ce soit; mais
dans celle que j'ai embrassée, on l'obtient et on la conserve moins difficilement que dans toute autre, et que

dans la tienne particulièrement. Tu me cites l'exemple
d'Alexandre à l'appui de ton opinion : je le citerai, moi,
à l'appui de la mienne. Il a vaincu, il est vrai, toutes les
nations qu'il a attaquées ; mais la supériorité qu'il a obtenue sur elles était-elle due entièrement à son génie et
à son courage ? L'imbécillité et la lâcheté de ses adversaires n'entrent-elles donc pas pour une proportion
quelconque dans la cause de ses victoires ? Les Macédoniens, instruits dans une excellente tactique, formés à
la discipline la plus sévère, habitués à la plus austère
frugalité, ont-ils rencontré des rivaux vraiment dignes
d'eux, soit dans les Perses amollis par le luxe, énervés
par les plaisirs ; soit dans les Indiens, en qui l'ignorance
de l'art militaire paralysait les efforts du courage ? Cependant Alexandre n'en est pas moins à la tête des plus
illustres guerriers. Son nom est le premier qui se présente à la mémoire, quand il est question de citer un
homme à qui tout a cédé. Il a toute la gloire d'avoir
conquis le monde, sans qu'on songe à diminuer cette
gloire en rappelant qu'il lui a été peu difficile de le
conquérir, parceque c'est un privilége attaché à la gloire
militaire, qu'elle ne se dispute qu'entre vivants, et que
la mort assure le premier rang à celui qui l'a obtenu.
La gloire des divers conquérants qui sont venus après
Alexandre peut briller à côté de la sienne sans la faire
pâlir. César lui-même, qui lui eût peut-être été supérieur, puisqu'il a vaincu à Pharsale une armée romaine
commandée par le plus grand général qui fût dans Rome

après lui; César, qui, vainqueur de Pompée, l'eût peut-être été d'Alexandre, ne l'a pas dépossédé de la première place, parceque ce n'est pas avec Alexandre qu'il s'est mesuré.

MOI.

La remarque est digne d'attention. Ne nous abonnons pas encore.

LE PROFESSEUR.

Tu me fais voir les choses sous un aspect que je n'avais pas encore saisi. Sais-tu que tu n'es pas charlatan?

LE CAPITAINE.

Nous ne cherchons pas à nous tromper, mais à nous éclairer.

MOI.

Voilà un jeune militaire d'une rare franchise et d'un sens exquis.

LE CAPITAINE.

Poursuivons. La gloire militaire, acquise si facilement quelquefois pendant la vie, nous est donc irrévocablement assurée après notre mort. A cette époque fatale, la lutte cesse, et nous sommes ce que nous serons pour toute la durée de l'histoire. Crois-tu, mon ami, qu'il en soit de même pour l'homme de lettres? Le malheureux! que je le plains! Ses combats, qui commencent avec sa vie, se prolongent bien au-delà, et ne peuvent avoir de terme que celui de sa réputation. Quand il débute, il trouve toutes les places prises; et, pour se faire quelque renommée, il lui faut lutter non seulement contre les vivants, mais contre les morts, qui ne sont pas les moins terribles de ses adversaires. Alexandre ne rapetisse pas César. Quel poëte n'est pas écrasé par Homère, qui, depuis trois mille ans, se maintient sur le Parnasse, la foudre en main, comme Jupiter sur l'Olympe assiégé par les Titans? Il est après lui de belles places sans doute; mais ceux qui les obtiennent sont-ils sûrs de les conserver? Ennius venait immédiatement après Homère au siècle des Scipions : à quelle place s'est-il trouvé au siècle d'Auguste? Prendrons-nous des exemples plus modernes? Combien de gens, qui ne sont pas absolument ignorants, n'ont jamais su les noms de Régnier et de Garnier, de Ronsard et de Hardi, que nos bons ancêtres admiraient comme les successeurs de Sophocle, d'Horace et d'Ovide, avant que la France eût un Despréaux, un Racine, un Corneille, un Voltaire! Ces grands hommes, qui se sont placés au premier rang en triomphant de leurs devanciers et de leurs contemporains, eux-mêmes ne s'y maintiennent qu'en résistant à la postérité; et qui sait s'il ne viendra pas un jour où, dépossédés par des hommes plus parfaits, ils seront repoussés au second rang, c'est-à-dire éclipsés; car il en est des poëtes comme des grenadiers : ce n'est que sur ceux de la première ligne que le public porte son attention. Autre observation : un fait militaire une fois accompli est jugé par le résultat, et prend, dans l'estime, une place qu'il ne perdra plus. Ainsi rien ne peut enlever à la bataille d'Arbelles la place qu'elle occupe dans l'his-

1. 7

toire ; rien ne peut atténuer la gloire qu'elle appelle sur son vainqueur ; rien enfin ne peut faire perdre cette bataille après qu'elle a été gagnée. Il n'en est pas de même des victoires littéraires. Un succès obtenu dans un genre de composition quelconque ne constate que l'opinion du jour, laquelle n'est pas toujours celle du lendemain. Le poëte livre de nouveau la même bataille chaque fois qu'il trouve de nouveaux lecteurs ou de nouveaux spectateurs, chaque fois même que ceux qui l'ont admiré d'abord le lisent ou l'entendent une seconde fois. Conclusion. Si...

LE PROFESSEUR.

Je l'ai tirée. Il est plus facile d'être un bon officier qu'un écrivain passable, et de gagner la croix sur le champ de bataille qu'un prix à l'académie.

LE CAPITAINE.

Qui en doute ? Disons mieux ; il est plus facile de s'illustrer en ravageant le monde qu'en l'éclairant, et d'être Attila que Voltaire.

LE PROFESSEUR.

Faisons donc le plus honnêtement possible le métier d'Attila. J'aimais cependant mieux celui de Voltaire.

MOI.

Cet homme n'est pas dégoûté !...

Cette conversation fit cesser mes irrésolutions. Je pensai comme les deux amis, que, pour un cœur épris de la gloire, il y avait plus à gagner, par le temps qui court, dans le métier des armes que dans celui des lettres. En conséquence, je songeais tout de bon à solliciter une sous-lieutenance, pour devenir général un jour, quand on m'annonça que la paix européenne venait d'être signée. Il me faut donc, bon gré, mal gré, suivre mes premières inclinations. Demain, décidément, je vais travailler sur le sujet proposé par l'académie pour le concours de 1816. Ce n'est que l'éloge de Montesquieu.

J'ai concouru; le prix a été donné, et je n'ai pas eu même un accessit.

DESTRUCTION DU MUSÉUM

DES MONUMENTS FRANÇAIS.

La spoliation des églises, la violation des sépultures, sont des horreurs que je ne prétends pas justifier. Après les assassinats commis par les tribunaux non juridiques du 2 septembre, après les assassinats autorisés par des tribunaux juridiques, assassinats bien plus atroces par cela même, rien de plus révoltant que ces deux forfaits, que ces deux sacriléges. La fièvre révolutionnaire les explique, mais rien ne peut les excuser.

De ces excès cependant, qui des cadavres semblaient devoir s'étendre aux tombeaux, et n'inquiétaient pas moins les arts qu'ils n'affligeaient l'humanité;

de ces excès, dis-je, est né un des plus beaux établissements qui aient été élevés, en quelque temps comme en quelque pays que ce soit, pour la gloire et l'utilité des arts.

Un homme dévoré de l'amour des arts, un homme à la fois enthousiaste et courageux, M. Alexandre Lenoir, apprenant les dégâts qui se commettaient à Saint-Denys, sollicite et obtient l'ordre de recueillir les marbres menacés, dans un commun magasin où on les trouverait au besoin, soit pour le service public, soit pour les vendre au profit de l'état.

Sous ce prétexte il rassemble dans un vaste local mis à sa disposition, non seulement les monuments de Saint-Denys, mais tous ceux qui étaient dispersés dans les diverses églises de la capitale ou de la France, et dont le *vandalisme* n'avait pas achevé la destruction.

Cette collection de statues de toutes les époques ne fut d'abord qu'un assemblage de débris, espèce de cimetière où les corps entassés pêle-mêle, comme après une grande calamité, où les membres dispersés au hasard, comme après un massacre, attendaient le jour de la résurrection.

Il arriva : des temps moins malheureux succédèrent à ceux qui avaient menacé la France d'une destruction complète, commencée sous le nom de régénération. Victorieux sur tous les points, les Français se réconciliaient avec la civilisation à mesure qu'ils se familiarisaient avec la victoire. La victoire ramena le goût des

arts, car les vainqueurs veulent des trophées. Ce sont
les arts qui les élèvent : leurs travaux reprirent une nouvelle activité ; le Panthéon, ouvert aux cendres des grands
hommes, reçut du ciseau de nouveaux ornements convenables à cette grande destination ; les promenades publiques s'embellirent d'un nouvel éclat ; les Tuileries, les
Champs-Élysées s'enrichirent de tout le luxe qu'avaient
perdu Versailles et Marly ; le Louvre, accueillant successivement sous ses longs portiques les chefs-d'œuvre
de toutes les écoles, devint véritablement le muséum de
l'Europe.

C'est alors que M. Alexandre Lenoir songea à l'exécution du plan magnifique qu'il avait conçu et médité
dans le silence. Faisant succéder, dans son établissement, l'ordre au désordre qui jusqu'alors l'avait protégé,
tous ces cadavres reprirent la vie pour remonter sur
leurs monuments restaurés comme par miracle, et le cimetière se changea en un véritable musée.

Non content d'avoir rendu aux arts tant de chefs-
d'œuvre, le *conservateur*, si digne de ce titre, chercha
à donner à son établissement un intérêt particulier par
le système dans lequel il y classa les objets. Rangeant
les divers monuments par ordre chronologique, dans
des chambres différentes, non seulement il offre par ce
moyen l'histoire de l'art en France, de siècle en siècle,
mais aussi l'histoire des faits dont le souvenir est ré-
veillé par l'aspect de ces monuments ; histoire qui, à
dater du quinzième siècle, est là écrite ou plutôt figurée

par le ciseau des Germain Pilon, des Jean Goujon, des Girardon, des Coustou, des Coisevox, etc. Là, d'un seul coup d'œil, l'étranger apprend tout ce qu'on a fait de grand, et voit tout ce qu'on a fait de beau pendant trois siècles.

Et cette collection nécessaire à la gloire nationale sous tant de rapports, on la disperse! Ce déplacement s'est fait avec toutes les précautions possibles, me dit-on; les monuments seront conservés. Mais par ce déplacement seul quel monument n'a-t-on pas détruit?

Il n'y a pas une page de Virgile qui ne soit admirable, elles ont toutes leur valeur particulière. Mais l'ordre dans lequel elles sont placées dans le volume qui les réunit ne leur donne-t-il pas une valeur d'une autre nature? Isolées, ce sont de beaux vers; réunies, c'est un poëme, et un poëme sublime! Disperser ces pages tout en les conservant, c'est anéantir la grande conception par laquelle elles étaient liées; sans anéantir un seul vers de Virgile, c'est anéantir l'Énéide.

C'est ce que l'on a fait en France. La restauration a voulu aussi avoir son vandalisme : et dans quel but? de rendre à l'église de Saint-Denys son ancien éclat? ne l'a-t-elle pas recouvré avec la poussière des rois? Riche de leurs os, qu'a-t-elle besoin de leurs marbres? Est-ce la châsse ou le saint qui fait le prix d'une relique? et par l'érection des autels expiatoires, n'a-t-on pas dès long-temps satisfait à ces mânes?

Encore ces tombeaux des rois seront-ils réunis dans

leur ancienne demeure? Mais tant de monuments particuliers, que deviendront-ils? Rendus à leurs chapelles,
ils seront chassés de l'histoire, dans laquelle au Muséum
ils occupaient une place quelconque. On retrouvera encore à Saint-Denys l'histoire des rois; mais l'histoire
particulière des rois n'est pas toujours celle des grands
hommes.

La révolution a produit sans doute bien du mauvais;
mais tout ce qu'elle a produit n'est pas mauvais. On lui
doit même d'excellentes choses; il est vrai qu'on les a
payées un peu cher : raison de plus pour y tenir. C'est
une bataille qui finit par engraisser les plaines qu'elle
a ravagées. Maudit soit le spéculateur qui pourrait
désirer la fertilité au prix d'un pareil engrais! ce serait le plus cruel des hommes; mais le plus sot des
hommes, ne serait-ce pas celui qui, après l'enterrement
de tant de braves, s'amuserait pieusement à les exhumer pour les rendre au charnier de leurs paroisses res-
pectives?

DE LA CONVERSATION.

Au premier rang des plaisirs que donne la société il
faut mettre la conversation. Il en est peu de plus vifs,
il n'en est pas de plus doux. Que de charmes dans ces
libres épanchements du cœur et de l'esprit, dans cet

échange de pensées et de sentiments! Quand la confiance règne dans un cercle de personnes instruites et spirituelles, que de plaisirs divers résultent pour chacune d'elles de leur rapprochement! Quels faisceaux de lumières naissent du frottement de ces esprits d'où jaillit l'étincelle au moment où ils la font jaillir d'autrui!

Ces plaisirs ne sont pas toujours stériles; la découverte de plus d'une vérité, la destruction de plus d'une erreur, la résurrection de plus d'un projet utile à l'humanité, ont été souvent les résultats de la conversation, nom qu'il ne faut pas donner à ce caquetage qui remplit les loisirs de tant d'esprits futiles, et cesse en les laissant aussi peu instruits qu'ils l'étaient quand il a commencé.

Telle loi qui a sauvé l'état, telle opinion qui régit le monde, fut souvent le produit d'une conversation. Des gens éclairés avaient débattu librement la question, avant que les ministres et les législateurs songeassent à la discuter solennellement. Les salons ont fait plus d'une fois la leçon aux cabinets et aux conseils. Le salon de madame de Staël était un centre d'opinion.

Jamais peut-être une question n'est mieux discutée que dans la conversation. Dégagé de tout autre intérêt que de celui de trouver la vérité, l'homme n'est là ni professeur ni écolier; enseignant et enseigné tout à la fois, il expose ses doutes sans honte, comme il énonce ses certitudes sans orgueil, parcequ'il n'y est pas en représentation, parcequ'il n'y joue pas un rôle, mais qu'il y est lui-même ; parceque son amour-propre n'y est ni excité ni comprimé par l'aspect des tribunes, comme dans une assemblée publique. La question une fois posée dans la conversation, la discussion suit; on n'y procède pas comme dans certaines assemblées délibérantes, où l'on décide sans avoir délibéré, où il y a dissension sans débats, et opposition sans réfutation; où chacun lit, à propos de la question, des discours pour ou contre, qui se contrarient sans se répondre.

Dans la conversation, par cela même qu'on ne s'est pas préparé à la discussion, on discute. On ne s'y borne pas à justifier sa propre opinion, à bien parler pour ou contre la proposition, mais on examine aussi l'opinion contraire, et c'est en en démontrant le vice qu'on s'étudie à prouver l'excellence de la sienne propre. Il est difficile que la raison et la vérité ne triomphent pas dans de pareils débats, où celui qui veut convaincre ne se refuse pas à être convaincu, où la discussion est franche parcequ'elle est improvisée, et lumineuse parcequ'elle est franche.

Il fut une assemblée où l'on avait adopté, pour délibérer, les formes de la conversation ; et les affaires comme l'éloquence n'y perdaient rien. Par cela même qu'il n'était pas permis d'apporter une opinion écrite, chacun n'osait parler que de ce qu'il savait : on ne s'avisait pas de s'engager imprudemment dans un combat où il fallait se défendre avec ses propres moyens, et dans lequel la science d'autrui ne pouvait être un auxiliaire.

Savoir lire dans cette assemblée n'était pas tout savoir.
On n'y a lu aucune oraison cicéronienne, il est vrai ; mais
on y a improvisé les discours les plus éloquents qui
aient peut-être été prononcés à la tribune française.
Dans cette assemblée où parlèrent les Regnault et les
Manuel, il n'y a eu d'autres orateurs que ceux de ses
membres que la nature avait créés tels.

Que si j'aime à voir la liberté de la conversation s'introduire dans une assemblée délibérante, où elle doit
cependant être assujettie à des règles répressives du désordre et de la confusion, je n'aime pas, je l'avoue, à voir
les formes des assemblées délibérantes s'introduire dans
la société, et y réglémenter la conversation. Otez-en la
liberté, vous lui ôtez son plus doux charme. Dès lors le
naturel s'en va, et avec lui cette grâce d'élocution que
rien ne saurait racheter.

Je sais pourtant un salon dans Paris où les choses se
passaient ainsi. Il était attenant au cabinet d'un des plus
opiniâtres immortels qui aient régenté l'Académie française. Ce qu'il faisait là, sa femme le faisait chez lui. A
jour fixe, une fois par semaine, des doctes en toute
science s'y rendaient pour délibérer sur toute matière.
Rangés en demi-cercle autour du feu si c'était l'hiver,
ou en cercle autour d'une table si c'était l'été, ils n'a-
vaient la permission de se ruer que sur la question qui
leur était livrée par la dame de céans. Quelle gravité,
quelle solennité elle apportait au maintien de la police
dans ce parlement encyclopédique dont elle était *prési-*

dent! Assise dans un grand fauteuil, et placée entre deux lampes dont les garde‑vues ne laissaient passer de lumière qu'autant qu'il en fallait pour qu'on reconnût qu'elle avait été belle, avec quel discernement, avec quelle prud'homie, avec quelle présence d'esprit elle accordait, conservait, coupait ou retirait la parole! Ce président d'assemblée était aussi un chef d'orchestre : de même qu'elle ramenait au point de la discussion le mauvais dialecticien qui, dans ses divagations, s'en était écarté, de même elle rappelait au diapason l'orateur qui, dans la chaleur de la discussion, s'élevait au‑dessus du ton déterminé. Ce ton, donné par elle, était celui qu'on prend dans la chambre d'un malade; et le mouvement du débit, qu'elle réglait aussi, se mesurait sur celui des paroles intermittentes dont elle se servait pour dicter ses lois. Entraîné par l'intérêt de la question, un étourdi voulait‑il réfuter une assertion absurde: —La parole est à monsieur, qui a aussi d'excellentes choses à nous dire. — Entraîné par la passion, cet étourdi élevait‑il la voix: — Prenez garde, vous allez réveiller quelqu'un, disait‑elle d'un ton moitié malin, moitié pédantesque.

L'assemblée au fait finissait par s'assoupir, y compris même quelques étrangers, qui se retiraient après avoir rêvé, comme lady Morgan, que cette société était une des plus aimables de Paris.

Je ne saurais appeler conversation cette économique et méthodique répartition de la parole. Je ne saurais non plus donner ce nom aux discours éternels dont retentis-

sait la maison d'une autre dame, bien autrement célèbre
que celle dont je viens de parler.

Celle-là présidait aussi un parlement qui s'assemblait
tous les jours chez elle, parlement très semblable au
corps législatif inventé par Napoléon ; parlement où l'on
ne parlait pas, quoiqu'on ne cessât d'y parler. Elle y
disposait de la parole, mais c'était pour se la donner et
pour se la maintenir. Poser la question, la débattre et
la décider, était sa prérogative. Ce qu'elle appelait discussion était une dissertation ; ce qu'elle appelait conversation était un soliloque. Debout, assise ou couchée
devant des auditeurs qu'elle prenait pour des interlocuteurs, elle commençait, en s'éveillant, cette conversation,
que la toilette, le dîner, les visites, le concert, le jeu
même, n'interrompaient pas, qu'elle continuait chez les
autres comme chez elle, et à laquelle le besoin de dormir apportait seul une suspension plutôt qu'un terme,
et très tard encore. L'art avec lequel elle se rendait,
comme président, la parole qu'elle semblait céder
comme orateur, était tout-à-fait plaisant. Après avoir
développé son opinion et provoqué la réplique, s'aper-
cevait-elle qu'un de ses muets se disposait à répondre
à l'invitation, Vous allez sans doute m'objecter telle ou
telle chose, disait-elle en se hâtant de réfuter sa propre
opinion, et cela dans des proportions égales à celles dans
lesquelles elle l'avait exposée ; mais à cela je réponds.....
et après avoir repris la parole pour se combattre, elle
la reprenait encore pour se défendre. Cette femme, il

est vrai, parlait avec autant d'éloquence que de facilité.
Les matières les plus graves lui étaient familières. Elle
développait souvent avec une étonnante clarté les pensées les plus abstraites et les plus profondes ; mélanges
de raison et d'imagination, ses monologues abondaient
en traits brillants et même en traits sublimes. C'était
Corinne en chaire ; c'était la Pythonisse sur le trépied ;
c'était un livre excellent qui se lisait lui-même : mais, à
la longue, le meilleur des livres nous tombe des mains.
L'on s'est lassé quelquefois de l'admirer avant qu'elle se
soit lassée d'être admirable. Se levait-on avant qu'elle
eût cessé de parler, Cet homme, disait-elle, ne sait pas
soutenir une conversation. Un des hommes auxquels elle
ait trouvé le plus d'esprit était un esprit plus que médiocre ; mais il savait écouter douze heures de suite sans
dire douze paroles ; encore n'était-ce que des monosyl-
labes, des si, des mais, qu'elle prenait pour des objec-
tions, et auxquelles elle a toujours répondu victorieu-
sement.

Le talent d'écouter est, au reste, nécessaire à celui qui
veut prendre tous les avantages dans la conversation.
D'abord il vous donne des droits à la complaisance des
interlocuteurs, que la prétention de parler exclusivement vous aliénerait. De plus, il vous ménage l'occasion
de paraître avec d'autant plus de succès que vous avez
attendu le moment le plus favorable pour vous produire ;
c'est un grand art que celui-là. Je sais un homme qui
passe pour homme de beaucoup d'esprit, parceque, indé-

pendamment de ce qu'il est prince, il sait se taire. Ne s'engageant jamais dans le labyrinthe d'une discussion, d'une conversation même, il l'écoute avec un sourire moitié bienveillant, moitié ironique, et par cela il se montre déjà supérieur à ceux qu'il écoute. Il n'a interrompu que dix fois dans sa vie ce silence qu'il garde au milieu des controverses les plus animées ; mais c'est par des mots placés si à propos, qu'ils ont eu pour les interlocuteurs mêmes plus de valeur que leurs propres discours, dont ils n'étaient que le résumé. Prêtant à tout ce qu'il pourrait dire la valeur du peu qu'il a dit, on l'a proclamé, sur dix mots, homme de génie. Depuis on attend le onzième ; mais il a trop de finesse et tient trop à sa réputation pour le hasarder. Sa tactique est plus que jamais d'écouter ; et s'il a du génie, c'est le génie du silence.

A chacun sa méthode. Cette économie de paroles fait d'ailleurs compensation à la prodigalité dont nous avons parlé plus haut. Permis à vous de vous faire sur cet article et sur les autres une règle particulière, d'après la conscience que vous avez de vos moyens. Mais rien de plus sot, rien de plus ridicule, que de vouloir assujettir la conversation à une discipline pédantesque. Ce n'est pas que l'ordre n'y soit aussi nécessaire que la liberté. Mais cet ordre ne s'établit-il pas de lui-même ? N'émane-t-il pas du sentiment des convenances, législateur suprême de la bonne compagnie, où il tient lieu de raison même aux sots ? Aussi en bonne compagnie trouve-t-on toujours une bonne conversation.

Mais qu'est-ce que la bonne compagnie? La réponse mérite réflexion, et ne peut pas se faire en deux mots. Je demande donc le temps d'y penser. Ce pourrait bien être le sujet d'un nouvel article. En attendant, disons qu'il en est de cette qualification que se donnent tant de coteries, comme de celles que portent tant de faquins. Les titres de marquis, de comte et de baron n'appartiennent pas toujours aux gens qui les portent.

LE BATON,

ESSAI HISTORIQUE, POLITIQUE ET PHILOSOPHIQUE.

Le bâton est un morceau de bois rond, long et non flexible, plus court qu'une perche, moins mince qu'une baguette, moins gros qu'une bûche, et d'un égal diamètre dans toute sa longueur; le bâton est maniable dans toutes ses parties.

Avez-vous des animaux à gouverner, armez-vous d'un morceau de bois ainsi confectionné; et vous voilà pasteur, général, évêque, roi, ou tambour-major, selon l'espèce de bêtes que vous devez conduire, selon que vous menez des animaux à deux ou à quatre pieds, selon que vous êtes à la tête d'une troupe ou à la queue d'un troupeau.

Sceptre, crosse, houlette, bâtons de commandement,

bâtons dorés ou non dorés, tout cela n'est que du bois, et du même bois.

De trois jours moins vieux que le monde, le bâton est de trois jours plus vieux que l'homme. C'est le troisième jour, nous dit la *Genèse*, que le Tout-Puissant créa les arbres, dont le bâton est une fraction ; tandis que ce n'est que le sixième jour qu'il a fait l'homme à son image et à sa ressemblance.

Est-ce au bâton qu'il faut imputer le premier meurtre ? Le texte sacré ne s'explique pas sur ce point. Gessner arme Caïn d'une massue ; Legouvé l'arme d'une bêche, ce qui est plus champêtre. S'il n'a pas tort, l'art du forgeron serait aussi vieux que celui du laboureur, ce qui, tout considéré, n'est pas impossible. Les doctes ont assuré qu'Adam avait la science infuse, et que la bonté divine, en le livrant à tous les besoins, lui avait appris tous les métiers. *Balduinus*, le moine Baudouin, dit positivement, dans son traité des *chaussures anciennes, de calceis antiquis*, qu'Adam a été le premier savetier : *Adamus primus sutor*. Pourquoi n'aurait-il pas été aussi le premier forgeron ?

Le bâton joue un grand rôle dans l'histoire des Juifs. *Visitabo in virgâ iniquitates eorum : c'est le bâton à la main que je visiterai cette race criminelle*, dit Jehova en parlant de son peuple chéri, qu'il faisait marcher quelquefois à la prussienne.

Le bâton ne fut pas sans utilité pour Moïse ; c'est par la vertu du bâton qu'après avoir triomphé des magiciens et des soldats de Pharaon, il força la mer, qui avait ouvert passage aux Juifs, à se refermer sur les Égyptiens; d'un coup de baguette il fait tomber le pain du ciel et jaillir l'eau du rocher; la baguette, ou plutôt la verge de Moïse était probablement un bâton de Jacob.

Dans les temps héroïques, Hercule faisait la police de l'univers avec un bâton, et il n'y allait pas de main morte. C'était un terrible juge de paix !

Les anciennes républiques étaient sous l'autorité du bâton. A Rome, où la loi défendait de paraître armé dans les assemblées publiques, il a décidé plus d'une fois entre les plébéiens et les patriciens. *Furor arma ministrat*, tout devient arme pour la colère. Dans les sections de Paris, on s'éreintait avec des chaises. Au *Forum*, un banc devint, entre les mains du tribun Saturéius, un instrument de mort pour l'aîné des Gracques. Les hommes trouvent toujours les moyens de s'entretuer; ne peuvent-ils pas s'égorger, ils s'assomment.

Le droit de punir avec le bâton était une des attributions de la puissance consulaire. Les faisceaux portés devant les consuls n'étaient qu'un assemblage de bâtons, un véritable fagot qu'on déliait pour bâtonner l'homme qu'une sentence de ces magistrats livrait aux licteurs. Cela s'appelait *fustiger*, aujourd'hui synonyme de fouetter. Mais fustiger, qui dérive de *fustis*, bâton, signifie-t-il la même chose que fouetter, flageller, dérivé de *flagellum*, fouet? Non certes, pour toute autre personne que le patient. Il y a, de la fustigation à la flagellation,

1. 8

la différence du bois au cuir, d'une canne à une lanière, ou de la *schlag* au *knout*.

La fustigation, autrement dite la bastonnade, était plus employée par le magistrat pour le châtiment des crimes civils, que par le maître pour le châtiment des crimes domestiques. L'un, qui punissait des citoyens, s'inquiétait peu des conséquences de la peine; il n'en était pas ainsi de l'autre, qui frappait sur ses esclaves, et pouvait d'un coup de bâton tuer ou, qui pis était pour lui, estropier sa propriété. Ce calcul lui fit préférer la flagellation, que la même philanthropie nous avait fait adopter pour les nègres.

L'empire du bâton, plus ancien que celui de la civilisation, n'a pas été renversé par elle. En Europe, le bâton règne sur plus d'un peuple civilisé, et, grâce aux progrès des lumières, peut-être finira-t-il par y régner sur tous. A la Chine, dont la civilisation est antérieure de quelques milliers d'années à la création du monde, la première de toutes les juridictions est celle du bâton. Là, même entre mandarins, chacun a droit d'administrer à son inférieur la bastonnade que chacun peut au même titre recevoir de son supérieur; ce qui se fait, au reste, avec beaucoup de politesse. Là, toutes les épaules sont sujettes du bâton; toutes, excepté celles de sa majesté impériale, source de toutes grâces, et vers laquelle, comme en tout état bien constitué, le fleuve de la justice ne peut remonter.

En Turquie, où la jurisprudence est presque aussi

parfaite qu'à la Chine, l'homme est sujet du bâton, de la tête aux pieds, la partie intermédiaire y comprise. Il en est même là justiciable en tout sens; car, au fait, le *pal* n'est autre chose qu'un bâton pointu. La qualité de cousin de Mahomet, et il en a beaucoup, ne vous y sauve pas du bâton. Il est vrai qu'on ne bâtonne pas un parent du prophète sans lui avoir ôté, avec tout le respect possible, le turban vert, preuve de sa parenté, turban qu'on lui remet avec un respect égal après la cérémonie. Un cadi n'y manque jamais; car en Turquie, comme ailleurs, on a beaucoup plus d'égards pour ce qui n'est pas l'homme que pour l'homme lui-même.

Bâtonner un citoyen romain, c'était le déshonorer. Les modernes sont romains sur ce point. Bâtonner un homme, est, dans toutes les conditions, un des grands outrages qu'on puisse lui faire, hors, en quelques pays, dans l'état militaire.

N'est-il pas singulier qu'un état dont l'honneur est le premier mobile soit le seul qui supporte un traitement incompatible avec l'honneur en toute autre profession?

Je ne sais quel officier de fortune, non Français comme de raison, disait à propos de coups de bâton : *J'en ai beaucoup reçu et beaucoup donné, et je m'en suis toujours bien trouvé.* On ne dispute pas des goûts, mais en France nous ne connaissons qu'un homme qui ait été con*tent* d'avoir été *battu,* et encore La Fontaine, qui raconte ce fait, ne le donne-t-il pas pour un trait d'histoire.

Dans ce singulier pays, le bâton est l'arme dont on

8.

se sert avec l'homme qu'on dédaigne de tuer, ou qui ne s'estime pas assez pour se faire tuer. Le bâton ne s'emploie là que dans les cas où l'on veut se venger sans perdre sa poudre et sans salir son épée.

L'insolence et la lâcheté vont souvent de compagnie : le bâton seul peut faire justice de cette association ; c'est la puissance que ce fou de Cyrano Bergerac employait contre Mondori, qu'il menait à la baguette. Un jour que ce comédien, qui était extrêmement gros, se montrait moins docile aux caprices du poëte gascon : *Parcequ'il faut tout un jour pour le bâtonner,* disait Cyrano, *ce drôle-là croit-il que j'aie renoncé à me faire obéir ?*

Beautru, bel esprit de la cour d'Anne d'Autriche, reçut plus d'une fois des coups de bâton en échange de ses épigrammes. Je ne sais quel prince l'ayant rencontré à la promenade, le bâton à la main, dit : *Beautru me rappelle saint Laurent avec son gril; il ne peut plus se séparer de l'instrument de son martyre.*

C'était aussi un grand faiseur d'épigrammes qu'un certain poëte Roi, qu'il ne faut pas confondre avec le *prophète-roi*, vu qu'il n'a été prophète en aucun pays. Moncrif, auteur de plusieurs jolies romances, et d'une *Histoire des chats*, avait été plus d'une fois le sujet de ses sarcasmes. Lorsque cet académicien fut nommé historiographe de la reine de France, c'est Roi qui, je crois, le félicita d'avoir été nommé *historiogriphe*. Moncrif perdit patience, et fit payer un soir, au dos du satirique, les torts de sa langue ; mais il le châtia sans le corriger.

Patte de velours, minette, minette, patte de velours, lui miaulait le poëte Roi, qui faisait encore le malin sous le bâton.

Puisque nous y sommes, encore un trait du poëte Roi : il avait fait une épigramme sanglante contre l'abbé de Chauvelin, espèce de monstre non moins remarquable par l'exiguité que par la difformité de sa taille. *Je lui donnerai cent coups de bâton,* disait l'abbé. *L'abbé,* lui répondit Roi en le toisant, et en indiquant la hauteur à laquelle les coups d'un pygmée pourraient atteindre, *voulez-vous me casser les jambes?*

Les acteurs donnent et reçoivent des coups de bâton sur la scène sans y regarder le moins du monde ; cela choque pourtant quelques personnes chatouilleuses. L'Académie française exigeait de Molière, pour le recevoir dans son sein, que, s'il ne renonçait pas au théâtre, il renonçât du moins aux rôles où il recevait des coups de bâton. Le philosophe ne voulut pas payer de cette complaisance les honneurs du fauteuil. Qu'est-ce que des honneurs qui lui paraissaient même au-dessous de la bastonnade?

Quelques philosophes ont rangé les coups de bâton parmi les arguments, et d'habiles dialecticiens les ont quelquefois employés d'une manière tout-à-fait concluante. C'est avec le bâton qu'on démontrait aux pyrrhoniens l'existence de la douleur. Cet argument, vraiment péremptoire, est appelé par Sterne, *argumentum baculinum.*

Qu'est-ce que le *tour du bâton?* On appelle ainsi les

petites friponneries que tant de gens honnêtes se permettent tous les jours. *Pots-de-vin, épingles,* sont synonymes de *tour du bâton.* Grâce au *tour du bâton,*
un galant homme peut doubler, tripler même ses appointements, et troquer bientôt contre la canne à pomme
d'or le *bâton blanc* avec lequel il est arrivé de province.
Cette locution, dont j'ignore l'origine, a reçu d'une circonstance singulière une signification spéciale.

Dans un certain pays où les femmes sous empire de
mari sont aussi sous celui du bâton, et cela en vertu
de la coutume, qui a bien une autre force que la loi, il
est un village où cette coutume est surtout en vigueur.
Là, comme ailleurs, les plus forts abusaient quelquefois
de leur droit : un magistrat, jeune et humain, crut devoir prendre à cœur l'intérêt des femmes, et modifier
un droit qu'il n'osait abroger. En conséquence, arrêté
en vertu duquel les femmes ne pourraient être désormais bâtonnées qu'avec un bâton dont le tour serait
égal à celui de son doigt; on ne sait pas duquel il voulait
parler. Depuis ce judicieux arrêté, la porte du juge est,
dit-on, assiégée par une foule de femmes qui viennent
faire comparaison de l'instrument de leur supplice avec
le doigt juridique, et mesurer par elles-mêmes *le tour
du bâton.*

Les moines de Tolentino ont montré long-temps un
bâton avec lequel le diable *vergeta,* dit un voyageur,
les épaules de saint Nicolas de Tolentin. En l'honneur
de qui conservaient-ils cette relique?

DES GENS DE LETTRES.

Qu'est-ce que monsieur un tel, qui n'est rien, qui n'a rien, qui ne fait rien ? Autrefois c'était un abbé ; aujourd'hui c'est un homme de lettres.

Il y a toujours dans la société des gens qui, n'ayant pas le courage de prendre un métier et le talent de cultiver un art, cherchent à déguiser, sous un titre décent, leur nullité ou leur fainéantise, et se font une dignité à défaut d'un état. Le petit collet leur était d'une grande ressource. Avec quelques aunes de drap et de taffetas noir ils se faisaient abbés en attendant qu'ils fussent quelque chose. A présent que le titre et l'habit d'abbé ne sont plus de mise, il a fallu une nouvelle dénomination pour désigner l'état de tant de gens qui n'en ont pas ; ils avaient eu pendant quelque temps la velléité de s'appeler philosophes ; mais cette qualification leur imposant quelques obligations, ils en ont cherché une plus vague ; et, aussi malheureusement pour la littérature qu'heureusement pour la philosophie, ils ont choisi celle d'*homme de lettres*.

Cela explique le peu de considération attaché généralement à ce titre, mais ne le justifie pas. De même que le nom d'abbé était commun aux parasites dont nous avons parlé et aux possesseurs d'une abbaye, à l'homme

insignifiant qui n'était pas même dans les *moindres,* et à
l'ecclésiastique qui, la mitre en tête et la crosse en main,
marchait de pair avec les prélats; de même , le titre
d'homme de lettres, usurpé par tant d'êtres nuls, est
porté par quelques gens qui cultivent vraiment les lettres. C'est de ceux-là dont nous allons nous occuper.
Laissant les frelons, jetons nos regards dans la ruche,
pour étudier le travail des abeilles.

La littérature est à la fois un art et un métier. Les
gens de lettres se divisent donc naturellement en deux
classes. Ils sont, suivant le genre de leurs travaux, artistes ou artisans; et, ce qui pourrait à toute force former une classe mixte, quelques uns sont artistes et artisans tout ensemble.

J'appelle, en fait de littérature, artisans, ces hommes
qui, privés de la faculté d'inventer, mettent en œuvre
les idées d'autrui; et métier, le travail matériel et rou-
tinier auquel ils s'assujettissent; la mémoire leur tient
lieu d'invention, et l'intelligence de génie.

J'appelle au contraire artiste l'homme qui crée, et ses
idées, et les formes dans lesquelles il les exprime. Les
inventions par lesquelles il perfectionne ces formes
constituent l'art. Il n'en est pas tout-à-fait de cette
classe comme de l'académie; si l'on y entre à toute
force sans génie, du moins n'y peut-on pas entrer sans
talent.

Dans la première classe se rangent les *compilateurs,*
les *commentateurs,* les *rédacteurs,* et souvent les *tra-*

ducteurs; dans la seconde, les *inventeurs*, soit qu'ils écrivent en prose, soit qu'ils écrivent en vers.

Sous le rapport de l'utilité dont il peut être à celui qui l'exerce, le métier d'homme de lettres en vaut bien un autre. La quantité d'artisans qu'il nourrit est innombrable. A leur tête sont les *compilateurs*, qui, pour ne pas se ruiner en avances, n'en font pas moins de grands bénéfices. Leur genre d'industrie est singulier; c'est l'esprit d'économie concilié avec l'économie d'esprit. Le *compilateur* ne fait pas un livre comme l'auteur : ce dernier invente quelquefois jusqu'à ses mots; le premier n'invente pas même ses phrases. Néanmoins, rival de l'auteur qui, avec les mots existants, exprime des idées nouvelles, il fait des ouvrages nouveaux en classant dans un nouvel ordre des phrases déjà faites. Se servant moins du canif que des ciseaux pour cette noble besogne, il n'a fait au vrai qu'un habit d'arlequin, composé de lambeaux de différentes couleurs et de qualités diverses, rognés sur le drap d'autrui et rassemblés avec du gros fil. Ces bigarrures ne laissent pourtant pas que de se débiter. Un *compilateur* peut se faire une fortune; mais une réputation, c'est autre chose. Comme celle qui lui serait due ne lui plaît pas toujours, semblable au chiffonnier, le *compilateur* remplit sa hotte à petit bruit. J'en connais un, entre autres, qui s'est enrichi à ce métier, et dont on n'a jamais parlé. Vingt commis ont été occupés pendant vingt ans à découdre et à recoudre des livres sous sa direction ; en 1812, il était déjà sorti de

son atelier cent soixante-quinze volumes dans lesquels il
n'avait pas une idée en propre, et qui lui avaient valu
cent soixante-quinze mille francs. Cependant le nom de
cet homme de lettres n'est pas même connu à la foire de
Leipsick, qu'il alimente. Il est illustre incognito; et, ce
qui fait l'éloge de son jugement, s'il en convient quelquefois, jamais il ne s'en est vanté.

Les *commentateurs* sont des manœuvres ou des ma-
nouvriers d'un autre genre. On accuse à tort ceux-là de
se saisir de l'esprit des autres. S'ils courent sans cesse
après, sans cesse il leur échappe; ils sont d'ailleurs spéculateurs assez habiles. A la faveur de quelques notes,
se constituant propriétaires de Virgile, de Tacite ou
d'Horace, ils colportent de libraire en libraire, au dix-
neuvième siècle, leur livre, qui date du siècle d'Auguste
ou de Trajan; quelques lignes mises en bas ou en marge
du texte en ont fait leur ouvrage. Cela est établi pour
eux en principe, principe bien différent de l'axiome de
droit, qui, lorsque deux produits de l'industrie se trouvent unis de manière à ne pas pouvoir être séparés sans
altération, attribue la propriété à celui de ces produits
qui l'emporte en industrie; et ce, *propter artis excellentiam*. Ainsi lorsque Gérard ou David changent en tableau
une toile grossière, originairement destinée à un moins
noble office, cette toile, *propter artis excellentiam*,
devient la propriété de l'artiste qui, par l'habileté de
son pinceau, lui a donné une si grande valeur. Dans
l'autre cas, c'est tout le contraire: le faible l'emporte

sur le fort, la matière sur le génie, l'accessoire sur le principal; et le propriétaire du chiffon devient celui du chef-d'œuvre.

Les *rédacteurs*, c'est-à-dire la majeure partie des gens de lettres qui contribuent à la confection de ceux des ouvrages périodiques dont le plan prudent n'admet aucune production originale, s'assurent aussi, tout doucement et sans beaucoup de frais, une petite fortune. Ces artisans travaillent, comme les autres, sur l'esprit des autres. Je suis loin de leur contester leur utilité. Il en est plusieurs dont le goût et le courage ont rendu des services réels à la littérature. Après la faculté de bien faire, celle qui enseigne à faire bien a les premiers droits, sans doute, à l'estime. Chose bizarre, la célébrité et la vogue dans la carrière de la critique sont cependant rarement le prix de l'utilité. Le goût et l'esprit semblent moins nécessaires au succès d'un journaliste que l'audace, la partialité et la malignité. Aussi, que de bonnes gens se sont faits malins par spéculation! Quand ils réussissent, rien de plaisant comme leur rôle au milieu des auteurs de tous genres; c'est celui que les puissances barbaresques jouent au milieu des puissances chrétiennes; impitoyables avec les faibles, menaçants même avec les forts, qui, pour n'en être pas harcelés, ne rougissent pas d'avoir pour eux de temps en temps des complaisances pareilles à celles que les grands états ont pour les régences de Tunis et d'Alger; ce sont de véritables *deys*, qui, dans l'abondance et les plaisirs, vivent

du produit de la terreur qu'ils inspirent, et meurent
au milieu des richesses; témoin Geoffroi de glorieuse
mémoire. L'inventaire de ce Barberousse de la littérature ne le cédait ni en valeur ni en variété à l'ancien
trésor de Saint-Denys. Exemple encourageant, dont il
ne faut pourtant pas conclure que le succès de tout méchant journal soit certain. Le public est capricieux jusque dans la malice; et quoiqu'il aime à entendre dire
le mal, toutes les manières de le dire ne lui plaisent
pas également. Plus d'un folliculaire lui a sacrifié
son honneur sans profit. De leur aveu, les plus riches même sont loin d'avoir une fortune honnête. Les
libelles sont aussi jouets du sort : *Habent sua fata
libelli.*

Mais c'est beaucoup parler des artisans; parlons un
peu des artistes.

Les *traducteurs* forment l'anneau de la chaîne qui
unit ces deux classes. Ils appartiennent même à la plus
noble, lorsqu'ils sont doués d'un génie analogue à celui
de l'auteur qu'ils traduisent. Refuserait-on une place à
côté des inventeurs, à Delille, à Saint-Ange même, qui
parfois a écrit si heureusement ce qu'Ovide a si ingénieusement pensé? Me dira-t-on que les *traducteurs*
sont un peu sur le Parnasse ce que certains chapons
sont dans les métairies où on leur fait couver des œufs
de paons? Soit : mais s'ils ne produisent pas, ils font
du moins éclore les productions d'autrui; ils nous enrichissent en dépit de leur impuissance; sachons-leur-en

quelque gré; et n'hésitons point à leur donner le pas
sur le dindon, qui n'est pas stérile.

Le style est, en effet, une véritable création. Fût-il
appliqué à des idées qui ne vous appartiennent pas, le
style vous en acquiert la propriété; cela est vrai pour
les imitateurs de tous les genres, pour ceux même qui
ne vont pas chercher dans une littérature étrangère les
idées qu'ils mettent en œuvre. Ils ruinent celui auquel
ils empruntent; *ils assassinent celui qu'ils volent*. On
n'ira plus chercher dans l'inventeur une idée qu'un autre
a mieux exprimée; et si cette idée est exprimée le mieux
possible, personne ne tentera plus de s'en emparer. Tel
est même l'avantage attaché au génie du style, qu'il suffit pour assurer une gloire durable, qu'on n'obtient pas
toujours avec le seul génie d'invention. L'homme qui
trouve des idées nouvelles n'est souvent qu'un ouvrier
laborieux qui extrait le marbre de la carrière. L'homme
qui sait donner à ses idées l'expression la plus heureuse
est le sculpteur qui, d'une pierre brute, tire la Vénus
ou l'Apollon. Il en acquiert ainsi la propriété en conséquence de l'axiome cité plus haut.

Toutefois le premier rang, parmi les gens de lettres,
appartient exclusivement aux auteurs également créa-
teurs de leurs pensées et de leurs expressions. Le génie
de ces grands hommes use le temps. Porté à un degré
d'élévation que les forces humaines ne peuvent surpasser, et désespèrent d'atteindre, il a posé les bornes de
l'art, et ressemble à ces rochers énormes autour des-

quels les vagues s'amoncellent et se jouent, et dont les
flancs pourraient servir à indiquer les différentes hau-
teurs de la marée, qui n'a jamais recouvert leur cîme.

Voilà les gens de lettres par excellence; à eux seuls
appartient la gloire. Mais pourquoi faut-il que la gloire
soit trop souvent leur unique partage?

Si l'homme de génie, qui consacre sa vie entière à la
confection d'un grand ouvrage, n'a pas été doté par la
fortune, c'est nécessité pour lui de vivre dans la misère.
Bien qu'il travaille tous les jours, son ouvrage ne pouvant se produire en détail, il ne peut pas recevoir tous
les jours le prix de son travail. Le besoin cependant se
renouvelle journellement; c'est ce qui a contraint quelques hommes supérieurs à descendre aux spéculations
littéraires; semblables en cela à ces héritiers d'un grand
nom, lesquels, pour soutenir leur noblesse, s'alliaient
aux familles de finance, et, comme ils le disaient, *en-
graissaient leurs terres avec du fumier.*

Les maîtres du monde ont quelquefois racheté le génie de cette servitude; mais cela n'arrive pas souvent,
et n'arrive pas à tous. Il n'est pas difficile d'expliquer
pourquoi. Il faut, pour que le chef de l'état encourage
les artistes, qu'il ait du goût pour les arts, et que les artistes
travaillent dans son goût ou dans son intérêt. Auguste,
bien qu'il n'ait fait que quelques vers obscènes entre la
rédaction de deux tables de proscription, aimait les
bons vers; il a enrichi Horace et Virgile. Mais est-ce seulement parcequ'ils faisaient de bons vers? N'est-ce pas

aussi parceque ces bons vers servaient ses vues politiques, et contenaient son apologie? Il serait donc con-
cevable qu'Auguste ait laissé dans le besoin plus d'un
poëte sublime qui ne lui aurait pas consacré sa lyre,
et qu'il se soit montré indifférent pour des auteurs auxquels il aurait été indifférent. Dans les temps modernes,
La Fontaine n'a pas été traité par Louis XIV comme
Racine et Boileau.

D'ailleurs, les hommes de génie sont-ils toujours connus du prince? Connus du prince, en sont-ils appréciés?
Grands ou petits, si peu de gens se donnent la peine de
se faire une opinion; si peu sont en état de s'en faire une.
A cet effet, il faudrait lire. Des hommes à qui il faut
quelquefois du courage pour s'amuser, en ont-ils assez
pour lire? Il leur en coûte moins de parler d'après ceux
qui ont étudié, que d'étudier pour parler d'après eux-
mêmes. Un grand seigneur, qui avait entendu vanter le
poëme de l'Arioste, chargea son secrétaire de lui en
rendre compte. Les palais sont remplis de grands seigneurs, dont les secrétaires, soi-disant gens de lettres,
n'ont que l'antichambre pour cabinet. Impuissants pour
tout, hors pour dénigrer, ces littérateurs domestiques
emploient à détruire les réputations le temps que les
littérateurs libres emploient à en mériter une. Se peut-
il qu'un prince honore les gens de lettres de beaucoup
d'estime, quand il en juge, soit d'après le sentiment,
soit d'après le mérite d'un homme de lettres de cette
espèce?

C'est pourtant sur ces gens-là que les grâces se répandent le plus communément. Pourquoi? parcequ'ils vont les chercher, et que l'homme laborieux les attend. Je ne veux point de libéralités inutiles, même dans le temps où la prospérité publique semble les permettre ; mais si la gloire des beaux-arts est une branche de la gloire de l'état, que le chef de l'état répande ses bienfaits sur tous les hommes par lesquels cette gloire s'entretient et s'accroît : il les doit à l'homme qui a fait, à l'homme qui fait, et même à celui qui peut faire.

Mais dans quelles proportions sa libéralité doit-elle se renfermer? Le problème ne laisse pas que d'être compliqué, et le premier venu, fût-il mathématicien, n'en donnera pas aisément la solution.

Cela me rappelle un trait que j'ai lu dans je ne sais quel ouvrage sur la Chine, soit du père du Halde, soit de frère Rigolet, soit de lord Macartney, soit dans les *Lettres édifiantes.* « Un homme qui, né laboureur, comme le célèbre marquis de Laplace, comme lui aussi était devenu savant, et de savant mandarin, et avait possédé à ce titre un palais et cent mille livres de rente, monnaie du pays, disait à l'empereur Kan-Hi, prince très porté à la libéralité envers les *lettrés* de toutes les classes, que sa majesté ne devait à *un lettré que quinze cents francs* (monnaie du pays) *et un grenier.* L'histoire dit aussi que ce calculateur, ayant été réduit, par un de ces revers de fortune qui ont lieu à la Chine comme ailleurs, aux quinze cents francs et

au grenier, il pensa mourir de chagrin, parcequ'on s'é-
tayait de sa décision pour le traiter, quand il fut redevenu
lettré, comme il avait voulu qu'on traitât ceux qui n'a-
vaient pas cessé de l'être. »

Encore une fois, ne consultons pas sur cet objet le
premier venu. Ce n'est pas cependant que les savants
européens ressemblent tous à notre Chinois. Si l'une des
révolutions qui nous ont agités eût fait descendre certains savants des hautes places où l'une de ces révolutions les a portés, il en est un qui n'eût pas cru dé-
choir pour cela, et se serait consolé *de n'être plus que
le premier mathématicien de l'Europe :* c'était M. de
Lagrange.

LES PATINEURS.

Que c'était d'un rude vilain
Que la poste eut son origine !
Il avait trois plaques d'airain
Autre part que sur la poitrine

Cette imprécation de Pélisson contre l'inventeur de
la poste, ou plutôt contre le premier courrier à *franc-
étrier*, est la traduction la plus heureuse, sinon la plus
exacte, de celle qu'Horace exhale contre le premier na-
vigateur. Effrayé des dangers qui assiègent un vaisseau, sentiment exagéré par les craintes que lui inspire

son amitié pour Virgile, qui faisait voile pour la Grèce,
Horace s'écrie :

> Illi robur, et æs triplex
> Circa pectus erat, qui fragilem truci
> Commisit pelago ratem
> Primus. . . . .

« Le cœur de l'homme qui, le premier, osa, sur un
fragile vaisseau, affronter les fureurs de l'océan, était
sans doute revêtu du chêne le plus dur, et environné
d'un triple airain. »

Que n'eût-il pas dit du premier patineur? S'il tremblait
de ne voir qu'une planche entre l'homme et l'abîme,
combien n'eût-il pas frémi en voyant l'eau seule former
cette planche sans cesse prête à se dérober, à se briser
sous les pieds de l'imprudent qui s'y fie avec tant d'allé-
gresse et de sécurité? Il est vraiment fâcheux qu'un Sicambre, un Batave, un Ostrogot, un esclave du Nord,
n'ait pas eu l'occasion de se promener en patins devant
Horace, sur le Tibre devenu solide. Nous aurions sans
doute une belle ode de plus !

Il est probable que l'usage des patins, non seulement
n'était pas connu des Romains, mais qu'il n'a pas même
été inventé par les anciens peuples. C'est aux Hollandais
vraisemblablement que les modernes sont redevables de
cette découverte. Dans un pays coupé par de nombreux
canaux, couvert par de fréquentes inondations, l'activité
a dû trouver ce véhicule, emprunté bientôt par l'oisi-

veté. Ils s'en servent pour leurs affaires, nous pour nos plaisirs ; ils s'en servent pour multiplier le temps par la vitesse de leur marche, nous pour multiplier l'espace par des courses oiseuses. Chez eux enfin les patins sont aux pieds des hommes qui ne veulent pas perdre un instant ; chez nous, ils ne sont chaussés que par des hommes qui n'ont que du temps à perdre.

C'est au reste un spectacle assez amusant, quand le froid n'est pas trop vif ou qu'on est précautionné contre ses atteintes, que celui auquel la Gare, le canal de l'Ourcq, ou le bassin des Tuileries, servent de théâtre pendant les fortes gelées. Je conçois qu'on ne voie pas sans étonnement quelques hommes, portés sur une lame étroite, parcourir avec tant d'aisance et de rapidité, dans toutes ses dimensions, cette surface glissante où le commun des hommes ne peut pas se soutenir en marchant, bien qu'appuyé sur toute la largeur de deux semelles ; je conçois que cet étonnement augmente et se change en admiration, en raison de la difficulté des évolutions et de la facilité avec laquelle elles sont exécutées.

Mais je conçois encore plus ici les plaisirs de l'acteur que celui du spectateur. Ils sont de plus d'un genre, comme ceux que procurent tous les exercices de souplesse, auxquels on prend d'autant plus goût qu'on est plus regardé.

Il y a d'abord quelque chose de piquant dans le contraste qui existe entre la sensation éprouvée par le patineur et celle dont il voit l'empreinte sur tous les visages qui le regardent. Ressentir la plus douce chaleur quand tout le monde grelotte autour de vous ; braver la rigueur de la saison sous un vêtement léger, quand elle atteint le plus prévoyant sous les fourrures multipliées qu'il lui a opposées, n'est pas cependant la jouissance la plus vive que le patineur recueille. Celle que lui donne l'amour-propre est bien supérieure. Et n'est-il pas doublement heureux de devoir à l'exercice qui lui procure un bien-être particulier les applaudissements qu'on achète souvent au prix de la douleur même?

Les patineurs ressemblent aux versificateurs : les moins habiles sont fiers de faire ce que tout le monde ne sait pas faire ; et les plus habiles, d'exceller dans un art où c'est déjà se distinguer que d'être médiocre.

Telles étaient les réflexions que je faisais il y a quelques années au milieu des badauds qui bordaient le bassin de la Villette, réflexions qui, je ne sais trop pourquoi, se reproduisent aujourd'hui à ma mémoire, mais *ne sont pas hors de sens si elles semblent hors de saison*. De pensée en pensée, je m'abandonnai insensiblement à mes rêveries, au point qu'isolé au milieu de la foule, je n'entendais plus rien de ce qu'on disait, et que sous le charme de la plus complète illusion, je finis par ne plus voir ce qui se passait devant moi, que sous des rapports qui n'existaient sans doute que pour moi; semblable à l'homme qui, considérant la nature à travers une vitre imprégnée de jaune ou de bleu, ne la voit plus que sous l'influence de la couleur interposée entre les objets et lui, je ne voyais les scènes qui se succédaient que sous les rapports qui les liaient à l'illusion dont j'étais préoccupé.

Cette glace sur laquelle tant d'étourdis allaient, venaient, couraient, glissaient, se suivant, se poursuivant, se croisant, se heurtant, perdit bientôt à mes yeux ses véritables proportions, et se transforma pour mon imagination en une scène si vaste, que je la pris pour celle du monde. Cette scène était plus longue que large. Des brouillards, dans lesquels je croyais voir quelque chose, marquaient l'entrée et bornaient l'issue de cette avenue dont l'œil croyait apercevoir les deux bouts; avenue assez large pour qu'on pût faire, soit à droite, soit à gauche, quelques excursions, et assez longue pour que ceux à qui il était donné de la parcourir en entier eussent véritablement besoin de repos en touchant au but.

Dans la légère rétribution que je ne sais quels préposés exigent du patineur pour lui laisser le droit d'errer dans un espace qui appartient à tous, je croyais voir les frais divers auxquels notre entrée dans la vie est assujettie. Ne croyais-je pas voir aussi dans ces courroies qu'on liait aux pieds des arrivants les langes dont on garrotte ces autres innocents qui attendent le baptême? Ne croyais-je pas voir enfin dans ces hommes obligeants qui prêtent leur appui et prodiguent leurs conseils aux novices, ces pères, ces mères, ces parrains et ces marraines qui soutiennent et dirigent nos premiers pas, et même ces bonnes et ces précepteurs qui ne sont pas toujours aussi complaisants et sont souvent si ennuyeux!

L'éducation n'était pas longue, l'écolier se lassant de recevoir des avis, bien plus promptement que le professeur d'en donner; ce qui me porte à croire qui ni l'un ni l'autre ne manquait d'amour-propre. Le grand nombre se hâtait de prendre son essor dès qu'il croyait pouvoir marcher seul. Que de faux pas, bon dieu, signalaient le début de la plupart des émancipés! C'était une chose à la fois plaisante et misérable de voir la confiance avec laquelle ils s'élançaient, et la promptitude avec laquelle ils trébuchaient, les uns à vingt pas, les autres à dix, et le plus grand nombre au premier. Plusieurs se rebutèrent et ne reparurent plus; plusieurs aussi se relevèrent pour tomber encore, et, malgré leurs chutes réitérées, parvinrent, à force d'obstination, à se mettre au pas, à acquérir assez de talent pour n'être plus remarqués en mal : de là il n'y a plus qu'un pas à se faire remarquer en bien. D'autres, plus lestes, plus souples, plus adroits, dépassaient bien vite la foule, et atteignaient, presque à leur début, le plus haut degré d'habileté où, avec le temps, le talent puisse parvenir.

Dans ce petit nombre était un homme qui, supérieur à tous, faisait mieux que ceux qui, avant lui, semblaient avoir fait le mieux possible. Ce qui effraie le courage des autres, excite le sien; ce qu'ils évitent, il le cherche; l'obstacle qu'ils tournent, il le franchit. Voyez comme il se joue autour des gouffres; voyez comme il traverse,

avec la rapidité de l'oiseau, l'étroit sentier qui sépare
les deux abîmes. Il court, il vole là où nul n'a osé le
précéder, où nul n'osera le suivre ; il exécute ce qu'a-
vant lui on n'avait pas osé concevoir, ce qui, bien qu'il
l'ait exécuté, paraît toujours impossible. L'étonnement
l'observe en tremblant. Tranquille dans son activité, et
fier de se voir chéri de toute la crainte qu'on a de voir
cesser tant de prodiges, comme il sourit aux cris d'ef-
froi que nous arrache son audace, et que soudain son
triomphe change en cris d'admiration ! Vous tremblez,
bonnes gens ; rassurez-vous : un homme aussi supérieur,
un homme de génie de la tête aux pieds, un pareil homme
n'a rien à craindre : rien, qu'un fétu que son œil n'aper-
cevra pas, et que son patin ne saurait couper ; car ce
n'est qu'en tranchant tout ce qui se rencontre sous ses
pas, qu'il peut poursuivre cette route glorieuse.

Un cri général s'élève. Qu'est-ce ? quoi ? pourquoi tout
ce bruit ? Il est tombé ! s'écrie-t-on de toutes parts. Ce
n'est ni à son audace, ni à sa maladresse que cette chute
doit être imputée ; ce n'est pas même à un fétu, c'est à
moins : un bancal payé pour garder les manteaux, et
qui en gardait de toutes les couleurs, un bancal lui a
donné un croc-en-jambe ; et pendant qu'il gisait tout
étourdi de sa chute, ce félon, à l'aide de l'énorme talon
dont il se sert pour déguiser l'irrégularité de sa marche,
s'efforce de briser la tête de celui dont il veut vendre la
dépouille. Cependant un homme endormi dans un traî-
neau, attelé de je ne sais quels animaux, s'avançait au

petit pas, et par le plus long, vers le but que l'autre
avait touché cent fois, et dont cent fois il avait été éloigné par ses brillantes excursions. A quoi tiennent les
fortunes les mieux établies? un rien suffit pour les renverser. Ainsi tomba jadis Aman devant Esther; ainsi
Volsey, ainsi Labrosse, ainsi maître Olivier le Dain, né
Gantois, furent culbutés du faîte des grandeurs par les
causes les moins prévues.

Une marchande d'oranges qui se trouvait là, comme
pour compléter cette représentation des vicissitudes humaines, semblait dire, en jouant avec sa marchandise:
Saute, Choiseul! saute, Praslin! et peut-être était-elle
parente de madame Dubarri. Il y a entre la canaille et
la cour plus d'affinité qu'on ne croit, et ce qui se passe
sur la glace ressemble beaucoup à ce qui se passait à
Versailles.

Parmi des hommes moins brillants, mais plus prudents, et non moins adroits que le patineur dont nous
avons parlé, je retrouvais mille personnages historiques.
Celui qui, glissant tout doucement les mains dans les
poches, fait son chemin en échappant à la critique comme
à l'éloge, n'est-il pas ce modeste évêque de Fréjus, ce
cardinal de Fleuri, lequel, sans trop s'occuper des autres, qui ne s'occupaient pas de lui, est arrivé si haut,
sans qu'on s'en soit aperçu, et n'a paru avoir songé à
s'emparer de la première place que le jour où il en a
pris possession pour ne plus la quitter.

Cet autre moins patient, mais non moins habile, n'a

pas fourni si paisiblement sa carrière. Il coudoie, il est
coudoyé; il accroche, il est accroché; il renverse, il
est renversé. Les quolibets, les reproches, les sarcasmes,
les injures mêmes attestent ses mésaventures, qui cependant ne sont pas toutes des maladresses; son habit, ta-
ché en tant d'endroits, donne presque le compte de ses
chutes; mais, se relevant toujours, et ne reculant jamais, ne rougissant de rien, tirant même vanité de certains faux pas qui l'ont fait avancer, il poursuit sa route
au milieu des huées, il atteint la grandeur à travers les
opprobres, comme l'agioteur la fortune à travers les
faillites et le déshonneur; comme le cardinal Dubois est
parvenu aux premières dignités de l'état et de l'église à
travers le scandale et l'infamie.

Et cet autre, qui, se trouvant toujours à la suite de
l'homme à la mode, ne franchit pas comme lui les ob-
stacles, mais les tourne, n'est-ce pas tel courtisan que
je pourrais nommer; éternel complaisant de ceux que
la fortune favorise, s'en tenant toujours près pour avoir
quelque part aux succès, comme assez loin pour ne pas
être entraîné dans la disgrâce, prudent jusqu'à la lâcheté, lâche jusqu'à l'audace, habile jusqu'à la perfidie,
se maintenant toujours sur ses pieds au milieu des accidents si communs à la cour, et courant sur cette glace,
comme dit Saint-Simon du père Daniel, *avec ses patins
de jésuite?*

Ce n'était de tous côtés que scènes allégoriques. Ici,
comme au théâtre, l'homme à talent tombait dans le

piége que l'envieuse médiocrité lui avait tendu. Là, comme aux Tuileries, des enfants avides, au lieu de secourir un pâtissier coulé sous la glace, se disputaient ses gâteaux presque aussi avidement que des ambitieux se disputent la dépouille d'un favori disgracié, auquel ils se gardent bien de tendre la main. Mais la catastrophe qui termina ces diverses scènes me frappa plus profondément que tout ce que j'avais vu.

Pendant que tant de gens s'agitaient, la plupart sans regarder en l'air, sans regarder à leurs pieds, sans regarder même devant eux, les uns enivrés de plaisir, les autres endormis dans l'insouciance, tous jugeant de l'avenir par le présent, tous persuadés que le moment qui sera ressemblera à celui qui est, le temps avait changé, l'air s'était détendu, la température s'était adoucie, la glace s'était amollie. Quelques hommes circonspects, auxquels on donnait un autre nom, conseillaient depuis long-temps la retraite, et avaient fini par prêcher d'exemple; mais les écervelés, et c'était le grand nombre, comme partout, croyant toujours avoir le temps de se soustraire à la débâcle, n'en poursuivaient qu'avec plus d'ardeur le plaisir prêt à leur échapper. Tout-à-coup la glace s'entr'ouvre avec fracas, se divise en mille morceaux, sur lesquels je vois quelques uns de ces insensés que l'abîme n'avait pas engloutis, ou qui n'avaient pas été précipités dans la fange, rester debout comme ces soldats qui régnèrent, après Alexandre, sur ces diverses parcelles dont la réunion, un moment au-

paravant, formait l'empire du monde. Un de mes amis,
à qui je contais ce mémorable évènement, prétend qu'il
n'a jamais eu lieu au bassin de la Villette, où il va pati-
ner tous les hivers (toutes les fois que le temps le permet, s'entend); c'est donc un rêve que je viens de vous
conter là. En honneur je ne le croyais pas.

LES ÉTRENNES.

Ce mot n'a pas besoin d'être défini. Il n'y a pas d'ignorant, de quelque âge et de quelque condition qu'il soit,
qui ne le comprenne. C'est le plus beau mot de la langue
pour les domestiques et les petits enfants, et pour quelques dames aussi.

Cet usage d'ouvrir l'année, en se faisant des cadeaux
réciproques, est des plus anciens. Il remonte presque à
l'époque de la fondation de Rome.

Tatius, roi des Sabins, qui régna sur les Romains
conjointement avec Romulus, après la fusion des deux
peuples, ayant regardé comme de bon augure qu'on lui
eût fait présent, au premier jour de l'an, de quelques
branches coupées dans un bois consacré à *Strenua*,
déesse de la force, il convertit en coutume ce qui n'avait
été que l'effet du hasard, et donna aux présents qu'il
reçut depuis, au renouvellement de chaque année, le
nom de *Strena*, dont nous avons fait *étrennes*.

A des branches d'arbres les Romains substituèrent des figues, des dattes, du miel, symboles, comme nos confitures et nos dragées, de toutes les douceurs qu'ils souhaitaient à leurs amis pendant le cours de l'année nouvelle. Les clients joignaient une pièce d'argent aux *étrennes* qu'ils donnaient à leur patron. N'était-ce pas en signe de tribut?

Les trois ordres de l'état donnaient à Auguste des *étrennes*, dont il employait le prix à l'achat de la statue de quelque divinité. Il pensait que les deniers du peuple devaient être dépensés pour des objets d'utilité publique, et que l'argent des citoyens ne devait pas entrer dans l'épargne de l'empereur. Ce tyran-là avait du bon. L'usage de recevoir des *étrennes*, tantôt imité, tantôt négligé par ses successeurs, ne s'est définitivement conservé qu'entre particuliers.

Les chrétiens, après avoir réprouvé les *étrennes* comme une institution du paganisme, ont fini par les rétablir, probablement lorsque les empereurs, qui n'en acceptaient plus, commencèrent à leur en donner. Le pape Sylvestre a reçu d'assez belles *étrennes* de l'empereur Constantin, si tout ce qui se dit à Rome est article de foi.

Ce tribut, aussi souvent payé par la vanité que par l'affection, a été assez exactement acquitté depuis ce temps-là. Chacun s'y soumet, quoi qu'il en coûte; les uns pour paraître magnifiques; les autres pour ne pas paraître vilains; mais, les laquais et les filles exceptés,

il n'y a guère que les marchands qui gagnent réellement
à cela.

C'est entre leurs mains que va tout l'argent qui sort
à cette époque de toutes les bourses. Que donnent-ils
en échange? Des bonbons, des joujoux ou des bijoux,
ce qui est à peu près la même chose.

Ces objets, qui n'ont pour la plupart qu'une faible valeur intrinsèque, ont, en revanche, une grande valeur
relative, celle que leur donne la mode et la nouveauté.
Cette valeur, qui tient tout à la forme, semble augmenter en raison du peu de prix de la matière première.

Les *étrennes* que l'on donne par galanterie doivent
être de cette nature. La perfection en ce genre est d'offrir des objets qui coûtent fort cher et valent fort peu.
C'est ainsi qu'on flatte l'amour-propre d'une femme sans
blesser sa délicatesse; car quelle honnête femme ne serait pas blessée qu'on osât lui offrir la valeur réelle de
la dépense qu'en secret elle est flattée d'occasioner?

Rien n'est plus propre à faire comprendre ces effets
contradictoires que le fait suivant. Un très grand seigneur était éperdument amoureux d'une dame extrêmement délicate sur cet article. Jamais il n'avait pu la déterminer à accepter le moindre présent. Il obtint enfin,
à l'occasion des *étrennes,* la permission de faire faire en
miniature le portrait d'un serin qu'elle aimait beaucoup,
et de le lui donner monté sur une bague de la forme la
plus simple. La convention semble observée; rien de
plus simple, en effet, que la bague, qui n'eût été que

de peu de valeur, si, au lieu d'un cristal, on n'avait pas mis sur la peinture un large diamant plat. La dame s'en aperçoit, se fâche, et renvoie le diamant en gardant le portrait. Que fait le prince? Mettant autant d'amour-propre à ne pas reprendre son cadeau qu'on en mettait à ne pas l'accepter, il fait réduire le diamant en poussière, et le répand ainsi sur l'écriture du billet où il sollicite le pardon, qu'on ne refusa pas à une si ingénieuse galanterie.

Toutes les dames, à la vérité, n'ont pas une si grande rigidité de principes. Mais encore, avec celles qui aiment la valeur réelle, faut-il y mettre des formes, et savoir donner l'apparence de la bagatelle aux objets du plus grand prix.

Il fut un temps où la mode était de *parfiler*, c'est-à-dire de mettre en charpie des galons, des ganses, des étoffes d'or et d'argent qui, dans cet état, avaient encore du prix chez l'orfèvre. Dans ce temps-là il était de mode aussi de donner aux dames en *étrennes*, sous les formes les plus bizarres, des pièces de toile d'or qui n'étaient bonnes qu'à *parfiler*. L'or n'était jamais refusé sous cette forme; et quand, tout en parlant du prochain, on avait *parfilé* quelques aunes pendant quelques soirées, on finissait par s'apercevoir que, tout en caquetant et coquetant, on n'avait pas perdu son temps.

S'il est des gens qui, disposés à recevoir, ne veulent pas qu'on ait l'air de leur donner, il en est en revanche qui, bien qu'on ne soit pas disposé à leur donner, sont toujours prêts à demander.

C'est moins avec des paroles que par des démonstrations muettes qu'au jour de l'an l'inférieur met le supérieur à contribution. Allez-vous chez l'homme en place, voyez comme toutes les figures y sont riantes, à commencer par celle de ce portier ou de ce suisse qui est si maussade tout le reste de l'année. Voyez avec quelle promptitude il tire le cordon, avec quelle précipitation les valets vous ouvrent la porte, avec quel empressement les huissiers vous annoncent, avec quelle politesse les secrétaires vous reçoivent. Rien de plus poli que toute la valetaille pour vingt-quatre heures. Ce jour-là, en dépit des ordres de monseigneur, elle vous introduirait jusque dans son cabinet. Mais monseigneur, que vous ne voudriez pas trouver, *n'y est pas;* et, pour la première et la dernière fois de l'année, ce mot est vrai dans toute son acception. Monseigneur, à qui vous venez faire votre cour, est allé faire sa cour aussi, et répand ailleurs les *étrennes* que vous prodiguez chez lui.

C'est avec de l'argent qu'on répond à toutes ces civilités. Après tout, que peut-on trouver d'injuste dans cet usage? Il ne pèse, au fait, que sur les gens auxquels il est utile. Ce solliciteur qui vide sa bourse dans les antichambres, paie ou les services qu'il a reçus, ou les services qu'on lui rendra. C'est une espèce de droit de passe qu'il solde une fois l'année par abonnement.

Il paraît qu'autrefois ce droit de l'antichambre se

payait aussi dans plus d'un cabinet. M. Perrin Dandin dit
à son fils :

Compare, prix pour prix,
Les *étrennes* d'un juge à celles d'un marquis.
Attends que nous soyons à la fin de décembre.

Aujourd'hui les marquis ne reçoivent plus d'*étrennes*:
c'est dommage pour eux, si toutes les *étrennes* qu'ils recevaient valaient celles que Louis XIV donna un jour au
marquis de Cavoie, quand il réunit au domaine que ce
courtisan possédait à Luciennes une quantité assez considérable de terres dont les propriétaires avaient jusqu'alors opiniâtrément refusé de se défaire. On ne dit
pas comment ce grand roi s'y prit pour triompher de
l'attachement de ces bourgeois pour leur patrimoine.
Mais le fait est que le marquis fut fort content, que la
cour célébra la galanterie du prince, et que beaucoup
de monarques, sans être plus justes, ont été moins obligeants.

Économiquement parlant, les *étrennes* données dans
la maison ne doivent pas être considérées par le père de
famille comme un surcroît, mais comme un complément
d'appointements. Il doit statuer d'après cette règle, et
se dire qu'il aurait augmenté d'un douzième sa dépense
de chaque mois, si les *étrennes* ne devaient pas doubler
sa dépense de janvier.

Ce don, au reste, par cela même qu'il est gratuit, peut
avoir de très bons effets et tourner au profit de la mai-

son ou de l'administration, quand le chef sait en faire un moyen de récompense ou de punition.

C'est ainsi que le cardinal Dubois en usait avec son intendant, qui n'apportait guère plus de probité dans la gestion des affaires de son éminence, que son éminence n'en mettait à gérer les affaires de l'état. Au jour de l'an, ce fidèle serviteur ne manquait jamais de venir saluer monseigneur, qui, au lieu de lui donner des *étrennes* comme à ses autres domestiques, lui disait : « *Quant à vous, je vous donne ce que vous m'avez volé.* » Libéralité dont l'intendant paraissait toujours satisfait. Sans le dire, le régent en usait ainsi lui-même avec cet insatiable ministre.

Que le maître donne des *étrennes* au domestique, rien d'étonnant à cela ; mais que le domestique donne des *étrennes* au maître, cela est un peu moins ordinaire , surtout quand il le fait par un sentiment tout-à-fait étranger à ce calcul qui rapporte cent pour un.

M. de Cury, intendant-général de l'armée d'Italie, sous Louis XV, avait vécu de la manière la plus splendide à l'armée, où il tenait table ouverte. De retour à Paris, il donne un grand dîner le jour de l'an. Quel est son étonnement de se voir servi en vaisselle neuve et marquée à ses armes ! Sorti de table, il fait venir en particulier son maître-d'hôtel, et lui demande pourquoi cette ridicule ostentation ; pourquoi il s'est avisé d'emprunter, à grands frais, cette argenterie, qui ne reparaîtra plus. Elle n'était pas empruntée, mais achetée, cette argente-

rie. Le domestique, regardant comme prises sur le bien
de son maître les remises qui, pendant toute la campagne, lui avaient été faites par les fournisseurs de la maison, en avait employé le montant à l'acquisition de cette
vaisselle qu'il offrait en *étrennes* à monsieur.

Peu de maîtres ont été aussi véritablement généreux
que ce domestique. Il se nommait *Bronssin*.

Les rois de France ont reçu des *étrennes*. On lit dans
les Mémoires de Sully, que ce surintendant ayant été
porter les *étrennes* à Henri IV, le trouva au lit avec la
reine. Le roi voulut néanmoins qu'il entrât et qu'il lui fît
voir ses *étrennes*. C'étaient des jetons d'or et d'argent, tant
pour leurs majestés, que pour les dames du palais et les
filles d'honneur. Rosni, dit Henri, leur donnez-vous
ainsi les *étrennes* sans les venir baiser? — Vraiment, sire,
depuis que vous leur avez commandé, je n'ai que faire
de les en prier. — Laquelle embrasserez-vous de meilleur
courage et trouvez-vous la plus belle? — Ma foi, sire, je
ne saurais dire, car j'ai bien autre chose à faire que de
penser à l'amour, ni de juger quelle est la plus belle. Je
les baise comme des reliques, en leur présentant mon
étrenne.

La fameuse *guirlande de Julie* fut donnée en *étrennes*, le 1er janvier 1640, à Julie d'Angennes, par le
duc Montausier. C'était une collection des plus belles
fleurs peintes en miniature sur vélin, par le plus habile
artiste du temps. A chaque peinture était joint un madrigal adressé à la beauté pour qui le recueil était fait.

Tous les beaux esprits de l'hôtel de Rambouillet furent
mis en réquisition pour la confection de cette œuvre galante, à laquelle le duc lui-même a fourni un contingent
raisonnable. Ses vers, il est vrai, sont fort au-dessous de
ceux de Cotin et de Chapelain; ce qui prouve qu'il
ne suffit pas d'être honnête homme et loyal amant,
voire même *garçon d'esprit,* pour faire des vers sup-
portables.

C'est dans la *guirlande de Julie* qu'on trouve cet heureux quatrain sur la violette :

> Modeste en ma couleur, modeste en mon séjour,
> Franche d'ambition, je me cache sous l'herbe ;
> Mais si sur votre front je puis me voir un jour,
> La plus humble des fleurs sera la plus superbe.

Ces vers sont de Desmarèts Saint-Sorlin, l'un des poëtes
que Boileau a le plus justement ridiculisés. Ils prouvent
qu'un sot peut bien faire, quand il se trompe.

Quoique tous les madrigaux de la *guirlande* soient
loin de valoir celui-là, ces *étrennes* me semblent plus ingénieuses encore que celles qu'on a saupoudré depuis
avec du diamant.

Nous avons parlé plus haut d'*étrennes* reçues du peuple par les rois. Parlons d'*étrennes* données par un roi
au peuple. Le 1ᵉʳ janvier 1735, Louis XV fit remise
du dixième. Il est vrai qu'il a depuis exercé ses reprises,
et largement, par un premier, un second et un troisième
vingtième.

Il y a des gens que le premier jour de l'an fait trembler au point qu'il peut être pour eux le dernier jour de leur vie.

> Ci-gît, dessous ce marbre blanc,
> Le plus avare homme de Rennes,
> Qui trépassa le jour de l'an,
> De peur de donner des *étrennes.*

Les *étrennes* ont été supprimées en France par un décret de l'assemblée constituante, comme *contraires à la morale.* Cette considération n'a pas dû s'étendre aux *étrennes* que les parents donnent à leurs enfants, seules *étrennes* dont il nous reste à parler. Cet usage, aussi doux pour ceux qui donnent que pour ceux qui reçoivent, doit être éternel; la durée en est garantie par la plus constante des affections.

DE L'ÉGOISME.

Remarquons, avant d'entrer en matière, que la désinence en *isme* désigne presque toujours une affection déréglée, et quelquefois même une manie; je dis presque toujours, parceque si cette observation est d'application exacte à *fanatisme,* à *rigorisme,* à *purisme,* à *philosophisme,* etc., il n'en est pas de même si on veut l'étendre à *patriotisme.* Ce sentiment tient de la pas-

sion, sans doute ; mais l'exaltation y peut-elle être blâ-
mée, quand elle ne vous entraîne pas dans une fausse
voie ; quand elle ne vous fait pas voir le tout dans la
partie ; quand elle ne vous fait pas mettre la prospérité
de l'état dans le triomphe d'une faction ; dans le triomphe du *royalisme* ou du *républicanisme*, systèmes très
bons en eux, sans doute, si on les considère abstractive-
ment ; mais systèmes dont l'emploi peut être également
préjudiciable au bonheur d'un peuple, quel que soit celui des deux qui prévale, si la faction triomphante l'y
prétend assujettir en dépit des habitudes et des intérêts
généraux qui réclament un gouvernement mixte ? La faction triomphante est alors possédée de manie, mais non
pas de *patriotisme*.

L'égoïsme, dans l'étroite acception de ce mot, est l'a-
mour désordonné de soi-même. C'est le sentiment par
lequel on se fait centre du monde, où l'on rapporte
tout à soi.

Ce centre n'est pourtant pas toujours un point mathé-
matique. Il s'élargit quelquefois de manière à prendre
l'étendue d'une circonférence inscrite dans une plus
grande, inscrite dans ce cercle immense qui renferme
l'univers. Suivant que ce centre est moins étroit, l'é-
goïsme, de vice qu'il est dans son sens abstrait, se rapproche de la condition de vertu. Je m'explique.

Tel homme met son égoïsme dans sa famille, tel autre
dans sa patrie. L'égoïste dans le premier cas est un bon
père de famille, et dans l'autre un bon citoyen. Je l'ap-

pelle égoïste, parcequ'il y a toujours un fonds d'égoïsme
dans cet amour qui porte à préférer à tout le reste du
monde la famille ou le peuple auquel on s'est identifié.
Mais peut-on ne pas voir une vertu dans le sentiment
qui fait qu'on vit dans les autres, et qu'on leur sacrifie-
rait tout, jusqu'à soi-même? Mais cet égoïsme, par lequel l'existence s'étend, peut-il se comparer à celui qui
la rétrécit? Peut-être, au fait, n'y a-t-il pas d'égoïsme
à rechercher un bonheur qui ne résulte que de celui
d'autrui. S'il y en a, admirons-le; c'est celui qui fait
les héros.

Mon droit, mon honneur, mon salut, propos d'égoïstes, à moins qu'on ne mette son droit à rendre le peuple heureux, son honneur à servir son pays, et qu'on ne
pense qu'il n'y a pas de salut pour quiconque manque
de charité. Tels sont les devoirs qu'ont attachés à ces
mots Louis XII, bon roi s'il en fut; Bayard, gentilhomme tout aussi bon peut-être que ces hobereaux qui
mettaient leur honneur à servir contre leur pays dans
des rangs ennemis; et le pape Pie VII, qui était aussi
bon chrétien au moins que tant de bons apôtres qui nous
font damner pour se sauver.

L'égoïsme, suivant la situation des hommes dans lesquels il se développe, prend des caractères bien différents, et peut tout aussi bien devenir ridicule qu'a-
troce.

On frémit quand, pour venger l'honneur des statues
de son père, Théodose fait massacrer l'élite des habi-

tants d'Antioche. On rit quand, pour venger l'honneur de ses moustaches, M. Calicot escalade le théâtre et provoque Brunet, l'aune à la main. Ces effets sont très différents; mais ils n'en partent pas moins du même principe. Le courtaud de boutique n'entend pas plus raillerie que l'empereur romain. Mettez-le sur le trône du monde, et vous verrez que ce n'est pas sa faute si sa vengeance n'a pas passé la plaisanterie.

Il en est de l'égoïsme comme du fanatisme, qui n'est que plaisant dans un vicaire de campagne, dans un apôtre sans autorité. L'abbé Canari [1] se fait berner quand il s'avise de prêcher contre la danse ou de lacérer des affiches de spectacle. Le zèle qui le dévore n'est cependant pas moins ardent que celui qui dévorait Torquemada [2]. Il ne manque à l'abbé Canari, pour paraître cruel, que d'être grand inquisiteur; de même que Torquemada ne serait que ridicule, s'il n'eût été qu'un habitué de paroisse.

L'égoïsme, bien que commun à tous les hommes, semble plus particulièrement inhérent à certaines conditions, terres favorables où cette mauvaise herbe croît et fructifie plus qu'ailleurs.

N'étaient-ils pas égoïstes par la nature de leur profes-

[1] Nous croyons que cet honnête ecclésiastique est du diocèse de Liège.

[2] Le premier des grands inquisiteurs. En dix-huit ans, il n'a pas fait condamner moins de cent quatre-vingt-cinq mille trois cent vingt-huit personnes; il est vrai que sur ce nombre il n'y en a guère eu que dix ou douze mille de brûlés en réalité.

sion, ces cénobites qui, uniquement occupés d'eux-
mêmes, vivaient étrangers à tous les vivants, et par
principe sacrifiaient tout à eux, jusqu'à eux-mêmes?
Soit que le désir du paradis, soit que la crainte de l'enfer les portàt à se livrer dans la solitude à tant d'austérités, on ne peut voir que l'effet de la plus haute exagération de l'amour de soi, dans cette renonciation absolue
à tous les devoirs sociaux. De quoi s'occupe ce moine
dans sa cellule, si ce n'est de lui seul? Cet amour de
Dieu dont il se dit rempli, est-il autre que l'amour
de lui-même? Sa vocation est-elle autre chose que de
l'égoïsme?

Cela s'applique à tous les rats retirés du monde, voire
à ceux-là mêmes qui ne font pas pénitence dans un fro-
mage.

Ces béats moins réguliers qu'on appelle abbés ne
sont pas non plus absolument exempts d'égoïsme. Il se
montre, il est vrai, accompagné chez eux de moins de
cynisme que dans les moines. Les abbés sont moins loin
que les moines des qualités sociales, parcequ'ils sont
moins étrangers aux faiblesses du siècle. Il y a quelquefois sous leur manteau des âmes aimantes et généreuses.
Tel vieux tonsuré, entre ses neveux et nièces, avait
presque l'air d'un père de famille. L'intérieur de sa maison ressemblait au ménage le mieux réglé. Mais tous les
tonsurés n'ont pas des mœurs; et vu les inconvénients
qu'ils trouvent pour la plupart à se livrer à des affections réprouvées par le concile de Trente, vu l'impossi-

bilité où ils sont de répandre leur tendresse sur les objets qui la provoquent dans tout autre homme, sur une épouse, sur des enfants, ils ramènent en eux cette faculté qui manque d'emploi, et fortifient l'amour que tout individu se porte, de tout celui qu'ils auraient étendu sur autrui.

Il y a eu pourtant plus d'un prêtre philanthrope. En tête il faut nommer Vincent de Paul : nul n'a plus honoré le nom de saint. Monsieur le curé, monsieur le doyen, monsieur le chanoine, au nom de Dieu, imitez-le. Aimez Dieu dans les hommes, fondez des hospices, soulagez les pauvres, consolez les malades, enterrez tout le monde, et vous aurez la vertu la plus opposée à l'égoïsme. Vincent aimait son prochain plus que tout; chérissez-le seulement comme vous-même, et vous serez des héros de charité.

On ne doit pas s'étonner de trouver l'égoisme dans ces infortunés à qui le caprice de la nature a refusé le bonheur de la paternité, ou qui en sont privés par un crime de la société. Ces pauvres gens, qui ne sont ni moines ni abbés, me semblent surtout à plaindre. Leur volonté n'a concouru en aucune manière au perfectionnement de leur égoïsme. Ce n'est pas de leur faute s'ils n'aiment qu'eux dans le monde; ils ne peuvent entrer en rapport qu'avec eux-mêmes. Nés aveugles, ou aveuglés avant que leurs yeux aient été ouverts, ils ne connaissent qu'eux. S'il leur arrive de sortir de leur indifférence pour le reste des hommes, ce doit être ou pour envier ou

pour haïr les possesseurs d'un bien qui leur a été refusé
ou ravi.

Un des plus mélodieux célibataires de notre âge ne
pouvait se résoudre à rendre la moindre politesse au
cardinal Caprara. Il ne pardonnait pas à cette éminence
le soin qu'elle avait pris de lui procurer la plus belle
voix que le sacré collège ait jamais entendue au théâtre
de l'Argentine, ou à la chapelle Sixtine. C'est un ingrat
qui a oublié le service que je lui ai rendu, disait monseigneur. Monseigneur avait tort ; l'ingrat ne s'en sou-
venait que trop.

L'égoïsme, si révoltant par sa sécheresse, si odieux
par sa brutalité, est quelquefois allié à la douceur et à
la naïveté ; il passe alors pour de la bonhomie. C'est
ainsi qu'on le retrouve dans le bon La Fontaine, qui n'eût
été que meilleur s'il eût vécu moins étranger à sa femme,
et surtout à ses enfants.

Personne n'était plus éloigné de l'égoïsme que cette
excellente madame de Parni, qui, sous le nom de *Contat,*
a fait vingt-cinq ans l'honneur et les délices de la scène
française ; mais sa maison fut une fois le théâtre d'une
des scènes les plus plaisantes que l'égoïsme puisse offrir.
Elle possédait à Ivry, près Paris, une fort belle maison
de campagne, où elle recevait ce qu'il y avait de plus
distingué en gens de lettres et en artistes de tout genre.
Un jour que ce pauvre Legouvé avait dîné chez elle en
assez nombreuse compagnie, on ne s'était pas aperçu
que vers le soir il avait quitté le salon. Entraîné par

une certaine disposition mélancolique, il se promenait
seul dans le parc, où l'obscurité de la nuit était augmentée par celle des bosquets. Tout à ses rêveries, le malheureux parcourait à grands pas une allée ouverte sur
la campagne, dont elle n'était séparée que par un *saut
de loup* de vingt pieds de profondeur. Il y tombe. Ce
n'est qu'au bout d'une heure que ses gémissements sont
entendus au dehors par un paysan, qui court porter
l'alarme au château. Chacun vole au secours du blessé.
Muni d'une échelle et d'un brancard, on descend dans
le fossé, et on s'occupe d'en retirer l'infortuné rêveur.
Cependant on avait dressé dans le salon le lit de douleur sur lequel on devait l'étendre pour mettre sur ses
fractures le premier appareil. Sous la direction d'un chirurgien, la société entière s'emploie à transporter le malade. On traverse le jardin à pas lents; on monte les degrés avec précaution; on entre enfin dans la pièce où
des matelas, accumulés sur le parquet, devaient recevoir Legouvé. Quel est l'étonnement de les voir occupés
par un homme gémissant et à demi mort? On croit que
la compassion l'a réduit en ce pitoyable état. Madame de
Parni, dont l'imagination était des plus vives, va plus
loin. — Vous serait-il arrivé un malheur pareil à celui
de Legouvé? s'écrie-t-elle tout effrayée. — Non, madame; mais c'est que je pense que le malheur de Legouvé
pouvait m'arriver.

Colardeau, célèbre comme Legouvé, par une versifi-
cation pleine de charmes, fut comme lui enlevé par une

mort précoce. Il était au plus mal, quand Barthe, l'auteur des *Fausses infidélités*, vint lui faire une visite. L'amitié était le moindre des intérêts qui l'amenait. Sans être méchant, Barthe n'était rien moins que sensible. Sans trop s'informer de l'état du malade, le voilà qui parle de prose, de vers, et bientôt tire de sa poche un énorme manuscrit, qu'au milieu des terreurs de la mort le moribond ne voit pas sans trembler. Je veux, dit Barthe, avoir ton avis sur une comédie que je viens de terminer. C'est un grand ouvrage; un ouvrage en cinq actes. Il est intitulé: *l'Égoïsme* ou *l'Homme personnel*. Ne m'épargne pas tes conseils; je viens les chercher: je ne viens que pour cela. « Mon ami, dit Colardeau, le seul que j'aie à te donner, c'est de tâcher de raconter dans ta pièce qu'un homme bien portant est venu lire à un pauvre diable d'agonisant une comédie en cinq actes... tout entière... C'est le trait d'égoïsme le plus parfait que je connaisse. » Et il expira.

Le mot égoïsme dérive du latin, *ego*, en français, *moi*. A entendre la manière dont certaines personnes prononcent ce moi, on ne s'imaginerait pas que c'est un des mots les plus courts de la langue; elles prononcent ce monosyllabe de manière à lui donner la valeur d'une phrase. Et quel poids ne lui donnait pas Louis XIV, quand il disait: *L'état, c'est moi!* Comme mot d'égoïste, ce mot est sublime.

On entend encore, même en France, des animaux à deux pieds et sans plumes répéter à tout propos cette vieille locution : *Un homme comme moi*. Un homme comme vous, mon gentilhomme, n'est certes pas un homme comme un autre; qu'il se déshabille et garde ses bottes, et il ressemblera fort à ce chapon nu, où Diogène retrouvait l'homme de Platon.

Il est des égoïstes qui se servent du *nous* : tactique, quand ce n'est pas hypocrisie. Indépendamment de ce que cette forme passe pour modeste, elle a l'avantage de donner à une opinion particulière le poids de l'opinion de plusieurs, et de mettre une impertinence privée sous la protection de l'assentiment d'une société, ce qui en impose quelquefois.

Je serais assez embarrassé de faire le portrait physique de l'égoïste. Sa figure doit être, ce me semble, aussi riante que celle de l'homme de bien; mais on doit y voir l'insouciance plutôt que la sérénité.

L'égoïste est peut-être plus facile à peindre par ses actions que par sa physionomie. Un philosophe en donne l'idée la plus précise, comme l'image la plus juste : L'égoïste est, dit-il, un homme qui mettrait le feu à une maison pour cuire un œuf.

LE BRUIT.

Réputation, Renommée, Célébrité, Illustration, Gloire. Voilà cinq mots qui expriment le BRUIT qu'un homme peut faire en ce bas monde. Signifient-ils la même chose? Je ne le crois pas. Aussi mon intention, en les rapprochant, n'est-elle pas de les présenter comme synonymes. Je cherche plutôt en quoi ces mots diffèrent, que en quoi ils se ressemblent, en valeur, bien entendu.

Il est assez amusant de comparer ainsi les mots qui ont quelque analogie; et ce jeu d'esprit n'est pas absolument sans utilité. Il m'a démontré qu'il y a toujours un mot plus convenable que tout autre pour dire ce qu'on veut dire. L'on peut, je le sais bien, rendre une idée de mille manières; mais dans toutes ces manières, cher lecteur, il est un mot qui, de préférence, doit être employé; c'est le mot de la chose, mot qui s'appelle le mot propre, et ne se trouve ni sur la langue ni sous la plume de tout le monde.

Ce n'est qu'à une petite quantité d'esprits justes qu'il est donné de le rencontrer. Les autres le cherchent en vain, ou plutôt ne le cherchent pas. Pour trouver le mot propre, il faut avoir des idées nettes. Ne nous étonnons pas que les esprits qui ne peuvent pas se comprendre n'aient pas la faculté de se faire comprendre par les autres, et concevons pourquoi le mot propre n'est pas toujours sous la plume de certains auteurs qui croient écrire mieux que tout le monde, parceque personne n'écrit comme eux.

Tout écrivain peut tirer profit d'un examen pareil à celui que nous allons faire. Il a pour but de nous faire connaître les propriétés des mots. Or, les mots sont à l'expression de la pensée ce que les pierres sont à la confection d'un édifice. L'architecte, le maçon même, ne placent pas une pierre sans avoir étudié sa forme, son poids et ses dimensions; l'auteur judicieux ne doit pas apporter moins d'attention à reconnaître la valeur positive des mots qu'il emploie.

Réputation vient de *putare*, penser; *Renommée* vient de *nominari*, être nommé. Dans le propre, la réputation serait donc ce qu'on pense d'un homme, et sa renommée, ce qu'on en dit.

La célébrité est une réputation, une renommée plus étendue.

L'illustration, une célébrité honorable.

La gloire, le plus haut degré de l'illustration; une illustration qui commande aux hommes les sentiments les plus désirables qu'une grande âme puisse acquérir, l'estime, le respect et l'admiration.

La réputation, c'est le moins que puisse obtenir un homme dont on peut parler. C'est un *bruit* qui ne sort guère du village ou du quartier de l'individu qui le fait. Un médecin de campagne, un auteur de vaudeville, a de la réputation. Le *bruit* va-t-il plus loin, est-il plus fréquent, plus considérable, c'est de la *renommée*. La *renommée* s'étend au-delà des extrémités d'une ville. Aussi celle du vicaire de l'abbé Geoffroi n'a-t-elle pu se renfermer entre les sept lieues de murailles que les fermiers-généraux ont données pour enceinte à cette grande

ville qu'on nomme Paris, et commence-t-elle à se répandre dans la banlieue. On sait enfin, à Pantin et à
Montmartre, que M. l'abbé était premier aumônier de
Collot-d'Herbois. Sa *renommée*, qui est sur le chemin
de Bicêtre, va presque aussi loin que la petite poste.

La célébrité va plus loin que la grande; son action a
bien plus d'intensité; un village, une ville, un canton,
un département, ne suffisent pas à son développement;
il lui faut la France, il lui faut l'Europe, il lui faut le
monde. Elle porte, avec le bruit de leurs succès, le nom
des auteurs de mélodrames au-delà des mers, et convient d'autant mieux pour exprimer le fracas que certaines personnes font sur terre, qu'elle n'est en elle-
même que du fracas.

La gloire, non moins étendue, mais plus durable
dans son effet, embrasse le monde et les âges. C'est le
plus grand, le plus long et le plus beau *bruit* que mortel puisse faire ici-bas. Quelques personnes ont avancé
qu'elle pouvait être portée jusqu'au ciel. Des poètes
l'ont dit, et des grands l'ont cru.

Sublimi feriam sidera vertice,

dit naïvement Horace. Pure exagération! Jamais nom de
poète ou de héros n'a été jusque là; si ce n'est peut-être
celui de Psaphon, qui avait appris à des pies et à des
geais, auxquels il donnait la volée, à répéter : *Psaphon
est un dieu!* Mais une exception n'infirme pas la règle,
au contraire.

Poursuivons notre travail; continuons à étudier la véritable signification des mots. Ce sont des pièces de monnaie dont il est à propos de déterminer la valeur avant que de les remettre en circulation.

Tous les mots que nous essayons de définir désignent donc un *bruit* plus ou moins grand, produit par un homme entre les hommes; mais remarquons que, le mot *gloire* excepté, aucun de ces mots ne qualifie la nature du *bruit* auquel il appartient.

La réputation est ou bonne ou mauvaise, ou grande ou petite, ou longue ou passagère. N'obtient pas de réputation qui veut : comme aussi n'obtient-on pas toujours la réputation qu'on veut. Il y a vingt ans que tel homme travaille à se faire la réputation d'homme sensible, et qu'il n'a que celle d'un homme piteux; et tel court depuis quinze ans après la réputation d'homme à bons mots, qui n'a que celle d'un diseur de quolibets. Cependant, comme on parle d'eux, et que cela flatte toujours plus que le silence, l'un et l'autre s'accommode de sa réputation, et même y prend quelque goût. On conçoit, d'après cela, qu'on puisse *jouir d'une mauvaise réputation*.

La réputation a été souvent comparée à un parfum : métaphore qui explique comme quoi tel homme *est en bonne odeur* dans son quartier; comme quoi tel autre meurt *en odeur de sainteté* dans sa paroisse; pendant que tant d'autres *ne flairent pas comme baume*.

Les femmes ont une *réputation* qui leur est propre.

Si c'est le bien qu'elles ménagent souvent le moins, c'est toujours celui auquel elles tiennent le plus. Il y a cette différence entre la réputation des femmes et celle des hommes, qu'on n'en parle que quand elles la perdent; tandis qu'on ne parle de celle des hommes que quand ils l'ont gagnée.

La renommée, par elle-même, n'est ni bonne ni mauvaise. La *commune renommée* est ce que l'on dit généralement de quelqu'un; et ce n'est pas toujours du bien. Cependant, s'il n'est pas accompagné d'une épithète dénigrante, ce mot se prend dans un sens favorable. Quand il s'applique à un homme supérieur, il peut suppléer un mot plus brillant; dans ce vers de Corneille sur lui-même, par exemple :

> Je ne dois qu'à moi seul toute ma renommée.

La renommée de Corneille, qui, par convenance, ne se sert pas ici du mot propre, est-elle autre chose que de la gloire?

La célébrité appartient à tout individu, s'attache à tout fait qui obtient un grand éclat; elle appartient au brigand comme au héros, au vice comme à la vertu, aux grands crimes comme aux belles actions. Alexandre et Mandrin, Erostrate et Phidias, Voltaire et Geoffroi, sont des hommes célèbres. Pour être célèbre, il suffit d'être extraordinaire. La *célébrité* n'est pas toujours honorable; le *bruit* qu'elle produit ressemble beaucoup à celui des émeutes; comme il est aussi fort que le *bruit* des triomphes, quel-

ques gens s'y laissent prendre ; une victoire, une défaite,
une chute, un succès, un triomphe, un supplice, rendent
également un homme célèbre : choisissez.

L'illustration est mieux que la célébrité et moins que
la gloire ; elle n'en a ni l'éclat ni la durée ; mais, comme
elle, elle est prise en bonne part. Il semble cependant
qu'elle nous vienne moins de nous, de nos vertus, de
nos exploits, que d'une cause extérieure, telle que les
dignités, les hauts emplois qui nous seraient confiés par
faveur du prince. Ainsi le connétable de Luynes, qui n'a
aucun droit à la gloire, reçut de la bienveillance de son
roi une illustration qui a rejailli sur toute sa famille.

L'illustration ressemble à cet éclat qui n'appartient
pas exclusivement aux matières précieuses, et que tant
de corps de peu de valeur en eux-mêmes sont suscepti-
bles de recevoir. Comme il est pourtant certains corps
auxquels ce poli, cet éclat, ne sauraient s'attacher, de
même est-il des hommes sur qui toutes les faveurs du
prince ne peuvent appeler *l'illustration*. L'abbé Dubois,
et cet autre que je n'ai pas besoin de nommer, ne seront que célèbres, quoiqu'ils aient été tous deux prélats,
cocus et ministres.

J'appellerais peut-être aussi *illustration* cette gloire
passagère que quelques personnes obtiennent pour ainsi
dire par surprise ; telle que celle qui résulte d'une victoire remportée par un général qui, antérieurement et
postérieurement, aurait toujours été battu ; ou du succès
d'un auteur qui d'ailleurs ne serait connu que par des

chutes; ou bien enfin d'une action honorable appartenant à un homme qui n'en avait jamais fait et qui n'en
refera jamais. Un drôle peut se tromper.

La gloire! Ce mot dit tout; il me semble que, comme
le mot héros, il ne comporte aucune épithète. Qui dit
héros, désigne l'homme par excellence; qui dit gloire,
dit le plus haut prix qui soit réservé aux plus grands
hommes. Gardons pour la célébrité ces adjectifs qui la
font plus grande ou plus petite, l'ennoblissent ou la détériorent; ce mot *gloire* doit toujours marcher seul : ne
le modifiez pas et ne le prodiguez pas, ce qui serait aussi
le modifier. Savez-vous ce qu'il vaut, vous qui le donnez
si libéralement à des actions hardies, mais nuisibles, à
des ouvrages difficiles, mais sans utilité?

Réservez la gloire pour vos bienfaiteurs, pour ceux
qui, en courant de grands périls, vous rendent de grands
services. La *gloire* acquitte alors ce que tous les trésors
de la terre, ce que toutes les dignités du monde ne
peuvent acquitter. Admirable prix de l'ambition la plus
noble! puisqu'elle a tout à la fois la propriété de la
satisfaire et de l'entretenir, puisqu'elle est inépuisable,
comme l'autre est insatiable. Je conçois que de ce concert éternel et universel de louanges qui célèbre la Divinité on fasse aussi le partage des grands hommes;
mais qu'il ne retentisse au moins que pour les hommes
qui ressemblent le plus à l'être infiniment grand, lequel
est aussi infiniment bon.

C'est très improprement qu'on appelle *gloire* cette

renommée qui inspire la crainte au lieu du respect, l'étonnement au lieu de l'admiration, la haine au lieu de l'amour.

C'est très improprement aussi qu'on appelle *gloire* la splendeur dont les rois sont environnés. Je conçois la gloire de Salomon, et non celle de son fils, qui pourtant avait hérité de toutes ses richesses, mais ne disait que des sottises sur ce trône d'or que son père avait illustré par sa sagesse; sagesse qui commanda sans doute, plus que la vaine pompe dont le prince était entouré, le tribut d'admiration qu'une reine aussi judicieuse que celle de Saba crut devoir lui apporter des extrémités du monde.

C'est sans doute à la *gloire* matérielle que les cardinaux font allusion, quand ils font fumer des étoupes sous le nez du saint père, au milieu de la solennité de son exaltation, en répétant à ses oreilles, *sic transit gloria mundi*. Cette phrase est d'un grand sens; mais dans la bouche des membres du conclave, tous antérieurement compétiteurs du pape intronisé, ne rappelle-t-elle pas un peu ce mot du renard de la fable :

Ils sont trop verts!

La *gloire*, comme le diamant, est inaltérable; mais, comme lui, elle peut être imitée. Il est en effet une espèce de *gloire* factice, qui jette assez d'éclat et brille assez long-temps pour faire des dupes. C'est un objet de commerce; plus d'un galant homme gagne sa vie à en trafiquer ; les poëtes, les historiens, en tiennent manufacture, et la vendent en gros ; les courtisans et les journalistes la débitent en détail.

Il est enfin certaines circonstances qui, favorables à certains hommes, répandent sur leurs actions les plus indifférentes je ne sais quelle illusion, qui leur donne un air de *gloire*. Les causes d'un effet si grand, produit par de si faibles moyens, me semblent assez bien analysées dans la fable suivante, qu'on n'a pas trouvée tout-à-fait mauvaise, quoiqu'elle ne soit pas de La Fontaine.

LE COUP DE FUSIL.

FABLE.

Au milieu des forêts, sans trop user ma poudre,
Mon fusil, rival de la foudre,
Fait un bruit qui ne finit pas.
En plaine, c'est tout autre chose :
Du salpêtre infernal j'ai beau forcer la dose,
Un court moment à peine on m'entend à vingt pas.
Des réputations serait-ce donc l'histoire ?
Bien choisir son théâtre et bruire à propos
Sont deux grands points. Un bruit accru par des échos
Ressemble beaucoup à la gloire.

LEXICOLOGIE.

Nous demandons pardon aux dames d'employer un mot aussi savant, un mot tiré du grec. La *lexicologie* est l'art de définir les mots; par conséquent les définisseurs de mots, les faiseurs de dictionnaires sont des *lexicologues*. A leur tête sont messieurs de l'Académie française, auxquels ce petit travail a été présenté. Ils y ont trouvé de la philosophie et de l'érudition; mais comme les membres influents de ce corps célèbre craignent *qu'on ne trouve quelque chose dans leur dictionnaire*, nous pensons qu'il n'en fera pas partie, motif de plus pour qu'il soit publié ailleurs.

Le mot *affaire*, objet de cet examen, est pris dans beaucoup d'acceptions. Nous n'en avons omis aucune importante : et il y en a de singulières, nous en convenons; mais c'est par cela même que nous n'avons pas dû les négliger. Quand l'anatomiste soumet un corps au scalpel, son attention se porte également sur tous les organes du sujet qu'il dissèque, quelques fonctions qu'ils aient remplies.

AFFAIRE.

Il y a peu de mots dont la signification soit plus vague, et peu de mots qui soient d'un usage plus fréquent. Rien de plus simple. C'est par cela même que ce mot n'a pas un sens bien positif, qu'il s'emploie si souvent dans le sens relatif; c'est parcequ'au fait il ne signifie rien, qu'il peut s'appliquer à tout.

Comme le mot *chose*, affaire a souvent le sens de la locution *cela*.

La *chose* est par trop claire,
Et votre épée a prouvé cette *affaire*.

Affaire est d'une grande ressource dans la conversation: il n'est pas moins utile aux gens d'esprit qu'aux sots; il supplée également le mot qu'on ne trouve pas, et celui qu'on ne veut pas prononcer.

Dans le sens primitif, *affaire* indique tout ce qui exerce ou réclame notre activité : en un mot, tout ce que nous devons faire, tout ce que nous avons *à faire*. Toutes les occupations que notre devoir ou nos intérêts nous suscitent sont des *affaires*.

Les *affaires* vous appellent au bureau, au barreau, à la bourse, ou à la sacristie, selon que vous êtes commis, procureur, agioteur, ou marguillier.

Méfiez-vous de l'homme qui n'a qu'une *affaire* : poursuivi par une idée fixe, il est dans un véritable état de folie.

Ne vous méfiez pas moins de l'homme qui n'a pas d'*affaires* : il vous accablera de tout le poids de son oisiveté, qui n'en sera pas pour cela plus léger pour lui.

Que de gens qui ne font rien sont accablés d'*affaires?*
C'est dans leur bouche surtout que ce mot a mille significations différentes : il signifie bal, partie de jeu, partie
de chasse ; il signifie tout, excepté une occupation utile.
« Les plaisirs m'accablent d'*affaires*, » dit plaisamment
un des héros du drame de *Pinto.*

Affaire, en style de palais, n'a pas un sens aussi
agréable à beaucoup près. C'est le synonyme de procès,
de cause ; c'est là qu'on voit des *affaires* en instance,
en rapport, en appel ; des *affaires* dans le sac, dans le
dossier ; des *affaires* accrochées, des *affaires* pendan-
tes.... Que sais-je? Dieu vous garde, cher lecteur, de
toutes ces *affaires*-là.

Des *affaires* moins tristes sont celles qui nous mettent en rapport avec les dames, de toutes les *affaires*
desquelles nous ne parlerons cependant pas ; il faut être
discret.

L'homme qui ne veut pas se mêler de ses *affaires* en
remet le soin à un *homme d'affaires,* qui les fait en faisant les siennes. Au bout de quelques années, la fortune
a, petit à petit, changé de maître. Des mains du propriétaire elle a passé dans celles de l'intendant, ce qui
prouve que *faire les affaires des autres* et *faire ses affaires* sont deux choses tout-à-fait opposées. *Faire
des affaires* peut de même prendre deux sens absolument contraires, suivant la condition ou la situation de
l'individu dont on parle. On le dit également de l'industrie qu'on emploie à s'enrichir et de celle qu'on emploie

à se ruiner, des marchés d'une dupe et de ceux d'un fripon, des opérations d'un courtier et de celles d'un enfant de famille. Un jeune fou, pour se procurer de l'argent comptant, revend à bon marché ce qu'il a acheté cher à crédit ; un usurier trouve le moyen de racheter pour le quart de sa valeur l'objet qu'il a vendu le double de ce qu'il valait : *tous les deux font des affaires;* mais l'un *entend mieux les affaires* que l'autre, il faut en convenir.

Faire affaire avec quelqu'un, et *faire l'affaire avec* quelqu'un, sont deux choses tout-à-fait différentes ; mais *faire l'affaire à* quelqu'un est absolument la même chose que *faire l'affaire avec* quelqu'un, quand il ne s'agit pas de tuer un homme.

Faire une affaire à quelqu'un est d'un mauvais caractère, d'un homme processif et tracassier.

On a *affaire à* un homme et *affaire avec* une dame, suivant que le rendez-vous nous a été donné, pour une *affaire* d'honneur ou pour une *affaire* de cœur.

Dans ce premier cas, *affaire* signifie duel. Il y a des cas cependant où ce mot n'a pas tout-à-fait cette signification. Ces rencontres dans lesquelles il n'y a qu'un battant ou qu'un battu s'appellent aussi *affaires.* Quand le héros du *Pecq* vous dit qu'il vient d'avoir une *affaire,* on sait qu'il ne s'agit ni de duel ni de coups d'épée.

Un honnête homme ne cherche ni n'évite une *affaire,* qu'il rencontre quelquefois au moment où il y pense le moins ; on en trouvera la preuve dans le trait suivant,

qui vient à propos sous ma plume pour tempérer la sè-
cheresse de cette dissertation.

Un officier aussi paisible que brave marche involon-
tairement sur le pied de son voisin, en sortant du spectacle. Il s'excusait, quand un soufflet vient lui fermer la
bouche. On conçoit sa fureur. Une *affaire* s'ensuit ; on
en aurait à moins. A demain, dit l'offenseur en accep-
tant le défi. —A ce soir, à l'instant même, dit l'offensé.
—Une nuit est bientôt passée. —Une nuit est trop longue. —Mais nous n'avons pas d'armes. —Il y en a chez
les fourbisseurs. — Je n'ai pas ma bourse. — J'ai de l'argent pour deux. — Je n'ai pas de témoins. — Ni moi non
plus. Qu'en avons-nous besoin pour nous battre ?

Tout en proposant et en résolvant ces difficultés, nos
champions s'acheminaient des boulevards du Temple,
où l'*affaire* avait commencé, aux Champs-Élysées, où
elle devait se terminer. Chemin faisant, le militaire achète
deux excellentes épées. Les voilà sur le terrain ; malgré
l'obscurité de la nuit, que l'ombre des arbres augmen-
tait encore, ils se mettent en garde, ferraillent à tâtons,
et se poussent quelques bottes au hasard. Je suis mort !
s'écria tout-à-coup l'agresseur ; et il tombe.

> La pitié, dont la voix,
> Alors qu'on est vengé, fait entendre ses lois :
> VOLTAIRE, *Sémiramis.*

la pitié remplace bientôt la colère dans l'âme du vainqueur. Le premier soin d'un galant homme en pareille

affaire est, comme on sait, de faire tout ce qu'il peut pour empêcher de mourir l'homme qu'il a tué. L'officier ne néglige rien à cet effet ; il court au café voisin, prodigue l'argent, met tout le monde en réquisition, envoie celui-ci chercher un fiacre, celui-là un chirurgien ; et cependant, accompagné du maître limonadier et de tous les habitués, qui, au moyen de quelques *rats de cave* enveloppés dans des journaux, se trouvent munis de lanternes, il retourne au champ de bataille. Grâce à la précaution qu'il avait prise de marquer sa route par des brisées, il le retrouve ; mais où est le blessé ? Il se sera traîné vers quelque maison, vers le grand chemin, pour demander du secours ! il sera tombé dans un fossé ! On se disperse ; on parcourt les Champs-Elysées dans tous les sens : point de mourant, point de mort. Pendant qu'on s'occupait de son enterrement, le mort était ressuscité, et, par son adresse, se sauvant du mauvais pas où sa vivacité l'avait engagé, il avait laissé son adversaire, auquel il n'avait pas même dit son nom, jouer un rôle d'autant plus bouffon dans cette aventure, qu'elle avait été présentée sous les couleurs les plus tragiques. Voilà ce qui s'appelle se tirer d'*affaire*.

Des engagements entre deux armées, même entre des portions quelconques de ces armées, s'appellent *affaires* ; une *affaire générale*, une *affaire de poste*. L'*affaire* a été brillante, a été chaude. Le maréchal de Turenne a gagné le bâton à telle *affaire*. A quelle *affaire* le maréchal d'*Ancre* avait-il gagné le sien ?

L'établissement formé par un homme d'*affaires* s'appelle maison, bureau, cabinet d'*affaires*.

> La toilette d'Albine est un bureau d'*affaires*.
>
> Dorat, *fragment d'une satire de Lucilius.*

Ce qui prouve qu'il y a aussi des femmes d'*affaires*.

Tout le monde sait ce que c'est que ces femmes-là. Mais tout le monde sait-il ce que c'est qu'une *chaise d'affaires*? Tout le monde sait-il ce que c'est qu'un *brevet d'affaires*? Il faut bien le dire ici, pour l'instruction des personnes qui ne possèdent pas le Dictionnaire de l'académie, où se trouvent ces utiles notions [1].

La *chaise d'affaires* proprement dite est le trône que les rois très chrétiens occupaient dans certains moments de leur règne où ils n'avaient pas absolument besoin de ministres.

Le *brevet d'affaires* est l'acte qui donnait à un favori le droit de voir sa majesté dans le moment où elle faisait quelque chose par elle-même.

Moment favorable pour les solliciteurs, à ce qu'il paraît : *Mollia fandi tempora!*

C'est en sachant les mettre à profit qu'Albéroni est entré si avant dans les bonnes grâces du duc de Vendôme, et que, de curé et d'espion qu'il était, il devint cardinal et premier ministre. Au reste, ce petit-fils de

---

[1] Voir, au mot *affaire*, le Dictionnaire de l'académie, tome I, p. 26, édition de Smith.

Henri IV donnait ainsi ses audiences aux administra-
teurs et aux officiers de son armée, voire même aux né-
gociateurs. C'est sur cette chaise qu'il réglait avec eux
les *affaires de l'Espagne;* c'est sur cette chaise qu'il
disposait d'un trône.

Rien de nouveau sous le soleil. L'usage de faire ainsi
plusieurs choses à la fois est très ancien parmi les hommes. L'histoire sainte comme l'histoire profane en offre
la preuve. C'est sur un trône de ce genre que siégeait le
roi Églon quand il fut tué, dans une audience particulière, par Aod l'ambidextre. Le texte sacré donne sur
ce cas les détails les plus positifs et les plus satisfaisants [1].

Caton d'Utique, à ce que nous apprend Plutarque
dans la vie de cet homme illustre, siégeait aussi sur
cette chaire curule quand il reçut la visite du roi Pto-
lémée [2], auquel il donna de là d'excellents conseils. Tout
beau que cela soit, il y a, j'en conviens, dans la vie de
ce stoïcien des traits plus héroïques encore. Où en sont
les rois vis-à-vis desquels de simples citoyens en usent
ainsi? Mais où en sont les hommes qui tiennent à honneur d'être ainsi traités par des rois?

---

[1] Purgat ventrem... Lib. Judicum, cap. III, v. 22, 23 et 24.

[2] Plutarque, *Vie de Caton*, traduction de Dacier, page 150. *Chaise
d'affaires* ne se trouve pas dans le texte. Plutarque, non moins naïf que
la Bible, dit tout bonnement que Caton, comme le roi Églon, *se pur-
geait le ventre.* On ne peut trop admirer le goût avec lequel Dacier a
traduit ce passage, et dit la chose sans employer le mot propre.

Quand le bailli de Suffren fut revenu de sa mémorable campagne de l'Inde, Louis XIV, au coucher duquel il avait assisté, lui remit le bougeoir, faveur qui donnait au courtisan qui en était honoré tous les droits attachés *aux brevets d'affaires*. Au lieu de suivre le roi, le bon marin souffla la bougie.

Affaire désigne aussi la chose dont on se sert pour faire ce qu'on a à faire. On substitue quelquefois ce mot au nom propre d'un ustensile, d'un instrument. C'est un mot fort décent.

LE CHAPITRE DES CHAPEAUX.

C'est après Aristote et Sganarelle que nous écrivons des chapeaux. Ces deux savants ont sans doute laissé peu de choses à dire sur cet objet; mais encore qui peut se flatter d'avoir tout dit? D'ailleurs le fond le moins neuf n'est-il pas susceptible d'être renouvelé par la forme? En traitant des chapeaux, nous tâcherons d'imiter ceux qui les fabriquent. Depuis qu'il y a des chapeaux au monde, que de gens se sont illustrés en les retapant!

Si nous ne savions pas que le chapeau est destiné à couvrir la tête, les étymologistes nous l'apprendraient; ils nous prouveraient que ce mot, évidemment dérivé du latin *caput, capitis* (chef, tête), était très improprement donné à je ne sais quel morceau de feutre aplati, et de forme triangulaire, que les gens de cour ne portaient jadis que sous le bras. La révolution, qui avait remis plusieurs choses à leur place, avait replacé les chapeaux sur les têtes; mais je doute qu'ils y restent long-temps. Cet usage est par trop conforme à la raison pour se concilier avec le rétablissement de l'ancien régime. Demandez-le plutôt à tel général, qui, à Grenoble, était presque aussi contrarié de voir des chapeaux sur des têtes, que tel autre général de voir à Lyon des têtes sous des chapeaux.

Il y a des chapeaux de toutes formes et de toutes couleurs. Il faut faire attention à cet accessoire, quand on veut se faire une idée du mérite des gens au premier aspect. Le chapeau est souvent pour les hommes ce que le cachet est pour les bouteilles, un indice de la valeur de ce que contient le vase qui en est coiffé. Cet indice cependant est quelquefois trompeur.

Le cachet du *Clos Vougeot* ou du *Lafitte* peut se trouver sur des bouteilles de vin tourné, ou même sur des bouteilles vides. Ainsi le chapeau rouge a été porté par Charles de Borromée et par le cardinal Dubois; ainsi le général Hudson Lowe, s'il était au service de France, serait coiffé de la même manière, porterait le même chapeau, le même galon et le même plumet que le général Lamarque.

Un fort de la halle et un prémontré portaient également le chapeau gris, et l'on dit qu'ils se valaient sous certains rapports. Mais en général le chapeau indique plutôt la condition de l'homme que ses qualités.

Il est difficile de parler du chapeau sans penser au bonnet, la plus ancienne comme la plus commune des coiffures.

Le bonnet est plus historique et plus héroïque que le chapeau, bien que depuis deux siècles il ne soit plus porté en plein jour que par la classe la plus basse de la société, c'est-à-dire par la classe laborieuse, qui a grand soin de le quitter quand elle veut être confondue avec les gens qui vivent noblement, c'est-à-dire sans rien faire.

Le bonnet était chez les anciens et est encore chez nous le symbole de l'affranchissement.

C'est à un bonnet que les Suisses doivent leur liberté, ou plutôt leur indépendance. Guillaume-Tell n'eût peut-être pas songé à chasser les Autrichiens de ses montagnes, si Gesler n'eût, à force de sottises, mis à bout un peuple patient; s'il n'eût été assez stupide pour prétendre contraindre de grossiers montagnards à tirer le bonnet devant son bonnet?

Je ne sais quel roi de Suède avait le privilége de faire changer les vents en tournant son bonnet; par ce geste il indiquait au démon, avec lequel il avait fait un pacte, le côté d'où il voulait que le vent soufflât. Le contraire se voit aujourd'hui. Que de têtes, au lieu de régler le vent, lui obéissent !

Le bonnet a joué aussi un rôle important en Hollande : en 1350, les deux factions qui la divisaient, la faction des *cabillauds* et celle des *hameçons* se faisaient reconnaître à la couleur de leurs bonnets. Les *cabillauds* portaient des bonnets gris; les *hameçons* des bonnets blancs. L'on se prenait souvent au bonnet; et le vainqueur, pour trophée, s'emparait du bonnet du vaincu; l'en dépouiller s'appelait *lui arracher le foie*.

Les uns s'appelaient *cabillauds*, parceque ces poissons mangent ceux qui sont plus petits qu'eux; et les autres, *hameçons, hoeks*, parcequ'avec cet instrument on attrape les cabillauds. Voilà des dénominations qui signifient du moins quelque chose. A en juger d'après le sens qu'elles présentent, il suffisait d'être chef des hameçons pour l'être de la nation entière. Mais les cabillauds ne mordaient pas toujours à l'hameçon.

En Suède, où toute la population veut la liberté, mais où on est souvent divisé sur les moyens de la conserver, cet intérêt partageait jadis l'état en deux factions, connues sous les dénominations de *bonnets* et de *chapeaux*. Il y a, dans ce pays-là, de fort bonnes têtes, même sous les bonnets.

Il n'en est pas de même en France, où le bonnet, de quelque couleur qu'il soit, semble ne coiffer que des cerveaux malades. Aussi pour désigner un écervelé, un furibond, une tête fêlée, disait-on, même avant la révolution, il a la *tête près du bonnet*.

Cela se dit aujourd'hui du proscripteur en bonnet blanc, comme on le disait, il y a vingt ans, du révolutionnaire en bonnet rouge. Cela se dit aujourd'hui du missionnaire qui prêche la persécution en *bonnet carré*, et du magistrat qui l'exerce en *bonnet rond*. Tous ces gens-là ont la tête près du bonnet, et, ce qu'il y a de pis, ils *mettent toujours leurs bonnets de travers*.

On prend souvent la coiffure pour la tête, et le chapeau pour l'homme. Les héros disent gaiement, en indiquant une affaire meurtrière, Nous avons laissé là bien des chapeaux.

Tout récemment encore, tous les voyageurs d'une diligence s'y laissèrent attraper, et vidèrent leurs bourses dans le chapeau d'un chef de voleurs, qui n'avait pour toute troupe qu'une douzaine d'échalas plantés des deux côtés du chemin et coiffés d'autant de chapeaux.

Chapeau est pris quelquefois pour réputation. On dit d'un homme dont la réputation n'est pas excellente, qu'il est affublé d'un vilain chapeau. Cela explique pourquoi le chapeau de Lazarille ne fait envie à personne, quoiqu'il ait été souvent retapé, et qu'il le coiffe à l'air de son visage.

En style de civilité, un coup de chapeau veut dire un salut. C'est la moindre des politesses; on se la doit entre simples connaissances. Des gens qui se haïssent sans se mépriser, se calomnient en se refusant un coup de chapeau. Concevons, d'après cela, pourquoi tant de gens qui ne sont pas des calomniateurs passent le chapeau sur la tête devant ce prince qui, à l'extrême-onction près, a reçu tous les sacrements.

Piron, à qui un poète faisait, en petit comité, lecture

de ses vers, ôtait fréquemment son chapeau. — Pourquoi cela? lui dit-on. — Ce sont des connaissances que je salue.

Les quakers ne saluent ni les gens qu'ils connaissent ni ceux qu'ils ne connaissent pas. Ils n'ôtent pas même leur chapeau devant Dieu, qui est moins susceptible sur cet article que ne l'était cet imbécile de Gesler, ou bien le général dont il a été question plus haut.

Le privilége des grands d'Espagne est de se couvrir devant le roi. Cette prérogative, très compatible avec l'orgueil espagnol, vient d'être accordée à un capucin. S'accorde-t-elle aussi bien avec l'humilité séraphique?

Saint-Simon remarque que Louis XIV ne s'est jamais couvert devant une femme. Par le soleil le plus ardent, il marchait auprès de la chaise de madame de Montespan, ou de madame de Maintenon, le chapeau à la main. Il est vrai que les perruques que l'on portait alors diminuaient beaucoup les inconvénients d'un tel excès de politesse.

Henri IV, s'étant égaré à la chasse, pria un paysan de le remettre en son chemin, et de le conduire jusqu'au rendez-vous où il devait retrouver la cour. Celui-ci y consentit à condition que le chasseur lui ferait voir le roi. Henri le prend en croupe, et les voilà, tout en jasant, trottant à travers la forêt. — Mais à quoi le reconnaîtrai-je, disait le manant, puisque vous dites qu'à la chasse il est vêtu comme tout le monde? — A ce qu'il aura seul le chapeau sur la tête. — L'on arrive au rendez-vous. Tous les courtisans, comme de raison, se dé-

couvrent dès qu'ils aperçoivent sa majesté. — Eh bien !
dit Henri en se retournant vers son guide, sais-tu à présent quel est le roi ? — Ma foi, monsieur, il faut que ce
soit vous ou moi, car il n'y a que nous deux qui ayons
le chapeau sur la tète.

Mais c'en est assez sur ce chapitre, que j'ai commencé
sans trop savoir comment je le finirais. Vingt fois, en le
faisant, j'ai été au moment de jeter *mon bonnet par-
dessus les maisons,* dans la crainte où j'étais de manquer
de matière pour le remplir. A présent je sens que je
n'en finirais pas, si j'employais tout ce que ce sujet me
fournit. Je finis donc pour ne pas fatiguer le lecteur par
trop d'abondance; trop heureux s'il n'est pas ennuyé de
ce que *j'ai trouvé sous mon bonnet.*

SUR LE GOUT.

A MADAME LA COMTESSE...

Madame, vous qui êtes douée de tant de goût, vous
me demandez ce que c'est que le goût; que ne me demandez-vous aussi ce que c'est que la grâce? Puisqu'il
ne suffit pas, à ce qu'il paraît, de posséder les choses
pour en juger, je vais tâcher de répondre à votre question, et de vous faire connaître la nature et la valeur de
vos propres richesses.

Le discernement, chez le commun des hommes, est la faculté par laquelle il distingue le bon du mauvais; le goût est la faculté par laquelle les esprits délicats distinguent non seulement l'excellent du bon, mais ce qu'il y a de plus parfait dans l'excellent même.

L'homme de goût, en fait d'arts et de littérature, est au commun des hommes ce qu'à table le gourmet est au gourmand. L'un choisit ses morceaux, tandis que l'autre se rassasie indifféremment du premier mets qui tombe sous sa main : l'un goûte, et l'autre avale.

Moins sobre que délicat, le gourmet s'enivre quelquefois des liqueurs exquises qu'il rencontre; mais son délire, en cet état, participe de la noblesse du nectar qui l'a causé, et n'a jamais ressemblé à cette déraison brutale produite par les fumées d'un vin plat et grossier. Ainsi en est-il de l'enthousiasme de l'homme de goût.

Le goût nous est donné par la nature, mais il est perfectionné par l'étude. Ce sentiment, qui détermine nos préférences, et qui est supérieur à la raison même, ne serait qu'un instinct vague s'il n'était guidé et fortifié par l'habitude de comparer les objets, de saisir les rapports sous lesquels ils se ressemblent ou diffèrent; il faut avoir comparé pour avoir raisonnablement le droit de préférer. L'étude ramasse, le goût choisit ce qu'il faut conserver.

J'ai dit que le goût était supérieur à la raison, et ce n'est point un paradoxe. Que d'objets également bons

aux yeux de la raison sont éloignés d'avoir le même mérite aux yeux du goût. Point de goût sans raison ; mais
que d'hommes raisonnables sans goût !

Point de goût sans esprit non plus ; mais que d'hommes
d'esprit sans goût, et qui, d'après cela, ont eu de l'esprit moins pour leur profit que pour celui d'autrui. Ce
sont des ouvriers qui ont été chercher dans la mine
l'or que les artistes épureront et mettront en œuvre. Je
n'en veux pour exemple que Ronsard, Scarron, le père
Lemoine et Rabelais, l'inépuisable Rabelais, qui ne sont
guère lus que des auteurs qui les pillent.

Tout le monde a son goût ; mais le bon goût est rarement celui de tout le monde. Ce goût, qui n'est souvent que celui d'un seul homme, est quelquefois réputé pour mauvais ; mais il finit, tôt ou tard, par prévaloir, parceque tel est le droit de tout ce qui est raisonnable.

Boileau avait eu le mauvais goût de reconnaître la sublimité d'*Athalie,* méconnue par le bon goût de la cour
de Louis XIV. La France entière est aujourd'hui du
goût de Boileau.

La raison a inventé les procédés de la démonstration,
et l'esprit les ornements dont on peut les revêtir ; la
raison a créé la dialectique, et l'esprit l'éloquence. La
raison a imaginé les annales où l'histoire recueille les
actions des grands hommes, et l'esprit les formes qui
élèvent le style de l'historien à la hauteur de son sujet,
l'art de cadencer la prose, l'art de moduler les vers, la

poésie enfin, dont le plus beau privilége est d'immortaliser les héros; mais tout cela ne suffit pas sans l'intervention du goût, qui, entre tant de formes et tant de tons divers, peut seul reconnaître ce qu'il faut préférer. La raison est l'artisan qui construit la charpente de l'édifice, l'esprit est l'artiste qui le décore. Le goût est l'architecte juge de la convenance des accessoires dont l'esprit embellit les travaux de la raison.

L'esprit, la raison et le goût exercent leur influence sur tous les arts; vous la retrouverez dans l'exécution d'un tableau ou d'une statue, dans la construction d'un temple ou d'un palais, comme dans la confection d'un ouvrage de littérature ou de poésie.

Le peintre dont la raison seule conduira le crayon, se bornera à une imitation exacte de la nature étudiée sous son aspect le plus facile; son tableau sera correct et froid. Le peintre chez qui l'esprit domine, avide, au contraire, de difficultés, croira ne pas pouvoir trop animer sa toile; des attitudes bizarres, une expression exagérée seront souvent le résultat des efforts de son pinceau, tandis que les productions de l'homme de goût, correctes sans roideur, simples sans stérilité, animées sans exagération, ingénieuses sans bizarrerie, nous offriront la perfection à laquelle on ne parvient pas sans esprit et sans raison, mais à laquelle l'esprit et la raison, isolés et même réunis, ne donnent pas le droit d'atteindre, puisque le génie sans goût n'y atteint pas lui-même.

C'est l'esprit qui a prêté ces divers ornements, ces formes variées aux colonnes qui soutiennent nos édifices; elles n'étaient dans l'origine que des arbres ébranchés, ou des piliers formés de pierres placées sans recherche les unes sur les autres. La raison n'avait songé qu'à la solidité ; l'esprit s'occupa de l'embellissement, emprunta à l'acanthe la grâce et la souplesse des ornements qui enrichissent le chapiteau corinthien, au front du bélier ces volutes élégantes qui caractérisent l'ordre ionique. Vint ensuite le goût, qui fit son choix entre les diverses inventions de l'esprit, et assigna à chaque ordre un emploi particulier ; réserva le corinthien pour les temples et les palais; le dorique et l'ionique pour les édifices qui exigeaient moins de magnificence; et l'orde de *Pestum,* ainsi que l'ordre toscan, pour les constructions qui doivent porter le caractère de la gravité et de la solidité.

Le goût exerce sa critique sur les ouvrages de l'esprit et non sur ceux de la raison. Cette assertion, qui semble hasardée, paraîtra juste si l'on veut songer que la raison est cette faculté par laquelle notre intelligence place les choses dans l'ordre le plus utile au but qu'elle se propose. Quand les choses ne sont pas dans cet ordre, il est clair que la raison n'a pas présidé à leur arrangement; c'est elle alors qui remet les choses en leur place; qui rectifie les fautes faites en son absence; qui exerce sur les ouvrages de la sottise ou de la folie la censure que le goût exerce sur les ouvrages de l'esprit : elle prend alors le nom de *bon sens*, qualité qui dans ce bas monde n'est guère plus commune que le *bon goût*.

Les fautes que le *bon sens* rectifie prouvent donc l'absence de la raison. Celles que redresse le *bon goût* ne prouvent pas l'absence, mais l'essence de l'esprit. Les conceptions du Dante, de Michel-Ange et d'Homère lui-même, ne sont pas toujours à l'abri de ces reproches qui portent sur les défauts de l'esprit, et non sur le défaut d'esprit; et ce mot esprit est ici synonyme de génie.

Le goût, en littérature, consiste dans le choix des mots comme dans le choix des idées, à trouver et ce qu'il y a de mieux à dire, et la meilleure manière de le dire. Comme il n'y a pas de *bon goût* sans *bon sens*, l'homme de goût réprouve toute idée fausse et tout ornement impropre.

Il déteste la recherche tout autant que la négligence. Ce qui lui plaît surtout, c'est le naturel, c'est la facilité, qui est aux ouvrages d'esprit ce que la grâce est à la beauté.

Les ouvrages sans goût ne lui déplaisent pas moins que les ouvrages de mauvais goût; et, peut-être, tout bien examiné, l'insipidité de Pradon lui répugne-t-elle plus encore que l'extravagance de Cyrano Bergerac.

De même est-il quelquefois plus sensible à l'uniformité de la perfection même dans le genre modéré, qu'à ces éclairs d'un génie inégal qui, si fréquents qu'ils soient, sont séparés par des intervalles de clarté moins vive, ou d'obscurité absolue. Cela explique la préférence donnée par d'excellents esprits à Racine sur Corneille, qui est presque toujours plus bas que son rival quand il n'est pas plus haut.

Il ne faut pas confondre l'homme de goût avec l'homme *dégoûté,* comme cela arrive trop souvent. Il y a entre l'un et l'autre la différence d'un homme doué de délicatesse à un homme privé de sensibilité. Le dédain dans l'un est qualité ; il est vice dans l'autre. L'homme qui ne trouve de goût à rien ne doit s'en prendre qu'à lui-même. Il n'est pas étonnant que des objets soient sans saveur pour des organes dénués d'irritabilité, pour un palais qui se refuse à toutes sensations. L'opinion de cette espèce de juges ne peut donc pas compter. Ce sont des sourds qui nient la puissance de la musique, des aveugles qui contestent les prodiges de la peinture. Champfort disait, aussi ingénieusement que plaisamment, en parlant de feu Suard, homme de ce genre, *Le goût de cet homme est du dégoût.*

Le goût existe pour les arts mécaniques comme pour les arts libéraux. Dans toutes les professions, il y a toujours une forme plus agréable à donner aux choses, et c'est le goût qui la trouve. Il préside à la disposition d'un chiffon comme à l'ordonnance d'un poëme ; à la coupe d'un *frac* comme à la distribution du plan d'une tragédie. Mais ne soyez pas dupe des mots, madame ; et quoique Delille le *poëte,* et Leroi le *modiste,* soient tous les deux des gens de goût, ne permettez pas à votre admiration de les placer sur la même ligne.

Permettez-moi de mettre à vos pieds l'hommage du profond respect avec lequel j'ai l'honneur d'être, etc.

POUR LA PETITE CHAPELLE,
S'IL VOUS PLAIT,

OU DE LA MENDICITÉ.

On ne saurait courir les rues depuis quelques jours, sans être assailli par des enfants des deux sexes, qui, la tirelire à la main, vous poursuivent de cet éternel refrain : *Pour la petite chapelle, s'il vous plait.* Leur importunité, qui se renouvelle à chaque pas, gâte un peu le plaisir qu'on aurait à se promener dans ces jours de fêtes publiques. Mais c'est là le moindre de ses inconvénients.

Les parents qui autorisent ou tolèrent cette honteuse pratique n'y ont-ils jamais réfléchi? n'en prévoient-ils donc pas les conséquences? Ne savent-ils donc pas dans quelle classe ils rangent leurs enfants?

Entre ces enfants si proprement vêtus, et ces gueux qui, couverts de haillons, quètent dans la même rue, il n'y a de différence que l'habit. Les uns et les autres font le même métier; les uns et les autres sont des mendiants.

J'appelle mendiant tout homme qui tend la main, tout

homme qui sollicite à titre de don ce qui ne lui est pas
dû à titre de salaire.

Cette engeance qui vit aux dépens de ceux qu'elle im-
portune est pour la société ce que la vermine est pour
l'individu. Elle infeste les cités, elle désole les campagnes dans ces provinces où, après avoir disparu pendant
quelque temps[1], elle se remonte plus nombreuse que
jamais.

Cela ne doit pas surprendre. La mendicité est une
plante parasite qui se ressème d'elle-même, et se multiplie dans une effrayante proportion, pour peu qu'on
néglige un moment de la détruire.

Les mendiants opèrent avec une certaine habileté.
Dans les villes, ils se partagent les quartiers, ils se distribuent les postes ; embusqués là comme des araignées,
ils attendent la proie au passage, l'un à la porte d'une
maison de jeu, l'autre à la porte d'une église, l'autre à
la porte d'un théâtre.

Le mendiant spécule moins sur le nombre des passants
que sur leurs dispositions. D'après cela on serait tenté
de croire qu'à la porte d'un lieu de plaisir il y a plus à
gagner pour lui qu'à la porte d'un lieu de prière. La sensibilité et la libéralité ne marchent pas toujours avec la
dévotion, qui chez tant de gens n'est que de l'égoïsme.
Plus d'un saint homme croit avoir satisfait à la charité
quand il a répondu, *Dieu vous assiste.*

[1] Ceci fut écrit en Brabant, où la mendicité avait été totalement extirpée, sous l'administration mémorable de M. le comte de Pontécoulant.

L'homme de plaisir est peut-être plus susceptible de pitié. Accordons qu'il ne soit pas charitable par principe; il l'est du moins par sentiment; et cette source, moins pure que l'autre, est souvent plus féconde. L'aspect de la misère affectera toujours vivement une âme qui ne cherche que des sensations agréables. Pour faire cesser son propre mal, elle se hâte de soulager le mal d'autrui.

L'homme de plaisir est sans doute plus prodigue que charitable; mais qu'importe en dernier résultat? Ce n'est pas à celui qui reçoit à se plaindre d'un vice qui lui est plus profitable qu'une vertu.

Dans les campagnes les mendiants procèdent d'une autre manière : on les rencontre rarement dispersés; c'est en troupe qu'ils parcourent les contrées, se portant, tantôt d'un côté, tantôt d'un autre, comme des bandes de sauterelles. Cette manière de mendier n'est pas sans inconvénients. Se présenter en si grand nombre, c'est moins demander la charité que la commander. L'on a été plus d'une fois obligé de recourir à la force pour faire lever le blocus mis devant les châteaux et les fermes par ces attroupements, toujours formés d'individus étrangers au territoire qu'ils exploitent.

Partout où il y a mendicité, il y a mauvaise administration.

L'incendie a-t-il dévoré un village, l'inondation, les vents, la grêle, ont-ils anéanti les récoltes : c'est à la prévoyance du gouvernement à rendre aux familles labo-

rieuses les ressources dont le fléau les a privées : si elles
mendient leur pain, c'est qu'il ne leur a pas fourni les
moyens de le gagner.

Le gouvernement est bien moins excusable lorsque,
dans des temps d'abondance, on voit des fainéants employer, pour aller dîmer à de grandes distances, des forces réclamées par le travail.

Dans une société bien gouvernée, l'indigence ne doit
pas être aperçue. C'est une plaie que doit cacher l'appareil qui la guérit. Invalide, le pauvre doit trouver un
asile; valide, il doit trouver de l'ouvrage.

Là où la mendicité existe, les secours ne manquent
pas toujours; mais à coup sûr ils y sont mal distribués.

Cela est partout où l'homme a plus d'intérêt à mendier
qu'à travailler; effet de l'aumône faite de l'individu à
l'individu.

La société ne doit rien à l'homme qui ne fait rien, si
ce n'est l'occasion de faire quelque chose. En Angleterre,
tout homme qui mendie est arrêté : aussi n'y a-t-il pas
là d'intermédiaire entre gagner et voler. Vous trouvez
bien à Londres, de distance en distance, des gens qui
vous tendent le chapeau; mais ils sont tous munis d'un
balai avec lequel ils ont nettoyé le chemin. Ce n'est pas
une aumône qu'ils vous demandent, mais un salaire,
mais le prix du service qu'ils vous ont rendu.

La force et l'habileté de l'individu sont des valeurs que
la société a intérêt à ne pas laisser perdre, et qu'elle a
toujours occasion d'employer. Donner du travail, c'est

échanger du pain contre des services; c'est acheter, c'est vendre, c'est gagner.

Tel est le principe de tout philanthrope éclairé. A l'époque où nous écrivons, l'humanité n'a pas d'ami plus actif que le duc de la Rochefoucauld. Il exerce à Liancourt une bienfaisance continuelle, et cependant il n'y distribue pas une seule aumône. Mais quiconque veut travailler trouve là du travail. Aussi la misère est-elle inconnue dans ses domaines, où l'on ne connaît pas l'oisiveté.

> L'indigence occupée enfante des trésors.
>
> Thomas, *Pétréide*.

Les législateurs de tous les âges ont senti la nécessité de réprimer la mendicité. En Égypte, dit Hérodote, on ne souffrait ni les fainéants ni les vagabonds. Les habitants de tous les cantons étaient obligés par une loi d'Amasis de comparaître par-devant des juges et d'y rendre compte de leurs moyens de subsister. Ceux qui se trouvaient convaincus de fainéantise, étaient condamnés comme sujets non seulement inutiles, mais nuisibles. Cela était juste; car il n'avait tenu qu'à eux de gagner leur vie en travaillant pour le public. Cette ressource était toujours ouverte à l'indigent. C'est de leurs mains qu'ont été construites les pyramides; et ces masses gigantesques prennent un véritable caractère d'utilité, quand on songe qu'elles ont été élevées plutôt pour pourvoir aux besoins du peuple, que pour satisfaire à l'orgueil des princes. Convenons toutefois que les canaux qui reçoivent et distribuent les eaux du Nil, et qui ont été creusés aussi par l'indigence, sont des monuments plus admirables encore, parcequ'ils étaient doublement utiles.

Lycurgue en détruisant l'opulence à Sparte y avait détruit la misère. Les hommes inutiles ne pouvaient pas exister dans un état où les lois condamnaient à mort les enfants contrefaits.

Chez les Romains, les mendiants pris sur le fait étaient amenés devant le censeur, qui les condamnait aux mines.

Quoi de plus sage que cela, si ce n'est une institution qui a, dit-on, existé en Hollande? Là le mendiant était jeté dans une fosse où l'eau entrait en mesure suffisante pour le noyer, si pour s'en délivrer il ne se servait d'une pompe qu'il fallait entretenir dans une activité continuelle. Rien de plus ingénieux que cette punition, qui était en même temps une démonstration, et prouvait à l'homme ennemi du travail que le travail seul pouvait le sauver. On ne peut trop regretter qu'une institution aussi sage soit tombée en désuétude, si elle a jamais existé.

La mendicité reparut avec le christianisme. Ce n'est pourtant pas la conséquence de l'Évangile, mais celle de la manière dont les préceptes de l'Évangile sont exécutés. Des aumônes faites sans discernement, au lieu de secourir l'infirmité, encouragent la fainéantise. Telle n'a pu être l'intention du divin législateur.

Un précepte mal conçu contribua beaucoup à accré-
diter la mendicité parmi les chrétiens. On crut que prier
était travailler. En conséquence, on mendia pour augmenter la durée de l'oraison, de tout le temps pris sur
le travail. Ces pauvres gens ne savaient donc pas que
travailler c'est prier.

Ainsi pensait saint Bruno. Par son institut, qui réunit
la vie active à la vie contemplative, les chartreux étaient
du moins utiles au monde en s'en séparant; ils fécon-
daient les déserts qu'ils habitaient, et leur pénitence
étendait les conquêtes de l'agriculture.

Saint François d'Assise n'en sut pas si long. Ce bon
homme prit la gueuserie pour la sainteté. Il ordonna à
ses disciples de vivre de charité, et par là il les rendit
non seulement inutiles, mais à charge. Ils perdirent même
à la longue jusqu'aux vertus que le fondateur avait voulu
leur donner; enrichis par le vœu de pauvreté, ils fini-
rent par vivre dans une abondance scandaleuse. Le pauvre, pour leur composer un superflu, retranchait souvent
sur son nécessaire, et partageait le prix de son travail
avec des gens qui ne travaillaient pas. Je ne sais qui prétendait à cette occasion que le fondateur des capucins
était bien plus puissant que Jésus-Christ lui-même. Si le
fils de Dieu, disait-il, a nourri une fois dans sa vie cinq
mille hommes avec deux pains et cinq poissons, l'inventeur de la besace a nourri, pendant je ne sais combien
de siècles, je ne sais combien de milliers d'hommes avec
deux aunes de toile.

Quand la mendicité est mise en honneur par des saints, ne nous étonnons point qu'elle ne paraisse pas infâme aux yeux du vulgaire. C'est après tout une excellente profession pour quiconque n'a ni talent, ni courage, ni pudeur. Tel gueux, il est désolant d'en convenir, gagne plus à présenter un goupillon, ou à psalmodier l'*Ave Maria* sur les degrés d'une chapelle ou au coin d'une rue, que l'artisan à travailler dans un atelier. J'ai observé pendant une journée un mendiant qui s'était placé à un passage au Palais-Royal, sous les fenêtres d'un appartement que j'y occupais. Peu de personnes passaient sans lui donner. Vers deux heures après midi, il disait à sa femme, qui mendiait aussi de son côté, et n'était pas plus infirme que lui : *Je m'en irai quand j'aurai mes six francs.* Une demi-heure après il était parti. Quel travail lui aurait rapporté autant que sa fainéantise ?

On sait qu'un de ces misérables, qui toute sa vie avait mendié auprès d'un bénitier, donna en mariage à sa fille trente ou quarante mille francs de dot. Quels services avait-il rendus à la société qui l'avait enrichi ?

Les mendiants seraient moins nombreux si la charité était faite avec plus de discernement. L'aumône est sans doute une œuvre méritoire devant la divinité comme devant l'humanité ; mais, faite avec indiscrétion, elle peut avoir des effets pernicieux, et entretenir des vices au lieu de soulager la misère. On a mille fois prêché sur la charité, on devrait bien prêcher une fois sur la manière de la pratiquer.

Quel beau sermon vous avez fait là! disait à un curé un de ses paroissiens; comme vous avez bien parlé sur l'aumône! En vérité cela donnerait envie de la demander!

Les mendiants seraient moins communs aussi si les parents, même laborieux, avaient autant de pudeur pour leurs enfants que pour eux-mêmes; s'ils ne leur permettaient pas de contracter, sous divers prétextes, l'habitude de quémander, comme le font en certain temps tous ces marmots qui importunent tous les passants de cette phrase : *Pour la petite chapelle, s'il vous plaît.* Tout sentiment de fierté est déjà éteint chez ces êtres qui s'exposent à la honte d'être refusés, et n'ont pas honte de recevoir. Laissez grandir ces individus déjà familiarisés avec le pavé de la rue, et vous verrez s'ils ont horreur d'autre chose que du travail. Tel misérable fait aujourd'hui un commerce infâme, qui, il y a dix ans, demandait, *Pour la petite chapelle, s'il vous plaît.* Telle femme exerce aujourd'hui la plus honteuse industrie, qui a commencé par faire voir *son petit paradis pour une épingle.*

Il ne serait pas indigne d'un gouvernement paternel, en réprimant ce genre de mendicité, de suppléer à l'incurie des parents, et de prévenir les conséquences d'une démoralisation si précoce.

LES ROSSIGNOLS.

Nous avons connu le marquis de Ximenez ; c'était un singulier homme. Il avait deux manies dominantes, les échecs et les vers. En revanche, il n'aimait ni la musique ni la campagne, et ne concevait pas qu'on pût quitter le café de la Régence pour aller ailleurs qu'à la Comédie-Française.

Un de ses amis, qui avait un château superbe à quelques lieues de Paris, le détermina cependant à renoncer pour quelques jours à ses habitudes. Le marquis de Ximenez arrive un beau soir en poste dans cette belle retraite, où il était plus désiré qu'espéré : je vous laisse à juger si on lui fit fête. Au souper, qui fut excellent, succéda la partie d'échecs, que le maître de la maison eut la galanterie de perdre. Il conduisit ensuite le marquis dans l'appartement d'honneur, qui se trouvait placé entre un parterre émaillé de fleurs et des bosquets peuplés de rossignols.

C'était au printemps ; c'était dans la saison où, comme le dit Delille ou Virgile ,

Sur un rameau, durant la nuit obscure,
Philomèle plaintive attendrit la nature,
Accuse en gémissant l'oiseleur inhumain,
Qui, glissant dans son nid une furtive main,

Ravit ces tendres fruits que l'amour fit éclore,
Et qu'un léger duvet ne couvrait pas encore.

Georg. lib. IV.

Eh bien, marquis, comment avez-vous passé la nuit?
dit le lendemain le maître du château à son hôte. — Assez mal, vicomte, répond le marquis en se frottant les
yeux. — Seriez-vous mécontent de votre appartement?
C'est le plus complet et le plus agréable du château.
De jour, la vue en est délicieuse, l'on y respire un air
embaumé; la nuit, du soir au matin, l'on y entend le
rossignol.... Le rossignol! dit le marquis en bâillant,
vous m'y faites penser. Voulez-vous que je reste ici?
Rendez-moi un petit service; laissez-moi un bon fusil
pour faire taire ces vilaines bêtes.

Que de gens qui sont moins ou plus, mieux ou pis
que marquis, pensent comme ce bon monsieur de Ximenez, et sont toujours prêts à tirer sur les rossignols!
Rien n'offense leurs oreilles comme le chant d'un oiseau libre, et ce n'est pas avec un seul fusil, mais avec
une batterie tout entière, qu'ils font la guerre à ces
chantres ou à ces chanteurs.

Quand monsieur le premier président, qui était marquis de Baville, ne voulait pas qu'on jouât *Tartufe,*
quand il fermait la bouche à Molière, que prétendait-il,
sinon *faire taire cette vilaine bête?*

Sous Louis XV, l'auteur de *Mahomet* fut aussi traité
comme un rossignol. L'inquisition civile s'opposa à la
représentation de ce chef-d'œuvre; et ce qu'il y a de

plus fâcheux dans l'affaire, c'est que le vieux Crébillon, qui, tout en faisant des tragédies, censurait des tragédies, est le fusil dont on se servit en cette occasion pour tirer sur Voltaire, *pour faire taire cette vilaine bête.* Je n'aime pas à voir des rossignols s'allier aux vautours et aux buses pour donner la chasse aux rossignols. Ils font mieux quand ils mangent une chenille ou une araignée entre deux roulades.

Quelquefois, pour faire *taire cette vilaine bête,* on l'a mise en cage; mais quelquefois elle n'en a que mieux chanté.

Si tout moyen qui sert à la transmission des idées et des sentiments est un langage, tout homme qui possède la perfection d'un art libéral, tout homme qui excelle, soit en musique, soit en poésie, soit en peinture, est un rossignol. Fermer le portique à tel peintre, fermer le théâtre à tel poëte, n'est-ce pas faire la chasse aux rossignols? n'est-ce pas les faire fusiller par une censure ou par un jury, qui exécutent si facilement le feu de peloton?

La chasse aux rossignols passera-t-elle jamais de mode? Je le souhaite.

Dans le grand duché de Berg, les rossignols devaient surtout redouter les chanoines. Ce n'est pas que les chanoines ne les aimassent, mais ils les aimaient comme les ogres aiment les hommes. Il n'est pas de moyens qu'ils n'employassent pour attraper ces malheureux oiseaux, afin de les mettre, non pas en cage, mais en pâté, comme

les alouettes à Pithiviers. Heureusement pour les rossignols, parmi les gouvernements qui se succédèrent, en
vint-il un qui aimait la musique; il prit leurs intérêts à
cœur. Une grosse amende fut portée contre tout friand
qui, chanoine ou non, prétendrait se régaler aux dépens
des rossignols. L'Europe entière sanctionna ce décret,
qui n'en est pas moins tombé en désuétude, comme tant
d'autres qui n'ont pour but que de réprimer des persécutions.

A Berg, les rossignols aujourd'hui ne sont guère plus
en sûreté qu'ailleurs les chansonniers. Les rossignols, que
je croyais créés pour charmer nos oreilles, ne seraient-
ils donc faits que pour engraisser les chanoines?

DES JUREMENTS.

La langue la plus riche est pauvre au gré des passions. Les mots les plus énergiques ne suffisent pas à
l'expression de nos emportements. Ce que le dictionnaire ne lui fournit pas, la passion l'invente. De là cette
multitude de locutions explétives que tant de personnes
ont l'habitude de jeter dans le discours pour en fortifier le sens; mots qui, pour les trois quarts, ne signifient rien, sinon que l'homme qui les prononce voudrait
dire plus qu'il ne dit.

Tous ces mots ne sont pas des jurements, bien qu'ils

en occupent la place. Ils n'ont aucun sens pour la plupart. Ceux même qui semblent en avoir, le perdent
presque toujours par l'emploi qu'en fait le jureur.

Analysez le sens propre de tous les jurements qui ont
un sens, et vous verrez qu'ils n'en ajoutent pas à la
phrase dans laquelle ils sont intercalés; que sans eux
elle est très complète; qu'ils n'y figurent que comme
des interjections, comme un *hélas!* qui exprime moins
une pensée qu'il ne manifeste la disposition du cœur auquel il échappe. Les jurements sont plutôt des cris que
des paroles. Ce sont des bruits produits par l'explosion
de la colère, comme *hélas!* est un son formé par un
soupir de la douleur.

Ces observations sont surtout applicables aux jurements des modernes. Bien que très significatifs dans leur
origine, ils ont été tellement modifiés par l'usage, qu'ils
n'ont plus de signification propre. Que signifient *san-
bleu, ventrebleu, corbleu, parbleu, morbleu, mor-
dienne* ou *morguienne?* Y retrouvez-vous le nom de
Dieu? Si c'était jurer par le nom de Dieu que se servir
de ces mots, tants de bons chrétiens n'en larderaient
pas leurs phrases, Molière ne s'en servirait pas en scène,
et les curés s'abstiendraient de les prononcer quand ils
perdent au piquet.

Un Gascon qui prononce *sandis,* croit-il jurer par le
sang de Dieu; et jurer par la tête, le chef ou le *cap* de
Dieu, quand il dit *cadédis?*

Les mots où le nom de Dieu est conservé sont seuls

des juremens. Par *Dieu*, par le *corps*, par le *sang*, par la *mort de Dieu*, voilà les mots qu'il n'est pas permis d'employer. Il est probable que les châtiments portés contre les personnes qui en usaient témérairement, les ont amenées à les déguiser par la prononciation.

L'usage seul aurait produit ces modifications. Le peuple est porté à abréger ces mots oiseux, qu'une habitude irréfléchie lui fait employer à tous propos; les Latins, qui juraient par Hercule et par Pollux, disaient *Herclè* pour *Herculè*, et *Ædepol* pour *Æde Pollucis*.

Remarquons, à cette occasion, que les juremens des Romains modernes, qui sont tout aussi païens que chrétiens, sont en partie empruntés aux Romains. Un cardinal jure indifféremment par le corps de Bacchus, de Vénus ou du Christ. *Corpo di Bacco, di Venere, di Christo*, sont également reçus dans la langue usuelle du conclave.

Les anciens Romains juraient souvent par une partie d'eux-mêmes.

> Per caput hoc juro, per quod pater ante solebat.

J'en jure par cette tête, par laquelle mon père avait coutume de jurer, dit Ascagne, en jurant sur sa propre tête. Ilionée jure par la main droite d'Énée.

> Fata per Æneæ juro dextramque potentem.

Les Italiens ont aussi imité les Romains en cela. Le lecteur nous dispensera pourtant de lui en donner la

preuve; nous craindrions de faire rougir les dames, si
nous transcrivions certain jurement qui s'est trouvé plus
d'une fois dans la bouche même d'un pape. Ce n'est ni
par sa main droite, ni par sa main gauche, ni par sa tête
que jurait le bon Benoît XIV; son jurement était à celui
de nos grenadiers ce que le principe est à la conséquence.

Benoît XIV n'est pas, au reste, le premier saint homme
qui ait eu un jurement familier. Long-temps avant lui,
David avait cette habitude. *Vive Dieu* était le jurement
de ce saint roi.

Jean Sans-Terre jurait par les *pieds de Dieu*.

Louis XI, qui, s'il n'est pas saint, était au moins très
dévot, jurait par la *Pâque-Dieu*.

« Par la *Pâque-Dieu!* maréchal, il vaut mieux laisser
le moustier où il est, » disait-il au seigneur de Querdes,
qui, au lieu de lui rendre des comptes, lui mettait le
marché à la main, et probablement était en situation à
le faire impunément.

« Par la *Pâque-Dieu!* mon ami, vous êtes trop fu-
rieux en un combat; il faut vous enchaîner, » disait-il à
Raoul-Launoi, en lui passant au cou une chaîne d'or
pour récompense des prouesses par lesquelles ce brave
s'était signalé au siège du Quesnoi.

Mais de tous les traits où le jurement de ce bon roi
se trouve placé, le plus gai est peut-être celui qui suit.
Louis était accompagné partout du prévôt Tristan, qui
sur l'heure exécutait les arrêts prononcés par la justice
royale. Un jour qu'il dînait en public, il aperçut à côté

d'un moine un capitaine picard qui lui déplaisait. Il fait un signe à Tristan. Au sortir du palais, l'homme condamné d'un coup d'œil est saisi et jeté à la Seine. Le roi, qui connaissait la ponctualité avec laquelle il était obéi, ne fut pas peu surpris d'apprendre, le lendemain, que le capitaine s'était échappé. Il interroge à ce sujet son favori. — Sire, reprend Tristan, notre homme est déjà bien loin. — Je le sais, dit le roi; on l'a vu hier à Amiens. — A Rouen, sire, et non à Amiens, s'il a toujours nagé. — De qui parles-tu donc? — Du moine que votre majesté m'a indiqué hier. Aussitôt il fut mis dans un sac et jeté à l'eau. — Comment le moine, mon ami! Eh! *Pâque-Dieu!* qu'as-tu fait? C'était le meilleur moine de mon royaume. Il faut lui faire dire demain une douzaine de messes de *Requiem;* nous en serons déchargés d'autant. Je n'en voulais qu'au capitaine picard qui était à côté de lui. » Et ce disant, il baisait la Notre-Dame de plomb qu'il portait à son bonnet, et lui disait dévotement, *Encore celui-là, ma petite bonne vierge;* car, ainsi que nous l'avons dit, il était très dévot le bon Louis XI.

Ce n'est pas par Dieu, mais par le Diable que jurait Louis XII. Son serment était : *Le Diable ne m'emporte.*

Charles IX était grand jureur; mais il n'avait pas de mot favori. Tout le répertoire des jurements était à l'usage de ce roi très chrétien.

On connaît les jurements de Henri IV : *Ventre-Saint-Gris* est celui dont il usa le plus. Il se retrouve dans tous les mots de ce prince, qui n'était pas moins spirituel

que bon. On ne voit guère ce que ce mot a pu signifier.
Il n'en est pas ainsi du *Jarnicoton*, autre mot que Henri
plaçait souvent dans ses saillies, et dont il est l'inventeur. En voici l'étymologie : Après avoir chassé les jésuites, Henri se laissa fléchir et les rappela. Mais, comme
il n'avait pas entière confiance dans ces précepteurs de
Jean Châtel, il voulut qu'un de ces pères résidât à la
cour pour y répondre de sa compagnie. L'esclave fut
bientôt maître; le jésuite se fit confesseur du roi. Le
premier d'entre eux qui occupa le poste fut le père
Cotton. Henri avait confiance en lui. «*Je renie Cotton*, si
la chose n'est pas ainsi, » disait-il quand il voulait affirmer un fait. Ces trois mots bientôt n'en firent plus qu'un,
qui de la bouche du roi passa dans celle du peuple, en
se corrompant comme de raison. *Jarnicoton* est encore
aujourd'hui le jurement ou plutôt le gros mot des bonnes
femmes; il a presque la valeur de *sac-à-papier*.

Les jurements, comme on peut en inférer de ce que
nous avons dit, peuvent se diviser en trois classes; en
jurements proprement dits, en faux jurements, et en
gros mots.

Pour ne pas se trouver dans nos vocabulaires, les gros
mots n'en sont pas moins de la langue. Aussi un jésuite
allemand, dans un dictionnaire français à l'usage des
étrangers, et où il définit les mots en latin, ce qui, soit
dit en passant, est une assez bonne méthode, a-t-il cru
devoir accorder un article au plus usité des gros mots.
Il n'y voit qu'un ornement du discours, et l'appelle *in-*

terjectio apud Gallos elegantissima, la plus élégante des interjections françaises.

Cette expression si élégante était fort à l'usage du cardinal Dubois. C'était le premier mot qui lui venait à la bouche dans ses emportements; et il était toujours en colère. Un jour qu'il se plaignait en ce langage de ce qu'on perdait du temps dans ses bureaux, et de ce que les affaires n'avançaient pas : « Monseigneur, lui dit froidement Vrénier, son premier secrétaire, prenez un seul commis de plus; donnez-lui pour tout emploi commission de jurer pour vous, et je vous réponds que tout ira bien et que vous aurez du temps de reste. »

Le régent disait de lui à une grande dame qui se plaignait de cette façon de parler : « C'est un homme un peu vif, mais il est de bon conseil. »

Il y a des hommes chez qui l'habitude de jurer est tellement enracinée qu'ils y retombent même quand ils la blâment. Je n'aime pas les *B...* qui jurent, disait un père qui donnait des leçons de politesse à son fils.

Naigeon et Mercier [1], tous deux membres de l'Institut, eurent un jour une querelle assez vive avant l'ouverture de la séance; ils pelotaient en attendant partie. Des grandes phrases ils en étaient venus aux gros mots; on vint prier Bougainville, alors président du corps, d'interposer son autorité, et de les rappeler à l'ordre. Oui, dit ce vieux marin, et je veux le faire avec la gravité

----

[1] L'auteur du Tableau de Paris.

et la décence qui doivent caractériser le président du premier corps littéraire de l'Europe. Puis s'adressant aux disputeurs : « Mes chers confrères, songez, je vous prie, au lieu où vous êtes. La politesse est ici d'obligation. De quels mots vous servez-vous là? Convient-il à des académiciens de se quereller comme des gens...? Heureusement l'huissier, qui vint lui annoncer qu'il était temps d'ouvrir la séance, l'empêcha-t-il de passer outre et de caractériser les *gens* dont il voulait parler.

« Jurez pour moi, disait Dufresny à un pauvre diable, en lui mettant dix louis dans la main; jurez pour moi, car le roi me l'a défendu. » Cela était vrai. Louis XIV, qui portait à ce fils de Henri IV une bienveillance toute particulière, l'avait menacé de lui faire percer la langue d'un fer chaud s'il se donnait cette licence, qu'il avait prise trop souvent; car il était joueur, et ne gagnait pas toujours.

Il y a des cas, il en faut convenir, où les jurements sont non seulement de mise, mais de nécessité. Dans tous les pays du monde, les animaux sont, comme les hommes, plus sensibles aux injures qu'aux compliments. La menace a plus d'effet sur eux aussi que la prière, et un jurement correctement articulé et placé à propos a presque la vertu d'un coup de fouet. Ne nous étonnons donc pas que, dans tous les pays du monde, les jurements de toute espèce soient à l'usage des charretiers, et qu'en Italie un muletier jure presque autant qu'un monsignor. Il semble que les jurements soient des paroles magiques qui graissent les roues de la voiture et

multiplient les forces de l'attelage. Malheur donc à tout
conducteur qui n'a pas la langue assez vigoureuse pour
prononcer un gros mot, ou la bouche assez large pour
qu'il puisse en sortir tout entier. Rien de pire que les
demi-mesures, comme le prouve l'histoire de l'*Abbesse
des Andouillettes,* histoire transmise à la postérité par
le curé Sterne, homme non moins judicieux et presque
aussi grave que le curé Rabelais. Nous y renvoyons les
petites bouches.

L'ancienne loi ordonnait aux enfants d'Israël de jurer
par le nom de Dieu [1]. Il leur était seulement défendu
de le prendre en vain [2]. La loi nouvelle au contraire défend de jurer de quelque manière que ce soit. *Conten-
tez-vous,* dit-elle, *de dire cela est, cela n'est pas* [3]*; tout
ce que vous direz de plus sera mal.* Les lois humaines,
en prescrivant le serment, ne sont-elles pas en opposition directe avec la loi divine? Toutes les lois, il est
vrai, ne sont pas paroles d'évangile.

Les *quakers* s'en tiennent au précepte sacré. L'Évangile, rien que l'Évangile; voilà leur règle de conduite.
La raideur de la justice fut obligée de plier devant la
fermeté de ces honnêtes gens. Leur parole dans les tribunaux a force de serment. Jamais on n'a rendu un plus
bel hommage à une religion; les dispenser de ce qu'on
exige des sectateurs de toute autre croyance, n'est-ce

[1] Per nomen illius (Dei) jurabis. *Deuter.*, c. VI, v. 14.
[2] Non usurpabis nomen Domini frustra. *Id.*, c. V, v. 11.
[3] *Ev. sec. Matth.*, c. V, v. 37.

pas mettre la leur au-dessus, et reconnaître leur doctrine pour celle de l'honnête homme par excellence?

Le chancelier qui leur délivra l'acte par lequel cette
prérogative leur était assurée leur adressa, il est vrai,
l'apologue suivant : « Jupiter ordonna un jour que toutes
les bêtes vinssent se faire ferrer. Les ânes représentèrent
que leur loi ne le permettait pas. Eh bien! dit Jupiter,
on ne vous ferrera pas; mais au premier faux pas que
vous ferez, vous aurez cent coups d'étrivière. » Ce chan-
celier-là ressemble un peu à lord Castlereagh, qui a besoin de jurer pour être cru, et se venge de la vertu par
des sarcasmes.

Le serment d'un malhonnête homme n'est pas une
garantie de vérité. Un galant homme ayant parié qu'un
fait attesté par un personnage de ce genre était faux, Je
le soutiens vrai, sur mon honneur, ajouta celui-ci. En ce
cas, répliqua l'autre, je parie double.

Le plus beau serment que je connaisse est celui de
Cicéron. Les ennemis qu'il devait à sa vigoureuse conduite dans la conspiration de Catilina l'ayant interrompu
au moment où, prêtant le serment requis pour entrer
dans les fonctions publiques, il disait : *Je jure..... je
jure,* reprit-il d'une voix qui retentit dans Rome entière,
je jure que j'ai sauvé la république. M. Fouché ne pourrait pas prêter un pareil serment.

LE VENTRE.

Nous ne promettons pas au lecteur un traité d'anatomie. C'est surtout dans ses rapports avec la morale et la politique que nous envisageons notre sujet. Nous en prévenons les médecins, les apothicaires, les chirurgiens et les sages-femmes. Qu'ils ne s'attendent pas à trouver ici une dissertation scientifique sur les fonctions, les aptitudes et les appétits de cette partie très importante de l'animal.

Nous nous bornerons à dire, à propos du ventre, médicalement parlant, que son état n'est pas indifférent au bien-être de la personne entière; que, de l'aveu des physiologistes, il a des rapports intimes avec celui du cœur et de la tête; aussi Boerhaave, pour toute règle d'hygiène, nous recommande-t-il, par testament, de nous tenir la tête fraîche, les pieds chauds et le ventre libre. Après cela, dit-il, moquez-vous des médecins : c'est ce que d'autres ont fait sans sa permission, mais ce que je ne fais, moi, qu'en vertu de sa permission, sans cesser toutefois de tenir un docteur en médecine pour aussi respectable qu'un docteur en théologie, et même pour plus utile.

Le mot latin *uter* signifie également ventre et outre. L'analogie, au fait, est grande entre ces deux objets.

Mais ces deux outres ne sont pas également faciles à contenter. Que de soins, que de peines ne se donne-t-on pas pour remplir celle qu'on nomme ventre, outre qui n'a pas moins d'horreur pour le vide que n'en montrait la nature du temps de Descartes!

Les pauvres se tourmentent pour calmer les besoins du ventre, et les riches pour contenter ses caprices. Ce ne sont pas les stimulants les moins puissants de l'industrie humaine. A en croire Rabelais, tout se ferait ici-bas pour le ventre, comme tout se serait fait par lui, qu'il tient pour l'auteur de toutes les inventions utiles, et qu'il appelle le *premier maître ès-arts* du monde [1]. Rien d'ingénieux, au fait, comme le besoin dans tous les animaux, à commencer par l'homme, qui est leur roi.

On a cherché long-temps où pouvait être le siége de l'âme : les uns le placèrent dans le cerveau, foyer de la pensée; les autres dans le cœur, foyer de la sensibilité. Ne s'est-on pas tant soit peu aventuré en assignant ainsi à l'âme un séjour invariable. Ces opinions peuvent être justes relativement à quelques individus. L'âme de Voltaire, pour qui penser était vivre, résidait sans doute en sa tête ; c'est dans le cœur qu'habitait celle de Rousseau, chez qui le sentiment surtout était la vie. Mais où réside l'âme de tant de gens qui ne pensent et ne sentent que par le ventre, sinon dans le ventre même ?

[1] *Pantagruel*. liv. IV. chap. LXII.

On en est convaincu, à la gravité avec laquelle ils pro-
mènent ce centre de leur existence, à la complaisance
avec laquelle ils le considèrent. Tous les membres, tous
les organes en eux ne sont que des accessoires de ce
principal; en eux le ventre est l'homme. Il en est même
de ces gens-là pour lesquels le ventre est une divinité,
et qui pourraient commencer l'oraison dominicale par
ces mots, *Venter noster.* « Les gourmands, dit Tertullien,
font de leur ventre un dieu, dont le sanctuaire est le
poumon, l'autel la panse, le prêtre le cuisinier, et l'encens la fumée des viandes. » Quels ingénieux rapprochements! que d'esprit pour un père de l'église! On n'aurait
pas mieux tiré parti de cette matière à l'hôtel de Rambouillet, et même au Vaudeville; on ne saurait développer d'une manière plus piquante ce trait de saint Paul :
« Ceux qui font un dieu de leur ventre, *quorum deus
venter est* [1]. »

Peut-être vais-je ici bien loin; car la philosophie de
Rabelais [2], docteur ou plutôt docte en toute science,
s'est aussi exercée sur ce texte. Il donne des renseigne-
ments précieux sur le culte dont les gastrolâtres hono-
rent le dieu Ventripotent, *ventrem omnipotentem,* le
dieu Ventre. Il entre dans des détails si satisfaisants sur
cette cuisine ou cette liturgie, que, sans rabaisser personne, on peut avancer que ce curé, s'il n'a pas autant

---

[1] *Ad Philipenses*, ep. III, v. 19.
[2] *Pantagruel*, liv. IV, ch. LVIII.

d'esprit que saint Augustin, pourrait bien en avoir plus
que Tertullien.

Au reste, l'idée première n'appartient ici ni à Tertullien, ni à Rabelais, ni à saint Paul. Long-temps avant
eux, Euripide avait fait dire à Polyphème : « Je me garde
bien de sacrifier à un autre dieu qu'à moi-même, et
à mon ventre, le plus grand des dieux [1]. » Le jeu de
l'oie n'est pas la seule chose qui soit renouvelée des
Grecs.

Quoi qu'il en soit, nombre de gens ont de forts préjugés contre le ventre. Il est fâcheux à les croire que le
ventre exerce une si grande influence sur les choses
humaines. Toutes ses inspirations ne sont pas heureuses.
Rarement de lui s'est émanée une idée noble, un sentiment généreux ; vide ou plein, il est dangereux à con-
sulter. La faim, dit Virgile, est mauvaise conseillère,
male suada fames ; et la gourmandise, si l'on en croit
Pétrarque, n'a pas moins contribué que la mollesse à
bannir la vertu de ce monde.

La gola e l'oziose piume hanno del mondo la virtù sbandita.

Ce qui était vrai de son temps, où Rienzi tenta vaine-
ment de ramener les Romains aux vertus et à la liberté,
est encore vrai du nôtre. Jamais siècle ne fut plus soumis à l'empire du ventre ; jamais le ventre n'a été plus

[1] *Le Cyclope*, acte I, scène vi.

pernicieux au rétablissement des mœurs, au maintien de
la liberté.

A toutes les époques de la révolution, qui n'est pas
encore finie, les possesseurs du pouvoir n'ont-ils pas
trouvé un compère, un complaisant ou un complice,
dans cette partie de nos législatures appelée ventre?
Masse indifférente, inerte, nulle dans la discussion, pré-
pondérante dans la décision; masse qui pèse plus qu'elle
ne vaut. Peu de temps avant que d'aller à l'échafaud,
l'un des députés de la Gironde, Ducos, disait : « Le ventre mangera les deux bouts. » Ducos avait raison. C'est
en fortifiant de son poids le parti qu'il avait intérêt à
flatter que, pendant le règne de la convention, le ventre
a successivement aidé Robespierre à assassiner les gi-
rondins, et les thermidoriens à faire justice de Robespierre.

Ce ventre, qui fait la loi ailleurs, ainsi qu'en France,
est une majorité composée de législateurs soumis eux-
mêmes à la législation du ventre. Bons citoyens qui, sortant tard du déjeuner et allant dîner de bonne heure,
croient en conscience ne devoir aux affaires publiques
que le court intervalle qui sépare ces deux repas, et
n'accordent aux délibérations que le temps absolument
nécessaire à leur digestion. Si ces ventres-là n'ont pas
d'oreilles pour écouter les discours les plus éloquents,
quand sonne l'heure du dîner, ils n'en manquent pas pour
entendre une invitation à dîner chez un ministre. Sont-
ils à table, pérorez aussi long-temps que vous voudrez.

jamais ils ne se plaindront de la longueur de la séance. Muets là comme au sénat, du moins n'y sont-ils pas sourds. Ils ne demandent pas mieux que de s'y former une opinion sur la question en litige. Mais comme c'est par la bonté de la chère qu'ils jugent de la bonté des raisonnements de son excellence, un ministre ne doit pas s'endormir sur le rôti. Si des gens si persuasibles sortent de table sans être de son avis, il faut qu'il chasse son cuisinier. A Paris, à Londres, à La Haye, partout où le ventre décide, le choix d'un cuisinier n'est pas indifférent. Ce sont les cuisiniers qui accommodent aujourd'hui les destins du monde; demandez plutôt aux diplomates.

Ce ventre-là se dit libre, et ne fait rien qui ne sente l'esclavage. *Fœdissima ventris proluvies.* C'est lui qui a été si gaiement chansonné par l'ami Béranger.

Le proverbe qui dit, *Ventre affamé n'a pas d'oreilles,* n'est donc pas absolument vrai. Luce de Lancival l'avait reconnu. C'est justement au ventre qu'il avait placé les oreilles de ce terrible abbé Geoffroi, qu'on adoucissait facilement avec de bons dîners :

La nature à son ventre attacha ses oreilles.

Son successeur entend fort bien aussi de cette oreille-là.

Quand le ventre, dit un philosophe, ne se contente pas de pain, le dos se courbe pour la servitude. Que de gens aujourd'hui dans cette attitude! Diminuez la somme de vos besoins, vous augmenterez celle de votre liberté, et réciproquement.

Il y a des cas cependant où le besoin triomphe des caractères les plus indépendants. Un officier rencontre un jour un de ses anciens soldats décoré des couleurs d'un parti qu'ils avaient long-temps combattu. Comme il lui en témoignait son étonnement, Mon capitaine, il faut manger, dit le déserteur : c'est mon ventre qui a conclu l'engagement, mais mon cœur est resté libre.

D'où vient cette locution, *mettre le cœur au ventre?* Ne fait-elle pas allusion au courage que tant de poltrons montrent après dîner? Le soldat n'en vaut que mieux le ventre plein. Le cheval après avoir mangé l'avoine n'en court que mieux. Lazarille lui-même est crâne après la soupe. Il est vrai que, digestion faite, les rêves de son héroïsme vont rejoindre les œuvres de son génie, et que son cœur et son esprit gisent dans la même fosse; mais cela ne contredit pas notre interprétation.

L'apôtre précité appelle les Crétois ventres paresseux, *ventres pigri*. Qu'entendait-il par cette métaphore? Leur reprochait-il par là de manquer d'énergie; et quand il écrit à Tite [1], Réprimandez-les durement, *increpa illos dure*, n'est-ce pas comme s'il lui disait mettez-leur le cœur au ventre? Dom Gallais, de la congrégation de Saint-Maur, devrait bien avoir la charité de commenter ce passage. Il pourrait fournir matière à un sermon assez

---

[1] *Epistola B. Pauli ad Titum*, c. 1, v. 12 et 13.

propre. Mais j'oubliais que ce savant bénédictin a renoncé à l'apostolat pour le mariage.

Avoir les yeux plus grands que le ventre, c'est désirer
plus qu'on ne peut consommer, c'est aussi entreprendre
au-delà de ses forces. Ce ridicule est commun aux ambitieux et aux gloutons, aux grands hommes et aux petits enfants. Malgré ce qui se passe, tel homme d'état,
qui a entrepris la contre-révolution, a les yeux plus
grands que le ventre.

Par ventre on entend en certaines circonstances le
sexe féminin. C'est prendre encore la partie pour le tout.

Ainsi en parlant des familles où, fussent-elles mariées
à des roturiers, les femmes transmettent la noblesse,
on dit qu'en cette famille *le ventre anoblit*. C'est une
prérogative de la maison de *la Prudoterie*, « dont j'ai
l'honneur d'être issue, » dit à George Dandin, son gendre,
madame de Sottenville. Mais n'est-ce pas aussi là le privilége de tout ventre féminin dans un noble ménage?
« Sans moi vous ne pouvez faire que des gentilshommes,
sans vous je fais des princes, » disait à son infidèle
époux une dame très grande et très vindicative.

On lit dans les Mémoires de Feuquières que François
de Pas, un des meilleurs officiers de l'armée de Henri IV,
ayant été tué à Ivri, sous les yeux de ce prince: *Ventre
saint gris,* j'en suis fâché! n'y en a-t-il plus? s'écria-t-il.
Et sur ce qu'on lui dit que la veuve du mort était grosse,
Eh bien! répliqua-t-il, je donne au *ventre* la pension
qu'avait cet officier.

Ne nous étonnons pas de voir un ventre pensionné; n'y en a-t-il pas eu un de couronné? Sapor II, roi des Perses, ce barbare dont la fortune triompha du génie de l'empereur Julien, était encore dans le ventre de sa mère lorsque le trône devint vacant par la mort d'Hormisdas. Les mages ayant annoncé que la reine était grosse d'un enfant mâle, *le ventre fut couronné* et régna. D'autres ventres ont régné depuis, mais tous n'ont pas été aussi virils que ce ventre féminin.

Le ventre semble nécessaire à la confection de plusieurs jurements : *Ventre bleu* est du nombre, et c'est le plus vulgaire.

Ventre saint gris, jurement royal, était le mot familier de Henri IV. Cette expression, qui en elle-même ne signifie rien, lui tenait lieu de jurement. Ses gouverneurs ne pouvant le déshabituer de jurer, l'avaient amené à substituer cette innocente interjection à un mot grossier ou blasphématoire. Aussi le *ventre saint gris* est-il mêlé à toutes les saillies de ce héros gascon. C'est une espèce de cachet ou d'estampille qui, en leur donnant de la physionomie, en constate l'origine et lui en assure la propriété.

Non seulement le ventre est le siége de la sensibilité et de l'intelligence pour beaucoup de gens, mais pour plusieurs c'est l'organe de la parole. Ceux qui en doutent, faute d'avoir entendu feu Fitz-James [1], peuvent s'en con-

---

[1] Bouffon qui mourut en brave, à la défense de Paris, en 1814.

vaincre en allant entendre M. Comte, dont la *ventri-loquacité* n'est pas moins étonnante que celle de son précurseur.

Cet art n'est pas d'invention moderne. De toute anti- quité il avait été pratiqué par les pythies à Delphes et ailleurs, et ce n'était pas toujours de leur bouche que sortaient les oracles qui décidaient du sort des nations. En 1513, Jacobe Rodogine y fut habile; c'est à Ferrare qu'elle florissait. Interrogeait-on le ventre de cette *en-gastrimythe*, à qui par provision on avait soin de clore la bouche et le nez, le ventre répondait pertinemment sur ce qui concernait le passé et le présent. L'interro- geait-on sur le futur, on n'en obtenait que du vent, et c'était encore répondre pertinemment.

Quantité d'animaux marchent sur le ventre, à com- mencer par le serpent, qui a du moins l'excuse de ne pas pouvoir marcher autrement. Cette manière de mar- cher s'appelle ramper; elle est d'usage dans certains en- droits où, au lieu de frapper aux portes comme un homme, l'on y gratte comme un chien.

Le ventre s'appelle aussi bedaine; mais, comme les gens qui font fortune, le ventre, pour changer de nom, doit avoir acquis un certain embonpoint.

POISSON D'AVRIL.

Nom donné vulgairement à une plaisanterie d'usage le 1er avril. Elle consiste à faire courir inutilement un homme d'une maison dans une autre, sur la foi d'une fausse nouvelle.

Un sot peut vous jouer ce tour, et l'on peut s'y laisser attraper sans être niais. Oubliez la date du mois, et vous voilà le jouet des petits enfants et des grands.

Quelle est l'origine du *poisson d'avril?* Elle est presque aussi obscure que celle de la vieille noblesse. Cette sottise ne se perd cependant pas dans la nuit des temps, comme certaines généalogies. Elle n'est pas antérieure au déluge.

Le *poisson d'avril,* disent les doctes, est une allusion indécente à ce qui arriva le 3 avril à notre Sauveur. Comme les Juifs le renvoyèrent d'un tribunal à l'autre, et lui firent faire diverses courses par manière d'insulte et de dérision, on a pris de là la froide coutume de faire courir et de renvoyer d'un endroit à l'autre les gens dont on veut se moquer; les autorités dont ce sentiment est appuyé sont, indépendamment du livre intitulé *Origine des proverbes,* le *Dictionnaire de Trévoux,* le *Dictionnaire de l'académie* et le *Spectateur anglais.*

D'après l'opinion de ces savants, le mot de *poisson* aurait été insensiblement substitué, par corruption, à celui de *passion*.

Quoiqu'il y ait peu d'analogie entre *poisson* et *passion*, cette explication peut être admise. Dans le proverbe *cela tourne, cela s'en va en* EAU *de boudin*, on a bien substitué *eau*, qui ne signifie rien, à *aulne*, qui rappelle le conte du *Bûcheron*, et rendrait à ce proverbe le sens qui lui manque. Le peuple modifie tout ce qu'il manie, et ce n'est pas toujours pour l'embellir.

On dit proverbialement de quelqu'un que l'on a fait courir inutilement de porte en porte, on l'a renvoyé d'*Hérode à Pilate*. Donner un *poisson d'avril* est faire absolument la même chose.

D'où vient que cet usage, s'il a pour objet de rappeler un fait accompli le 3 avril, a lieu le 1er avril? Toute commémoration se fait d'ordinaire à l'anniversaire exact du jour signalé par l'évènement qu'il célèbre. Comment cette remarque n'a-t-elle pas été prise en considération à Rome, lorsque l'on a déterminé l'époque des fêtes maintenues par le dernier concordat?

Quoi qu'il en soit, l'usage subsiste, et comme il est fondé sur la sottise, il est probable qu'il subsistera longtemps.

Un électeur de Cologne, se trouvant à Valenciennes, annonça qu'il prêcherait tel jour de la semaine prochaine. Une foule immense se rendit à l'église. Chacun était impatient d'entendre le noble orateur. Après s'être fait long-temps désirer, l'électeur arrive enfin, monte en chaire, salue gravement l'auditoire, fait le signe de la croix, et s'écrie, *Poisson d'avril!* puis il descend au bruit des trompettes et des cors, dont les fanfares couvraient les huées qu'une pareille facétie a dû exciter. Cela se passa un 1er d'avril, comme de raison.

En prononçant un sermon, monseigneur eût peut-être bien mieux attrapé son monde. Un *poisson d'avril* en trois points eût été de digestion un peu plus difficile. Voilà ce qu'on peut appeler de mauvaises plaisanteries.

L'attention que les sots ont a profiter du 1er avril semble devoir les garantir de toute attrape ce jour-là. Ils y sont pris pourtant quelquefois comme des gens d'esprit, et c'est de leur défiance même que provient leur duperie.

François, duc de Lorraine, et son épouse, retenus prisonniers à Nancy, et ne pouvant s'évader qu'à l'aide d'un stratagème, pensèrent que le 1er avril favoriserait leur fuite. Déguisés en paysans, la hotte sur le dos et chargés de fumier, tous deux franchissent, à la pointe du jour, les portes de la ville. Une femme les reconnaît et court en prévenir un soldat de la garde. *Poisson d'avril!* s'écrie ce vieux routier, qui avait consulté ce jour-là son calendrier; et tout le corps-de-garde de répéter *poisson d'avril!* à commencer par l'officier du poste. Le gouverneur, à qui l'on croit devoir faire part de cette nouvelle, tout en disant *poisson d'avril!* ordonne néanmoins d'éclaircir le fait. Il n'était plus temps:

pendant qu'on criait *poisson d'avril,* leurs altesses
avaient gagné du chemin. Le 1ᵉʳ avril les sauva.

Là où il y a attrape, désappointement, il y a *poisson
d'avril.*

Les meilleurs *poissons d'avril* n'ont pas toujours été
servis le jour dont ils portent la date. A la cour, par
exemple, c'est un plat de toute l'année.

Marie de Médicis obtient de son fils le renvoi du cardinal de Richelieu. La perte du ministre est certaine.
Ses ennemis la publient; lui-même en confirme le bruit.
Il a tout disposé pour se retirer au Havre : ses trésors
sont partis, il va les suivre, il part; non, il se ravise :
pendant que la cour célèbre sa ruine, il l'a réparée. Il a
été retrouver à un rendez-vous de chasse le roi, qui
l'avait sacrifié par faiblesse, et par faiblesse lui sacrifie
jusqu'à sa propre mère. L'exil d'une foule de courtisans, l'emprisonnement d'un garde-des-sceaux, l'exécution d'un maréchal de France, la proscription d'une
reine, furent les conséquences de ce *poisson d'avril,*
donné à la France par Louis-le-Juste, le 11 novembre
de l'an de grâce 1630.

Cinquante-huit ans avant, en 1572, Charles IX avait
régalé la France d'un bien autre *poisson d'avril* au mois
d'*août.* On sait comme il endormit les protestants avant
de les égorger.

Ce qui s'est passé aux Tuileries le 29 décembre 1819
peut bien passer aussi pour un *poisson d'avril;* demandez-le plutôt à M. Pasquier. Mais cette journée fut

moins glorieuse au nom de Richelieu que la *journée des dupes*. Ce n'est pas le ministre qui donna le poisson, mais à lui qu'il fut donné. Il est vrai qu'on y a ajouté pour un million de francs d'assaisonnement : aussi son excellence a-t-elle trouvé la sauce meilleure que le poisson.

Les gouvernements en général ne sont pas chiches de *poissons d'avril*. Les lois par lesquelles on consolide la rente en la diminuant, les lois par lesquelles on vous incarcère au nom de la liberté, les lois par lesquelles on publie des proscriptions en proclamant l'amnistie, et tant d'autres où l'on annonce tout le contraire de ce qu'on fait, sont-elles autre chose que des *poissons d'avril?* Mais ces poissons-là sont des couleuvres.

Dans la société, n'est-ce pas le plat qu'on se sert sans cesse et sous toutes les formes? Promesses de fidélité entre amants, paroles d'honneur entre joueurs, serments d'ivrognes, exhortations de prédicateurs, conversions de malades, protestations d'amitié des grands aux petits, de dévouement des faibles aux forts, autant de *poissons d'avril* les trois quarts du temps!

Et les enseignes des marchands, et les annonces des journaux, et les titres des livres et des affiches de spectacles! si l'on voulait nombrer tous les *poissons d'avril*, ce serait à n'en plus finir.

Les époux eux-mêmes se permettent quelquefois de s'en donner réciproquement, du *poisson d'avril* s'entend. Quand par malheur la chose s'ébruite, il est rare que cette facétie divertisse autant les acteurs que le public. Les maris sont surtout sujets à prendre alors les choses au sérieux. Il en est un cependant qui a fini par rire avec tout le monde d'un *poisson d'avril*, dont il n'avait, au fait, que sujet de rire.

Le comte de..... s'était marié par convenance plutôt que par inclination; par cela même il n'avait pas renoncé à ses anciennes habitudes. Excepté certains jours fixes où sa maison était ouverte, il passait ses soirées à jouer ailleurs sans trop s'inquiéter de ce que faisait sa femme.

Monsieur, lui dit un soir, d'un air fort triste, son vieux valet de chambre en le déshabillant, monsieur, je suis désolé de la peine que je vais vous faire; mais en conscience je dois vous avertir de ce qui se passe. Eh bien! qu'est-ce?—Tous les soirs, à peine êtes-vous sorti, arrive ici un jeune abbé. — Après? — Madame le fait aussitôt passer dans son boudoir, et s'y tient enfermée avec lui des heures entières. Elle emploie le reste de son temps à lui écrire. Ce sont des deux et trois lettres par jour que les domestiques portent chez M. l'abbé, et dont ils doivent rapporter réponse. — Vraiment! — Vous imaginez bien les propos qui se tiennent.

Le comte ne doutait pas de la véracité de son serviteur. Il voulut cependant avoir une preuve matérielle du fait. Ne pourrais-tu pas me procurer une de ces lettres? — Rien de plus facile. La première lettre écrite par la comtesse à l'abbé est bientôt livrée au comte. Cette lettre, fort longue, exprimait la passion la plus violente. Le

moins jaloux des maris ne la lut pas sans inquiétude.
L'amour-propre est presque aussi chatouilleux que l'a-
mour; mais du moins raisonne-t-il. L'honneur du comte
était compromis par cette intrigue : il l'eût été bien plus
encore par un éclat. Pour en finir promptement, et sans
bruit, le comte se rend seul chez l'abbé. « Je n'ai pas appris sans étonnement, lui dit-il, que vous veniez si fréquemment chez la comtesse, sans que j'eusse l'honneur
de vous connaître. Je vous crois cependant le plus galant
homme du monde, et c'est pour cela que je vous prie de
cesser des assiduités qui finiraient par nuire à sa réputation.— Monsieur le comte, répond l'abbé, je désirais bien
vivement avoir l'honneur de vous être présenté ; mais
malheureusement les heures auxquelles mes occupations
m'ont permis jusqu'à présent de faire ma cour à madame
ont toujours été celles où vous étiez sorti. Lorsqu'enfin
les circonstances nous rapprochent, il est bien doulou-
reux pour moi qu'elles m'obligent à vous promettre de
cesser des visites qui ne sauraient pourtant préjudicier
à une réputation aussi bien établie que celle de madame
la comtesse. Je n'en ferai pas moins ce que vous désirez ;
je vous prie seulement de m'excuser auprès d'elle. --
Tant d'honnêteté, reprend le comte, me fait espérer,
monsieur, que vous voudrez bien satisfaire à une autre
demande, et me remettre les lettres assez nombreuses
que ma femme vous a écrites. — Comment! — Je n'en
veux faire aucun usage qui puisse la chagriner, mais je
les veux ; oui, monsieur, je les veux. — De quoi me

parlez-vous? je n'ai jamais eu l'honneur d'être en correspondance avec madame. Le comte, qui se croit sûr du
contraire, insiste avec vivacité. L'abbé persiste dans
sa dénégation. La discussion s'anime, et s'échauffe au
point que le militaire, tirant un pistolet, menace l'ecclésiastique de lui brûler la cervelle si à l'instant toutes les
lettres ne lui sont remises. — Assassiner chez lui un
homme sans armes! vous n'en êtes pas capable, répond
tranquillement l'abbé. — Vous avez raison, reprend le
comte déconcerté par tant de flegme, mais enfin je veux
ces lettres. Quoi qu'il puisse m'en coûter, il me les faut;
je sais qu'elles sont entre vos mains. Rendez-les-moi.
Mettez-y un prix. Voilà douze mille francs. Est-ce assez?
Et il étalait sur la table cette somme en billets de banque.
L'abbé semble interdit, il hésite, il balbutie. — Accor-
derai-je à l'intérêt ce que vos prières, vos menaces n'ont
pas obtenu? Le comte insiste, presse; les lettres sont
enfin échangées contre les billets.

Comme c'était jour d'assemblée chez lui, en homme
du monde, le comte sut se contenir jusqu'au lendemain.
Saisissant le moment où sa femme était seule, il entre
enfin dans son cabinet, et jette sur la table l'énorme pa-
quet, non sans une explication dans laquelle il garde
moins de modération qu'il ne se l'était promis. — Vous
n'avez pas tout, répond tranquillement la comtesse. Prenez cette lettre, elle complètera le recueil. Et elle lui
remet une lettre qu'elle vient de finir. — A-t-on jamais
porté l'impudence plus loin! s'écrie le comte hors de

lui. — Ou plus loin la précipitation, répond la comtesse toujours calme. — Prétendriez-vous vous justifier, madame? — Oui, monsieur, et rien de plus facile, si vous vouliez m'entendre.

Cela était vrai. Le comte savait parfaitement l'anglais, et aimait à le parler. La comtesse, jalouse de lui plaire, s'était mise depuis quelques mois à étudier cette langue. L'abbé dont elle avait fait connaissance la dirigeait dans ce travail. De là les tête-à-tête, la correspondance, et tout ce mystère dont le vieux valet de chambre avait pris ombrage. Les lettres livrées étaient traduites d'un roman pris dans la bibliothèque même du comte. C'est ce que la comtesse lui expliqua, en lui confiant qu'elle était dès la veille au fait de tout ce qui s'était passé chez l'abbé, qui, en lui en donnant avis, lui avait remis les douze mille francs. Mais cela ne doit pas rompre le marché, ajouta-t-elle gaîment; gardez les lettres, je garde les billets. Ils me viennent fort à propos pour faire face à quelques petites dettes au sujet desquelles je ne voulais pas vous importuner.

Le mari consentit à tout, en priant sa femme de l'attraper toujours de même; et l'abbé, présenté par lui à madame, devint l'ami de la maison.

Heureux le mari à qui, même en avril, on ne fait pas avaler d'autre poisson!

Mais nous, qui, sans avoir égard au quantième, publions cet article aujourd'hui, ne donnons-nous pas à nos lecteurs un *poisson d'avril?* J'ai bien peur que ceux

qui nous ont lu dans l'espérance de s'amuser ne soient
de cet avis.

LE CARÈME.

Certains nombres semblent avoir été consacrés de
tout temps par le respect des peuples. Le nombre de
quarante est dans ce cas. Ce n'est pas seulement parcequ'il détermine d'une manière précise la quantité d'hommes de génie qui sont en France, où il n'y en a jamais
ni plus ni moins de quarante, ainsi que le prouve la
liste de l'académie française; mais aussi parcequ'il se
rattache à certains faits mystérieux, à certaines pratiques saintes, tant de l'ancienne loi que de la nouvelle.

Le déluge universel dura quarante jours. Les Hébreux
errèrent quarante ans avant d'entrer dans la terre promise. Moïse jeûna quarante jours sur la montagne. Élie
se retira pendant quarante jours dans le désert. La pénitence que Jonas infligea aux Ninivites fut de quarante
jours.

Est-ce en commémoration de ces évènements, comme
quelques uns l'ont avancé, que le carème, qui dure aussi
quarante jours, a été institué chez les chrétiens? Il est
permis d'en douter, et de ne voir dans cette longue abstinence qu'une imitation de celle par laquelle Jésus-Christ
se prépara à sa douloureuse mission.

« Jésus, dit saint Matthieu, jeûna quarante jours et quarante nuits, après quoi il eut faim. *Postea esuriit.* »

L'institution du carême, suivant quelques opinions, remonterait aux apôtres. La preuve qu'on en donne est qu'il n'est établi par aucune loi de l'église, qui ne fait qu'en régler l'observation. Cela pourrait bien prouver aussi qu'il n'avait été établi antérieurement par aucune loi, mais seulement par l'usage? En effet, pourquoi ne pas produire le décret des apôtres qui sert de base à ces dispositions réglémentaires?

D'autres opinions attribuent l'institution du carême au pape Télesphore, mort en 154, pape à qui l'on a l'obligation de la messe de minuit, solennité qui rappelle que le fils de Dieu est né entre un bœuf et un âne, en plein hiver, à minuit précis.

L'observation du carême ne consistait pas seulement alors dans l'abstinence absolue de certains aliments, elle commandait aussi de n'user qu'après le coucher du soleil des aliments permis.

Cette pratique nous vient évidemment des Juifs, dont plusieurs habitudes nous ont été transmises avec leur loi perfectionnée. C'est par l'abstinence que chez eux s'expiaient les mauvaises actions, comme c'est par l'abstinence qu'on s'y préparait aux grandes. Judith, avant d'aller couper la tête à Holopherne, Esther, avant d'aller prier son royal époux de faire pendre un ministre, le jeune Tobie, avant de succéder aux sept maris qui l'avaient précédé dans la couche de la fille de

Raguel, tous ces saints personnages s'étaient préparés à ces actes courageux par l'abstinence.

Le jeûne fut souvent commandé par Moïse, qui, à la vérité, a dû se trouver quelquefois embarrassé de nourrir son peuple dans le désert, et savait appeler à propos la religion au secours de la politique. Le jeûne est commandé aussi par les prophètes. Il paraît que ce genre de privation était la plus grande pénitence qu'ils pussent imposer aux Juifs, peuple charnel. Veulent-ils relever ses espérances, ils lui promettent une terre arrosée de lait et de miel. Veulent-ils réprimer ses murmures, ils le menacent de la disette. Le prophète Joël [1], après avoir fait une peinture effrayante de toutes les calamités qui menacent Sion en punition de ses péchés, après avoir dit que la sauterelle dévorera tout ce que l'ivraie aura épargné, et le hanneton tout ce que n'aura pas mangé la sauterelle, finit par ce trait : *Omnes vultus redigentur in ollam,* et tous les visages se tourneront du côté de la marmite. En conséquence de quoi il engage les prêtres à jeûner : *Sanctificate jejunium.*

Le carême aurait-il été institué par saint Pierre ? Un ami du gras, admis à la table d'un cardinal *de fortune,* lui disait : Je voudrais vous voir pape. Eh pourquoi ? répliqua son éminence. Pourquoi ? parceque de même que saint Pierre établit le carême pour faire gagner ses

[1] Joël, c. I et II.

parents, qui étaient pêcheurs, vous l'aboliriez pour faire gagner les vôtres, qui sont bouchers.

L'observation du carême semble avoir été facultative dans les premiers temps de l'église. Mais une fois rendue obligatoire par l'autorité spirituelle, elle fut bientôt ordonnée par l'autorité temporelle. En 789, Charlemagne décerna la peine de mort contre quiconque enfreindrait sans dispenses la loi du carême. Cela était un peu rigoureux ; mais ce qui l'est trop, c'est qu'il se soit trouvé des juges assez féroces et assez stupides pour mettre une pareille loi à exécution. Un malheureux gentilhomme fut condamné à perdre la tête pour avoir mangé en carême une tranche d'un cheval jeté à la voirie, où l'on n'a pas jeté ses juges.

La discipline est insensiblement devenue moins sévère. A mesure qu'on s'est éclairé, les tribunaux civils ont senti qu'ils n'avaient aucun droit de se mêler de ces sortes d'affaires, qui ne doivent ressortir que du tribunal de la pénitence. Elles se règlent de gré à gré entre le paroissien et le curé, depuis qu'il y a tolérance en cuisine comme en religion.

Avant d'en venir là, l'autorité ecclésiastique avait eu, il faut le dire, quelque condescendance pour la faiblesse humaine, soit en accordant des dispenses pour faire gras certains jours de la semaine, soit en abrégeant pour chaque jour la durée du jeûne.

La manière dont on s'y est pris, quant à ce dernier objet, est assez plaisante, s'il peut y avoir rien de plai-

sant en matière si grave. La loi portait qu'en carême on
ne mangerait qu'après *vêpres*, c'est-à-dire après l'office
du soir ; on fit chanter vêpres le matin, et l'on trouva
ainsi le moyen d'accomplir la loi, sans trop reculer le
jeûne. Ce qu'il y a de remarquable, c'est que cette pratique est antérieure à la création des jésuites : elle date de
la fin du quinzième siècle.

Il est avec le ciel des accommodements,

a dit depuis le bon M. Tartufe,

Les musulmans aussi connaissent ces accommode-
ments-là. Le *ramadan*, mois pendant lequel le Coran
leur a été apporté du ciel, est consacré chez eux à la
plus austère abstinence ; chaque jour le jeûne doit alors
commencer pour eux dès l'instant *où ils peuvent distinguer un fil blanc d'un fil noir*, dit le prophète ; ou avec
le jour pour ne finir qu'à la nuit. Que font ceux qui
veulent concilier la pratique de la loi avec l'exigence
de leur appétit ? Ils font du jour la nuit ; ils dorment
depuis le lever du soleil jusqu'à son coucher, et se réga-
lent depuis son coucher jusqu'à son lever. Nos moli-
nistes ne l'entendent pas mieux.

L'usage du vin, du laitage et des œufs, était originairement interdit en carême ; mais, dès le huitième siècle,
cette prohibition était peu observée. C'est d'après cela
probablement que, permettant ce qu'ils ne pouvaient
empêcher, les évêques ont pris l'habitude d'autoriser à
chaque carême l'usage de ces aliments, et notamment

des œufs, par un mandement qui contente tout le monde et paraît toujours en carnaval.

Les degrés d'abstinence, au temps de la primitive église, étaient différents. « Les uns, dit Fleury, observaient l'*homophagie*, c'est-à-dire de ne rien manger de cuit; d'autres la *xérophagie*, c'est-à-dire qu'ils se réduisaient aux viandes sèches, s'abstenant non seulement de la chair et du vin, mais des fruits vineux et succulents, ne mangeant avec le pain que des noix, des amandes, des dattes, et autres fruits de cette espèce. D'autres se contentaient de pain et d'eau. »

Les anachorètes, les pères du désert ont observé le carême avec une austérité encore plus grande, et qui semblerait incompatible avec les forces humaines. Saint Macaire d'Alexandrie le passait, dit-on, tout entier debout, sans dormir, sans boire, sans rien manger qu'une feuille de chou cru chaque dimanche. Sainte Marie l'Égyptienne alla plus loin : elle finit par ne rien manger absolument de toute la quarantaine, qu'elle passa dans le désert; aussi son directeur Zozime la trouva-t-il à Pâques un peu changée.

Tout cela est édifiant, sans doute; mais est-il bien certain que toutes ces tortures volontaires soient agréables à Dieu? Cette exagération de l'abstinence est-elle bien conforme au but qu'il semble avoir eu en nous donnant l'appétit? N'est-ce pas pour que nous conservions la vie, que nous tenons de sa bonté, qu'il nous avertit de manger pour nous soutenir? Détruire notre santé, n'est-ce pas attenter sur nous-mêmes? n'est-ce pas détruire son œuvre? Saint Paul veut qu'on ménage sa santé ; il recommande à son disciple Timothée l'usage du vin, *propter stomachum*, pour soutenir son estomac. Le jeûne, qui délabre l'estomac, ne semble pas devoir être plus agréable à la divinité que la gloutonnerie, qui le ruine. Encore si l'aliment que se refuse l'homme qui jeûne était donné à celui qui manque d'aliment ! Mais à qui le jeûne profite-t-il en ce bas monde?

Le jeûne, dit-on, rachète les péchés. Ceux qui jeûnent ne sont pas toujours ceux qui ont péché.

Deux grandes dames, qui n'étaient pas plus exemptes de scrupules que de tentations, *faisaient jeûner leurs gens* pendant le carême, en expiations des fredaines qu'elles s'étaient permises en carnaval. C'est comme cela que la chose se passe les trois quarts du temps en ce bas monde.

Un roi a-t-il épuisé le trésor par ses goûts extravagants, le déficit est bientôt comblé. On met vingtièmes sur vingtièmes. Sa majesté n'en mène pas moins grand train, n'en fait pas moins grande chère ; mais les peuples, c'est différent : *Faisons jeûner nos gens.*

> *Quidquid delirant reges plectuntur Achivi.*
> Les rois font la sottise, et les Grecs sont punis.
> Horat.

La génération qui s'élève n'est-elle pas presque toujours chargée d'expier les fautes de la génération qui s'en va? Rien de moins indulgent souvent pour les fai-

blesses de la jeunesse que ces personnes qui dans la jeunesse ont eu le plus besoin d'indulgence. A les entendre,
les plaisirs qui ne leur sont plus permis doivent être interdits à tout le monde, et les petits enfants sont nés
pour faire pénitence des plaisirs de leurs grand'mères.
Faisons jeûner nos gens.

Et n'en est-il pas de même en politique? Les libéraux
ont-ils des ennemis plus acharnés que certains révolutionnaires qui ne leur pardonnent pas de pratiquer
en 1819 les principes qu'ils professaient eux-mêmes
en 1789? En les vouant à la persécution, ils pensent racheter le tort qu'ils ont eu, il y a trente ans, de raisonner
avec Mirabeau, ou même de déraisonner avec Van der
Noot. Moins ils montrent d'indulgence, plus ils espèrent
en obtenir. *Faisons jeûner nos gens.*

Cette méthode, qui ne saurait réussir devant Dieu, ne
peut pas non plus avoir un grand succès devant les hommes. Tôt ou tard l'opinion publique en fait justice. Comment s'exprime-t-elle aujourd'hui sur ce prince dans
les bras duquel Mirabeau est expiré, sur ce prince qui,
par les persécutions qu'il a provoquées, n'a fait que
mettre dans un plus grand jour toute la lâcheté de ses
apostasies? Il n'est pas nécessaire d'aller à Bénévent
pour le savoir.

Mais revenons au carême. En économie politique, il
n'est pas sans utilité. Ce que l'on consomme en moins
en chair, on le consomme en plus en poisson. La valeur
des turbots, des saumons et des esturgeons s'en accroît

d'autant, et cela tourne au profit des marchands de marée, qui font carême le reste de l'année.

Et qu'on ne dise pas que ce soit un objet de petite importance pour les vendeurs de *stokfisch* et de harengs salés. Le pape Clément XIV savait bien le contraire, et celui-là était aussi infaillible au moins que les autres papes. Comme on lui représentait qu'un certain droit qu'il voulait établir sur les marchandises venant de l'étranger pourrait indisposer les Anglais et les Hollandais, Bon! bon! dit-il en souriant, s'ils osent se fâcher, je supprime le carême.

L'histoire ecclésiastique dit que les premiers chrétiens jeûnaient toute l'année, et que la loi du carême n'a été introduite que pour les faibles.

Érasme, qui était aussi bon chrétien qu'un homme d'esprit peut l'être, trouvait encore cette concession insuffisante. Il observait peu régulièrement le carême : J'ai l'âme catholique, disait-il, mais mon estomac est luthérien.

Le jeûne du duc d'Orléans régent n'était pas l'abstinence du bœuf ou du mouton. Quand il se trouvait sans intrigue amoureuse, il se disait en carême.

Le pape Nicolas défendit aux Bulgares de faire la guerre pendant le carême : c'était en faveur de l'humanité une espèce de compensation de la loi qui défend de se marier pendant cette sainte période.

La reine d'Angleterre, épouse de Jacques second, étant accouchée d'une fille en carême, le doyen Bathurst lui adressa à ce sujet des vers où il exprimait ses regrets de ce que la nouvelle princesse n'était pas venue au monde en carnaval...... « Mais, ô reine, ajoute-t-il, vous accouchez en carême pour ne pas avoir le ventre plein en temps de jeûne. » On ne saurait allier plus ingénieusement la dévotion à la galanterie.

On appelle *faces de carême*, ces figures longues, pâles et hâves, portées sur des corps efflanqués, et souvent si différentes des faces joufflues et rubicondes des plus réguliers de nos chanoines, et de nos prélats même, à la fin du carême.

> Voyez cet autre avec sa face de carême.
>
> RACINE, *Plaideurs*.

Par *carême-prenant* on désigne communément le carnaval, et même aussi les personnes qui, en conséquence de la licence autorisée par cette époque, courent les rues, masquées ou déguisées d'une manière grotesque. « Comment donc? qu'est-ce que c'est que ceci? dit madame Jourdain à son mari; on dit que vous vouliez donner votre fille à un *carême-prenant?* » MOLIÈRE, *Le Bourgeois gentilhomme.*

Le curé de Meudon donne le nom de *quaresme prenant* au carême lui-même, qu'il fait régner en l'île de Tapinois, pauvre pays où il ne conseille pas d'aborder: « *tant pour le grand détour du chemin que pour le maigre passe-temps qu'il dit estre en toute l'isle et court du seigneur*¹. Vous y voirrez, ajoute-t-il, pour tout potage,

¹ Voyez Rabelais, *Pantagruel*, liv. IV, ch. XXIX.

un grand avalleur de pois gris, un grand cacquerotier, un grand preneur de taupes, un grand boteleur de foin, un demy-géant à poil follet et double tonsure... Confalonier des Ichtyophages, dictateur de Moustardois, fouetteur de petiz enfants, calcineur des cendres, père et nourrisson des médecins, foisonnant en pardons, indulgences et stations, homme de bien, bon catholiq et de grande dévotion... Il pleure les trois pars du jour, et jamais ne se trouve aux noces... Les aliments desquels il se paist sont aubers salez, casquets, morions salez et salades salées... Ses habillements sont joyeux, tant en façon comme en couleur; car il porte gris et froid; rien devant et rien derrière, et les manches pareilles.» C'était un drôle de corps que ce curé de Meudon.

Si l'on fait attention à la manière dont il écrit *quaresme*, peut-être reconnaîtra-t-on que ce mot n'est qu'une abréviation de *quadragésime*.

Avant le cinquième siècle le carême n'était que de trente-six jours. L'église de Milan est la seule qui ait maintenu cet usage.

L'inventeur du *carême impromptu* fit subir une fois à cette austère institution une réforme heureuse[1]. Ce bon curé réduisit de trente-sept le nombre des jours maigres et n'abrégea pas celui des jours gras. J'aime ce respect pour le carnaval; il n'est pas absolument incompatible avec l'esprit de l'église.

[1] Voyez les œuvres de Gresset.

A QUELQUE CHOSE MALHEUR EST BON.

Un homme qui avait beaucoup d'esprit, mais qui en faisait quelquefois un sot usage, le marquis de Bièvre, a dit :

> Le bonheur et le malheur
> Ont tous deux le même auteur :
> Voilà la ressemblance.
> Le bonheur nous rend heureux,
> Et le malheur malheureux :
> Voilà la différence.

Cela n'est pas toujours vrai. C'est ce que la foule a peine à comprendre, parcequ'elle croit qu'il n'y a de maux que ceux qui sont attachés à la pauvreté, et qu'elle ne saurait voir le malheur dans des conditions où tous les besoins qu'elle redoute sont satisfaits. Pour prononcer sur le bonheur d'un homme, il faudrait pouvoir pénétrer dans son *for* intérieur ; il faudrait, comme sa chemise et son bonnet de nuit, savoir ce qui se passe dans son cœur et dans sa tête, en supposant qu'ils le sachent.

Les sentiments que deux hommes nous inspirent pourraient bien alors changer d'objets et se déplacer d'après des connaissances plus positives, de telle manière que notre pitié se reportât sur l'homme heureux, et sur le

malheureux notre envie, quoiqu'il fût dépouillé de tous
les biens dont l'autre serait comblé. Qui ne préfère, par
exemple, la disgrâce et l'obscurité de M. Cluis [1] à la
prospérité et à la célébrité de Lazarille? ou la réproba-
tion que l'abbé Grégoire a plusieurs fois méritée par sa
constance, à la faveur tant de fois renaissante dont un
des évêques d'Autun [2] s'est rendu digne par sa versatilité?

Vous connaissez peut-être l'histoire d'Aman et de
Mardochée? L'un habitait dans le palais des rois, et,
revêtu de la pourpre, était comblé de la faveur du maître. L'autre, couvert d'un sac, et poursuivi par la haine
du ministre, n'avait pour asile et pour lit que le portique
et les degrés du palais que cet Amalécite foulait de son
pied superbe. Quel était l'homme heureux, ou de celui
qui dormait en paix sur cette dure couche, ou de celui
que les terreurs et les remords assiégeaient sur le duvet
et dans la soie? Quel était l'homme malheureux, ou du
faible qui refusait les hommages que l'orgueil d'un grand
lui voulait arracher, ou du grand dont l'âme était trou-
blée parceque le faible avait refusé d'adorer sa fortune?

Le supplice d'Aman avait commencé long-temps avant
qu'il eût été accroché à ce gibet, qu'il n'avait pas dressé
pour lui. La catastrophe qui compléta son châtiment ne
fut, après tout, que la fin du malheur de cet homme si
heureux. Les ministres ne sont pas toujours sur des roses.

[1] L'un des trente-huit.
[2] Ce n'est pas feu l'abbé Roquette.

1.   16

N'est-il pas vrai, mon prince? Vous pouvez en convenir entre nous. Personne, vous le savez, n'a désiré plus sincèrement que moi la fin de vos peines.

Si le bonheur n'est pas toujours où on le voit, en revanche, en peut-on dire autant du malheur? Que de gens semblent maltraités par la fortune, qui sont, au fait, des enfants choyés qu'elle conduit à travers l'adversité à une prospérité durable!

N'est-ce pas aux travaux qui lui furent suscités par Junon qu'Alcide doit son immortalité? C'est sur les bûchers, c'est sur les grils et sur les chevalets que les martyrs couraient au paradis.

Zénon le stoïcien, jusqu'à l'âge de trente ans, ne s'était occupé que de commerce. Son vaisseau ayant échoué dans le Pyrée, il perd toute sa fortune. Retiré à Athènes, il entre par désœuvrement chez un libraire, ouvre un *Xénophon*. Cette lecture le ravit. Comme il demandait où il pourrait rencontrer les grands hommes dont elle lui révélait la doctrine, passe Cratès le cynique. Le libraire le lui montre, et Zénon, qui dès ce moment s'attache à ce philosophe, le devient lui-même, ou plutôt il l'était déjà. C'est lui qui fonda le Portique, école à laquelle appartiennent Caton, Brutus, Épictète, Marc-Aurèle; école aussi féconde en héros qu'en philosophes.

Zénon se félicitait sans cesse de son malheur. Il disait que la plus heureuse de ses navigations était celle où il avait fait naufrage.

Vous croyez que les huées qui poursuivaient tel magistrat jusque sur les fleurs de lis formaient à son oreille un concert désagréable? Erreur. L'Opéra ne saurait le régaler d'une plus douce mélodie. Ces criailleries n'étaient pour lui qu'un chœur de louanges, qu'un chœur général qui, d'un accord parfait, rendait témoignage de ses services, et sollicitait pour lui les récompenses qu'il a osé mériter.

Un pauvre diable, jusqu'en 1717, s'était désolé d'être bossu. Il se serait bien plus désolé alors de ne pas l'être, et il aurait eu raison. Peut-être serait-il mort gueux, s'il eût été bien fait. Sa bosse fit sa fortune. C'est sur ce pupitre ambulant que, lors du système de Law, les financiers de la rue Quincampoix signaient leurs transactions en plein air. Quoiqu'il n'exigeât pas, à beaucoup près, pour une signature autant qu'il en coûte aujourd'hui à un proscrit pour faire légaliser la sienne, il gagna en peu de temps une somme aussi considérable que s'il eût été chancelier de légation; et, grâce à ce que son dos lui rapporta, il vécut à l'aise le reste de ses jours. On ne dit pas que le dos de ce pauvre Geoffroi lui ait valu des profits aussi nets et aussi liquides.

Calpigi est tout-puissant hors du sérail, et dans le sérail tout lui est soumis. C'est le favori du sultan, qui le comble de richesses et de dignités. il a un palais, des chevaux, des esclaves, des femmes; il a en superflu bien au-delà du nécessaire. Croyez-vous qu'il ne lui en ait rien coûté pour arriver à cette haute fortune? Dieu sait que de cris il a jetés, que de larmes il a répandues, quand la tendresse paternelle le mit en état de figurer dans le monde, le rendit propre à être honoré de la confiance du grand *padischa*. Sachant qu'il n'est quelque chose que parcequ'il n'est rien, il rit aujourd'hui de ce qui l'a fait pleurer, et fait graver sur le fronton du kiosque où il va dormir entre deux Circassiennes, et philosopher sur la vanité des choses humaines, *A quelque chose malheur est bon.*

Tel est aussi le refrain de la *canzonetta* que chante en nettoyant ses bijoux ce Napolitain qui a une si belle voix. Né de parents qui ne mangeaient que du macaroni et ne buvaient que de l'eau fraîche, aurait-il le train et le revenu d'un prince, serait-il comblé de présents par toutes les têtes couronnées, rendrait-il l'Europe contribuable de son gosier, s'il n'avait pas eu le malheur d'intéresser un cardinal, qui, avant que de le faire entrer au Conservatoire, avait pourvu aux premiers frais de son éducation, et grâce aux bontés duquel il peut jouer sans être obligé de se faire raser les *prime donne* [1] devant le sacré collége, qui ne trouve le théâtre immoral que quand les rôles de femmes n'y sont pas remplis par des hommes?

Le sentiment de l'utilité du malheur est au fond du cœur humain. L'aveu nous en échappe à chaque instant, au sein du bonheur même. Nous nous surprenons sans cesse à souhaiter quelque infortune, comme complément de fortune.

[1] Les reines et les princesses.

Un marchand de blé donnait l'hospitalité à un de ses
proches, pauvre diable affligé d'une maladie faite pour
dégoûter tout autre qu'un spéculateur. Les autres membres de la famille se cotisaient, à la vérité, pour subve-
nir aux frais de cette bonne œuvre. La pension qu'on
lui payait pouvait passer pour une indemnité suffisante,
non seulement de ses dépenses, mais de ses soins. Tout
en prétendant n'agir que par pure philanthropie, ce bon
cousin n'en profitait pas moins de toutes les occasions
pour exiger une augmentation de ses contribuables. « Je
suis désolé, leur écrivait-il un jour, d'être obligé de
vous dire que les denrées sont d'une cherté exorbitante.
Le blé est monté à un prix fou au dernier marché, et
malheureusement on nous fait espérer qu'il montera
plus haut encore au marché prochain. » *A quelque chose
malheur est bon.*

J'ai connu un noble jeune homme qui était cité pour
sa fortune et ses vertus. C'était surtout un modèle de
piété filiale. Vous êtes vraiment heureux, lui disais-je. A
votre âge avoir cinquante mille livres de rente ! — Je
serai bien plus heureux un jour, me répondit-il en sou-
pirant ; j'en aurai cent, *dès que j'aurai eu le malheur
de perdre ma tendre mère.*

Si le malheur ne valait pas quelque chose, madame
de Maintenon aurait-elle si souvent *regretté sa bourbe ;*
et mademoiselle Arnoud, *ce bon temps où elle était si
malheureuse.*

Quel plus grand malheur, au premier aspect, qu'une

faillite, même pour le négociant qui la fait? Cette pensée, qu'on est l'occasion de la ruine de tant de fortunes,
suffit pour désespérer l'homme le moins sensible. Et puis
il est si difficile que l'honneur ne soit pas un peu écorché par un malheur de ce genre! Aussi a-t-on vu quelques gens à préjugés en mourir de chagrin. Les banque-
routiers, pour le grand nombre, survivent pourtant à
la catastrophe; plusieurs de ces infortunés mêmes, semblables à ces marins que le naufrage ne dégoûte pas de
la mer, à peine échappés d'une faillite, s'exposent à en
faire une autre, et, à force d'infortunes, finissent par
se composer une fortune assez honnête.

Deux amis de collége avaient été long-temps séparés.
L'un avait passé vingt ans dans l'Inde, où il avait fait
ses affaires; l'autre était resté à Paris, où il avait fait des
affaires. Le premier, non sans peine, mais sans accident,
s'était enrichi à force de travail. De retour en Europe,
il arrive à Paris, et s'informe de tout ce qui concerne
l'ami qu'il y a laissé.

La chaleur avec laquelle il en parlait fit que l'on évita
d'abord de lui répondre positivement. Quelqu'un lui dit
pourtant avec beaucoup de ménagements que le négociant auquel il s'intéressait n'avait pas été des plus
heureux dans ses spéculations; qu'après avoir été obligé déjà d'arranger deux fois ses affaires, il avait présenté son bilan pour la troisième fois, et qu'il attendait
dans un asile inconnu que ses créanciers eussent souscrit à ses propositions.

« Il succomberait sans doute à ce troisième revers, se disait l'Indien, si la Providence ne m'avait envoyé à son aide. Courons vite lui offrir des secours et des consolations. Je suis riche, il ne doit plus craindre la pauvreté; mais je dois craindre, moi, le désespoir où peut le jeter sa délicatesse. Hâtons-nous de l'en sauver. »

Parvenu, non sans peine, à découvrir l'asile où cet homme délicat cachait son infortune, il y court. C'était une maison charmante, située dans une campagne délicieuse, au milieu d'un jardin magnifique. « Je venais, dit l'homme heureux, après les premiers épanchements de l'amitié, je venais t'enlever d'un refuge où je te croyais privé de tout; mais, grâce au ciel, je vois que je ne pourrais t'en offrir un plus agréable et plus commode; j'aime qu'il te soit resté des amis dans ton malheur, et que le maître de cette maison m'ait prévenu. Je veux l'en remercier; présente-moi à lui. — Cette maison n'a pas d'autre maître que moi, répliqua le malheureux; elle ne vaut guère plus de cent mille écus avec ses dépendances. *C'est, avec une trentaine de mille livres de rentes, tout ce qui m'est resté de mon premier malheur.*»

On dîna gaiement. Chère exquise, vins de toute espèce. Après le café, le malheureux proposa à son ami d'aller faire un tour en calèche dans le bois voisin. Tout en parcourant ce bois superbe, dont l'étendue immense était percée en tous sens pour la promenade et pour la chasse : « C'est une propriété qui ne vaut pas plus de cinq cent mille francs, disait-il à son consolateur. *C'est tout ce qui me reste de mon second malheur.*

De retour au château, le malheureux reçoit une lettre. « Partons pour Paris, s'écrie-t-il après l'avoir lue. Mes affaires sont arrangées; mes créanciers acceptent dix pour cent : partons vite. »

Les deux amis remontent en voiture. « A l'hôtel ! Je ne veux pas que tu descendes ailleurs que chez moi, à l'hôtel ! » et la voiture entre dans un des plus beaux hôtels du plus beau quartier de Paris. « Cela est à toi, dit l'homme des Indes, étonné de l'étendue, de l'élégance et de la magnificence de cette habitation : mais cela vaut un million ! — Et plus, ajouta sentimentalement le propriétaire : *mon ami, c'est tout ce qui me reste de mon troisième malheur.* »

On dit qu'après tous ces malheurs, cet homme a eu celui d'épouser une jeune et jolie femme, qui avait eu trois malheurs aussi, ou, si vous l'aimez mieux, le malheur de divorcer trois fois, et à qui ces malheurs avaient valu, l'un portant l'autre, un capital de quatre cent mille francs, qui lui compose une dot fort honnête. Il ne manque plus à ces infortunés, pour parvenir au plus haut degré de prospérité, qu'un malheur semblable à celui qui fit prendre à madame d'Étiolle le nom de Pompadour; mais nous ne sommes plus au temps de ces malheurs-là.

C'est à l'école du malheur que les bons cœurs et les grandes âmes se développent. Tel homme n'a d'abord été sans pitié que parcequ'il n'avait jamais souffert, et n'était sans indulgence que pour n'avoir jamais failli. Une belle adversité manquait au complément de son éducation; la bonté du ciel la lui a envoyée. Admirez comme il en sort meilleur et plus grand.

Non ignara mali, miseris succurrere disco.
J'ai connu le malheur, je plains les malheureux.

Il faut pourtant l'avouer, il est des hommes à qui cette leçon ne profite pas. Il en est dont la sottise, la stupidité ou la férocité ne saurait être tempérée par l'expérience. Que de gens sortis de France en 1789 y sont rentrés en 1814 plus entichés que jamais des absurdes et cruelles idées qui avaient fait leur ruine et la referont. Vingt-cinq ans d'exil et de proscription n'ont servi qu'à les rendre plus stupides et plus féroces. La persécution ne leur a rien appris, si ce n'est à être persécuteurs.

Vous fûtes malheureux, et vous êtes cruels !

Un M. de La Fontaine a dit :

Quand le malheur ne serait bon
Qu'à mettre un *sot* à la raison,
Encor serait-ce à juste cause
Qu'on le dit bon à quelque chose.

Ce M. de La Fontaine parlait pour son temps; s'il vivait du nôtre, il saurait qu'il y a des sots pour qui le *malheur n'est bon à rien.*

JEUX DE MOTS, QUOLIBETS,

CALEMBOURS, COQ-A-L'ANE.

DISSERTATION LUE DANS UNE SÉANCE PUBLIQUE D'UNE ACADÉMIE DE PROVINCE.

Il y a des gens d'esprit partout. Il y en a aussi dans notre endroit. Comme nous aimons à nous communiquer nos idées, nous avons formé une société qui, après s'être appelée successivement club, athénée, lycée, en est modestement revenue au titre d'*académie.* Il se lit parfois d'excellents mémoires dans nos assemblées dites publiques, mais qui ne le sont pas autant que nous le désirerions. La dissertation que je vous envoie est de ce nombre. La croyant de nature à intéresser la partie la plus raisonnable, mais non pas la plus nombreuse, des gens qui savent lire, je la publie.

Les jeux de mots sont des équivoques fondées sur un mot employé de manière à présenter plusieurs idées.

L'esprit sourit à ces jeux, la raison même ne les désapprouve pas, quand ils renferment un sens également juste sous leur double acception.

A la faveur de ces équivoques, on peut tout dire et tout entendre ; la même phrase est à la fois maligne et innocente, licencieuse et chaste. Or, comme il s'ensuit qu'il n'est pas pardonnable d'être brutal et cynique avec de pareilles ressources, la société a quelques obligations à ces formes ambiguës.

Grâce aux jeux de mots, l'inférieur s'est quelquefois vengé du supérieur, sans lui laisser le droit de se plaindre et de l'accuser d'être sorti des bornes du respect. Molière, pressé de donner une représentation de Tartufe, défendu par le parlement, répond au public : « Nous vous avions promis Tartufe ; mais M. le premier « président ne veut pas qu'on *le joue*. » Le sel de cette réponse résulte d'un jeu de mots ; mais de pareils jeux de mots sont de bons mots.

Les jeux de mots font facilement fortune : à la faveur de leur concision, ils passent de bouche en bouche, courent de cercle en cercle ; chacun les retient, chacun les cite ; beaucoup les empruntent ou les volent, ce qui est souvent la même chose, même en matière d'esprit.

Semblable à l'écu qui, sous l'effigie du prince, circule dans le commerce pour l'avantage de tous, les bons mots dont l'auteur est connu valent encore quelques succès à l'homme qui les répand ; tel fait son état de les répéter, comme tel de les dire. Mais s'ils sont fils de père inconnu, ils ne manquent pas long-temps de père adoptif. Ce sont alors des diamants qui appartiennent à tout homme qui les porte à son doigt.

Les jeux de mots sont admissibles partout où l'importance de la matière et la gravité du ton n'opposent pas aux saillies de l'esprit des bornes qu'il ne peut franchir sans blesser le goût et la raison.

Le sévère Boileau a dit :

> Ce n'est pas quelquefois qu'une muse un peu fine
> Sur un mot, en passant, ne joue et ne badine,
> Et d'un sens détourné n'abuse avec succès ;
> Mais fuyez sur ce point un ridicule excès.
>
> *Art poétique.*

L'épigramme et le madrigal emploient les jeux de mots ; la comédie et l'épître familière ne les repoussent pas toujours. La farce et le vaudeville les recherchent, et souvent en abusent.

Mais l'abus des jeux de mots blesse moins encore là que l'usage qui en a été fait dans des sujets sérieux. Comment, dans *le Cid*, se trouvent-ils mêlés au sublime de Corneille? comment se sont-ils coulés jusque sous la plume du judicieux Racine? les plus belles pièces du premier n'en sont pas exemptes; le dernier en offre un dans l'un de ses plus beaux ouvrages.

Pyrrhus, comparant sa flamme amoureuse à l'incendie de Troie, dit :

> Brûlé de plus de feux que je n'en allumai.

Vers qui semble extrait des Plaideurs et non d'Andromaque; vers qui fait plutôt penser à la famille de Citron qu'à celle d'Hector. Au reste, il n'y en a pas deux comme cela dans Racine, ce qui doit surprendre moins encore que d'en trouver un.

Molière, qui a si plaisamment raillé les jeux de mots de l'abbé Cotin, s'était exposé au même reproche ; il fait dire à Mascarille :

> Ce visage est encore fort mettable :
> S'il n'est pas des plus beaux, il est *des agréables*.
> *L'Étourdi.*

Cela ne vaut guère mieux que ,

> Ne dis pas qu'il est amaranthe,
> Dis plutôt qu'il est de *ma rente*.

Mais il faut remarquer que c'est dans l'Étourdi que se trouve ce vers : or l'Étourdi, qui est la première bonne pièce qu'ait faite Molière, n'est pas la meilleure de ses pièces. De pareils défauts ne se trouvent pas dans ses chefs-d'œuvre.

Au reste, la réflexion que nous avons faite au sujet de Racine est applicable à Molière. On doit moins s'étonner de ce que cette faute lui est échappée quand il flattait le goût général, que de ce qu'il ne l'a pas effacée lorsqu'enfin le mauvais goût a été corrigé par lui.

Les jeux de mots ont changé de noms à différentes époques. On les a appelés tantôt *pointes*, tantôt *quolibets ;* on les appelle aujourd'hui *calembours.*

Le mot *pointe* n'a pas besoin d'être expliqué ; quant au *quolibet*, mot formé de deux mots latins, il indique, je crois, le sens ambigu du jeu de mots ; *quo libet*, choisissez le sens qu'il vous plaira. On ne se sert depuis long-temps de ce mot *quolibet* que pour désigner une

pointe, un jeu de mots de mauvais goût, une plaisanterie sans sel :

Après maints quolibets coup sur coup renvoyés.

LA FONTAINE.

Le règne des jeux de mots est rarement celui du bon
goût; il le précède, ou il le suit. Il précéda le siècle de
Louis XIV; il suivit celui de Louis XV. Le P. André et
Scarron florissaient avant Despréaux et Bossuet; M. de
Bièvre a succédé à Voltaire.

Les jeux de mots ont été d'une grande ressource pour
la mauvaise foi. Sur eux était fondée l'infaillibilité des
oracles : « *Si Crésus*, dit la pythonisse, *passe le fleuve
Halis, un grand empire sera détruit.* » Le roi de Lydie,
sur la foi de cet oracle, fait la guerre à Cyrus. Un grand
empire s'écroule en effet, mais ce n'est pas celui des
Perses. De quelque côté que tournât la victoire, l'oracle
devait avoir raison.

Tous les jeux de mots n'ont pas eu une si funeste conséquence : le duc d'Ossone, vice-roi de Naples, répara,
dit-on, une grande injustice par un jeu de mots. Voici
le fait :

« Un homme très opulent et trop dévot avait institué
les capucins ses héritiers, au détriment de son fils unique. Le testament portait cependant que ces pauvres
frères donneraient à l'exhérédé, sur la succession, *ce
qu'ils voudraient.* Mis en possession par l'autorité du
juge, ils offrent une somme modique au jeune homme.
qui recourt à l'autorité suprême : « Je ne suis pas étonné,

dit le vice-roi au magistrat qu'il avait mandé ainsi que les parties, de voir ces bons pères requérir les avantages que le testament semble assurer à leur ordre; mais je ne puis concevoir qu'un vieux juge comme vous ait pu se tromper sur le sens de ce testament.» Puis il ordonne que la lecture en soit faite; et quand on en vient à la disposition qui institue les capucins héritiers, à la charge de donner au fils *ce qu'ils voudraient*, « Mes révérends, combien voulez-vous donner à ce jeune homme? — Huit mille écus, M. le duc, répondit le supérieur.— A combien monte la succession?—A cinquante mille écus, monseigneur. — Ainsi, mes pères, sur cinquante mille écus vous en voulez quarante-deux mille? — En vertu de notre droit, excellence. — Et moi, je dis qu'en vertu du droit établi par le testament, vous devez donner ces quarante-deux mille écus au fils du testateur. — Comment cela? — Le testament ne porte-t-il pas que vous lui donnerez de la succession *ce que vous voudrez?* Or, *ce que vous voulez*, c'est quarante-deux mille écus, et non pas huit mille; donc c'est au jeune homme qu'aux termes du testament, dont j'ordonne l'exécution, les quarante-deux mille écus seront délivrés. »

C'est ainsi qu'Ésope expliquait les testaments; c'est ainsi que Sancho appointait les causes; avouons qu'on a rendu quelquefois des arrêts moins plaisants et plus mauvais que les siens.

La fureur des jeux de mots annonce l'ignorance, l'oubli ou la décadence du goût. Quelle est celle de ces trois causes qui influe sur l'époque actuelle? Jamais la manie de jouer sur les mots n'a été plus générale, et quels jeux de mots sont en vogue? Les *calembours*.

D'où vient ce mot? Il existe en Allemagne un vieux recueil de quolibets, de mots insignifiants, intitulé *Imaginations du moine de Calemberg; calembour* n'en dériverait-il pas?

Je serais assez tenté de donner la même origine à *calembredaine*, mot qui signifie un propos qui ne signifie rien.

L'art du faiseur de *calembours* ne consiste pas à jouer sur le double sens d'un mot; mais à forcer l'équivoque, soit par la décomposition d'un mot en plusieurs, soit par la réunion de plusieurs mots en un seul, sans plus respecter le bon sens que l'orthographe. Le *calembour* joue plutôt sur le son que sur le sens. Peu lui importe de ne pas présenter une idée ingénieuse, pourvu qu'il détourne de l'idée raisonnable. Il faut être bien idiot pour ne pas pouvoir faire de *calembours*; mais pour ne pas les entendre, c'est une autre affaire. On peut pourtant faire des *calembours* avec de l'esprit, ou quoiqu'on ait de l'esprit : M. de Bièvre l'a prouvé; mais qu'en conclure, lorsque tant de sots y réussissent? Que le *calembour* prouve quelque esprit dans une bête? Ne prouverait-il pas plutôt quelque peu de bêtise dans l'homme d'esprit?

Il ne nous reste plus qu'à parler du *coq-à-l'âne*. Nous voyons avec peine qu'on a généralement des idées peu justes sur cette manière de discourir. Les artistes les plus habiles ne sont pas ceux qui raisonnent le mieux de leur art. La plupart des gens font des *coq-à-l'âne* comme M. Jourdain faisait de la prose. Le *coq-à-l'âne* ne se compose pas d'une sottise isolée, comme le *quolibet*, comme le *calembour,* mais d'une série de sottises rassemblées sans liaison. Il est à ces traits d'esprit ce que la phrase est au mot. On disait originairement *sauter* du *coq à l'âne*, par allusion à certain avocat qui, ayant à parler d'un coq et d'un âne, parlait de l'*âne* à propos du *coq*, et du *coq* à propos de l'*âne*, tendance d'esprit que Rabelais met au nombre des qualités précoces de Gargantua. Les gens qui pérorent aujourd'hui à l'imitation de Gargantua et de son modèle font des *coq-à-l'âne*. Ces gens-là sont plus nombreux qu'on ne pense ; ils meublent les salons, ils abondent dans les assemblées délibérantes, ils fournissent les académies de mémoires, et l'on peut mettre à leur tête l'auteur de cette dissertation.

MON JARDIN.

A L'ERMITE DE LA CHAUSSÉE-D'ANTIN [1].

Ma santé s'est terriblement altérée depuis que je vous ai écrit, cher ermite. Des travaux qui ne sont pas tous

[1] Voyez la signature.

de tête, des veilles multipliées qui n'ont pas été passées toutes dans le plaisir, tout cela use, je commence à m'en apercevoir. Me voilà forcé de m'occuper de ma santé. Trois médecins que j'ai consultés, quoique d'avis différents sur le siége de mon mal, sont d'accord sur le remède. L'un remarquant que j'étais sujet à une toux sèche et fréquente, en a conclu que l'organe pulmonaire était affecté, et sachant que je n'étais pas assez riche pour aller guérir ou mourir aux eaux, m'a conseillé l'air natal et le lait d'ânesse. Le second, prétendant que la maladie était dans les hypochondres, et que la toux n'était pas un diagnostique pulmonaire, mais seulement l'effet d'une affection sympathique, adopta néanmoins, quant aux moyens de curation, l'opinion de son ancien, et me conseilla comme lui l'air natal et le lait d'ânesse. Le lait d'ânesse et l'air natal m'ont été ordonnés aussi par le troisième, qui, partisan comme le préopinant des affections sympathiques, plaçait la cause de mon mal de poitrine dans ma tête, que je crois pourtant plus saine encore que la sienne.

Me voilà donc retiré à la campagne avec trois maladies et un seul remède; ce qui, tout bien considéré, vaut mieux que trois remèdes pour une seule maladie.

Indépendamment du régime susdit, mes trois docteurs m'ont recommandé l'exercice. Promenez-vous pour rétablir vos forces. — Rétablissez mes forces, docteurs, pour que j'aille me promener.

Grâce à ma bourrique, cependant, j'ai trouvé le moyen

de ne contrarier ni les médecins qui m'ordonnent le mouvement, ni la nature qui me l'interdit. Porté par ma nourrice, je me promène sans trop me fatiguer, et j'ai l'avantage d'avoir partout avec moi ma cuisine, ou ma pharmacie, si mieux vous l'aimez.

D'après cela je puis, sans trop d'imprudence, entreprendre d'assez longues courses; et comme je pense qu'un homme raisonnable ne doit pas faire un pas qui n'ait un but utile, je me suis mis à visiter les jardins des environs. Des excursions faites dans cet intérêt me donnent un plaisir que je retrouve encore chez moi, soit en rédigeant un précis de ce que j'ai remarqué, soit en relisant ce précis, ce qui est encore une manière de se promener lorsque le mauvais temps ou une plus mauvaise disposition de santé me forcent à garder la maison.

Qu'est-ce qu'un jardin, cher ermite? Il serait possible que vous ne vous fussiez jamais fait cette question. Un maraîcher qui se trouve par hasard chez moi m'a répondu pour vous. Un jardin, dit-il, est un enclos de quatre arpents, divisé en planches aussi larges qu'il se peut, séparées par les allées les plus étroites qu'il se puisse, où je cultive, près des Invalides, des choux, de la laitue, des cardes poirées, et toutes sortes de légumes. Vous vous trompez, mon ami, dit M. Tripet, qui ne manque jamais de passer chez moi quand il vient renouveler le fleuriste du château, et il y vient souvent; vous vous trompez : un jardin est un enclos de deux arpents, près des Champs-Élysées, où je cultive des jacinthes,

des anémones, des renoncules et des tulipes. — Quelques
planches de tulipes ne sont pas plus un jardin que quelques carrés de choux, dit, en interrompant M. Tripet,
un ancien officier du duc de Penthièvre, qui pleure tous
les jours, pour plus d'une raison, sur les ruines de Sceaux.
Un vaste terrain distribué d'après les principes de Le
Nôtre et les règles de la plus exacte symétrie, des par-
terres bordés et brodés en buis, des murs de charmilles,
des allées droites et à perte de vue, des bosquets peuplés de statues, des bassins de marbre d'où s'élancent
des jets d'eau qui dépassent les arbres les plus élevés;
Marly, Choisy, Sceaux enfin, voilà ce que c'est, ou plutôt ce que c'était qu'un jardin... — Pour un roi, mais
non pas pour moi, dit vivement un de mes voisins, grand
ami de la nature, et créateur d'un jardin où les accidents
les plus pittoresques répandus sur le globe se trouvent
réunis dans un arpent. La nature, poursuivait-il, est tellement contrariée dans les jardins *français*, qu'il me
semble qu'on ne peut s'y promener qu'en habit de cérémonie. Cette symétrie que vous vantez n'est pour moi
qu'une source d'ennui. Dès que les deux moitiés d'un
jardin se ressemblent, il me suffit d'en avoir vu une pour
avoir une idée du tout. Quant à vos allées droites, est-il
rien de plus mal imaginé? Ou elles sont à perte de vue,
et vous êtes épouvanté d'une promenade dont l'œil ne
peut atteindre le terme; ou ce but est proche, et vous
êtes impatienté d'avoir le nez si près des murs de votre
prison. Parlez-moi d'un *jardin anglais*. Là, rien ne se

ressemble ; là, tout est surprise : des vallons, des montagnes, des lacs, des rivières, voilà ce que vous trouvez dans les grands comme dans les petits. Un jardin anglais est un abrégé de la nature, une miniature de l'univers.

On m'annonça, sur ces entrefaites, que mon ânesse était sellée. Je demandai à ces messieurs la permission de lever la séance, et je me mis en route, tout en récapitulant ce qui avait été dit. Chaque interlocuteur, en vantant le jardin de son goût, avait bien démontré les défauts des jardins d'un autre genre, mais aucun ne m'avait fait connaître un jardin sans défaut ; ou plutôt chacun avait décrit un jardin conforme à son goût, mais non au mien.

Ma course fut longue ce jour-là. Connaissant tous les environs, et voulant voir du neuf, je la poussai jusqu'au village de V..., à plus de deux lieues de chez moi. J'y voulais voir un jardin dont j'avais entendu vanter la magnificence : rien de plus magnifique en effet. La noble simplicité qu'on y admirait du règne de son créateur, le marquis *de Roquefeuille*, disparaît journellement sous les ornements qui s'y multiplient, grâce au goût de M. *de la Broquette*, son nouveau propriétaire. La retraite d'un grand seigneur n'était pas digne d'un marchand de clous dorés. Aussi le nombre des temples, des rochers, des chapelles, des kiosques, des ermitages, des ponts, des jeux de bagues, des balançoires et des *joujoux* de toute espèce, s'est-il accru dans une telle proportion, que ce beau lieu l'emporte aujourd'hui sur

toutes les guinguettes de la capitale, et le dispute même
au *Tivoli*, non pas d'Horace, mais de la rue de *Clichy*.
L'ancien propriétaire avait dépensé à peu près cinq cent
mille francs pour embellir ce terrain ; il en a coûté un
peu plus du double à son nouveau maître pour le gâter.

Je sortis peu satisfait de ce jardin, qui passe pour le
plus beau du pays, et je reprenais déjà la route de mon
village, tout en regrettant mes pas, quand j'aperçus,
à la faveur d'une porte entr'ouverte, un enclos qui me
parut cultivé avec soin. Le jardinier, à qui j'allais demander la permission d'entrer, m'avait déjà prévenu par
une invitation : « Monsieur me paraît faible, dit-il, mais
s'il veut prendre mon bras, il fera sans peine le tour du
jardin. D'ailleurs, il trouvera, de distance en distance,
des siéges pour se reposer. » Je suivis, à travers des bosquets d'arbres et d'arbustes fleuris, une allée large et
doucement sinueuse, qui me conduisit à un pavillon simple, mais élégant, assis sur le sommet d'une colline. Là,
cette allée se partage en deux branches, dont l'une passe
à droite et l'autre à gauche du bâtiment, en face duquel
une prairie verdoyante, bordée de bocages de formes
irrégulières, se déploie et descend insensiblement jusqu'au fond du vallon. La prairie est coupée par une rivière dont l'eau limpide semble s'épurer encore par des
cascades qu'elle forme à travers les rochers. Des bois
délicieux servent de bornes à cette propriété, mais non
pas à la vue, qui, après avoir suivi librement le cours de
cette riante vallée renfermée entre deux coteaux cou-

verts de bois et d'habitations, parsemée de villages, de hameaux, et riche de tous les genres de culture, va s'arrêter sur la capitale, qui remplit de son immensité le fond de la perspective. Après avoir admiré le choix d'un tel site, je visitai le jardin dans le plus grand détail. « Il n'en est pas de ce jardin comme de celui du château, me dit mon guide; monsieur veut que tout le monde en vive, bêtes et gens. Cette prairie est le potager des chevaux ; venez voir celui des hommes! »

Nous étions alors sur un pont, sous lequel il y avait de l'eau, ce qui ne se voit pas partout; l'allée que j'avais suivie me conduisit à travers plusieurs cultures distribuées suivant la nature du terrain et celle de l'exposition. Ce potager ne formait pas un jardin à part, mais il ornait le jardin, auquel il était lié avec un art admirable. Je sus bon gré au propriétaire de n'avoir pas rougi de se montrer père de famille. Je reconnus son jugement et sa bienfaisance jusque dans les groupes d'arbres fruitiers de toute espèce qu'il avait habilement distribués dans la prairie, et dans tous les endroits où ils pouvaient prospérer. C'est un préjugé bien sot à mon gré, que celui qui exclut tout arbre utile d'un jardin d'agrément. Ces fleurs dont se couvrent le poirier, l'abricotier et le pommier, sont-elles moins agréables à l'œil que celles qui pendent de l'ébénier ou du merisier à grappes? A ces fleurs succèderont des fruits, autre ornement que ne vous offriront pas vos arbres de luxe. Un cerisier blanc comme la neige au printemps, rouge comme le corail en été, et paré pen-

dant toute la belle saison de la verdure la plus gaie, ne
vaut-il pas, à lui seul, tous ces arbres étrangers que vous
cultivez avec tant de peine et si peu de profit? On vous
ménage des siéges partout où la fatigue peut vous atteindre, des abris partout où la chaleur peut vous incom-
moder! Est-ce une attention moins digne d'un homme
sensé que de vous offrir des rafraîchissements, des aliments partout où le besoin peut vous surprendre? Cette
prévoyance me semble appartenir également à un bon
cœur et à un bon esprit. Il y a tel moment, en été, où
je ne fais pas moins de cas d'une poignée de groseilles
que d'un bouquet de roses, tout galant que je me pique
d'être.

Le même esprit d'utilité avait présidé à la distribution
et à l'ornement des lieux de repos dispersés dans les
différents points de cette propriété, dont on peut faire
le tour sous un ombrage impénétrable. Ici c'étaient des
bancs rustiques près d'une fontaine; là, près de la rivière, une cabane pourvue de tous les ustensiles de la
pêche; ailleurs, une chaumière ouverte à la méditation
ou au sommeil, ce qui se ressemble quelquefois; plus
loin un cabinet où l'on trouve tout ce qu'il faut pour
écrire; enfin, partout où le site le comportait, des statues choisies et placées d'une manière ingénieuse. A ces
bustes antiques, ou modelés sur l'antique, qui peuplent
ailleurs les bosquets, on a substitué ici ceux des grands
hommes de notre nation, et, par une recherche, suite de
l'obligeance que nous avons déjà remarquée, l'on a placé

dans chaque socle l'histoire ou les ouvrages du grand
homme que représente le buste, suivant que c'est un
héros ou un écrivain. Je crois qu'en effet Turenne, Racine, Molière, Condé, l'Hôpital, Fénelon, La Fontaine,
Voltaire, et tant d'autres, ne sont pas moins agréables à
rencontrer dans un bois que Néron, Agrippine et Caracalla. Corneille n'est pas non plus indigne de l'apothéose.
Et quel hymne réciter devant le grand Corneille, si ce
n'est une scène de *Polyeucte* ou de *Cinna?*

Point de *jardins pittoresques* sans tombeaux; et ce
n'est pas ce que j'approuve toujours. Ces tombeaux sont
ou réels ou fictifs, pour pleurer ou pour rire. Je n'aime
pas qu'on exagère la douleur, j'aime moins encore qu'on
la parodie. Sont-ils réels, il y a plus d'un inconvénient
à cohabiter ainsi avec les objets de ses regrets. Le moindre n'est pas de s'exposer à trouver les bornes de sa
propre sensibilité: de plus, les éclats de joie qui échappent à l'étranger auprès de ces reliques chéries ne sont-
ils pas de vraies profanations auxquelles vous les expo-
sez? Qui vous assure enfin que cette terre où elles dorment ne sera plus remuée? que le respect dont vous la
couvrez sera transmis aux propriétaires qui vous succé-
deront? que le sommeil des morts ne sera pas troublé?
Songez-y; cela peut arriver partout ailleurs que dans
l'asile inaliénable qui leur est ouvert sous la protection
de la société et de la religion.

Les tombeaux habités m'attristent, parcequ'ils disent
trop: les tombeaux vides me déplaisent, parcequ'ils ne

disent rien. Mais je ne regarde pas comme un tombeau vide un *cénotaphe* élevé à la mémoire des êtres que nous avons aimés. Le cénotaphe est au tombeau ce que la douleur est à la mélancolie; c'est un tombeau sans horreur, comme elle, une douleur sans désespoir.

Un cénotaphe bien simple, ombragé par un saule pleureur, et placé sur le bord d'un ruisseau, attira mon attention; je n'y lus pas sans attendrissement ce passage de l'idylle la plus touchante qui ait été faite :

> Illic sedimus, et flevimus dum recordaremur *.

Ces mots avaient été écrits par des mains paternelles... Je m'éloignai de là tout pensif.

Le temps s'était écoulé rapidement. Cinq heures sonnaient : il fallait regagner mon gîte; je me remis en route plus content de ce jardin, dont personne ne parle, que de ceux que tout le monde m'a vantés. Il me semble que cette alliance de l'utile et de l'agréable est ce que l'on doit rechercher dans la retraite, et caractérise surtout la retraite du sage, qui ne repousse pas moins la superbe monotonie du *jardin français* que la stérile variété du *jardin anglais;* il me semble enfin que si Horace, que j'irai peut-être bientôt revoir, revenait au monde, il dirait comme moi, en voyant le jardin que je viens de décrire : « *Voilà ce qu'il me fallait.* » *Hoc erat in votis.*

GALAND, de Fontenay-aux-Roses.

---

* *Traduction.* Là nous nous sommes assis, et nous avons pleuré en nous ressouvenant... Voyez le psaume *super flumina Babylonis.*

LES MOUCHES.

Il y en a de plusieurs sortes. Occupons-nous d'abord de la mouche insecte,

> Ce parasite ailé,
> Que nous avons mouche appelé.
> LA FONTAINE.

Les naturalistes en comptent plus de quarante espèces. Elles ont ce rapport avec les gens dits de lettres, que sur ces quarante espèces il n'y en a guère qu'une d'utile, l'abeille. Cette mouche vit sur les fleurs, et produit le miel. Réglez-vous sur elle, jeunes écrivains. C'est en se nourrissant des bons ouvrages qu'on parvient à en faire de bons soi-même. N'imitez pas surtout le vulgaire des mouches, qui, se nourrissant d'ordure et n'engendrant que de l'ordure, ne se fait remarquer que par ses importunités. Bourdonner, manger et piquer, voilà tout ce qu'elles savent. C'était une plaie du temps de Moïse; c'est encore une plaie de notre temps.

Rien n'est sacré pour les mouches.

> Sur la tête des rois et sur celle des ânes
> Vous allez vous placer,

leur dit naïvement La Fontaine. C'est vrai. Ennemies de

tout le monde, ne nous étonnons pas qu'elles aient tout
le monde pour ennemi. Les hirondelles leur donnent la
chasse, les araignées leur tendent des filets, les écoliers
les attrapent avec la main.

M. de Buffon, dans son enfance, était fort adroit à
cet exercice, qui fut long-temps le seul de son goût. Il
passait des journées entières à remplir de mouches un
cornet de papier, et à les souffler, à travers la serrure,
dans la chambre obscure et fraîche où son instituteur
croyait échapper aux persécutions de ces insectes. Il a
depuis mieux employé son temps.

Avant lui, on avait vu un empereur prendre à peu
près le même plaisir, et s'occuper à enfiler des mouches avec un poinçon d'or. Il leur faisait une telle
chasse, qu'il n'y avait pas même une mouche dans le
cabinet où il se tenait enfermé. Cet empereur était Domitien. Heureux le monde, quand son maître ne s'a-
muse qu'à tuer des mouches !

A ces fléaux des mouches ajoutons les oiseaux dits
gobe-mouches, genre très nombreux, et qui compte plus
de cent trente espèces.

Dans ces espèces ne sont pas compris toutefois certains animaux à deux pieds et sans plumes, auxquels on
donne aussi ce nom de *gobe-mouches*. Ces individus,
dont l'instinct est un mélange de curiosité et de crédu-
lité, au fait, ne vivent pas de mouches ; leur nom leur
vient seulement de ce que, la bouche béante, ils go-
bent le premier conte qu'on leur fait, comme l'oiseau

dont ils portent le nom happe le premier moucheron qu'il rencontre.

Plus une chose est impossible, plus ils en conçoivent la possibilité; plus un fait est incroyable, plus ils sont disposés à le croire. Les charlatans de toute robe n'ont pas de meilleures pratiques.

Ces *gobe-mouches*, très communs en tout pays, abondent surtout dans les grandes villes. Les cafés en sont remplis, les promenades publiques en fourmillent. Ils ne sont pas rares à Paris, et ne sont pas rares non plus à Londres. Je croirais même qu'ils portent plus loin dans cette dernière ville que partout ailleurs les innocentes qualités dont se compose leur caractère. A Paris, ils ont couru en foule au bord de la rivière, pour voir un homme qui avait promis de la traverser en marchant sur l'eau comme saint Pierre, et soutenu, non par un peu de foi, mais par une simple paire de sabots; à Londres, ne se sont-ils pas portés en foule au théâtre pour voir un homme s'enfermer dans une bouteille de vin de Champagne?

Le tour avait été annoncé par des affiches et dans les journaux. Chacun pouvait en être témoin pour une guinée. Jamais la salle n'avait été si pleine. La toile se lève. Une bouteille était sur la scène, le contenant semblait moins grand que le contenu. Pendant que chacun se demandait comment un homme s'y prendrait pour se loger dans un si petit espace, l'homme paraît, salue le public avec aisance, le remercie de l'hon-

neur qu'il en reçoit, et ajoute que, pour se montrer
digne d'un tel excès de faveur, il fera un tour plus pro-
digieux encore que celui qui est annoncé. « Ce n'est
plus dans une pinte que je me mettrai, mais dans une
chopine. » Il dit, et sort au milieu des applaudissements. Un quart d'heure, une demi-heure, une heure
s'écoule. Les *gobe-mouches* croyaient qu'il se préparait à exécuter ce tour. Il leur en jouait un autre. Nanti
de la recette, il s'éloignait à petit bruit et au grand
galop de Londres, où il n'a laissé pour gage de son
adresse qu'une caisse et une bouteille vides.

De même qu'il y a des *gobe-mouches* dans tous les
pays, il y en a dans toutes les conditions, et peut-être,
proportions gardées, plus dans les rangs élevés que
dans les rangs inférieurs. Quel prince, si baroque, si
tyrannique, si maussade que soit son humeur, ne se
croit, sur le rapport de ses ministres, sur la foi de ses
maîtresses, ou d'après les compliments de ses académies,
l'amour de ses peuples et l'admiration de ses voisins?

On lui faisait accroire
Qu'il avait des talents, de l'esprit, de la gloire;
Qu'un *duc de Bénévent*, dès qu'il était majeur,
Était du monde entier l'amour et la terreur.
VOLTAIRE, *Éducation d'un prince.*

Il y a eu pourtant un souverain qui, bien que sensible
à la flatterie, ne s'y est pas toujours laissé prendre. A
une époque où il était engagé dans une affaire assez dé-

licate, et dans laquelle l'opinion publique ne lui était
pas favorable : Que pense-t-on à Paris de ce qui se passe?
dit-il à un savant, qui n'était alors ni comte ni marquis,
mais sénateur tout platement. — Paris, plein de confiance dans votre droiture et dans votre justice, n'a pas
d'autre opinion que la vôtre, citoyen consul, répond,
en s'inclinant et pliant en courbe gracieuse et souple la
plus raide et la plus maussade des perpendiculaires, le
savant suivant la cour. — Pure flagornerie, répond le
consul en fronçant le sourcil ; pure flagornerie ; vous me
débitez là tout le contraire de ce qui est. Au reste, l'injustice du public tient ici à l'ignorance des faits ; c'est
en les publiant que je la ferai cesser. Mais à qui s'adresser pour connaître la vérité, si je ne peux pas la tirer
d'un mathématicien?

Le plus fameux *gobe-mouches* de notre âge est sans
contredit M. Drake, qui fit à Munich une si belle am-
bassade, et sut employer si utilement l'or de son gouvernement : on n'a pas fait mieux depuis.

C'est à nourrir des mouches que ce diplomate épui-
sait ses trésors. Rien de plus innocent, direz-vous. Pas
toujours, lecteur, pas toujours ; il y a mouches et mouches ; et celles qu'il nourrissait étaient d'un genre moins
innocent que celles dont nous avons parlé. Nous leur
devons un article à part.

Pourquoi a-t-on donné le nom de mouches à certains
agents de police, voire même de diplomatie? Est-ce
parcequ'à l'exemple des mouches ils s'introduisent par-

tout où ils espèrent trouver pâture? Cette opinion du docte Ménage n'est qu'un développement d'un passage de Plutarque, qui compare les espions aux mouches. Il semble pourtant qu'il ne faut pas remonter si haut pour trouver l'étymologie de leur nom.

Ce n'est qu'une modification de celui d'Antoine *de Mouchi*, qui ne fut pas duc de ce nom, mais mieux, mais docteur de Sorbonne. Plus connu sous le nom sonore de *Démocharès*, ce docteur remplissait en France les fonctions d'inquisiteur pour la foi, et se signala dans le seizième siècle par le zèle avec lequel il rechercha les protestants. Les nombreux agents qu'il employa contre ces hérétiques prirent son nom, comme les soldats d'un régiment prenaient celui de leur colonel, et de *Mouchi* s'appelèrent *mouches, mouchards.* Leurs successeurs, qui ne savent pas toujours tout, apprendront sans doute avec plaisir que leur métier, ennobli de nos jours par tant de gentilshommes, avait été sanctifié antérieurement par un honnête ecclésiastique.

Mouchi fut digne d'être leur fondateur. Ce saint homme, qui, comme juge, avait eu l'honneur de contribuer à faire pendre le conseiller-clerc Anne Dubourg, ne mourut qu'après avoir eu le bonheur de voir le massacre de la Saint-Barthélemy. Voilà ce qu'on appelle une vie bien remplie.

Mouchi décéda en 1574. Non moins favorisé du ciel que saint Ignace de Loyola, qui, vers le même temps, avait institué aussi une confrérie, il vit, avant que d'expi-

rer, ses enfants se multiplier et se répandre par toute la
France. Elle couvre encore aujourd'hui ce beau pays.
Corrupta est terra ab hujusce modi muscis [1]. Nulle
terre n'est plus infectée de cette espèce de mouches.
Et dans quelle société si intime ces insectes venimeux
n'ont-ils pas porté leurs ravages!

Encore un mot sur cette engeance. Des hommes sans
loi et sans foi s'avouent indignes de toute confiance, par
cela même qu'ils ont embrassé un si infâme état; néanmoins leur témoignage compromettait encore hier la
sécurité, la liberté, la vie même des gens de bien. A
quels périls les citoyens n'étaient-ils pas exposés, quand
on songe qu'au besoin qui stimule l'activité perverse de
ces misérables, se joint la certitude d'être récompensés
comme habiles, s'ils font des révélations, ou celle d'être
chassés comme imbéciles, s'ils n'en font pas; et qu'ils
n'ont été long-temps réputés utiles au ministère qui les
employait qu'autant qu'ils étaient nuisibles à la société!
Aussi que n'ont-ils pas fait pour se rendre utiles? combien de fois ne les a-t-on pas vus ourdir eux-mêmes des
trames pour y impliquer les malheureux aux dépens
desquels ils espéraient s'engraisser? Quelles mouches!
c'est le venin de la guêpe uni à la perfidie de l'a-
raignée! Honneur au gouvernement qui donne la chasse
à ces mouches-là! honneur aux magistrats qui les écra-
sent!

[1] Exode, c. VIII.

18

Les gens qui font ce métier ne sortent pas tous de la classe innocente de la société. « Félicite-moi, ma chère amie, disait à sa camarade une fille qui n'était pas non plus de la classe innocente. — Eh! de quoi? — Mon amant est monté en grade : il n'était que voleur, le voilà mouchard. »

Ces créatures mêmes n'ont cependant pas toutes autant de considération pour ce métier bien autrement infâme que le leur.

Un particulier, après quelques mois de liaison avec l'une d'elles, lui ayant reconnu des agréments et des qualités qu'on ne trouve pas toujours dans des femmes d'une classe plus modeste, lui proposa de l'épouser. La fille y consentit; et, par la décence de sa conduite après son mariage, prouva que la vertu peut quelquefois se recouvrer. L'abondance régnait dans le ménage ; le mari cependant n'exerçait aucune profession, ne possédait aucune propriété : d'où lui venait l'argent? Sa femme l'avait plusieurs fois questionné en vain à ce sujet. Un jour enfin qu'elle le pressait plus vivement, la vérité lui échappe; il avoue qu'il est espion de police, qu'il est mouchard. — Vous, mouchard ! sans doute vous n'avez pris cet infâme métier qu'après avoir réfléchi qu'on risque sa vie à faire celui de voleur ou d'assassin! Elle dit, et court au Pont-Royal, d'où elle se précipite dans la Seine.

Mais en voilà assez sur cette espèce de mouches; passons à d'autres.

> Nomme-t-on pas aussi mouches les parasites?
>
> La Fontaine.

Sans doute que ce nom a été donné aux parasites, parceque, à l'instar des mouches, on les voit accourir à l'odeur des mets.

On appelle aussi mouches un petit morceau de taffetas noir que les dames mettaient, il n'y a pas long-temps, sur leur visage.

Des érudits prétendent que cet usage ne remonte qu'au dix-septième siècle. D'autres attribuent au seizième siècle l'honneur de cette invention. Ils semblent avoir raison. Sous le règne d'Édouard VI, une dame étrangère, dit un auteur anglais, cachait par ce moyen une verrue qu'elle avait sur le cou. On s'aperçut que cela faisait valoir la blancheur de son teint; et ce qui servait à déguiser un défaut servit bientôt à parer la beauté. Soit pour l'une, soit pour l'autre cause, toutes les femmes mirent des mouches.

C'est dans ce sens que La Fontaine fait dire à la mouche :

> Je rehausse d'un teint la blancheur naturelle:
> Et la dernière main que met à sa beauté
>   Une femme allant en conquête
> Est un ajustement des mouches emprunté.

Ces mouches prenaient diverses épithètes, suivant la place qu'elles occupaient dans un joli visage. Au coin de l'œil était *la passionnée ;* au milieu du front, *la majes-*

tueuse ; au pli que le rire dessine sur la joue, *l'enjouée ;* au milieu de la joue, *la galante ;* au coin de la bouche, *la baiseuse ;* sur le nez, *l'effrontée ;* sur les lèvres, *la coquette ;* sur un bouton, *la recéleuse.* Taillées en rond, elles s'appelaient des *assassins.*

La forme et la dimension des mouches variaient au caprice des dames. Tantôt grandes, tantôt petites, elles figuraient quelquefois des croissants, des étoiles, des poignards. Il est même des pays, en Russie par exemple, où on les découpait en maisons, en chevaux, en arbres, en carrosses. La figure d'une femme était là un vrai tableau de paysage.

La mouche est aussi le nom d'un jeu de cartes, où un certain valet prime les rois ; il se joue encore dans les antichambres et ailleurs.

Le mot *mouche* entre dans la confection de plusieurs proverbes. On dit d'un homme rusé, *c'est une fine mouche ;* d'un homme irritable, *qu'il est tendre aux mouches ;* d'un homme qui n'étant bon à rien se mêle de tout, *c'est la mouche du coche.* On demande à un homme qui se fâche sans qu'on sache pourquoi, *quelle mouche l'a piqué ?* Ces proverbes s'expliquent d'eux-mêmes. Mais d'où vient celui-ci : *prendre la mouche ?* Une des mille académies qui sont au monde devrait bien faire de cette question un sujet de prix. On en a proposé de plus niais, même à l'académie française.

Les Juifs, dans leurs aberrations religieuses, ont offert plus d'une fois de l'encens au dieu des mouches : car telle est la signification du nom de *Beelzebud* [1], devant lequel ils se sont si souvent prosternés. Qu'en attendaient-ils ? Dom Calmet dit que cette divinité les garantissait des mouches. Si le fait était prouvé, je crois que plus d'un bon chrétien serait encore tenté de se mettre sous la protection de *Beelzebud* ou *Beelzebul* ou *Beelzebuboth*.

DES GENS MARQUÉS AU B.

INTRODUCTION.

On désigne par cette expression les personnes affligées ou gratifiées d'une de ces défectuosités corporelles dont les dénominations commencent par un B, tels que les *borgnes*, les *boiteux*, les *bancals*, les *bègues*, et les *bossus*. Je dis affligées ou gratifiées, parceque, selon l'opinion vulgaire, ces défectuosités physiques seraient accompagnées nécessairement d'heureuses qualités morales. Si cela était vrai, rien ne démontrerait plus évidemment l'excellence du système des compensations.

Voyons sur quoi cette opinion est fondée ; interrogeons les faits ; et, pour mettre plus de clarté dans cet examen, mettons-y de l'ordre. Sans l'ordre on s'égare au milieu des raisonnements les plus judicieux. L'ordre en tout est le fil du labyrinthe. Pour l'intérêt de l'ordre,

[1] Idolum muscæ.

nous diviserons cet ouvrage en chapitres. Cette méthode
est merveilleuse aussi pour donner de l'importance à un
ouvrage : c'est celle de Montesquieu, de Rabelais et de
M. de Châteaubriand.

CHAPITRE PREMIER.

DES BORGNES.

L'histoire est féconde en héros qui n'ont qu'un œil.
Tandis que l'on coupe le pont derrière lui, Horace soutient seul l'effort de l'armée de Porsenna, et sauve Rome :
c'était un borgne ! En revanche, un autre borgne mit
Rome en grand danger. Elle ne serait pas devenue la
maîtresse du monde si, à Capoue, Annibal n'avait pas
trop souvent fermé, au milieu des délices, le bon œil
qui lui restait. L'habile capitaine qui résista si glorieu-
sement à la fortune de Sylla et aux armes de Pompée,
dans les mêmes contrées où Suchet n'a pas moins glo-
rieusement gagné le bâton de maréchal, Sertorius, était
borgne. Le vainqueur de Chéronée, le père d'Alexandre-
le-Grand, était borgne. Il paraît qu'il ne regardait pas
comme heureux l'accident qui le priva d'un de ses yeux,
car il fit pendre l'archer auquel il eut cette obligation.

L'illustration que ce prince et les autres grands hommes dont nous avons parlé se sont acquise ne prouve
rien néanmoins en faveur de l'universalité des borgnes.
Des accidents, et non la nature, les avaient accommodés
ainsi. Ce n'est pas parcequ'ils furent borgnes qu'ils sont

des héros ; mais parcequ'ils étaient des héros qu'ils ont
été borgnes. S'il en était autrement, il y a de par le
monde un militaire, officier-général, maréchal même,
qui n'aurait rien de mieux à faire que de se faire ébor-
gner.

Mais poursuivons. Bajazet, celui qui fut vaincu et pris
par Tamerlan, était borgne. Pour avoir été battu, il n'en
fut pas moins un grand homme, et, s'ils sont vrais, les
traitements barbares qui abrégèrent ses jours ne désho-
norent que son vainqueur. N'est-il pas singulier, disait
ce vainqueur, qui était aussi marqué au B, *qu'un borgne
et qu'un boiteux se disputent l'empire du monde?*

Les temps modernes sont moins féconds en borgnes
illustres. Au dix-septième siècle florissait Jean Despau-
tère, grammairien flamand, *quod est notandum,* plus
érudit et presque aussi ennuyeux que l'est aujourd'hui
tel helléniste qui n'est pas borgne. M. le Duc, petit-fils
du grand Condé, et premier ministre sous Louis XV,
était borgne, comme il appert par ce quatrain adressé
par Voltaire à la marquise de Prie, laquelle avait donné
dans les yeux du poëte aussi bien que dans l'œil de son
altesse.

> Io, sans avoir l'art de feindre,
> D'Argus sut tromper tous les yeux ;
> Vous n'en avons qu'un seul à craindre,
> Pourquoi ne pas nous rendre heureux?

Ces vers produisirent leur effet. Voltaire fut mis à la
Bastille.

Le moins obscur des borgnes actuels est ce conventionnel que l'on a vu successivement préfet sous l'empereur, sous le roi et sous l'usurpateur. Après la seconde abdication de Napoléon, ce *monocle* fut honoré par le ministre de la police d'une mission de confiance que le prompt embarquement de l'ex-empereur ne lui laissa pas le temps de remplir. Ce votant a sans doute rendu de grands services à la légitimité, puisqu'il n'a pas eu besoin d'amnistie. C'est ce qu'on appelle un *malin borgne*.

CHAPITRE SECOND

DES BOITEUX.

Le plus ancien des boiteux connus est Jacob, supposé que Vulcain soit son cadet; *claudicabat pede*, *il boitait du pied*, dit la *Genèse*. Un ange, avec lequel il avait lutté toute une nuit, n'ayant pas voulu le quitter sans lui laisser une preuve d'estime, le rendit boiteux, et lui donna de plus le surnom d'*Israël*, qui signifie *fort contre Dieu*.

Philippe inscrit plus haut au chapitre des Borgnes, doit l'être aussi dans celui des Boiteux. C'est encore à la guerre, où, quoi qu'on en dise, il y a toujours quelque chose à gagner, que ce roi fut redevable de cet avantage; il eut quelquefois le mauvais esprit de s'en plaindre. *Chaque pas que vous faites*, lui disaient cependant ses courtisans, *vous rappelle votre gloire*.

Tamerlan, comme on l'a dit aussi, était boiteux. Cela

ne l'a point empêché de parcourir l'Asie en vainqueur,
avec la rapidité de la foudre, et de voir les princes de
la terre se prosterner devant lui, et baiser le pied dont
il boitait.

Sans aller si loin et sans aller si vite, plus d'un boiteux
a fait son chemin. J'en connais un qui s'est toujours retrouvé sur ses pieds, et qui, de faux pas en faux pas, est
arrivé à tout. Appuyé tantôt sur une crosse, tantôt sur
une canne ou sur le bras de sa femme, et se dandinant
entre tous les partis, il a traversé toute la révolution,
clochant toujours, ne tombant jamais, et, par d'habiles
croc-en-jambes, faisant à propos choir les autres. On
croirait que Chénier a fait, d'après lui, ce portrait d'un
parfait boiteux.

> L'heureux Maurice, en boitant avec grâce,
> Aux plus adroits donnerait des leçons.
> Au front d'airain joignant un cœur de glace,
> Il fait toujours son thème en deux façons.
> Dans le parti qui lui paie un salaire
> Furtivement il glisse un pied douteux :
> L'autre est fixé dans le parti contraire ;
> Mais c'est celui dont Maurice est boiteux.

Nous ignorons quel est ce Maurice ; mais nous croyons
pouvoir affirmer que ce n'est pas Maurice, le maréchal
de Saxe. Il marchait droit, celui-là.

On peut tout en boitant gagner le paradis. Le patron des jésuites, ce bon Ignace de Loyola, en est la
preuve.

CHAPITRE TROISIEME.

DES BÈGUES.

Les bègues célèbres ne sont pas nombreux. Il en reste peu à nommer après Moïse, Démosthènes et Polichinelle. Un mot sur chacun d'eux. C'est à la suite d'une conversation avec Dieu que la langue de Moïse s'embarrassa. « Je n'ai pas l'élocution facile, *non sum eloquens,* et ma langue est devenue épaisse et paresseuse, *impeditioris et tardioris linguæ sum,* dit-il au Seigneur, depuis que vous avez parlé à votre serviteur, *ex quo locutus es ad servum tuum* [1]. Moïse recevait alors mission de porter la parole à Pharaon; il ne pouvait, à ce qu'il semble, devenir bègue plus mal à propos. Mais, s'il n'eut pas le don de la parole, il eut celui des miracles; et l'un vaut bien l'autre.

Démosthènes était bègue quand il songea à se faire orateur. Singulière fantaisie! A force de travail, il triompha de cette infirmité, et ce fut son premier succès. Nonobstant cet exemple, nous ne croyons pas les bègues évidemment appelés à suivre la carrière de l'éloquence, du moins sous le rapport du débit.

Quant à Polichinelle, il fit, comme on sait, le contraire de Démosthènes. Au lieu de corriger son défaut, il s'étudia à l'exagérer, comme certains chanson-

[1] Exode, I. V.

niers qui écrivent en patois, faute de pouvoir écrire en français, et en cela il a bien fait. Il est devenu riche et immortel, à force de bredouiller. On n'en promet pas autant à tous les bredouilleurs. Point de fortune pour ceux qui sont ridicules sans être gais : la pitié qu'ils inspirent ne provient pas du pathétique. Bredouillements pour bredouillements, nous aimons mieux ceux de Polichinelle.

Un boiteux qui n'est pas bègue a pour frère un bègue qui n'est pas boiteux. Le boiteux parle pour le bègue ; le bègue court pour le boiteux. De cette manière ils ont tous deux bonnes jambes et mauvaise langue.

Parmi les dix-huit Louis qui régnèrent en France on trouve un Louis le bègue. C'est de son règne probablement que date cette formule, *mon chancelier vous dira le reste.*

Je connais un bègue plein d'esprit. Il ne bégaie que parcequ'il pense avec trop de vivacité. L'expression ne lui vient jamais aussi promptement que les idées; il voudrait les exprimer toutes en même temps, et les mots se heurtent dans sa bouche, s'arrêtent sur ses lèvres, parcequ'ils veulent sortir tous à la fois. Cela lui donne souvent une impatience qui rend sa conversation plus piquante, et lui a fait plus d'une fois terminer par une malice la phrase qu'il avait commencée dans l'intention la plus innocente.

Le facétieux avocat à qui les lettres sont redevables d'une excellente théorie du genre *sombre*, et de la belle tragédie intitulée M. Cassandre, *ou les Effets de l'amour et du vert-de-gris*, maître Coqueley de Chaussepierre, ne bégayait pas; mais, par suite de l'affectation avec laquelle il appuyait sur certaines syllabes, il se donnait quelquefois toutes les grâces du bégaiement. Eh! bonjour donc, comment va la santé, maître Lingu-et? dit-il un jour à l'avocat *Linguet*. Fort bien, lui répondit celui-ci en le contrefaisant, et la vôtre, maître Coqu-é-ley?

CHAPITRE QUATRIÈME.

DES BOSSUS.

De tous les gens que la nature a maltraités, ce sont ceux à qui elle semble avoir accordé le plus de dédommagements. Ce monticule qu'ils portent entre les épaules semble un vrai réservoir d'esprit. C'est ce qui faisait dire par le plus ingénieux comme le plus judicieux des bossus, à des sots très bien tournés, et il y en a beaucoup, même en ce pays: O hommes qui vous riez de ma conformation, sachez qu'un vase qui n'est pas vide ne doit pas être estimé d'après sa forme, mais d'après le prix de la liqueur qu'il renferme.

Ésope en était la preuve. Le plus bel homme de l'antiquité ne l'a pas valu. Les plus beaux hommes de la cour de Louis XIV valaient-ils ce bossu de maréchal de Luxembourg?

On sait le mot de ce grand capitaine. Le prince d'Orange l'avait désigné par l'épithète que lui méritait sa taille : « Comment sait-il que je suis bossu, il ne m'a jamais vu par derrière ? »

L'abbé de Chauvelin, homme célèbre par son esprit et par sa haine pour les jésuites, était bossu. C'est lui qui, comme conseiller de grand'chambre, fit au parlement le rapport qui a conclu à l'expulsion de ces bons pères. Cela donna lieu à l'épigramme suivante ;

> Bizarre fut le sort de la secte perverse :
> Un boiteux l'a fondée, un bossu la renverse.

C'était encore un bossu que l'abbé de Pons, homme de mérite aussi, quoiqu'il eût le travers de préférer les fables de Lamotte à celles de La Fontaine. Loin d'être humilié de sa difformité, il s'en faisait honneur, et la regardait comme peu compatible avec un génie médiocre. Aussi disait-il avec une sainte indignation, d'un homme non moins mal fait, mais moins spirituel que lui : « Cet animal-là déshonore le corps des bossus. »

Par suite du même esprit, un de ses confrères disait d'un sot qu'il ne voulait pas avouer pour son semblable : « Il a la prétention de passer pour bossu ; mais il n'est que contrefait. »

Le poète Désorgues était bossu. Ses épigrammes contre Le Brun, qui d'ailleurs l'avait provoqué, lui attirèrent cette réponse de la part de ce poète sans pitié :

> Désorgues, qui prend sa rosse
> Pour le coursier d'Hélicon,

Prendrait-il aussi sa bosse
Pour le carquois d'Apollon?

Les bossus, goguenards par caractère, se sont quelquefois attiré de sanglantes reparties par leurs impru-
dences. « Vous êtes, à ce qu'il paraît, sur un grand pied
dans le monde, dit l'un d'eux à un homme qui n'avait
pas le pied des plus petits : Il est vrai, répondit celui-ci,
que la fortune ne m'a pas tourné le dos. »

Pope, qui était très bossu et très malin, traitait quelquefois avec trop de légèreté les hommes auxquels il se
sentait supérieur. Disputant avec quelqu'un sur un point
de littérature : « Savez-vous seulement, lui dit-il peu
poliment, ce que c'est qu'un point d'interrogation? Oui,
lui répondit-on, c'est une petite figure tortue et bossue
qui fait quelquefois des questions impertinentes. »

Ici Pope avait tort, mais en revanche il eut raison
quand, sachant que le roi d'Angleterre demandait en le
désignant : « Je voudrais bien savoir à quoi sert ce petit
homme qui marche de travers? — A vous faire marcher
droit, » répondit-il.

Tous les bossus ne sont pas satisfaits de leur tour-
nure; la pièce suivante en est la preuve. Elle est du plus
gai et du moins malin de nos épigrammatistes.

En se chauffant au café de Procope,
Sire Moncade un jour se tourmentait
A démontrer *le tout est bien* de Pope;
Par aventure un bossu l'écoutait.

Bravo! bravo! certes, mon camarade,
Votre système est plaisamment conçu;
Je suis donc bien, moi? dit-il à Moncade.
Oui, mon ami, fort bien pour un bossu.

PONS DE VERDUN.

Je ne sais quel fou s'est avisé d'inviter, par circulaire, tous les bossus de Paris à se trouver, à la même heure, dans une même église, pour affaire pressée. Ils y arrivèrent exactement, à l'insu les uns des autres, et au grand étonnement du quartier, qui ne savait à quoi attribuer cette affluence de gens si singulièrement bâtis, quelle fête ils venaient chômer, ni pourquoi les bossus tenaient chapitre. Ces messieurs étaient déjà plus de cinq cents, se regardant, se toisant, s'interrogeant, quand ils s'aperçurent qu'on avait voulu se moquer d'eux. « Qui diable, disaient-ils avec humeur, a pu nous jouer ce tour? — Mes amis, répondit un confrère qui avait l'esprit mieux fait que la taille, c'est quelqu'un qui veut apparemment prouver, malgré le proverbe, *que les montagnes peuvent se rencontrer.* » A ces mots la mauvaise humeur s'apaise; on propose un pique-nique, et ces bonnes gens emploient le reste de la journée *à rire comme des bossus.*

CONCLUSION.

Tout cela ne conclut rien. Les hommes que nous avons cités sont sans doute des hommes supérieurs; leurs actions sont grandes, leurs paroles pleines de sens et d'esprit; mais parcequ'elles appartiennent à des gens marqués au B, s'ensuit-il que tout homme qui porte cette marque soit par cela même un génie? Si on tenait registre des sottises faites ou dites par les borgnes, les bègues, les boiteux et les bossus, croit-on qu'il n'y aurait pas équilibre? Le préjugé qui leur est si favorable n'est donc pas fondé, et j'en suis fâché, tout désintéressé que je sois dans cette affaire.

Reconnaissons cependant que, dans un homme contrefait, l'esprit, lorsqu'il s'y trouve, doit être plus vif et plus malin que dans un autre homme. La raison en est simple, c'est qu'il y est plus exercé; c'est que l'arme avec laquelle cet enfant gâté de la nature repousse les railleries qu'on ne lui épargne pas assez s'aiguise, s'affile nécessairement par le grand usage qu'il en fait, et qu'à force de s'en escrimer, il doit devenir très habile à la manier.

En somme, quand on a le bon sens d'Ésope, on l'esprit de Pope, on peut, vis-à-vis de plus d'un homme bien fait, se consoler d'être difforme. Mais avouons aussi que lorsque, avec le génie de Jean-Jacques ou de Voltaire, on se trouve en face de quelque bossu que ce soit, on peut se consoler de ne pas l'être.

LES MAUVAISES TÈTES.

A l'époque où j'habitais, un peu par nécessité, Bruxelles, que j'habiterais aujourd'hui par volonté, s'il me fallait encore quitter la France, je fréquentais une société aussi riche en personnes spirituelles et instruites que la plus aimable société de Paris, et où l'on n'est pas absolument obligé de recourir aux cartes pour tuer le temps.

Un soir que l'on parlait de je ne sais qui, C'est une *mauvaise tête,* s'écria quelqu'un. « Je voudrais bien savoir au juste ce que c'est qu'une *mauvaise tête,* » me dit une fort jolie femme, dont la tête est excellente, mais qui n'en fait pas moins de sottises, parcequ'elle se laisse probablement gouverner par un tout autre organe.

Madame, lui dis-je, une *mauvaise tête* est, à ce qu'il me semble, l'homme qui, sans utilité, tente une entreprise périlleuse; l'homme qui s'attaque follement à plus fort que soi, et provoque, de gaieté de cœur, une lutte dans laquelle il doit être évidemment écrasé.

On ne voit que cela par le temps qui court, s'écrie aussitôt un spectre de magistrat. Tous les jours nous prenons des conclusions contre ces gens-là. Des *mauvaises têtes,* madame, ce sont ces *folliculaires* qui se frottent à des excellences ; ce sont, et cette fois il avait

raison, ces prêtres brouillons qui refusent les sacrements, et même l'absolution *in articulo*, à tout moribond qui ne révoque pas le serment prêté à la constitution du royaume; ce sont ces prélats qui écrivent
en cour de Rome pour savoir s'ils doivent être polis [1].
Aussi les décrète-t-on, et ne sont-ils pas traités plus ci-
vilement qu'ils ne traitent les puissances de la terre : et
cela est juste; car, comme le dit saint Paul, « La puissance spirituelle doit être soumise à la puissance temporelle, laquelle vient de Dieu; et l'on n'y saurait résister
sans courir à sa damnation. »

Monsieur, reprit modestement un ecclésiastique, je
ne prends jamais le parti de ceux qui manquent de charité, de docilité et de politesse, de quelque profession
qu'ils soient. Se mettre en opposition avec la loi fonda-
mentale, c'est se mettre en rébellion contre le souverain,
qui, en jurant l'observation de cette loi, en a fait l'expression de sa volonté; et contre le peuple, qui, en s'y
soumettant, en fait sa volonté aussi. Or, la volonté du
peuple est celle de Dieu; et c'est un péché, quelquefois
mortel, que de ne pas s'y soumettre. Mais, cela convenu,
voyons si, dans un autre ordre, il n'est pas autant de
mauvaises têtes que dans le nôtre. Pensez-vous qu'on
ne puisse en trouver dans la magistrature? N'est-ce
pas une *mauvaise tête* que le magistrat qui, par cal-

---

[1] L'évêque de Gand avait écrit à Rome pour demander s'il lui était
permis, à lui catholique, de faire chanter le *Te Deum* pour la naissance
du petit-fils de son roi, prince protestant.

cul, brave l'opinion publique et affronte l'indignation générale, pour plaire à quelques particuliers, comme cela est arrivé à des Gaulois de France et à des Gaulois de Flandre ; car il y a plus d'une Gaule, ainsi que César nous l'apprend en ses *Commentaires.* Cet homme-là n'est-il pas aussi en rébellion avec un autre souverain, avec la raison commune, qu'on n'outrage pas long-temps impunément ? On plaint l'homme que le fanatisme égare, et que sa conscience a trompé ; mais on méprise celui qui s'égare par spéculation, et se trompe malgré sa conscience ; et, comme il le sait, comme il sacrifie à l'espoir de sa fortune sa réputation, sans laquelle il n'y a pas de bonheur parfait au monde, même pour un malhonnête homme, j'en conclus qu'il est une *mauvaise tête.* Tout bien considéré, je soutiens donc qu'il y a tout autant de *mauvaises têtes* sous la toque que sous le bonnet carré. Madame n'est-elle pas de mon avis ?

Je pense tout-à-fait comme vous, monsieur l'abbé ; il y a des *mauvaises têtes* de plus d'une espèce, et il y en a sous toutes les coiffures. Oui, monsieur, ajouta-t-elle en jetant un regard très significatif sur un jeune officier qui portait un bras en écharpe et avait de fort jolies moustaches ; oui, sous toutes les coiffures, et sous le chapeau militaire peut-être plus que sous toute autre. Riez tant qu'il vous plaira, vous ne m'empêcherez pas de ranger dans cette catégorie ces caractères pointilleux, inquiets, despotiques, jaloux, qui prennent ombrage de tout ; gens qui, sur le moindre soupçon, sont prêts à faire une scène, et ne distinguent pas l'apparence de la réalité; gens qui font trembler ceux qui les aiment et celles qu'ils aiment; gens prêts à se faire tuer à tout propos. Tout homme qui envoie le cartel à un autre est pour moi une *mauvaise tête*; et j'en dirais presque autant de tout homme qui l'accepte.

Cela est bien sévère, madame, répliqua l'officier. Songez que vous condamnez en masse tous les hommes qui portent l'uniforme, et les trois quarts de ceux qui ne le portent pas. J'ai reçu ou envoyé dix cartels dans ma vie, j'ai encore une balle dans le bras : personne pourtant ne déteste plus que moi les duels. Mais personne n'est plus que moi prêt à recommencer, si l'occasion l'exige; et je ne me crois pas pour cela *mauvaise tête*. Ce que j'appellerais *mauvaise tête, moi*, et il prononçait ces mots avec un léger accent de dépit, ce serait une femme qui, peu satisfaite des soins que lui rend un homme qui l'aime à la folie, rechercherait les hommages de tous ceux qu'elle rencontre; fait tout pour exciter une jalousie qu'elle blâme, pour troubler un bonheur qu'elle partage, pour divulguer un secret qui est celui de son honneur, préfère l'éclat qui accompagne les dangereux plaisirs de la coquetterie, au mystère qui peut seul assurer la durée d'une liaison fondée sur un amour réciproque, et expose son amant à se battre vingt fois par jour, sans songer que, s'il se fait tuer de dépit, de désespoir elle se jettera dans la rivière. Voilà, ajouta l'officier, qui, sans s'en apercevoir, avait passé du conditionnel au positif, voilà ce que j'appelle une *mauvaise tête;* et je gage que tout le monde pensera comme moi. N'est-il pas vrai, monsieur?

C'était à moi que l'interpellation s'adressait.

Je pense que vous avez tous raison; tous tant que nous sommes, nous pourrions bien n'être que des *mauvaises têtes.* J'ose affirmer cependant que nous ne le sommes pas, en toute circonstance. Pas de règle sans exception. Tout homme qui provoque volontairement une lutte dans laquelle il *doit nécessairement être écrasé,* ou s'engage dans un péril dont il ne saurait sortir, n'est pas pour cela une *mauvaise tête,* s'il a en vue *l'utilité publique.* Songez qu'autrement vous feriez le procès aux Curtius et aux d'Assas, qui sacrifièrent leur vie pour le salut de l'état. Les héros, à votre avis, ne seraient donc que des *mauvaises têtes?* Un ministre des autels peut braver la puissance temporelle, et avoir une tête excellente, ou par cela même qu'il a une tête excellente: tel était saint Ambroise, qui refusa l'entrée de l'église à l'empereur Théodose, après le massacre de Thessalonique; tel était Jean Henuier, évêque d'Évreux, qui fit de son église un refuge pour les protestants contre le poignard des catholiques, lors du massacre de la Saint-Barthélemy.

Par les mêmes motifs, un magistrat peut résister à l'opinion publique, en conséquence même de la supériorité de son jugement et de la sublimité de son caractère. Tiendriez-vous pour *mauvaise tête* le juge languedocien qui se serait refusé à accorder à la populace de Toulouse la tête de Calas? Bailli, en faisant proclamer la loi martiale au milieu de la populace ameutée, s'est ouvert le chemin de l'échafaud; mais il pouvait par là sauver la France. Dans cette espérance, il affronta le péril dans lequel il a succombé : oserez-vous l'appeler *mauvaise tête?*

L'homme n'a rien de plus cher que son honneur : proposer un duel pour le recouvrer, accepter un duel pour ne pas le perdre, est dans nos mœurs une nécessité. Ce n'était pas une *mauvaise tête* que cet officier français qui, offensé dans son honneur par un prince du sang, lui en demanda réparation par la voie des armes, comme ce n'était pas une *mauvaise tête* que le prince qui lui accorda cette satisfaction.

Quant aux dames coquettes, je n'ose ni les excuser ni les blâmer. Il y en a une que je ne voudrais pas enhardir, et je ne voudrais pas décourager les autres. J'observerai seulement à M. le capitaine qu'il me paraît attacher à la coquetterie plus d'importance que les femmes n'en mettent réellement. Elles ressemblent plus qu'on ne croit aux rois, qui ne se croient pas absolument obligés de faire le bonheur de tous les peuples dont ils font la conquête.

Nous donnons trop facilement surtout la qualification de *mauvaise tête* à quiconque voit la possibilité de réussir là où la réussite paraît impossible au commun des hommes. Christophe Colomb, partant pour la découverte d'un nouveau continent, n'était qu'un fou pour la plupart de ses contemporains. Alexandre défiant avec trente mille Macédoniens toutes les forces de l'Asie passerait pour un fou, s'il n'avait été justifié par la conquête du monde.

Nous ne sommes que trop enclins à juger des choses d'après nos moyens plutôt que d'après ceux d'autrui, à vouloir emprisonner l'activité des âmes fortes dans l'étroite circonscription que la nature a donnée à l'action de nos faibles âmes; et en définitive, à estimer les autres moins d'après le but qu'ils poursuivent, que d'après le résultat qu'ils obtiennent. Cela nous rend souvent aussi injustes dans notre mépris que dans notre admiration.

Ainsi Charles XII, qui avait passé pour un héros tant que la fortune le favorisa, dès qu'elle l'abandonna ne fut plus qu'une *mauvaise tête*. Avait-il jamais été autre chose, ce grenadier couronné qui, tout en donnant des trônes, s'exposait à perdre le sien; qui ruina son peuple par ses victoires autant que par ses défaites; qui, traversant la Russie, dont il fonda la grandeur en s'efforçant de la détruire, tantôt triomphant, tantôt fuyant, courut de déserts en déserts chercher une prison en Turquie, où son chancelier lui faisait la cuisine, et d'où il ne rapporta que le surnom de *Demir bash,* mot turc qui signifie *tête de fer,* ou *mauvaise tête*, épithète qu'à Bender surtout il avait si bien méritée?

C'était aussi une *mauvaise tête* que ce *gentilhomme* français qui, mesurant de l'œil un rocher à pic, sur le sommet duquel était assis un fort qu'il devait escalader, disait : *Qui diable se résoudrait à monter là-haut , s'il n'y avait pas des coups de fusil à gagner?* Ce n'est pas que son audace ne fût utile en cette circonstance à la chose publique; mais ce noble stimulant n'entrait pour rien dans sa détermination, qui n'avait pour objet que de s'illustrer en tentant l'impossible.

Mises en mouvement par de bonnes têtes, les *mauvaises têtes* sont cependant d'une grande ressource. Mais il faut savoir les conduire, et avoir pour elles le jugement qui leur manque. *Fichu Gascon , les balles vont chercher les inutiles ,* disait au général Lannes, qui s'était exposé mal à propos, un autre général qui savait également retenir et employer les braves. A ce mot, qui n'est pas de lord Wellington , on reconnaît bien le plus grand capitaine des temps modernes.

Les *mauvaises têtes* par excellence sont celles qui à tort et à travers se font des *affaires* pour faire du bruit. Tel était ce Sainte-Foix, homme d'esprit, qui n'a pas toujours été homme de sens; il persiflait les gens pour avoir occasion de se battre, et, tout blessé qu'il était, soutenait encore son persiflage. On connaît l'histoire du *fichu soupé.* J'en sais une plus ridicule si elle n'est pas aussi plaisante. Je n'y puis songer sans pleurer et sans rire. La voici : Deux amis de collége, tous deux militaires, mais l'un en activité et l'autre à demi-solde, l'un *ultra* et l'autre *libéral,* dissertaient, tout en prenant du punch, sur les ouvrages de M. le vicomte de *Châteaubriand.* Rien de supérieur à son Atala, disait l'un; rien de pire, disait l'autre. — On n'est pas plus sublime. — On n'est pas plus inintelligible. — Jamais on n'a écrit comme cela. — C'est comme cela qu'il eût fallu ne jamais écrire. Et tout en disputant on buvait. Les rafraîchissements ne calmaient pas la chaleur des interlocuteurs. Loin de faire une concession, chacun s'entêtait dans son opinion, et en exagérait l'expression. Aux mots tranchants succédèrent les mots piquants, aux mots piquants les mots injurieux. On en vint à se provoquer : on sort. J'essayai en vain de terminer à l'amiable une querelle à laquelle la raison était absolument étrangère. Les deux amis voulurent obstinément se battre. Ils se battirent. Le champion qui tenait pour Atala reçoit une botte à travers le corps. Voilà son adversaire au désespoir, et moi aussi. Que les hommes sont fous, m'écriai-je, de s'entre-égorger à propos de rien ! — Vous avez bien raison ; vous avez d'autant plus raison que je n'ai jamais lu Atala, dit le vainqueur. — Encore si j'avais lu Atala ! disait le vaincu.

Ne terminons pas ce chapitre sans faire mention de certaines gens qui, dominés par un tempérament bouillant, et plus irritables que raisonnables, sont toujours dans la fureur ou dans le désespoir, et se repentent sans cesse de la sottise qu'ils ont faite et sont prêts à refaire. *Mauvaise tête* et *bon cœur*, dit-on en les désignant. Plaignons leur *bon cœur*, mais fuyons leur *mauvaise tête*. Il n'y a pas de sécurité en telle compagnie ; je n'en veux ni pour ennemis ni pour amis.

FAUT-IL UNE LOI

CONTRE LE SUICIDE?

Commençons par définir ce mot. Est-il quelqu'un qui en ignore la signification? nous dira-t-on. Ne savez-vous donc pas, vous qui faites cette question, ce qui s'est passé, il n'y a pas très long-temps, dans un pays qui n'est pas très éloigné? Un sous-préfet, chargé d'exécuter des mesures sévères, en sollicitait l'adoucissement près de son chef immédiat, et motivait ses observations sur les dangers auxquels il s'exposerait en obéissant. Je sais, à n'en pas douter, écrivait-il à M. le préfet, que si la chose a lieu, plusieurs mauvais sujets sont disposés à me *suicider*. — Ils ont trop d'esprit pour cela, répondit M. le préfet; si jamais vous êtes *suicidé*, ce ne sera que par un imbécile.

Commençons donc par définir le mot *suicide*. C'est un meurtre accompli sur soi-même; c'est une action par laquelle on se détruit [1].

Il y a peu de sujets sur lesquels les moralistes se soient plus exercés. On semblait avoir déjà tout dit pour et contre le suicide, quand Rousseau en a parlé de manière à ne plus rien laisser à dire. Aussi n'avons-nous pas l'in-

---

[1] Ce mot désigne aussi l'homme qui commet le suicide; mais, pour éviter ici toute confusion, nous ne l'emploierons pas ici dans ce sens.

tention de reprendre ce thème rebattu. Ce n'est pas dans ses relations avec la morale et la religion que nous traiterons du suicide, mais dans celles qu'il peut avoir avec la législation.

Une pétition récemment présentée à la chambre des députés demande une loi contre le suicide, qui devient en France plus fréquent que jamais. L'intention du pétitionnaire est excellente. Empêchons s'il se peut les hommes de se tuer. Mais le suicide peut-il bien raisonnablement être la matière d'une loi? Est-ce par une loi qu'on peut mettre un frein à l'aversion que l'homme contracte en certaines circonstances pour la vie?

Par quels moyens la loi agit-elle sur la volonté de l'homme? C'est en le menaçant dans sa fortune, dans son honneur ou dans sa personne; c'est en lui présentant, comme conséquence de l'action qu'elle veut prévenir, un détriment proportionné aux avantages qu'il en espère.

C'est ainsi qu'en menaçant de la mort celui qui donnerait la mort, la loi arrête le bras d'un malheureux prêt à frapper son semblable; c'est ainsi qu'en menaçant de l'amende, de la captivité, de l'infamie, celui qui déroberait le bien d'autrui, la loi enchaîne les mains de tant d'honnêtes gens en qui la probité n'est que la crainte du châtiment. Mais quelle action de pareils moyens peuvent-ils avoir sur un corps inanimé, sur un homme qui s'est dépouillé de tout en se défaisant de la vie? Le criminel ici n'échappe-t-il pas à la loi par l'effet même de

son crime? Quelle peine porterez-vous contre lui, qui
puisse l'atteindre, et qui n'atteigne pas autrui?

Que vous reste-t-il de lui? un cadavre. Livré aux bourreaux par des lois barbares, jadis ce cadavre était traîné
à la voirie sur une claie à la queue d'un cheval. Qu'importait à ces débris humains ce supplice *posthume?* il
n'outrageait que la seule humanité.

Un homme résolu à quitter ce monde s'embarrasse-
t-il de ce que son corps y deviendra après qu'il s'en sera
séparé?

Diogènes, à qui ses disciples demandaient ce qu'il
voulait qu'on fît de son corps après sa mort : — « Jetez-
le au milieu d'un champ. — Mais les bêtes féroces,
mais les oiseaux de proie viendront le dévorer. — Eh
bien, mettez auprès de moi un bâton. — Pourquoi faire?
— Pour que je les chasse. — Mais comment pourrez-
vous les chasser? une fois mort on ne sent plus, on n'agit
plus. — Que m'importe donc ce que mon corps deviendra après ma mort!»

Cette indifférence ne doit-elle pas être plus grande
encore dans l'homme qui sort volontairement de la vie
et déchire de sa propre main l'enveloppe qui retenait
son âme prisonnière? Aura-t-il pour ce corps qui va
cesser d'être lui plus de tendresse qu'il ne lui en portait
quand il était encore lui; et, pour échapper à des outrages qu'il ne sentira pas, se résoudra-t-il à prolonger
les douleurs qu'il éprouve?

Il est toutefois des gens en qui l'amour du *moi* matériel s'étend par-delà l'heure où il faut s'en séparer. A Berlin, par exemple, la coquetterie des femmes leur survit. Elles se font enterrer dans leurs plus beaux atours. On en a vu là une, dans les bras de la mort même [1], ne s'occuper que de sa toilette funèbre, en régler les plus petits détails, indiquer l'étoffe et la forme de la robe dont elle voulait être parée pour cette triste cérémonie, recommander qu'on la déposât dans un cercueil d'acajou bien orné, bien ciré, bien élégant, et qu'on n'oubliât pas surtout de mettre sous sa tête un oreiller de satin couleur de rose, et un drap mortuaire de satin couleur de rose aussi sur ses pieds. Mais la loi demandée peut-elle être utile avec les gens de ce caractère? Ceux qui s'inquiètent de ce que leurs restes deviendront sont peu disposés à se détruire.

Le législateur ne peut donc pas atteindre dans sa personne le meurtrier de lui-même. L'atteindra-t-il dans sa fortune? un mort n'en a pas. L'atteindra-t-il dans sa réputation? cela n'est pas toujours au pouvoir de la loi. La réputation d'un homme ne dépend de la loi qu'autant que la loi est d'accord avec l'opinion. Dans le cas contraire, impuissante contre une telle protection, la loi ne fait qu'honorer ce qu'elle diffame. La loi qui déclarerait infâme une action honorable dans l'opinion n'aurait pas plus de crédit que la loi qui déclarerait honorable une action infâme dans l'opinion.

On ne peut se le dissimuler, sans être toujours dans la

[1] Voyez Mon voyage en Prusse, par L. M. D. L***, Paris, 1807.

classe des actions honorables, le suicide n'est jamais dans celle des actions infâmes.

Certes, on ne saurait mettre sur la même ligne un joueur qui ne peut survivre à la perte de sa fortune, un amant qui ne peut survivre à la fidélité de sa maîtresse, un agioteur qui ne peut survivre à la ruine de son crédit, et Caton qui refuse d'être le premier esclave de César, et Brutus qui meurt avec la liberté, et que j'admire, n'en déplaise à M. le baron de Marcassus et à M. le comte de Marcellus. Mais je pense qu'on ne peut pas tout-à-fait mépriser un homme qui, pour la moins grave des causes que l'on vient d'énoncer, a surmonté l'horreur que nous avons pour la destruction de notre être. S'il s'est tué pour sauver son honneur, on lui doit quelque estime; si c'est pour échapper à la douleur qu'il s'est réfugié dans le néant, on lui doit beaucoup de pitié.

L'homme qui se détruit, disent certaines gens qui mettent tous leurs soins à se conserver, est un soldat qui déserte son poste. Et de quel droit prétends-tu l'en punir? est ce toi qui l'avais placé à ce poste? es-tu son général? Son général est Dieu, notre général à tous. Laisse-lui le soin de juger ce fuyard qui va paraître devant lui, mais dans lequel, ainsi que l'a très sensément dit M. Gœthe, le conseiller aulique [1], il pourrait bien ne voir qu'un fils impatient qui a pris le plus court chemin pour revenir chez son père.

[1] *Passions de Werther.*

Considère-t-on le suicide comme l'acte d'un homme en état de raison, la loi demandée est inutile. Inutile encore si vous considérez le suicide comme un acte de délire, cette loi, dans ce dernier cas, est de plus injuste.

La loi épargne l'homme qui, dans le délire, en tue un autre, et elle le frapperait s'il se tuait lui-même! Et sur qui s'exercera la vengeance de la loi? sur le maladroit qui se sera manqué. Pensez-vous par ce châtiment le rattacher à la vie? pensez-vous lui prouver autre chose, sinon qu'il a eu tort de se manquer? Et, s'il ne s'est pas manqué, qui punirez-vous d'être mort? un mort. Eh! M. le baron et M. le comte, c'est vouloir être à la fois barbare et ridicule. Géronte est moins plaisant que vous, quand il *veut envoyer la justice en pleine mer.*

Il n'y a que la religion qui puisse combattre dans le cœur du malheureux les projets du désespoir. C'est ici surtout qu'elle est excellente, parcequ'elle tourne véritablement au profit de l'humanité. Ce qu'elle ne pourrait pas en cette circonstance, la loi le peut encore moins qu'elle. C'est donc aux missionnaires plutôt qu'aux législateurs qu'il faudrait renvoyer l'affaire dont nous nous occupons; elle est moins du ressort de la tribune que de la chaire. Successeurs de Chrysostome, tonnez de là contre le suicide; mais en enseignant à ce siècle que la religion nous défend de nous tuer nous-même, rappelez-lui qu'elle ne nous permet pas de tuer les autres: il a aussi besoin de cette leçon.

Au reste, la manie du suicide est bien difficile à dé-

truire dans une tête où elle a pris racine. On a vu des
hommes sauvés deux ou trois fois d'eux-mêmes, n'en pas
moins persévérer dans leur projet funeste, et finir par
l'effectuer. La surveillance, les liens, la clôture, rien n'y
faisait. Des remèdes moraux peuvent cependant guérir
cette maladie morale. C'est ce que prouve le fait suivant,
qui s'est passé presque sous mes yeux.

C'était un excellent homme que le prince Kourakin. Il
n'eut, dit-on, qu'un seul mouvement d'impatience dans
sa vie, et peut-être était-il excusable. L'esclave qui lui
servait de valet de chambre l'écorcha au vif en le rasant.
Effrayé de la colère de son maître, le pauvre diable disparaît. Le prince, qui saignait encore, mais qui déjà n'y
pensait plus, le fait rappeler. On le cherche en vain : dans
sa frayeur, il avait quitté le palais, la ville ; il avait quitté
la Russie même.

Quinze ans se passent. Au bout de ce temps se conclut la paix de Tilsitt. Le prince Kourakin est envoyé
en France comme ambassadeur. Il était à Paris depuis
quelques jours, quand des gens de sa suite, en courant
la ville, remarquent dans la rue de Grenelle, faubourg
Saint-Germain, une enseigne de perruquier sur laquelle
était écrit un nom en *of*, ou en *ef*, ou en *ouf*. Concluant
d'après la désinence que le maître de la boutique était
Russe, ils y entrent et se font raser. La conversation s'engage entre les tondus et le tondeur, dans lequel ceux-ci
reconnaissent non seulement un compatriote, mais un
camarade : c'était cet écorcheur dont on n'avait plus en-

tendu parler. Marchant toujours, il était arrivé en France. Se croyant hors de la portée de son maître sur cette terre de liberté, il s'y était arrêté, et y avait exercé son talent. Plus adroit avec les bourgeois qu'avec les prin- ces, et n'ayant écorché personne, il avait fait fortune, et s'était marié. C'était enfin le plus heureux des hom- mes : en un moment il en devint le plus malheureux.

Peu au courant de la politique, il ne put pas s'ima- giner que le prince Kourakin fût venu à Paris pour autre chose que pour le réclamer. Il ne put pas croire non plus qu'il y eût puissance assez forte pour le protéger contre un si puissant seigneur. Sa tête se perd. Ne voyant que la mort pour sortir d'affaire, il se saisit d'un rasoir : sa femme l'empêche de s'en servir. Privé de cette ressource, il s'échappe et court à la rivière. Elle ne coule pas pour tout le monde, quoi qu'on dise : sa femme le retient par son habit dans le moment où il montait sur le parapet du Pont-Royal. Dès lors on l'enferme au troisième, dans une chambre, où tous les soins, toutes les consolations lui étaient prodigués par cette femme qui ne le quittait pas. Un moment pourtant elle fut obligée de le laisser seul. Notre entêté, profitant de l'occasion, ouvre la fe- nêtre : le voilà dans la rue. Un voisin qui le voit tomber court pour relever le mort ; mais quel est l'étonnement de ce voisin de voir le mort se relever de lui-même, et courir plus vite que lui sans savoir où ! On rattrape enfin le sauteur, qui, par miracle, n'avait pas une fracture, et on le conduit à l'hôpital.

Il était fou comme tout homme qui n'a qu'une idée. Mis au fait de son aventure, les docteurs pensèrent que pour le guérir il ne fallait que le rassurer. Ils rendirent compte au prince Kourakin, dans un beau mémoire, et de l'état où était l'ancien barbier de son excellence, et de la cause qui l'avait mis dans cet état. C'était s'adresser au véritable médecin. Son excellence se rendant aussitôt au lit du malade, commença par un pardon cette cure, qui fut achevée par une gratification. C'est la bienfaisance qui réconcilia le désespoir avec la vie.

Cette recette est la meilleure à suivre avec l'homme dégoûté de son existence. Changez sa condition, vous changerez ses sentiments. Partout où la manie du suicide ne peut pas, comme en Angleterre, être imputée à l'influence du climat, si elle devient épidémique, voyez-y la censure du gouvernement ou de la législation. Cette manie n'était jamais si commune chez les Romains, que dans des temps de détresse ou de tyrannie. Pour les nègres il en est de même ; elle se manifeste rarement dans les habitations régies avec humanité. Attaquez l'effet dans la cause. Le vrai moyen de diminuer le nombre des suicides est moins de faire des lois nouvelles, que de réformer les lois anciennes. L'abrogation des lois qui jettent tant de gens dans le délire serait plus efficace que la création de lois qui défendraient de s'y livrer.

Vous enlevez à un homme tout ce qui lui rend l'existence supportable, et vous exigez qu'il la supporte ! Législateurs, faites-lui la vie plus douce que la mort, si

vous voulez qu'il s'attache à la vie, si vous voulez le
dégoûter de la mort. Ne fermez pas les oreilles aux vœux
des enfants qui vous redemandent leurs pères, aux vœux
des pères qui vous redemandent leurs enfants, si vous
voulez que le désespoir ne décime plus les familles. Ren-
dez au travail et à la bravoure le prix de la sueur et du
sang, si vous voulez que tant d'hommes qui pendant
vingt ans ont servi l'état avec honneur cessent de regarder la tombe comme le seul asile qui leur reste contre la misère. Voilà les objets dont vous pouvez utilement
vous occuper : et quand on vous en parle, vous réclamez
froidement l'ordre du jour ! Songez-y bien, tant que ces
causes de désespoir existent, tous les effets qui en résultent vous sont imputables, et vous serez coupables
d'homicide autant de fois qu'elles auront provoqué le
suicide, parceque ce suicide-là est le seul que vous puis-
siez prévenir. Faire des lois positives contre le suicide,
au lieu de rectifier celles qui le provoquent, c'est vous
assimiler à ces bourreaux qui emploient aussi leur art à
empêcher la victime d'expirer dans les tortures, et d'é-
chapper par la mort à l'effet toujours renaissant de leur
cruauté.

En définitive, une loi contre le suicide n'est guère
plus utile qu'une loi contre la fluxion de poitrine.

DES PÉDANTS.

Le mot pédant a d'abord désigné une profession ; il ne désigne guère plus qu'un caractère.

Pédant, synonyme de pédagogue, se disait jadis de tout homme préposé à l'instruction de la jeunesse. M. Fouché fut pédant avant que d'être ministre. Dans ce sens honorable, il y avait autant de pédants que de professeurs. Il y en a bien plus dans le sens ridicule que ce mot comporte aujourd'hui. Peut-être même, proportion gardée, les pédants sont-ils moins communs dans les écoles que dans les salons. Je connais, dans les écoles, beaucoup de savants qui ne sont rien moins que pédants ; et, dans les salons, je rencontre tous les jours des pédants qui ne sont rien moins que savants.

Il y a des pédants de plus d'une espèce. Ce sont des pédants que ces érudits qui, faisant continuellement parade de leur science, ne parlent que par aphorismes, ne raisonnent que par syllogismes, n'affirment que par citation, se servent à tout propos de termes techniques, et qui, latinistes, hellénistes, hébraïsants même au besoin, ont toujours soin d'entrelarder la conversation de passages empruntés à la langue que vous ignorez.

L'ostentation de ces pauvres gens ressemble assez à celle de certains enrichis, qui, jour de fête ou non, ne

se montrent que couverts de broderies, que chargés de
bijoux, et se plaisent d'autant plus à étaler leurs richesses qu'ils les ont plus péniblement acquises.

Ce sont des pédants aussi que ces gens qui, tout en
s'abstenant de cet étalage d'érudition, s'arrogent les droits
de l'homme supérieur sans donner des preuves de leur
supériorité; prennent avec chacun le ton de celui qui
enseigne vis-à-vis de celui qui est enseigné; et qui, tantôt affirmatifs, tantôt négatifs, mais toujours secs et tranchants, décident sans discuter, donnent leurs décisions
comme des arrêts, et leurs opinions comme des oracles.

Ces pédants-là sont plus malins que les autres. Comme
leur présomption est en raison inverse de leur science,
dont le néant serait bientôt reconnu s'ils se laissaient
approcher, ils ont grand soin de tenir à distance tout
homme qui pourrait en juger. Très différents de ceux
dont nous avons parlé plus haut, de la place qu'ils
prennent, ces pédants en imposent par les dehors dont
ils se parent. Il y avait à Florence un peintre qui,
pour boire, faisait argent de tout. Invité à assister à
une fête chez le grand-duc, qui lui avait fait cadeau
tout nouvellement d'un bel habit de velours à ramage
et de trois couleurs, comme l'habit avait été bu, il se
trouva dans un grand embarras. Il en sortit cependant
en habile homme. Grâce à une main de papier gris,
qu'il peignit en velours semblable à celui que lui avait
envoyé son altesse, le voilà vêtu aussi magnifiquement
que le plus magnifique des courtisans. De la loge où il

était placé, son habit faisait illusion; mais il avait grand soin de s'arranger de façon à ce que personne ne pût l'approcher assez pour en manier l'étoffe. Ainsi font les pédants en question; à l'art de vous en imposer par leur enveloppe ils joignent celui de vous empêcher de tâter leur habit de papier.

La pédanterie se manifeste dans le silence comme dans le discours, dans le ton comme dans les paroles, et dans l'attitude même.

La passion dominante chez les pédants, de quelque condition qu'ils soient, est la vanité. Malheur à qui met leur infaillibilité en défaut, ou leur nullité à découvert. Il a provoqué une haine implacable et même quelquefois mortelle.

Il n'y a que de quoi rire quand la rencontre de deux pédants ne fait que renouveler la scène de Vadius et de Trissotin, et qu'ils se contentent d'échanger des injures par forme de conversation. Mais ces messieurs ne se sont pas toujours renfermés dans les bornes de la comédie. De tragiques catastrophes ont plus d'une fois terminé leurs querelles, devenues atroces sans cesser d'être ridicules.

Quand Gallantius Torticolis, représentant tous les suppôts de l'université, prit fait et cause pour l'autorité d'Aristote, attaquée par le docte Ramus, c'est devant le Châtelet et le parlement qu'il le traduisit. A l'entendre, on devait au moins envoyer aux galères ce professeur, qui, *témérairement et insolemment, s'était élevé contre le prince des philosophes;* et, de plus, prétendait qu'il fallait dire *quisquis* et *quanquam,* et non pas *kiskis* et *kankan,* comme il était d'usage. Aux galères près, Torticolis obtint ce qu'il demandait; les livres de Ramus furent supprimés, et défense lui fut faite d'enseigner désormais la philosophie. Ramus, il est vrai, fit révoquer cette défense par le crédit du cardinal de Lorraine, qui *lui obtint,* dit Bayle, *la mainlevée de sa plume et de sa langue.* Mais, avec le temps, les pédants prirent leur revanche. Persécuteurs, il ne vous faut qu'un peu de patience pour en venir à vos fins. Arriva la Saint-Barthélemy. Ramus, qui, en religion comme en philosophie, s'était détaché des vieilles opinions, fut désigné aux assassins. Caché depuis deux jours à la cave selon les uns, au grenier selon les autres, il croyait avoir échappé au massacre, quand il fut découvert. Un misérable, après avoir reçu son argent à condition de le sauver, le livra à ses ennemis. Ils ne se contentèrent pas d'égorger ce vieillard plus que septuagénaire; son cadavre, battu de verges par les écoliers, sous les yeux même de leurs maîtres, fut indignement traîné dans la fange de collége en collége, et puis enfin jeté à la rivière. Et tout cela à propos de *kiskis* et de *kankans!* Ces mots-là alors n'étaient pas des mots pour rire.

Les jésuites n'auraient pas été moins loin avec l'avocat Pasquier, qui avait plaidé contre eux lors de leur querelle avec l'université, si au seizième siècle ils avaient été aussi puissants qu'ils l'ont été au dix-sep-

tième. « Cette société, avait dit maître Pasquier qui les
devinait, sous l'apparence d'enseigner gratuitement la
jeunesse, ne cherche que ses avantages; elle épuise les
familles par des testaments extorqués, gagne la jeunesse
sous prétexte de piété, médite des séditions et des ré-
voltes dans le royaume. Avec ce beau vœu qu'elle a fait
au pape [1], elle en a obtenu des priviléges qui doivent
faire soupçonner sa fidélité et craindre pour les libertés
de l'église de France, l'autorité et la personne de nos
rois et le repos de tous les particuliers [2]. » En conséquence de quoi maître Pasquier avait conclu « que cette
nouvelle société de religieux, qui se disaient de la compagnie de Jésus, non seulement ne devait point être
agrégée au corps de l'université, mais qu'elle devait encore être bannie entièrement, chassée et exterminée de
France. » Ces conclusions, depuis justifiées par les évé-
nements, n'eurent leur entière exécution qu'après le
crime de Jean Châtel, élève des jésuites. Alors les jésuites furent chassés de France. Avant ils n'avaient été
exclus que de l'université. A leur retour, les jésuites ne
s'en crurent pas moins en droit d'attaquer devant le
conseil du roi l'homme intègre et clairvoyant qui les
avait démasqués devant le parlement; mais, désespérant
bientôt de réussir, c'est au public qu'ils prirent le parti
de le dénoncer. Voici un fragment du plaidoyer que

---

[1] Vœu d'obéissance absolue, par lequel tout jésuite se met aveugle-
ment à la disposition du saint-siège.

[2] Avant la fin du seizième siècle tout cela s'était effectué.

frère Garasse publia à cette occasion ; c'est un modèle
dans le genre :

« Pasquier est un porte-panier, un maraud de Paris,
petit galant bouffon, plaisanteur, petit compagnon, ven-
deur de sornettes, simple regage qui ne mérite pas d'être
le valeton des laquais ; belître, coquin qui rote, pète et
rend sa gorge ; fort suspect d'hérésie, ou bien hérétique,
ou bien pire ; un sale et vilain satyre ; un archi-maître
sot par nature, par bécarre, par bémol, sot à la plus
haute gamme, sot à triple semelle, sot à double teinture
et teint en cramoisi, sot en toutes sortes de sottises. »

« Adieu, lui dit-il ensuite, adieu, maître Pasquier ;
adieu, plume sanglante ; adieu, avocat sans conscience ;
adieu, monophile sans cervelle [1] ; adieu, homme sans humanité ; adieu, chrétien sans religion ; adieu, capital
ennemi du saint-siége de Rome ; adieu, fils dénaturé qui
publiez et augmentez les opprobres de votre mère. »

Quel style ! M. de Lalli lui-même ne l'emploierait pas
en parlant du Pasquier qui fit bâillonner son père !

Si frère Garasse ne put réussir contre un homme aussi
considéré que Pasquier, il fut plus heureux du moins
contre le pauvre Théophile. Ce poëte avait dit en parlant des enfants d'Ignace :

> Cette énorme et noire machine,
> Dont le souple et vaste corps
> Étend ses bras jusqu'à la Chine.

[1] Pasquier avait fait un livre intitulé le Monophile.

Battre la livrée d'un prince, c'est battre le prince lui-même ; insulter le fils, c'est insulter le père : en conséquence de ces principes incontestables, la compagnie de Jésus prétendit qu'en elle Théophile avait attaqué Jésus, et dans Jésus Dieu lui-même ; et frère Garasse de dénoncer Théophile comme athée. Enfermé comme tel dans le cachot de Ravaillac, Théophile n'en fût sorti que pour aller mourir en Grève, si les sollicitations de la maison de Montmorenci ne l'eussent emporté sur celles de la compagnie de Jésus.

On sait comment cette compagnie en usa depuis avec les solitaires de Port-Royal et les jansénistes. L'histoire de ses vengeances est aussi longue que celle de sa puissance. Il est fâcheux de le dire, mais trop de faits le prouvent, dès que les pédants sont puissants, ils sont cruels. En place de la férule, mettez-leur en main le sceptre ou le glaive, et voyez comme ils s'en escriment. Rien de pire qu'un pédant couronné.

N'admirez-vous pas les vers de Denys-l'Ancien, il vous envoie aux Carrières. Ne partagez-vous pas les opinions théologiques de Léon l'Isaurien, il vous fait brûler dans votre maison.

Et n'est-ce pas ainsi que Henri VIII terminait toutes ses disputes ? Ce pédant qui, dit Bossuet, à ses erreurs théologiques près, *était un prince accompli en toutes choses* [1]. avait une telle passion pour l'argumentation, qu'il ne dé-

---

[1] Oraison funèbre de Henriette de France.

daigna pas d'argumenter contre un pauvre argumentateur nommé Lambert. Une assemblée extraordinaire avait été convoquée à Westminster pour juger des coups. Le roi voyant qu'il avait affaire à forte partie, et ne voulant pas avoir le dernier, donna à Lambert le choix d'être de son avis ou d'être pendu. C'est ainsi qu'un dey d'Alger faisant un cent de piquet avec son visir, lui disait joue cœur ou je t'étrangle. Lambert ne joua pas cœur; il fut étranglé.

Comme *défenseur de la foi*, Henri VIII raisonnait ainsi : Quiconque n'est pas de mon avis est hérétique : quiconque est hérétique doit être pendu ; or, tu n'es pas de mon avis, donc tu es hérétique, donc tu dois être pendu. Voilà ce que c'est que d'avoir affaire à un roi logicien.

De conséquence en conséquence, Henri était au moment de faire couper le cou à Catherine Par, sa sixième femme, qui argumentait aussi en théologie, et n'était pas en tout de l'opinion royale. Heureusement pour elle, la mort ne laissa-t-elle pas le temps à ce terrible ergoteur de recourir cette fois à son argument péremptoire.

Jacques Ier, que Henri IV appelait *maître Jacques*, non moins pédant que Henri VIII, ne fut pas aussi cruel. Cet autre théologien n'était cependant pas tendre envers ceux qui différaient d'opinion avec lui. Accablant de tout le poids de sa puissance royale le fils d'un tailleur, il menaça les Hollandais *de sa haine et de sa plume*, s'ils ne chassaient pas de l'université de Leyde le professeur

Vorstius, qui, à son avis, méritait la potence, pour pencher vers le socinianisme, ou je ne sais quelle autre
secte. L'ambassadeur de S. M. britannique eut défense
de traiter aucune affaire avec les états-généraux qu'au
préalable celle-ci n'eût été terminée à la satisfaction de
son maître, ce qui fut.

Comme Jacques se piquait de parler correctement le
latin, dont il avait fait la langue de la cour, il se montrait
fort difficile avec ses courtisans sur cet article, et il ne
put s'empêcher de rire au nez de l'ambassadeur français,
à qui, dans la vivacité de la conversation, un solécisme
était échappé. « Est-il possible, dit l'ambassadeur à Buchanan, précepteur de ce prince, que vous n'ayez réussi
qu'à en faire un pédant? —Un pédant! reprit Buchanan,
j'ai donc réussi à en faire quelque chose! »

Le règne de ce pédant ne fut pas absolument malheureux, mais il prépara les malheurs du règne suivant. Le
parlement lui refusa presque toujours de l'argent. En
vain Jacques disait-il aux représentants de la nation : « Je
vous ai joué de la flûte, et vous n'avez pas dansé; je vous
ai chanté des lamentations, et vous n'avez pas été atten-
dris. » Ils riaient de cette érudition évangélique, et n'en
laissaient pas moins le roi dans l'embarras. Il vécut dans
la gène et mourut dans le mépris.

*Si je n'étais pas roi , je voudrais être membre de l'U-
niversité* , disait maître Jacques. En effet, un tel homme
n'eût pas été plus mal placé à la tête d'une école qu'à la
tête d'un royaume. C'est ainsi qu'a fini Denys-le-Jeune.

Régenter pour un pédant, c'est régner. Aussi telle cour a-t-elle ressemblé à une classe, et telle classe à une cour; et, dans son école, l'abbé Tourniquet était-il heureux comme un roi.

Jacques faisait aussi des vers. C'était un ridicule de plus. Les lettres à qui les Latins donnent l'épithète d'*humaniores*, *humaines par excellence*, n'ont pas toujours humanisé les princes qui les ont cultivées. Charles IX et Néron ont fait des vers. Un roi qui protège les lettres vaut mieux qu'un roi qui les professe. Ces vérités, au reste, sont aujourd'hui senties de tous les princes. Les lettres règnent, mais le règne des pédants est passé.

C'est dans le sexe surtout que la pédanterie est insupportable. Il y a moins de pédantes à présent que du temps de Molière, qui les a jouées. On en rencontre assez cependant pour qu'on puisse juger de la vérité de ses tableaux. Une femme, au reste, ne donne guère dans ce travers qu'à l'âge où il ne lui est plus permis d'en avoir de plus doux, qu'à l'âge où, comme l'a dit M. Lemontey, *les académiciens et les sacristains se la disputent pour en faire une muse ou une sainte.*

Il y a eu cependant des femmes précoces qui ont *pédantisé* dans l'âge des amours. Telle fut madame de Maintenon, que Louis XIV détesta d'abord. C'est une pédante, qui vous rendra pédante comme elle, disait-il à madame de Montespan. Il finit néanmoins par l'épouser. Faut-il en conclure que madame de Maintenon avait cessé d'être pédante? N'est-ce pas plutôt que Louis était devenu pédant lui-même? Dès lors Versailles devint une autre Sorbonne. Aux intrigues galantes succédèrent des querelles scolastiques. Les confesseurs et les jésuites dominèrent où avaient régné les maîtresses. Le roi converti voulut devenir convertisseur. Argumentant à la manière de Henri VIII, il couvrit la France de dragons et de missionnaires, et finit en inquisiteur un règne commencé en héros.

Dieu nous garde des pédants, des pédantes et de la pédanterie. Dans un pauvre hère, la pédanterie est un ridicule; dans l'homme puissant, c'est un vice.

DES TRAPPISTES.

Diderot a dit que le seul méchant pouvait vivre dans la solitude. Cela est bien absolu. En outrageant Rousseau, à l'occasion duquel il émettait cette opinion, et qui, malgré tout le mal qu'il a dit de lui-même, n'était pas un méchant homme, Diderot calomniait des millions de bonnes gens.

Plus d'un intérêt peut conduire les hommes dans la solitude. Les uns l'ont aimée par caractère; d'autres y ont été poussés par des dispositions passagères; d'autres enfin s'y sont réfugiés par nécessité.

La misanthropie suffit sans doute pour jeter un homme hors du monde, pour le porter à faire le mort au milieu des vivants. Timon d'Athènes était un véritable solitaire. Ce n'était pas non plus un méchant. Avant de fuir les hommes, il les avait recherchés, et ne s'en était éloigné, après les avoir connus, que comme on s'éloigne d'une maîtresse qui nous trompe, et qu'on hait beaucoup parcequ'on l'aime trop.

Tous les solitaires ne justifieraient pas leur retraite par une excuse aussi honorable. C'est parcequ'ils s'aimaient trop eux-mêmes que la plupart ont fui les hommes. J'en suis fâché; mais si telle n'est pas la cause à laquelle le monachisme doit sa naissance, telle est du moins celle qui en a perpétué la durée.

L'origine du monachisme doit, ce me semble, être attribuée à une cause fortuite. Sous l'empereur Dèce, les chrétiens cherchèrent dans les déserts de la haute Égypte un refuge contre la persécution. La peur les avait conduits là, la peur les y retint. N'eussent-ils eu d'ailleurs d'autres motifs pour y rester que le besoin de pratiquer en paix un culte proscrit dans les villes, la prolongation de leur retraite s'explique et se justifie. C'est la conséquence de leur attachement à leurs opinions. Cette constance ne peut se blâmer. Dans un homme de cœur, elle accompagnera toujours la conviction. Ce n'est pas là du fanatisme : c'est du courage et de la piété.

Loin des marchés, loin des champs cultivés, on conçoit que ces hommes, à qui l'intérêt de leur conservation interdisait tout commerce avec les humains, aient vécu dans l'abstinence, et que, par nécessité, ils se soient contentés des aliments que le hasard leur offrait sur un sol aride. Le miel sauvage, les dattes, les sauterelles, devinrent leur nourriture, et leur sobriété fut en partie l'effet de la parcimonie avec laquelle la nature leur distribuait ces ressources. Et telle est peut-être l'origine réelle du jeûne; pratique que les chrétiens et les musulmans ont empruntée des Juifs, et dont ceux-ci avaient contracté l'habitude pendant le long séjour qu'ils firent dans le désert. Moïse, en prescrivant aux Hébreux des privations que la nécessité leur imposait, et en attachant à une abstinence forcée tout le mérite d'une pénitence volontaire, n'a peut-être eu réellement pour but que de leur rendre la misère supportable. Il y a là du génie. *Digitus Dei est hic.*

Les anachorètes comparèrent bientôt leur régime à celui que le prophète Élie avait suivi forcément aussi sur le Carmel, où il avait cherché un refuge contre la colère de Jézabel; et ce genre de vie, qui avait été depuis celui de saint Jean le baptiseur, ou Baptiste, fut dès lors réputé saint par sa nature même.

Les premiers solitaires avaient embrassé cette vie malgré eux. Leurs imitateurs s'y vouèrent par volonté. Pacôme, Paul, Antoine, Hilarion, prirent la route du désert pour aller au ciel. Ils eurent bientôt de nombreux disciples. Bientôt les solitudes se peuplèrent aux dépens des cités. Dans la seule Thébaïde on comptait, au quatrième siècle, plus de cinquante mille solitaires ou moi-

nes; car le mot moine, μόνος, n'a pas originairement
d'autre signification.

Quelques uns de ces moines, qui enchérissaient les
uns sur les autres en austérités, se distinguaient par des
pratiques particulières. De là leurs noms différents. Par
celui de *silentiaires*, on désigna les moines qui s'étaient
interdit l'usage de la parole; on appela *paissants*, βοσκοί,
ceux qui, en Syrie, broutaient l'herbe des montagnes.
D'autres, qui, croyant aller plus vite au paradis à clo-
che-pied, ne se tenaient que sur une jambe, furent nom-
més *stylites;* d'autres *hésicartes*, ou *quiétistes*, parcequ'ils se donnaient moins de peines, et qu'ils faisaient
leur salut plus doucement; d'autres enfin étaient appelés
philosophes, c'est-à-dire amis de la sagesse; ce qui prouve
qu'il *y a fagots et fagots*, comme dit Sganarelle. Quelle
différence en effet de Socrate et de Voltaire à saint Si-
méon *stylite*, ou à saint Dominique *l'encuirassé!*

Les moines avaient d'abord vécu indépendants. « *Sicut pellicanus in solitudine, sicut nicticorax in domi-
cilio, sicut passer solitarius in tecto* ¹, comme le pélican
dans le désert, comme le hibou dans son trou, comme
sous son toit le passereau, qui s'appelle aussi moineau
ou petit moine. » Les nouveaux venant demander des
conseils aux anciens, et se mettant sous leur direction,
insensiblement ils se réunirent sous une règle commune, et reconnurent un chef commun sous le nom

¹ Ps. 101.

21

d'*abbé,* mot hébreu qui signifie père. Ils n'en vivaient
pas moins isolés pendant tout le temps où les exercices de piété ne les retenaient pas dans un lieu commun. Chacun d'eux avait sa cellule. Telle est l'origine
des monastères.

Les monastères dans les temps primitifs ne possé-
daient rien. Quand le nombre des moines se fut accru,
la terre qui les entourait ne fournissant plus à leurs besoins, si restreints qu'ils fussent, ils furent obligés de la
fertiliser par la culture. Ils se mirent à la défricher; et
le travail dont, avant leur règle, la nécessité leur avait
fait un devoir, leur appropria petit à petit les déserts
qu'ils fécondèrent. C'est ainsi qu'ils se créèrent des domaines, et que des hommes qui faisaient vœu de pauvreté habitèrent des bicoques d'où dépendaient des contrées entières. Telle est la source de l'opulence dont
jouissaient dans les derniers temps les disciples de saint
Benoît et de saint Bruno.

Avec l'opulence le relâchement s'introduisit insensiblement dans ces saintes maisons; mais de temps à autres s'élevèrent des réformateurs qui rendirent la discipline à sa première vigueur.

Le plus fameux d'entre eux est sans contredit Armand
le Boutillier de Rancé, qui, après avoir traduit et même
imité Anacréon, fatigué de la vie mondaine, se retira
au couvent de la Trappe, dont il était abbé. Au milieu
du dix-septième siècle, il y établit une règle plus austère
que celle à laquelle les cénobites des premiers temps

s'étaient assujettis. Ce saint homme, qui, en expiation
de ses fredaines, astreignait ses moines à tous les genres d'austérités, ressemble un peu à ces dames du grand
monde, qui, après avoir fait le carnaval, font faire le
carême à leurs gens. Quoi qu'il en soit, l'exagération
même de cette réforme en assura le succès. C'était à
qui vanterait

> Ces enfants de Rancé,
> Qui, tous morts au présent, vivants dans le passé,
> Entre le repentir et la douce espérance,
> Vers un monde à venir prennent un vol immense.
>
> DELILLE [1].

C'était à qui irait admirer à la Trappe

> Ses pâles habitants, leur rigide abstinence,
> Leur saint recueillement, leur éternel silence,
> Et, la bêche à la main, la pénitence en deuil,
> Anticipant la mort et creusant son cercueil.
>
> DELILLE [2].

La révolution dispersa les cénobites de la Trappe,
mais elle ne détruisit pas leur institut. En Suisse et
même en Angleterre, on leur permit d'être misérables
à leur guise; et depuis que la Belgique a été une seconde fois détachée de la France, les trappistes sont
venus s'y établir.

Ils habitent, au milieu des bruyères et des sapins

[1] *Poëme des Jardins*, chant II.
[2] *Ibid.*

21.

de la Campine, une maison assez propre, entre Anvers et Turnhout. Curieux de juger des choses par moi-même, j'ai voulu voir. J'ai vu que la poésie est une grande magicienne ! que la réalité est loin de répondre à l'idée qu'en dépit de la raison, l'imagination se forme de ces sortes d'institutions !

J'ai vu des hommes vigoureux, se séquestrant de la société à l'âge où ils doivent la servir, exténuer par de stériles pratiques des forces que l'état réclame.

J'ai vu des êtres animés, se ravalant à la condition de la matière et renonçant à leurs plus nobles priviléges, abdiquer avec le droit de vouloir la faculté de parler.

Certes, il vaut mieux se refuser l'usage de la parole que d'en abuser pour déchirer les bons et scandaliser les faibles. Mais consacrer à l'instruction des ignorants, à l'expression des sentiments honnêtes et généreux, à la propagation de la saine morale, cet organe que Dieu nous a donné pour communiquer nos idées et nos sentiments, n'est-ce pas remplir son but, dont on s'écarte évidemment en s'astreignant à n'ouvrir la bouche que pour chanter au chœur ?

Vivre sobrement, se contenter de ce qu'on trouve, ne regarder les aliments que comme un moyen de réparer des forces à défaut desquelles nous serions incapables de tout travail, rien de plus raisonnable sans doute. Mais n'est-il pas insensé de se condamner à des privations qui éteignent la vigueur, altèrent la santé,

et rendent l'homme inhabile à supporter toute fatigue
utile?

Le sage, j'en conviens, ne doit pas perdre de vue
notre fin commune. Nous ne sommes que des passagers
sur la terre. Nous le rappeler de temps en temps est
chose utile. Horace, qui a quelquefois vécu comme un
moine, quoiqu'il ne fît pas pénitence, nous parle souvent de la mort au milieu des plaisirs. Les bonnes têtes,
les bons cœurs, ne trouvent dans cette idée qu'un motif
de se hâter de faire le bien, de multiplier leurs droits aux
regrets des contemporains, à la reconnaissance de la
postérité. Tendent-elles à cela ces stations oisives faites
sur des tombes? Quoi de plus stérile en bien réel que
ce travail d'un moine qui tous les jours creuse sa fosse,
supposé même qu'il s'occupe plus de la grande idée de la
mort que le fossoyeur, qui tous les jours fait machinale-
ment la même besogne? Mais cela est-il dans la nature?
L'imagination finit par ne plus être à ce qu'elle a sans cesse
sous les yeux. On ne pense guère plus à ce qu'on voit
tous les jours qu'à ce qu'on ne voit jamais. Un trappiste,
pendant que je faisais ces réflexions, arrachait tranquillement les herbes du cimetière, qu'il appropriait avec le
râteau. Il n'avait pas l'air plus occupé de cette lugubre
tâche qu'un jardinier qui sarcle une fosse d'asperges.

On peut être très innocent et s'assujettir à ces mome-
ries; mais l'innocence ici participe un peu, ce me semble,
de l'imbécillité, et l'imbécillité n'est pas sainteté. La vie
vraiment sainte est celle qui est active et utile. C'est

celle d'un homme qui, éclairé par la charité et non
abusé par l'égoïsme, trouve, dans l'exercice même de ses
devoirs religieux, le moyen d'être meilleur citoyen que
les gens du siècle; c'est celle d'un pasteur qui, sous
quelque habit que ce soit, du haut de la chaire évangélique ou apostolique, distribue à tous les trésors de
la morale , et, prêchant surtout d'exemple, donne en
toute circonstance à ses ouailles celui de toutes les
vertus. Si un pareil homme se croit placé entre le ciel
et la terre, je pense qu'il a raison; ces hommes-là sont
rares; mais heureusement en est-il plus d'un encore
en ces temps de fanatisme et d'intolérance.

Je fus assez étonné de trouver cinquante moines dans
le couvent que j'ai visité. Je croyais, sur la foi de Voltaire, que notre temps n'était plus

> Ce ridicule temps
> Où le capuce et la toque à trois cornes,
> Le scapulaire et l'impudent cordon,
> Ont extorqué des hommages sans bornes.
>
> VOLTAIRE, *le Pauvre Diable*.

Je me trompais. Les jésuites ne recommencent-ils pas à
remontrer leurs cornes? De retour en France, n'y di-
rigent-ils pas, sous le nom de Pères de la foi, des sémi-
naires où les jeunes gentilshommes reçoivent une éducation tout aussi libérale, tout aussi militaire qu'il convient à des soldats du pape; et, en attendant les capucins,
ne voilà-t-il pas les trappistes rentrés dans leur maison,
aussi peuplée que jamais?

Quel que soit l'esprit du siècle, il y aura des moines
tant qu'il y aura des monastères; cela tient à plusieurs
causes, qui ne se rapportent pas toutes à la dévotion.
Tous les gens qui se vouent à cette vie pénible n'ont pas
quitté une condition plus douce que celle qu'ils embras-
sent; quelques uns même y sont poussés par des spéculations plus relatives à leurs intérêts en ce monde qu'en
l'autre, et n'y entrent que pour s'assurer une existence
certaine et supportable. Tels sont ces hommes qui, nés
dans la classe indigente, et doués d'une faible industrie,
ne peuvent combattre la misère que par un travail qui
n'est pas toujours fructueux. Ces hommes-là se croient
sortis de peine dès que le pain quotidien leur est assuré.
En outre, d'une condition méprisée, ils passent dans un
état respectable aux yeux de quelques personnes; et ils
revêtent avec orgueil ce froc que l'homme d'une classe
supérieure n'endosse que par humilité.

Les cloîtres se peuplent aussi de certains individus
qui, ayant compromis leur honneur et leur sûreté par
des actions peu conformes à la morale, fuient la société,
parcequ'ils redoutent ses justes ressentiments. En se jetant dans ces prisons, ils se font justice. Leur résolution
est une sentence prononcée par leur conscience. Elle
équivaut à une déclaration de jury, à un arrêt du tribunal. Je ne serais pas étonné de rencontrer un de ces
jours, sous le capuchon, le chevalier Lazarille en frère
lai, sous le nom de frère Ambroise; et, sous le nom de
dom Raphaël, l'abbé Tourniquet en frère clerc. Com-

bien je serais édifié de voir ces bons chrétiens s'entre-
confesser, s'entre-fesser, en récitant les psaumes péni-
tentiaux, et répétant pour antienne ce verset, qui semble
avoir été fait pour eux : « *Delicta juventutis meœ, et
ignorantias meas ne memineris*. Puissiez-vous oublier
mes espiègleries et mes âneries [1]. »

L'auteur du *Richardet* nous apprend que le paladin
Renaud rencontra dans un ermitage le paladin Ferra-
gus, qui avait échangé sa cuirasse contre un froc. Cela
est dans la vraisemblance. Il n'est pas nécessaire de se
reporter au temps des croisades, pour reconnaître qu'il
y a grande analogie entre la manie chevaleresque et la
manie monacale. Ce sont deux maladies de l'imagination également fécondes en extravagances. Ignace de
Loyola fut, pendant la première partie de sa vie, un
vrai chevalier errant. Pendant la dernière, l'affection
de cet esprit romanesque n'était pas calmée, elle avait
seulement changé d'objet ; le soldat de la vierge Marie
se retrouve tout entier dans le frère de la compagnie
de Jésus. Les moines sont les Sancho Pança de la religion : les croisés en étaient les don Quichottes.

Des esprits sévères se sont alarmés de la tolérance
que quelques gouvernements montrent aujourd'hui pour
les associations monastiques. Cette tolérance est, je
pense, moins dangereuse, et conséquemment moins
blâmable qu'on ne croit. Dès que les monastères ne sont

[1] Ps. XXIV, v. 7.

plus des prisons privilégiées, dès que l'homme qui vé-
gète là n'est plus lié que par une volonté révocable chaque année, dès que les vœux par lesquels il s'engage ne
sont plus reconnus obligatoires par la puissance sécu-
lière, un monastère peut n'être considéré que comme
une maison de fous tranquilles, lesquels rentreront dans
le monde quand leur accès sera passé. D'après cette manière de voir, on ne peut regretter comme homme utile
tout moine qui aujourd'hui s'obstine à rester moine. Il
faut le plaindre, c'est un incurable. Il est à sa place dans
cet hôpital. *Requiescat in pace.*

SUR LES INCONVÉNIENTS

QUE LA MORT PEUT AVOIR POUR UN HOMME DE LETTRES
PAR LE TEMPS QUI COURT.

A L'ERMITE DE LA CHAUSSÉE-D'ANTIN [1].

Ma santé loin de se rétablir se détériore de plus en
plus, cher ermite. Le lait d'ânesse, qui réussit à tant de
monde, est sans vertu pour moi. Je m'en vais ou je m'en
vas, comme disait ce puriste. Je puis dire avec Chaulieu,
aux nymphes du séjour enchanté d'où je vous écris;

> Muses qui dans ce lieu champêtre
> Avec soin me fîtes nourrir,

[1] Voyez la signature.

Beaux arbres qui m'avez vu naître,
Bientôt vous me verrez mourir.

Oui, je le puis, mais en me servant de ses propres
paroles, de ses propres vers; car il ne m'est plus permis
de penser depuis que je suis condamné à trop sentir.
Mon docteur m'a défendu expressément tout travail,
toute occupation même d'agrément. Si je fais des vers, je
fatiguerai ma tête. Si je chante des romances, je fatiguerai ma poitrine. Je suis condamné à l'inertie la plus absolue. Pour m'empêcher de mourir de fatigue, il me fait
mourir d'ennui. N'a-t-il pas impitoyablement déchiré
l'autre jour des stances élégiaques où je prenais congé
sur l'air : *Adieu paniers, vendanges sont faites!* Ma
guitare, ou ma lyre, pour parler poétiquement, est ac-
crochée, par ordonnance, à la muraille de ma chambre:
in medio ejus suspendimus organa nostra; et tout à
côté repose aussi cette pauvre flûte qui charmait jadis
mes peines. *Solamenque mali.... fistula pendet.*

Je ne suis plus bon à rien, et bientôt je ne serai plus
rien, tout me l'annonce. Triste vérité qui afflige mes
amis et mes parents même, que rien ne consolera de ma
perte, car je n'ai pas de fortune, mais qui n'afflige personne autant que moi; car, entre nous, je me crois encore le meilleur de mes amis, quelque tendresse qu'on
puisse me porter.

De l'intérêt que je prends à moi-même résulte pour
moi plus d'une inquiétude en cette extrémité. Je suis
homme de lettres, soit dit sans me vanter, et par consé-

quent friand de gloire. Dieu prenne en considération les
intérêts de mon âme dans l'autre monde ! mais dans
celui-ci, qui, si ce n'est vous, prendra soin des intérêts
de mon esprit; qui s'occupera de ma réputation quand
je n'y serai plus ?

De mon vivant mes affaires n'allaient pas mal. A l'exemple du bon-homme Lemierre, je les faisais moi-même,
et bien. Mais les autres auront-ils pour moi la même justice ou la même complaisance? Les journaux continue-
ront-ils à dire de moi ce que j'en pense? Enfin l'honnête célébrité que je me suis faite ne finira-t-elle pas
avec moi? Il serait bien cruel pour moi de n'être immortel que pour la durée de ma vie, comme tel marquis qui siège à l'académie, et tant d'autres académiciens
qui ne sont pas marquis.

Que les bonnes gens qui ne sont qu'honnêtes gens
viennent à mourir, les cloches sonnent, les prêtres chan-
tent, et tout est dit, s'ils ne laissent pas de dettes. Mais
il n'en est pas ainsi d'un homme de lettres, d'un homme
d'esprit, tel que vous et moi, cher ermite. Que de
gens qui, ne daignant pas s'occuper de nous quand nous
vivons, se croient obligés de faire le contraire dès que
nous avons cessé d'exister!

L'effet que les hommes produisent dans la société par
leur mort ressemble assez à celui des pierres qui tombent dans un puits. Les unes, qui se sont détachées tout
doucement, glissent silencieusement dans l'abîme, sans
rider même la surface de l'eau; les autres font des ronds

plus ou moins grands, en raison de leur pesanteur, et de l'élévation d'où elles sont précipitées. Leur chute enfin, en raison de ces circonstances, est accompagnée d'un bruit plus ou moins fort, et qui, pourvu qu'il soit propagé par des échos, peut durer une minute presque.

Je vais tomber dans le puits, cher éditeur; mais ce puits sera-t-il pour moi celui de la vérité? les échos seront-ils fidèles? c'est ce qui m'inquiète.

Les échos qui retentissent ordinairement au sujet de la mort des gens de notre classe (car vous êtes sans doute de quelque académie, française ou non) sont : 1° Le secrétaire qui fait l'oraison funèbre; 2° le successeur du défunt dans les honneurs académiques; 3° les journalistes; 4° les auteurs dramatiques; 5° les éditeurs de correspondances.

Celui de ces échos que je redoute le moins, c'est le confrère qui fera mon oraison funèbre. Quoiqu'il me déteste, son intérêt me répond de lui. Il ne voudra pas changer l'usage, et fera mon éloge moins pour continuer une bonne institution que pour n'en pas commencer une mauvaise. Il lui importe qu'en pareil cas on ne parle qu'en bien du héros de la fête, du saint du jour. Il se consolera enfin d'avoir dit une fois du bien d'un collègue, certain qu'il est que cette fois qui est la première sera aussi la dernière.

Je ne suis pas aussi sûr à beaucoup près de mon successeur. Nos règlements qui sont une autorité, et les convenances qui en sont une plus puissante encore, l'o-

bligent, je le sais, à exagérer le peu que je vaux. Mais
n'a-t-on pas vu des esprits indépendants s'élever au-
dessus de ces petites considérations, et tenter d'étendre
leur réputation aux dépens de l'immortel dont ils avaient
brigué la place? Chénier n'a pas trouvé tout-à-fait un
apologiste dans son successeur. Un pauvre académicien
n'est souvent, pour celui qui le remplace, que ce qu'é-
tait un âne mort, pour les prêtres de Cybèle; un tambour sur lequel il accompagne l'hymne qu'il a composé
en l'honneur de la divinité à laquelle il immole tout,
l'hymne qu'il a composé en son propre honneur. Si le
hasard ou la malice me donnait à l'académie un héri-
tier de ce caractère, entrez vite en négociation avec
lui, cher ermite. Dites à cet homme de génie qu'il n'y
aurait aucun profit pour lui à me dénigrer; que je n'ai
été ni gluckiste, ni économiste, ni moliniste, ni pic-
ciniste, ni encyclopédiste, ni janséniste; qu'en conséquence il n'entre dans les intérêts d'aucun parti que je
sois diffamé; que le vœu éternellement répété sur la
cendre des morts par la charité est, « requiescant in
pace! qu'ils reposent en paix! » vœu tout-à-fait conforme au génie du christianisme, et c'est, je crois,
une autorité. Et si vous pouviez faire adroitement entendre à ce digne homme qu'il y aurait quelque avantage pour lui à faire mon éloge, que mon panégyrique
ferait honneur à son imagination, que pour les esprits
féconds il n'est pas de sujets stériles, vous m'obligeriez
bien plus encore, et je serais un grand homme, car on

en fait d'un trait de plume comme nous le voyons tous
les jours.

Quant aux journalistes, c'est dans un autre intérêt
qu'il faut traiter avec eux. Il ne s'agit pas de savoir s'ils
parleront de moi en bien ou en mal, mais s'ils en parleront. Ces gens-là ne s'intéressent pas toujours assez à un
homme pour en dire du mal. La pire de toutes leurs
malices est leur silence. C'est la seule que je redoute.
L'eau du Léthé a bien mauvais goût après celle de l'Hippocrène. Et puis, quelle honte pour un bel esprit, s'il
n'obtenait pas dans les nécrologues une place qui s'accorde à des danseurs, à des mathématiciens, à des mar-
guilliers, au premier animal enfin qui meurt, même hors
du Jardin des Plantes ! Sauvez-moi d'un pareil déshonneur, cher ermite. Si, trois jours après mon décès, il
n'a été question de moi dans aucune des feuilles accré-
ditées, sollicitez, fût-ce même du moins indulgent des
marchands de renommées, un petit article, dût-il ne
m'être pas favorable. S'il ne me trouvait pas sujet assez
important, même pour être dénigré, dissipez ses scrupules. Représentez-lui que le diable, qu'il ne vaut pas,
a daigné quelquefois grêler sur le persil ; que toutes les
puissances de l'Europe n'ont pas eu honte de persécuter
trente-huit pauvres hères ; qu'il n'y a pas enfin de cadavre si décharné sur lequel les vers ne trouvent à vivre. Fi-
nancez même s'il le faut avec les successeurs de Geoffroy.
Mais non ; sans prendre tant de peine, adressez-vous à ce
bon monsieur Basile. Il est accommodant, celui-là, et

ne se fait jamais prier pour calomnier, même gratis. Arrangez-vous avec lui, à mon sujet, soit pour sa feuille *Quotidienne*, soit pour sa *Biographie*, soit pour l'une et pour l'autre. Un seul article lui suffira. En un tour de main il peut faire d'une pierre deux coups; dites-le-lui. Il est homme à se rendre à cette considération.

Passons aux auteurs dramatiques. Je ne m'occuperais pas d'eux *in articulo*, mon cher éditeur, s'ils ne s'occupaient pas de tout le monde. Savez-vous que le plus grand inconvénient que la mort puisse avoir aujourd'hui pour un homme célèbre est un effet de leur génie? Vous m'entendez, je crois; vous devinez que je veux vous parler de cette manie si commune d'exhumer un pauvre hère pour le mettre tout chaud sur la scène le lendemain de son enterrement. Semblable à l'entrepreneur des sépultures qui, sur le rang et la fortune, estime à la première vue le bénéfice que lui rapportera telle personne le jour où elle aura rendu l'âme; sur une pièce de vers, une page de prose, une tragédie, une chanson, un trait d'esprit ou de caractère, les maîtres actuels de la scène estiment, à livres, sous et deniers, ce que tel de leurs contemporains peut leur valoir le jour où il aura rendu l'esprit. Grâce à leur empressement, qui peuple le théâtre de revenants, on est tout étonné de retrouver au Vaudeville ou aux Variétés l'ami que l'on avait laissé au cimetière. Mais, comme cela doit être, on le trouve un peu changé. La plume est bien, entre les mains de ces messieurs, la baguette magique

avec laquelle ils évoquent les ombres ; mais malheureusement tous ceux qui manient la plume aujourd'hui ne
sont-ils pas sorciers. Si quelques auteurs sont en fonds
pour faire penser, parler, agir et chanter un homme
d'esprit et de cœur, il n'en est pas ainsi du grand nombre. Ils n'ont souvent ni vu ni lu l'auteur qu'ils prétendent faire revivre ; ou, dans le cas contraire, ils n'ont su
ni le saisir ni le comprendre. Ne pouvant le peindre
d'après lui, ils le peignent d'après eux, comme Dieu fit
jadis l'homme à son image. Le portrait alors devient
d'autant moins flatteur qu'il ressemble plus.

Ah! cher éditeur, ne me laissez pas tomber entre les
pattes de ces gens-là. De mon vivant, rien ne me désolait
autant qu'on me prît pour eux, si ce n'est qu'on les prît
pour moi. Sauvez-moi de ce malheur après ma mort. Vous
me direz que le sort que je redoute me serait commun
avec César, Achille, Alexandre, et tant de héros qu'un
écolier peut à son gré traîner sur le théâtre, sans que ces
grands hommes souffrent de la sotte figure qu'on leur y
fait faire, et des sots propos qu'on leur y fait tenir. Soit ;
mais à cela je réponds qu'entre César et moi il n'y a pas
de parité ; que César est connu de l'univers entier, et
qu'à Paris et dans mon village même, tout le monde ne me
connaît pas ; qu'on se moquera de l'écolier qui aura défiguré une physionomie que nous connaissons tous, tandis
que l'on se moquera de moi, que l'on croira reconnaître
dans une physionomie qui ne sera que celle de mon barbouilleur. Si je dois être un jour exposé au public, que

ce soit du moins tel que je suis. Je m'aime mieux tel que
Dieu m'a fait, que tel que me feraient les hommes. Je ne
veux ni perdre ni gagner. Qu'on parodie les ouvrages,
passe; mais les hommes, c'est trop fort! Je n'entends pas
raison sur cet article; et si j'étais jamais travesti en héros de drame ou de vaudeville, fût-ce même par le trop
ingénieux auteur du *Pied de mouton,* je suis homme à
revenir de l'autre monde pour me siffler.

Une autre espèce de spéculateurs contre laquelle je
vous prie de me protéger, c'est celle des éditeurs de
correspondances. Ces écumeurs de littérature sont nombreux. Tout chiffon griffonné qui tombe sous leurs mains
figure aussitôt dans un recueil de lettres inédites. Il me
semble pourtant que plus d'une considération devrait
apporter des restrictions à l'exercice de ce genre d'industrie, lequel, soit dit par parenthèse, rappelle un peu
celui de quelques honnêtes gens qui, la hotte sur le dos,
le crochet en main, vont cherchant fortune de borne en
borne, et trouvent leur vie dans des tas d'ordures. En
publiant ce qui n'a pas été écrit pour le public, on a plus
d'une fois compromis deux réputations, celle de la per
sonne qui écrivait et de la personne dont on écrivait.
Cela me semble blâmable par mille raisons. Si j'ai été
injuste, pourquoi donner à mon injustice une publicité
qui l'aggrave? Cette lettre contient ce que j'ai pensé une
fois; mais est-ce là ce que j'ai pensé toujours? Depuis
quinze ans, depuis quinze jours qu'elle a été écrite, mes
opinions ont été rectifiées. En divulguant ces opinions,

vous me calomniez. C'est enfin une lettre confidentielle
que vous avez interceptée. Or, surprendre des confiden-
ces, c'est se rendre coupable d'espionnage ; les publier,
c'est se rendre coupable de délation. On me dira qu'à
l'hôtel des Postes, et ailleurs, ce n'est qu'une bagatelle,
un privilége ministériel ; je le sais bien. Mais un honnête
homme ne peut-il pas rougir de ce qui paraît honnête
à un ministre ?

Souvenez-vous, cher ermite, que je désavoue d'a-
vance toute lettre de moi qui pourrait être publiée après
ma mort, toutes, excepté celle-ci. Je n'ai jamais fait de
caquet de mon vivant ; je ne veux pas qu'on puisse me
reprocher des caquets posthumes. Je ne veux pas être
traité non plus, comme ce pauvre Mirabeau, par de graves censeurs, qui, concluant de ce que tout le monde lit
mes lettres, qu'elles ont été faites pour être lues par tout
le monde, les compareraient à celles de la *Nouvelle Hé-
loïse*, et déclareraient la prose de mon histoire inférieure
à celle du roman de Rousseau.

Par charité, cher ermite, prenez soin de ma mémoire. A cet effet, je vous nomme dès aujourd'hui tuteur
ad hoc. Voyez aussi pour prix des services que vous me
rendrez ici-bas, voyez ce que je puis faire pour vous là-
haut. Je n'espère plus qu'en Dieu et en vous. J'ai recommandé à Dieu les intérêts de mon âme ; je remets ceux de
mon esprit entre vos mains, *in manus tuas, domine,
commendo spiritum meum.*

GALAND, *de Fontenay-aux-Roses.*

TOURNÉE DANS UNE IMPRIMERIE.

C'est une belle invention que celle de *Guttemberg*, qui donne à Mayence une célébrité presque égale à celle qu'elle doit à ses jambons. L'écriture fixait la pensée, l'imprimerie la multiplie; et, s'il est vrai que la science soit la nourriture de l'âme, un manœuvre, en faisant jouer une presse, renouvelle tous les jours le miracle de la multiplication des pains.

Je ne suis pas étonné que le créateur d'un pareil art en ait été émerveillé au point de l'annoncer comme *un art tenant du prodige*. Je ne suis pas étonné non plus que ses contemporains, non moins émerveillés des prodiges qu'un homme opérait en un tour de main, n'aient pas pu croire qu'il eût trouvé à lui seul un si beau secret, et lui aient donné le diable pour complice, dans une découverte dont le premier produit a été une édition de la Bible. Que de gens tiennent encore l'imprimerie pour une invention diabolique!

Faust, ou *Fust*, ou *Faustus*, autre associé de *Guttemberg*, passa aussi pour sorcier, telle est, même aujourd'hui, sur son compte, en Allemagne, l'opinion du peuple, des directeurs de marionnettes, et du fameux *Goëthe*, qui a trouvé là, pour eux, ou pour elles, un sujet de tragédie.

22.

De bons Parisiens firent ce qu'ils purent pour lui préparer un dénouement; on lit qu'ils présentèrent une requête à *nosseigneurs* du parlement, à l'effet d'obtenir que *Faust* fût brûlé pour avoir fabriqué quantité de manuscrits semblables entre eux sous tous les rapports, conformité qui était évidemment un effet de la magie. Cette fois *messieurs* ne firent pas droit à la requête, et ils firent bien. Au fait, ils auraient commis une injustice; le sorcier n'était pas *Faust*, mais son domestique *Schœffer,* qui perfectionna l'imprimerie, dont il augmenta l'utilité dans une proportion incalculable, en substituant aux planches en bois sculptées par *Guttemberg,* des lettres mobiles jetées en fonte. *Faust*, enchanté, donna sa fille en mariage à *Schœffer;* ce n'était pas se mésallier.

Le valet d'un orfèvre est donc véritablement

L'inventeur utile
Qui fondit en métal un alphabet mobile,
L'arrangea sous la presse, et sut multiplier
Tout ce que notre esprit peut transmettre au papier.

VOLTAIRE, *Épître au roi de Danemarck.*

Nous disons *est*, ne vaudrait-il pas mieux dire *serait* donc l'inventeur? car la Hollande réclame l'invention de l'imprimerie pour *Laurent Coster,* de Harlem, auquel ses compatriotes ont élevé, à ce titre, une statue, qui pourtant ne prouve rien, sinon qu'il était le plus laid bourgeois de cette ville.

Au reste, *Coster* a bien pu inventer de son côté à Harlem ce que *Guttemberg* inventait du sien à Mayence.

Quand l'esprit humain est dirigé, est poussé vers un but, par une tendance commune, il est tout naturel que plusieurs atteignent en même temps le même résultat, c'est ce qui se voit tous les jours dans les sciences comme dans les arts. Pendant que *Lavoisier* décomposait l'eau à Paris, *Cavendish* faisait la même découverte à Londres, et les savants les tiennent tous deux pour inventeurs de cette analyse.

L'imprimerie, inventée vers 1440, parvint presque en naissant à un si haut degré de perfection que depuis ce temps les efforts des grands imprimeurs ont plutôt pour but d'égaler leurs prédécesseurs que de les surpasser. L'art des *Elzevir*, des *Alde*, des *Étienne*, des *Plantin*, semblait n'être plus susceptible de progrès : aussi ne remarque-t-on pas d'innovation importante dans l'imprimerie, depuis l'utile amélioration qu'elle reçut de *Schœffer* jusqu'à l'ingénieuse invention du *polytypage*, qui, trois cents ans après, a placé le nom des *Didot*, déjà si célèbres par la pratique de l'art, au rang des hommes ingénieux qui l'ont créé. Par ce procédé, les pages entières se jettent en moule comme une simple lettre de l'alphabet. La durée des productions de l'esprit est garantie par celle de ces tables indissolubles, qui, à la propriété de les reproduire, joignent celle de les conserver : vrais livres, comme le cabinet qui les renferme est une véritable bibliothèque, où les œuvres du génie se lisent sur le métal, comme les lois anciennes se lisaient sur l'airain.

Mais sortons de ce cabinet pour entrer dans l'imprimerie, plaisante manufacture de plaisir et d'ennui, de raison et d'absurdité, de vérités et de mensonges, d'esprit et de sottise, qui s'échappent de là pêle-mêle, pour se répandre sur la terre. C'est l'antre de la Sibylle, ou plutôt c'est la boîte de Pandore, au fond de laquelle reste l'espérance, et d'où l'on compte toujours voir sortir quelque chose de bon.

Les imprimeurs pensent comme le public sous ce rapport ; et cette espérance est la base de leurs traités avec les auteurs. Il s'ensuit que, pour eux, la réputation est tout ; et que le mérite réel est moins celui qu'ils accueillent, que le mérite présumé. Vis-à-vis de l'auteur qui débute, l'imprimeur le plus instruit fait profession de la plus grande méfiance dans ses propres lumières. Il n'est pas assez présomptueux pour anticiper sur l'opinion publique, et la modestie, d'accord avec sa prudence, lui permet rarement d'élever au-dessus du médiocre un ouvrage sur la valeur duquel il n'a d'indices que ceux qui lui sont fournis par son goût. Cela explique comment tel ouvrage qui n'a valu que mille francs à l'auteur en a rapporté vingt mille au libraire.

Au contraire, un homme en vogue se présente-t-il, les choses changent de face. La même modestie qui empêchait tantôt le libraire de prévenir l'opinion publique, l'empêche maintenant de la contrarier. Si vous lui demandez, que tenez-vous là ? est-ce du bon ? est-ce du mauvais ? il vous répond : *C'est du Saint-Évremond.*

Payant au poids de l'or les reliques du grand Lama, il achète vingt mille francs tel ouvrage qui ne lui en rapportera pas mille, et perd avec l'homme à réputation ce qu'il a gagné avec l'homme à talent; ce qui, comme le dit *M. Azaïs,* fait compensation.

C'est un spectacle assez singulier que celui que présente l'intérieur d'une imprimerie. Cette activité bruyante dans des ateliers sombres et enfumés rappelle un peu celle des cyclopes. Dans le fait, là se fabriquent aussi des foudres qui ont quelquefois troublé la tranquillité du globe; là, un manipulateur ignorant, les bras nus, et couronné d'un bonnet de papier, coopère à la propagation des lumières, à la propagation d'un ouvrage qui va changer la face du monde! Complice du génie, et non moins innocent toutefois que la machine qui fait détoner le fusil, ou que le canonnier Larissole mettant le feu à la poudre qu'il n'a pas inventée.

Les gens de lettres auraient tort cependant de confondre dans leurs dédains tous les agents de l'art typographique. Le *compositeur,* ou *l'ouvrier de la casse,* doit être distingué de l'imprimeur, ou *l'ouvrier de la presse.* On peut imprimer sans savoir lire, comme faire imprimer sans savoir écrire; mais on ne peut composer en imprimerie, c'est-à-dire travailler à l'assemblage des caractères qui forment une planche, sans savoir lire et écrire.

Cette supériorité que les compositeurs ont sur tant d'auteurs donne souvent lieu à des scènes plaisantes.

Ces derniers se croient souvent estropiés quand on les redresse. C'est celui-ci qui se plaint de la transposition d'une virgule qui prête à sa phrase le sens qui lui manquait; c'est celui-là qui demande le rétablissement du texte, dont un ignorant vient d'altérer la pureté, et qui, pour preuve, présente son manuscrit, où se trouve une faute de français, que le compositeur a corrigée par inadvertance.

L'inadvertance des compositeurs n'est cependant pas toujours favorable aux auteurs : quelquefois aussi elle leur prête des fautes dont ils sont innocents. C'est pour y remédier qu'on a inventé les *errata*, qui ne sont quelquefois eux-mêmes que des fautes nouvelles; mais cela arrive rarement dans les imprimeries dirigées, comme la nôtre, par un bon *prote*.

Mais qu'est-ce qu'un *prote*, me demandez-vous? C'est l'homme le plus important de l'imprimerie, qu'il dirige, parcequ'il en connaît les détails, comme le pilote gouverne le bâtiment, parcequ'il connaît toutes les manœuvres. Le *prote* est là le chef, ainsi que l'indique le nom qu'il porte, nom dérivé du mot grec PROTOS, *primus*, premier. Peu d'auteurs seraient en état de remplir cette place : elle exige des connaissances très multipliées. Le *prote*, distributeur et réviseur du travail de l'atelier, doit, pour bien remplir ses fonctions, savoir toutes les langues, y compris la sienne; il doit surtout être doué du jugement le plus sain. Néanmoins cet homme, dont la raison rectifie les fautes des ouvriers, a quel-

quefois erré aussi par raison même. Il en est un qui, à
force de jugement, est tombé dans une erreur trop
plaisante pour que je me refuse au plaisir de la raconter.

Un poëte, doué, comme l'auteur *des Martyrs,* de plus
de facilité pour être sublime en prose qu'en vers, avait
cru pouvoir hasarder une épopée non rimée. Son œuvre
était sous presse, lorsqu'il se voit forcé de s'absenter. Il
part en recommandant sa gloire à la diligence du *prote.*
Tranquillisez-vous, lui dit celui-ci, je réponds de tout,
pas une épreuve qui ne me passe par les mains. Le poëme
s'imprime. Un des morceaux que l'auteur avait le plus
soignés était une description de bataille; il y avait épuisé
toutes les ressources de son génie; pas un lieu commun
qu'il n'eût employé : *On entendait,* disait-il après avoir
décrit les lieux où le sang allait couler, *on entendait
tonner le canon, crier les hommes, hennir les chevaux,
bruire les armes.* Or l'écriture du poëte n'était pas des
plus correctes; il formait quelquefois les *u* comme des
a. Le compositeur lit *braire* au lieu de *bruire,* et fait
imprimer comme il avait lu. Le *prote,* conformément
à sa promesse, relisait les épreuves avec la plus scrupu-
leuse attention. A ces mots *hennir les chevaux, braire
les armes :* Il est bien heureux pour l'auteur, s'écrie-t-il,
que je me mêle de ses affaires! on imprimait là une
belle sottise! Comment la raison, si ce n'est le goût, ne
vous a-t-elle pas éclairé, compositeur que vous êtes?
Braire les armes! — C'est ce que porte le manuscrit,

répond l'ouvrier. — Erreur manifeste! La force du sens ne vous indique-t-elle pas le mot à substituer? Éclairé par la force du sens, le *prote* n'hésite pas à substituer au mot *armes* le mot *ânes. Braire les ânes*, cela forme un sens parfait! Cela complète le morceau.

On dit que l'auteur ne fut pas d'abord de cet avis; cela n'empêcha pas toutefois force gens de goût de ne voir dans ce coq-à-l'âne qu'une hardiesse, qu'une beauté dans le genre d'Homère et de Job, et de crier au miracle; car dès ce temps-là le poëme en prose avait ses admirateurs. Aussi l'auteur s'est-il bien gardé de corriger cette beauté dans sa seconde édition.

Depuis l'invention de l'imprimerie, que de progrès l'esprit humain n'a-t-il pas faits! Grâce à cet art, la masse des lumières s'accroît journellement : aucune vérité ne se perd. Les peuples se les communiquent; les générations se les transmettent.

Cela est fâcheux, disent de bonnes gens. D'accord : mais cela est. Bonnes gens que la vérité contrarie, prenez votre parti sur l'imprimerie, qui n'est utile qu'à la raison, comme les filous ont pris le leur sur les réverbères, qui ne sont utiles qu'aux honnêtes gens. Ils se gardent bien de crier contre, de peur de se dénoncer. Il est vrai qu'ils s'en vengent en les cassant.

Tel est aussi votre recours contre l'imprimerie, et Dieu sait si vous en usez; mais qu'importe! Cassez, brisez : vous aurez beau faire, il n'est pas en votre pouvoir de détruire toutes les presses. Bien plus, quand vous y réussiriez, les dépôts des connaissances humaines sont si multipliés que vous ne sauriez les anéantir. Savez-vous qu'il existe un million de bibliothèques, et que des milliers de particuliers sont plus riches en livres que ne l'étaient les Ptolémées? La brûlure n'est pas plus à craindre désormais pour la philosophie que la censure; le flambeau d'Omar ne lui est pas plus redoutable que l'éteignoir des cuistres.

L'imprimerie a fait ces prodiges; et que ses moyens sont faibles comparés à ses immenses résultats! Du papier et de l'encre, de vieux chiffons et du noir de fumée, peuples, voilà ce qui vous assure votre liberté! Et toi, génie, voilà ce qui te garantit ton immortalité!

COLÈRE.

Colère (substantif). Les catéchistes rangent la colère parmi les péchés; sauf le respect qui leur est dû, j'ose ne pas être de leur avis. Un péché est un acte: or la colère n'est pas un acte, mais une disposition à certains actes. Les actes qui émanent de la colère sont, sans contredit, des péchés plus ou moins graves : reconnaissons la colère pour un vice; mais ne confondons pas la conséquence avec le principe, et le fruit avec l'arbre.

La colère est un vice bien épouvantable, bien déplorable. Il n'en est pas un, voire l'ivrognerie, qui rapproche plus l'homme de la brute. Pendant toute la durée de ses accès, l'action de la raison est suspendue. L'homme ne parle plus, il ne pense plus; il rugit, il extravague, il ne connaît personne; et plus d'une fois, dans l'isolement où l'a laissé sa famille qu'il menace, on l'a vu tourner ses coups contre lui-même.

L'altération de son physique peint assez le désordre de son moral. A ce visage défiguré par des mouvements convulsifs; à ce teint, tantôt pâle, tantôt enflammé; à ces yeux étincelants et qui semblent sortir de leur orbite : à cette poitrine haletante et d'où, à travers cette gorge tout à la fois gonflée et contractée, à travers cette bouche écumante et pourtant desséchée, s'échappent tantôt des cris inarticulés, tantôt d'épouvantables blasphèmes; à ces bras qui se tendent, à ces poings qui se ferment en menaçant, à ces genoux tremblants, reconnaissez un homme en proie au plus affreux de tous les délires, un homme prêt à dire toutes les sottises, à commettre tous les crimes.

Cette tendance à la fureur, qui peut résulter de plusieurs passions, telles que l'orgueil, l'avarice, l'ivrognerie, l'amour même, qu'est-ce qui la produit dans l'homme exempt de ces passions?

Hélas! et cela n'est que trop prouvé, cette tendance à s'irriter, à s'emporter, qui caractérise certains individus, est le résultat de leur organisation physique.

Les Grecs l'attribuaient à la prédominance et à la nature de la bile, qui dans leur langue se nomme χολὴ (cholé), d'où dérive colère.

Les Romains avaient la même opinion ; ils regardaient l'organe où se sécrète la bile comme la source de la colère.

> Quum tu, Lydia, Telephi
> Cervicem roseam, cerea Telephi
> Landas brachia, væ! meum
> Fervens difficili bile tumet jecur.
>
> HORAT., od. XIII, lib. I.

« Quand tu vantes Télèphe au teint de roses, Télèphe « aux bras de cire, ah! Lydie, comme *mon foie* s'en- « flamme, gonflé d'une *bile* acariâtre. »

Les poëtes modernes qui ont essayé de traduire ces vers, dont la grâce est intraduisible, ont substitué au mot *foie* le mot *cœur*. Le cœur, au fait, est vivement ému par l'affection dont il s'agit ; mais l'estomac l'est aussi, mais le cerveau l'est aussi. La colère semble avoir autant de foyers en nous qu'il s'y trouve de centres d'irritabilité.

Que la colère ait son siége dans le foie, dans le cœur, dans l'estomac ou dans la tête, ce n'en est pas moins une épouvantable maladie. Est-il quelque moyen de la prévenir ou de la guérir?

Je ne sais quel docteur conseille à cet effet des gouttes anodynes d'Hoffmann comme calmant, la magnésie et la rhubarbe combinées avec le sel de nitre comme évacuant. Ces spécifiques peuvent être excellents contre les conséquences d'un accès de colère; mais n'est-il pas quelques moyens de prévenir ces accès?

L'eau et la saignée, me dira-t-on, sont d'excellents préservatifs. Oui, pour affaiblir le corps. Mais ne serait-il pas plus glorieux de le soumettre à l'empire de l'âme? et n'est-ce pas elle alors qu'il faudrait fortifier?

Le directeur de Richard Cœur-de-Lion, prince colère ou colérique s'il en fut, lui avait prescrit, si l'on en croit sir Walter-Scott, de ne parler quand il se sentait en colère qu'après avoir récité mentalement un *pater* tout entier. La recette peut être bonne pour certains tempéraments; mais il est certains tempéraments aussi sur lesquels elle produirait un effet tout contraire à celui qu'on s'en promettrait, et qui, pour avoir différé d'éclater, n'en éclateraient que plus vivement.

C'est dans des raisonnements et non dans des pratiques puériles qu'il faut chercher des préservatifs contre la colère. Que l'on représente à l'homme enclin à cette passion tous les risques qu'il court en ne la réprimant pas; qu'on lui rappelle qu'elle rend ridicule l'homme qu'elle ne rend pas atroce; à défaut de vertu, n'eût-il que de l'amour-propre, cet homme parviendrait peut-être à se maîtriser.

Montaigne et M. Jourdain ne sont pas d'avis qu'il faille en cas pareil contrarier la nature : « Je suis d'avis, « dit l'un, qu'on donne plutôt une batte (un soufflet) à « la joue de son valet un peu hors de saison, que de gê-

« ner sa fantaisie pour représenter cette sage contenance;
« et aimerois mieux produire mes passions que de les
« couver à mes dépens. Elles s'allanguissent en s'éventant
« et en s'exprimant ; il vaut mieux que leur pointe
« agisse au dehors que de la plier contre nous [1]. »

« Je suis bilieux comme tous les diables, dit l'autre;
« et il n'y a morale qui tienne, je me veux mettre en
« colère tout mon soûl quand il m'en prend envie [2]. »

N'en déplaise à ces deux philosophes, dût-on appeler
sur soi le mal qu'on détournera de dessus les autres, il
vaut mieux refréner de pareils mouvements que de s'y
livrer.

Leur morale est celle d'Épaphrodite quand il cassait les
os à Épictète. J'aime mieux la morale de Socrate. « Je
« te battrais si je n'étais pas en colère, » disait-il à son
esclave qui avait manqué à son devoir. J'aime mieux
la morale de Louis XIV, qui, poussé à bout par Lauzun,
jeta sa canne par la fenêtre, en s'écriant : « Il ne sera pas
« dit que j'aie battu un gentilhomme. »

Ni l'un ni l'autre ne sont morts de l'effort qu'il leur a
fallu faire pour triompher d'eux-mêmes. Craignez-vous
de n'avoir pas sur vous le même empire, fuyez : il y a
presque de l'héroïsme à fuir en pareille circonstance.

Pour guérir les femmes de la colère, peut-être ne faut-
il pas tant de raisonnements, peut-être suffirait-il de

[1] *Essais de Michel de Montaigne*, liv. II, chap. xxxi.
[2] *Bourgeois gentilhomme*, acte II, scène vi.

leur présenter une glace au moment où tous leurs traits sont altérés par cette hideuse passion, ou de leur faire voir dans un individu en état de colère l'image de leurs propres excès. Ce serait encore les guérir en leur présentant un miroir; recette inventée, non par madame de Genlis, mais par Shakespeare, à qui cette dame l'a empruntée. Voyez dans le théâtre de ce poëte celle de ses comédies qui est intitulée *la Méchante femme*.

On donne souvent le nom de colère à des emportements d'enfant gâté, à des mouvements d'impatience qui se reproduiraient moins souvent si les individus qui les endurent se montraient moins complaisants.

C'est un ridicule qu'on ne corrige que par le ridicule.

Personne ne s'emportait plus facilement que le cardinal Dubois; et dans les accès de sa colère il n'y avait aucun jurement qui ne fût à l'usage de son éminence. Vernier, bénédictin défroqué dont il avait fait son secrétaire particulier, était le seul de ses familiers qui entendît ce bruit sans s'émouvoir; ce commis osait même, quand la fantaisie lui en prenait, interrompre par des observations les invectives de M. le cardinal.

Un jour que cet étrange ministre ne trouvait pas sous sa main un papier dont il avait besoin : « Vernier, s'é- « criait-il en jurant et en blasphémant, n'ai-je donc pas « assez de commis? Prenez-en vingt, prenez-en trente, « prenez-en cent. — Monseigneur, répondit tranquille- « ment Vernier, prenez-en seulement un de plus, et don-

» nez-lui pour emploi l'unique commission de tempêter
» et de jurer pour vous, et je vous réponds que vous au-
» rez du temps de reste et que vous serez bien servi. »
Le cardinal se mit à rire et s'apaisa.

La colère en latin s'appelle *ira*, dont nous avons fait
ire.

> Mais de son *ire* éteindre le salpêtre,
> Savoir se vaincre et réprimer les flots
> De son orgueil, c'est ce que j'appelle être
> Grand par soi-même, et voilà mon héros.
> J.-B. ROUSSEAU.

Il est fâcheux que le mot *ire* soit tombé en désuétude.
C'est la racine d'*irritation, irritable, irritabilité, irriter*. Nous repoussons les mots nouveaux et nous reje-
tons les mots anciens, et nous nous récrions sans cesse
sur la pauvreté de notre langue!

Colère, adjectif: enclin à la colère, synonyme de colérique. Achille était très colère. Le marquis de Ximenez,
après avoir lu à Piron une tragédie dont Achille était le
héros: « Mes caractères ne sont-ils pas bien conservés?
» lui disait-il. Comment trouvez-vous mon Achille?
» N'est-il pas bien colère? — Oui, colère comme un din-
» don, » répondit le poète bourguignon.

XERCÈS ET M. CASSANDRE.

A L'OPINION [1].

Grande reine, vous avez dit, dans un article très judicieux d'ailleurs, que *Xercès, pour être un fou, n'était pas un Cassandre.* J'ose être d'un avis tout opposé, et c'est sur l'histoire que je me fonde pour contrarier votre majesté.

Rien ne ressemble plus que ce roi des Perses à M. Cassandre, à la condition près pourtant, puisque ce dernier n'était, comme on sait, qu'un bourgeois de Pantin.

Consultons les autorités, à commencer par Hérodote. Ne nous montre-t-il pas Xercès toujours crédule, toujours occupé de ses rêves, et caressant ou rabrouant ses conseillers, selon que leur opinion s'accorde plus ou moins avec ce qu'il a rêvé?

Dans la conversation de Xercès avec Démarate (conversation dont le père de l'histoire nous a transmis le procès-verbal), les raisonnements de ce roi des rois diffèrent-ils beaucoup de ceux que le père noble du théâtre des boulevards oppose aux arguments de ses interlocuteurs, dans les discussions politiques qu'ils élè-

---

[1] Nom d'une feuille périodique qui prend pour épigraphe : *L'opinion est la reine du monde.*

vent quelquefois en plein vent? Xercès ne conçoit pas
que le petit nombre puisse tenir tête au grand nombre,
s'il n'y est contraint par la menace ou par le fouet :
ainsi raisonne quiconque n'a ni cœur ni esprit. Tel était,
au reste, le moyen de discipline des Perses. C'est au
bout des lanières que se trouvait le courage de leurs
soldats; le knout n'est pas d'invention nouvelle, mais il
n'est pas renouvelé des Grecs.

Si M. Cassandre adressait une lettre à la butte que
nous appelons Montmartre, qui ne rirait de son imbécillité? Serait-elle plus grande cependant que celle de
Xercès, qui, au dire de Plutarque, autre autorité, écrivit au mont Athos la lettre suivante : « Divin Athos,
« qui portes ta cime jusqu'au ciel, ne vas pas opposer
« à mes travailleurs de grandes pierres difficiles à tra-
« vailler. Autrement je te ferai couper et précipiter dans
« la mer. »

On ne sait pas ce que le mont Athos répondit.

Si M. Cassandre, en passant la Seine dans un batelet, à la Rapée ou à la Grenouillère, eût été accueilli
par le mauvais temps, et que son batelet eût fait ca-
pot, pensez-vous que ce bon homme, tout colère qu'il
soit, se fût avisé de faire administrer à la rivière cent
coups de nerf de bœuf ou de martinet? Voilà pourtant
ce que fit Xercès. La tempête ayant brisé le pont qu'il
avait jeté d'Abydos à Sestos, pour faire passer son armée d'Asie en Europe, Xercès ordonna qu'on chargeât
la mer de chaînes, qu'on lui appliquât cent coups d'étri-

vières, et qu'on la marquât d'un fer rouge, ce qui prouve aux criminalistes, soit dit en passant, que le fouet et la marque ne sont pas des perfectionnements modernes de la justice.

M. Cassandre n'eût pas prononcé non plus sa sentence contre l'élément rebelle dans un style aussi bouffon que celui du grand roi. La voici; elle est bonne à insérer au protocole où l'on conserve tant de pièces ridicules qui n'ont pas toujours fait rire. « Eau amère et « salée, ton maître te punit ainsi parceque tu l'as of- « fensé sans qu'il t'en ait donné sujet. Le roi Xercès te « passera de force ou de gré. C'est avec raison que per- « sonne ne t'offre de sacrifice, puisque tu es un fleuve « trompeur et salé. »

Voilà ce qui peut s'appeler des vérités *salées*. Le temps de ces rodomontades, il faut pourtant le dire, n'est pas encore passé tout-à-fait. Je ne sais quel Anglais, dégustant l'eau de la mer, sur je ne sais quelles côtes, disait : « Cette eau est salée, donc elle est à nous. » Cette prétention n'est guère plus modeste que celle de Xercès; mais malheureusement est-elle plus fondée.

On n'en finirait pas si on voulait pousser jusqu'au bout le parallèle entre Xercès et M. Cassandre. Terminons-le par un trait qui complètera la ressemblance.

Ce roi, qui traînait en Grèce cinq millions d'hommes pour en exterminer un million d'autres, passant un jour son armée en revue, *refrogna son front*, dit Montaigne d'après Hérodote, *et s'attrista jusqu'aux larmes, en pensant que de ces millions d'hommes il n'en resterait pas un seul dans cent ans;* et dans ce moment même ce bon roi les menait à la boucherie! M. Cassandre n'a jamais porté la bonhomie jusque là.

Tout cela, au reste, est dans la nature. Le plus stupide des bourgeois est encore moins stupide qu'un despote.

Dernière réflexion. L'homme à qui l'on répète continuellement qu'il peut tout n'a-t-il pas droit de ne pas croire à l'impossible? Un enfant picard, à qui sa maman n'avait jamais rien refusé, voulait absolument qu'elle lui *acatât* (achetât) une lune. Cha n'che peut mie, not' fieux, répondit la mère. Eh bien, j'en veux deux, répliqua le marmot.

Un despote n'est qu'un grand enfant gâté.

Telles sont, grande reine, les bases de mon opinion sur cette importante question, qui ne touche pas moins à l'érudition qu'à la morale. Permettez-moi d'en conclure que, *pour être un fou, Xercès n'en était pas moins un Cassandre,* et que si l'un des deux personnages a droit de se formaliser de la comparaison, ce n'est peut-être pas le roi des rois.

Tout cela doit justifier, ce me semble, l'acteur qui, chargé, dans la tragédie de *Léonidas,* tragédie éminemment historique, du rôle de Xercès, a cru devoir non pas prêter, mais conserver à ce tyran un certain caractère de bonhomie. Ce judicieux artiste prouve en cela

qu'il connaît l'histoire, et qu'il l'a étudiée avec profit,
ce dont on ne saurait trop le féliciter.

Je suis, de votre majesté ,

le très humble sujet,

***

LE TON ET LES AIRS.

Le ton, les airs, les modes, les mœurs, sont choses
très différentes. Les mœurs sont des habitudes constan-
tes; les modes des usages passagers; le ton et les airs ne
sont que des apparences, des démonstrations. Les habitudes communes à toute une nation sont des mœurs. Les
usages particuliers à telle ou telle année sont des modes.
Les manières affectées par certaines coteries ou par certaines personnes sont *des tons* ou *des airs.*

Ton se dit plus particulièrement de ce qui concerne
le discours. Un *ton assuré,* un *ton timide. Sur quel ton
le prenez-vous? Baissez le ton.*

Tout ranimé par son ton didactique,

dit le Pauvre Diable en parlant du ton de Lefranc de
Pompignan, qui, à ce qu'il paraît, était quelquefois aussi
sec et aussi pédant que l'est toujours M. de Laplace.

Air se rapporte exclusivement aux manières. *Des airs
de grandeur, des airs de bonté, un air avantageux.*

Graudval me regardait
D'un air de prince...,

dit aussi le Pauvre Diable en parlant d'un comédien qui faisait le grand seigneur même hors du théâtre.

On peut avoir le plus mauvais ton et l'air le plus distingué, comme avec l'air le plus commun avoir un ton excellent.

Parler sa langue avec pureté, mais sans affectation, s'énoncer avec grâce, plaisanter sans licence, raisonner sans pédanterie, discuter sans emportement, être également sobre de fades compliments et d'âcres épigrammes, voilà, ce me semble, avoir bon ton.

Bien porter sa tête, n'avoir ni trop de raideur ni trop d'abandon dans le maintien, avoir une démarche aisée, n'aller ni le nez au vent comme un petit maître, ni les yeux en terre comme un séminariste, se montrer dans sa toilette également éloigné de la négligence et de la recherche, voilà, ce me semble, avoir bon air.

Bon air, bon ton, n'ont cependant pas toujours un sens aussi absolu. Par ces mots, chacun désigne le plus habituellement le ton et les airs de la société, ou de l'homme offert par la mode comme objet d'imitation à l'admiration publique.

Dans ce sens, on a bon ou mauvais ton, bon ou mauvais air, suivant qu'on se rapproche ou qu'on s'éloigne davantage des airs et du ton des modèles, des manières de l'homme ou de la société qui *donne le ton*.

En se composant sur l'homme à la mode, ce ne sont pas toujours des perfections qu'on imite ; souvent on ne se fatigue que pour contracter des défauts, que pour échanger des grâces contre des grimaces. Les courtisans d'Alexandre se tordaient le cou pour habituer leur tête à se pencher sur l'épaule gauche, à l'instar du maître du monde. Ainsi en était-il des courtisans d'un des princes de Bénévent. Il clochait ; c'était à qui cloche-rait autour de lui. Modelant ses grâces sur les siennes, on se gardait bien de marcher droit ; c'eût été chez cette altesse le plus sûr moyen de tomber.

> Lorsqu'Auguste buvait, la Pologne était ivre.
> Lorsque le grand Louis brûlait d'un tendre amour
> Paris devint Cythère, et tout suivit la cour :
> Quand il se fit dévot, ardent à la prière,
> Le lâche courtisan marmotta son bréviaire
>
> FRÉDÉRIC.

Qu'une femme à la mode juge à propos, comme made-moiselle Le Verd, de ne plus prononcer les *r*, vous voyez aussitôt cette lettre rayée de l'alphabet du bon ton.

Le langage affecté des *Précieuses ridicules*, les airs impertinents du marquis du *Cercle*, ont été le bon ton, les grands airs, à l'hôtel de Rambouillet, sous Louis XIV, et sous Louis XV, à l'OEil-de-Bœuf. C'était pour ne pas paraître ridicule que chacun s'efforçait de l'être.

Encore si cette manie de bon ton se renfermait dans les bornes du ridicule ! Mais que de fois n'a-t-elle pas

entraîné jusque dans le vice! Que de fois, par suite de
cette sotte ambition, des hommes honnêtes n'ont-ils pas
eu honte de se montrer tels! Si des gens sans principes
affectaient sous le règne de madame de Maintenon le ton
et les airs de la dévotion; sous le régent, des gens honnêtes n'affectaient-ils pas les airs et le ton des *roués?*

Ne la chiesa
Co i santi, e in taverna co i ghittoni.
DANTE.

« Fais à l'église comme les dévots, et à la taverne
comme les goinfres, » dit très prudemment le Dante,
dans sa Divine Comédie; maxime équivalente à ce proverbe : « Il faut hurler avec les loups. »

Il ne faut pas plus conclure du ton et des airs en fait
de mœurs, que des hurlements ou des discours en fait
d'opinion. Il y a souvent de l'esprit et des vertus dans
la tête et dans le cœur de tel homme qui, par ton,
par air, vient de dire ou de faire une sottise et même
une atrocité. La révolution, la contre-révolution, ne l'ont
que trop prouvé. Cet homme n'en est pas moins sous
l'empire de ses mœurs, sous la tyrannie de sa conscience.
Sa raison, altérée par une sorte d'ivresse, ne l'a pas aban-
donné pour toujours. Elle lui reviendra, et le moment
n'est pas loin où il aura honte de ce dont il tire aujour-
d'hui vanité. Lazarille, qui n'a jamais eu les rieurs pour
lui, ne désavoue-t-il pas à présent et ses *Grivoisiana* et
certain *Journal des rieurs*, qui prouve à quel point il était
jovial en 1795? Avant lui, l'anglais Henri V, qui, parti de

Londres, régna en France tout comme un autre, avait figuré avec des bandits avant de prendre place parmi les héros. Il ne faut désespérer de rien. *Le ton, les airs,* ne sont pas l'homme. Ce sont des masques, des habits taillés par la mode, et qui voilent aussi souvent les perfections que les défectuosités de l'homme qui les revêt.

Suivant le temps, on voit des hommes affecter un ton dur, pour ne pas paraître faibles, et faire l'aumône en secret, parcequ'ils sont bons. Suivant le temps, l'on en voit d'autres affecter la sensibilité la plus profonde et signer toutes les souscriptions, donner à toutes les quêtes, s'inscrire sur toutes les listes philanthropiques, et ne payer ni leurs domestiques ni leurs fournisseurs.

> On ne sait ce que c'est que de payer ses dettes,
> Et de sa bienfaisance on emplit les gazettes.
>
> COLLIN D'HARLEVILLE.

Le ton, les airs, s'empruntent souvent dans les intérêts les plus contradictoires : ici, c'est pour être distingué de la foule ; là, c'est pour être confondu avec la société.

Voyez ce novice débuter dans le monde ; ses habitudes, ses principes, se taisent en présence du ton. Perdant le sentiment du bien et du mal, il n'a plus que celui du ridicule, et le ridicule n'existe pour lui que dans la différence de ses manières à celles des gens du bon ton, auxquels il brûle de ressembler. C'est ainsi qu'un jeune homme irréprochable sourit au noble escroc dont il est

dupe, et s'étudie à prendre *le ton* et *les airs* de cet homme
dont les mœurs lui feraient horreur. C'est ainsi que de
jeunes femmes dont le cœur reste chaste revêtent la modestie même des modes inventées par la coquetterie,
dans un but dont elles auraient honte, si elles le devi-
naient. Pour paraître de bon ton, la vertu prend ici les
airs et le ton du vice. Telle est l'histoire de *Vert-Vert*,
qui, au milieu des jurements des bateliers, eut honte de
parler le langage pudibond des visitandines. Telle est
l'histoire de *M. de Serres,* qui, au milieu des vociféra-
tions des *ultra*, eut honte de conserver le langage modéré des honnêtes gens. La honte de ne pas avoir le ton
de l'assemblée a seule compromis, en ces circonstances,
le perroquet de Nevers, et le vice-chancelier de France.
Il faut plus de caractère qu'on ne pense pour savoir
garder son propre ton, pour savoir rester soi, quand on
n'est pas comme tout le monde.

Que de gens sans caractère se sont calomniés par le
ton qu'ils ont pris ! Mettons à leur tête

Ce bon regent qui gâta tout en France ;

ce neveu de Louis XIV, que son oncle appelait si judi-
cieusement *un fanfaron de crime.*

Le bon ton, que trop de personnes prennent pour le
bon goût, en diffère beaucoup à mon sens.

Le bon goût a la raison pour base : c'est cette faculté
qui perfectionne ce qui est bien, et parmi les bonnes
choses nous fait distinguer la meilleure : c'est ce senti-

ment exquis par lequel on concilie toutes les convenances, et dont les opinions comme les inventions sont
confirmées par tous les siècles, parcequ'elles ne sont
jamais en opposition avec la nature, que le bon goût
orne sans la contrarier. Le bon goût peut rendre compte
au bon sens de toutes ses préférences.

Quant au bon ton c'est tout autre chose. Demandez
un peu aux arbitres suprêmes en fait *de ton* et *d'airs*,
pourquoi telle locution ou telle manière qu'ils affection-
nent ou qu'ils évitent est ou n'est pas de bon ton?
parceque cela est de bonne compagnie, parceque cela
n'est pas de bonne compagnie, vous diront-ils. Leur
demandez-vous le pourquoi de ce pourquoi, vous n'en
tirerez plus rien. Cette réponse au fait contient tout :
elle tranche tout, pour la plupart des gens. En matière
de ton le motif n'est rien, le fait est tout. Que leur
importe-t-il après tout? de passer pour être de la société qui donne le ton. Quoi de mieux pour y réussir,
que d'en prendre le jargon et les simagrées? Qu'est-ce
que la logique et le bon sens ont de commun avec ces
affaires-là?

Ce jargon, ces simagrées, *ce ton, ces airs*, sont pour
les gens de la coterie à laquelle ils appartiennent ce
que sont pour les francs-maçons les signes extérieurs
à l'aide desquels ils se font reconnaître ; à l'aide desquels, au milieu du vulgaire, ils se font honorer comme
adeptes d'une société choisie. Qu'importe ce que ces
démonstrations signifient, pourvu qu'elles annoncent ce

que sont les gens qui s'en servent, pourvu qu'elles donnent d'eux l'idée qu'il leur importe qu'on en prenne?

C'est en parlant des gens qui veulent passer pour ce qu'ils ne sont pas, qu'on dit *prendre des airs : prendre des tons, se donner des tons, des airs,* cela se dit aussi des gens qui s'arrogent des droits qu'ils n'ont pas. Dans ces locutions, *tons* et *airs* sont synonymes.

Avoir l'air, avoir le ton, n'a pas tout-à-fait le même sens. Cela indique seulement que tel homme ressemble à tel autre, sans dire que cette ressemblance soit l'effet de sa volonté :

> Le beau-père a, ma foi, tout l'*air* d'un chat-huant.
>
> SCARRON.

Louis XI avait l'air d'un bon homme; cela ne veut pas dire qu'il eût la prétention de passer pour l'être. Si ce tyran fut cruel et superstitieux, du moins ne fut-il pas hypocrite.

Air se dit tantôt de l'expression de la figure, *il a l'air inspiré, il a l'air de bonne, de mauvaise humeur ;* et tantôt de l'habitude de toute la personne, *il a l'air d'un honnête homme, l'air d'un coquin, l'air d'un homme comme il faut.* Air peut ici être suppléé par *mine : il a bonne, il a mauvaise mine.*

> Vous avez bien la *mine*
> D'aller un jour réchauffer la cuisine
> De Lucifer; et moi, prédestiné,
> Je rirai bien quand vous serez damné.
>
> VOLTAIRE.

M. de Malesherbes, qui était un homme comme il faut, n'avait pas *l'air* d'un homme comme il faut, quoiqu'il en eût *le ton* plus que personne. Un jour qu'il était allé voir un officier supérieur, le factionnaire le força de déposer à la porte la canne sur laquelle il s'appuyait, et qu'indépendamment de son âge la goutte lui rendait nécessaire. Le général, qui le voit arriver tout boitant, court à sa rencontre, lui offre le bras, et demande au soldat pourquoi il en a usé ainsi avec un homme aussi recommandable? Ma consigne, répond celui-ci, est de désarmer tous les gens de mauvaise mine. Il a fait son devoir, dit M. de Malesherbes.

Rien de plus trompeur que la mine. Aussi La Fontaine a-t-il dit :

> Garde-toi, tant que tu vivras,
> De juger les gens sur la mine.

Un grand seigneur, qui se promenait à pied, est croisé dans son chemin par un humble marchand dont la figure lui déplaît. Cet homme a tout l'air d'un fripon, dit-il, tout haut, aux personnes qui l'accompagnaient. Ce monsieur, répliqua le marchand, a tout l'air d'un honnête homme; mais nous pourrions bien nous tromper tous les deux.

DROLE, GUEUX, COQUIN, GREDIN.

Nous le répétons, il n'y a pas de synonymes. Les mots les plus analogues ne se ressemblent guère plus entre eux que les hommes. Mais comme cela arrive tous les jours avec les hommes, d'après certains rapports de physionomie, on prend souvent l'un pour l'autre.

On dit à chaque instant de tel barbouilleur de papiers qui calomnie à la journée ou à la semaine, c'est *un drôle, un gueux, un coquin, un gredin :* ces mots, par lesquels on croit n'exprimer qu'une même idée, ont cependant des significations différentes. C'est ce que nous allons essayer de démontrer dans cette petite dissertation.

Drôle, dans l'origine, est le nom d'un agent infernal, d'un lutin, d'un follet, d'un farfadet, mince génie, petit esprit, pauvre diable, assujetti à un sorcier, ou même à un homme qui n'est pas sorcier. Le *drôle* est très actif et très alerte. Il travaille dans l'ombre et sans bruit. Nettoyer l'écurie, panser les chevaux, et tout cela sans se montrer, telle est son habitude. Son plus grand plaisir est d'étriller les pauvres bêtes. Le *drôle* s'attache volontiers au maître qu'il sert. En cela il diffère un peu de certains hommes auxquels on donne son nom.

Drôle, en parlant des hommes, a deux significations très opposées, suivant qu'il est employé substantive-

ment ou adjectivement. Adjectivement il ne se prend
guère en mauvaise part. Il équivaut à enjoué, plaisant,
facétieux, et se donne innocemment aux gens d'humeur
joyeuse, joviale et bouffonne. Exemple : *Cadet Buteux
est vraiment drôle* Cela se disait déjà de *Lazarille*,
quand il était paillasse aux boulevards; depuis qu'il est
gentilhomme, cela se dit encore : il est aujourd'hui plus
drôle que jamais.

Drôle a quelquefois le sens de singulier, de bizarre,
d'original. Rabelais et M. de Bonald ont fait l'un et
l'autre un drôle de livre. Ce sont deux drôles de corps ;
mais les drôleries du paroissien sont un peu plus sérieuses que celles du curé, ce qui prouve que drôle et
amusant ne sont pas nécessairement la même chose.

Dans ces locutions, *un drôle d'ouvrage, un drôle de
discours, un drôle de corps,* il faut avoir grande attention à ne pas intervertir l'ordre des mots. *Drôle* de-
viendrait alors un substantif, et la phrase tournerait à
l'aigre au point qu'il n'est homme si misérable et de si
mauvaise compagnie qui ne crût devoir s'en fâcher.

D'un mot mis à sa place apprenez le pouvoir

Drôle, au substantif, désigne un individu dont la morale inspire peu d'estime, et qui, sans être tout-à-fait
un fripon, n'est rien moins qu'un galant homme. Le
drôle a moins d'honneur qu'un polisson et plus de probité qu'un escroc. On peut être un drôle et n'avoir jamais rien eu à démêler avec la justice. On peut même

être un drôle et rendre la justice; car il en est des drôles comme des honnêtes gens, il y en a partout.

Le dauphin disait en parlant du cardinal de Rohan :
*C'est un prince très recommandable, un prélat très
respectable, et un drôle bien découplé.*

Mirabeau appelait l'avocat Chapelier la *fleur des
drôles.* Il est bien singulier que ce mot ait été trouvé
à une époque où *Lazarille* ne fleurissait ou ne *florissait*
pas encore. Mirabeau, comme le métromane,

Dérobant ses neveux,
A la postérité ne laisse rien à dire.

On peut, comme on le voit, être un drôle dans toutes
les fortunes et toutes les conditions; mais un *gueux,*
c'est différent.

Le gueux est un pauvre fainéant, un pauvre mendiant.
Tels sont ces misérables qui, dans les rues, vous poursuivent de leurs demandes, ou sur les quais vous affli-
gent du spectacle de leurs plaies et de leurs infirmités.
Tels sont ces gens qui vous tendent le goupillon quand
vous entrez à la paroisse. Ceux-là au moins donnent
pour recevoir. Ils vous vendent de l'eau bénite; que de
gens en place font ce commerce, sans passer pour ce
qu'ils sont !

Les rats d'église sont réputés les plus gueux des gueux.
Dorine dit, en parlant de Tartufe,

Un *gueux* qui, quand il vint, n'avait pas de souliers,
Et dont l'habit en tout valait bien six deniers.

24

Tartufe n'était d'abord qu'un rat d'église.

Un gueux peut être un escroc, mais le contraire n'est pas impossible. C'est par suite du peu d'estime qu'on a pour la pauvreté, qu'on emploie quelquefois le mot gueux pour celui de malhonnête homme. On penche assez à croire que celui qui est prêt à tout recevoir est prêt à tout prendre.

Molière, surpris de ce qu'un gueux auquel il avait donné un louis par distraction le lui rapportait, s'écria: *Où diable la vertu va-t-elle se nicher!* C'est le mot d'un misanthrope.

Dans sa plus mauvaise acception le mot gueux indique donc un homme également méprisable et misérable : d'après cela, cesser d'être misérable suffit pour cesser d'être gueux; mais en devient-on plus estimable? Un gueux qui fait fortune peut bien n'avoir fait que passer dans la classe des drôles : *demandez plutôt à Lazarille.*

La mendicité fut un moment extirpée dans plusieurs départements français. Aussi les gueux se disaient-ils ruinés par la révolution. Mais il y a eu pour eux comme pour les nobles une restauration.

Les gueux comptent parmi eux de grands saints. Les frères des quatre ordres mendiants sont-ils autre chose que des gueux? La besace sur le dos, l'écuelle à la main, faisaient-ils sous le froc et en capuchon un autre métier que celui de tant de misérables en sarrau et en souquenille? D'après leur institut, ne pouvant rien possé-

der, ils étaient réduits à quêter pour vivre. Eût-il été
moins édifiant de les obliger par leurs vœux mêmes à
gagner leur vie en travaillant! Travailler c'est prier. Le
vœu d'utilité eût bien valu celui de pauvreté. Mais le
bon François d'Assise n'en savait pas tant. Ses enfants,
tout ignorants qu'ils sont, ont fini cependant par en savoir plus que lui. Dans les derniers temps, les capucins
s'efforçaient de mériter par les services qu'ils rendaient
à la société les charités qu'ils en recevaient. Ils ne
priaient que quand ils n'avaient rien de mieux à faire.
On les voyait assister les malades dans les hôpitaux, consoler les malheureux dans les prisons ; on les voyait
courir aux incendies et s'y montrer presque aussi braves
que des pompiers. Ils n'étaient pas, à la vérité, aussi
savants que les jésuites, qui faisaient aussi vœu de pauvreté ; mais en revanche ils étaient plus modestes.

Le plus célèbre des gueux du siècle dernier est sans
contredit le nommé *Labre*, né à Boulogne-sur-Mer, et
mort en odeur de sainteté, il y a une trentaine d'années,
à Rome, où il s'est sanctifié à ne rien faire. Un autre
gueux, nommé *Poulailler*, obtint bien aussi quelque
célébrité vers le même temps, à Paris; mais sa vie fut
moins édifiante, quoique plus active. C'était un héros de
basse-cour, très redouté des fermiers de la Beauce et
de la Brie. Sa fin fut tragique, comme le constate une
complainte faite à son sujet, où l'on trouve les vers sui-
vants :

Mon cher Poulailler,

Tu seras pendu,
N'en demande pas davantage.

Il le fut. Que ne se sauvait-il en basse Normandie? Quinze ans plus tard, sous le nom de *chouan*, peut-être eût-il été un grand homme tout comme un autre.

Au fait, le nom de gueux a été porté une fois par de grands hommes. Il est illustre dans les fastes de l'histoire. Les premières familles flamandes, à commencer par la plus célèbre de toutes, ne descendent-elles pas de ces *gueux* qui avaient secoué le joug de la maison d'Autriche, sous lequel la Hollande n'est jamais retombée? Ce nom injurieux devint si honorable, dès que Guillaume-le-Grand l'eut accepté, que depuis lui je ne sache guère que *Washington* qui, au même titre, aurait eu le droit de le porter. C'est ainsi que, voulant diffamer un homme, on ne fait quelquefois que réhabiliter un mot.

On peut donner à tout homme déchu de l'opulence dans la misère le nom de gueux. OEdipe, Ulysse, Bélisaire, ont été des gueux. Cela doit consoler les hommes qui aujourd'hui ne sont pas plus riches que ces héros; nobles infortunés, du nombre desquels on doit excepter tel duc et tel prince, qui n'ont perdu que le pouvoir: ceux-ci ne sont que des malheureux.

Las de mendier, les gueux s'arment-ils, on les appelle brigands; puis pendards s'ils sont vaincus, ou héros s'ils sont vainqueurs. Des gueux ont fondé Rome.

Dans l'état paisible, les gueux s'appellent aussi *coquins*, *gredins*.

Coquin dérive de *coquina*, cuisine; *cuistre*, qui signifie tout autre chose, a la même racine. La condition de cuistre est très compatible avec la plus complète innocence. Tous les cuistres ne sont pas aussi malins que l'abbé Tourniquet.

Entre gredin et coquin la différence n'est pas grande. Lazarille en donnerait le choix pour une épingle. Un gredin, dans le sens primitif du mot, est cependant un chien dont la mauvaise réputation vient de ce que, dans la race à laquelle il appartient, les individus savent quêter, piller même, mais rien de plus. J'ai connu un honnête fournisseur qui, pour pareille cause, donnait le nom de gredins à ceux de ses agents qui trompaient sa confiance. Ne me parlez pas de ce gredin-là, disait-il en parlant d'un de ses employés les plus intelligents : c'est un chien qui quête, mais qui ne rapporte pas.

Gredin répond au *dog* des anglais, épithète dont ils nous gratifient si libéralement.

Gredin n'est employé quelquefois que pour désigner des hommes sans importance, sans considération, sans crédit.

> Il semble a trois gredins, dans leur petit cerveau,
> Que, pour être imprimés et reliés en veau,
> Les voilà dans l'état d'importantes personnes,
> Q'avec leur plume ils font les destins des couronnes.
>> *Femmes savantes.*

Ne croirait-on pas ces vers faits avant-hier sur les gentilshommes qui rédigeaient *le Conservateur?*

Voltaire emploie en plus d'un cas le mot de gredin. Il fait dire au pauvre diable devenu apprenti Fréron :

> Quel fut le prix de ma noble manie?
> Je fus connu, mais par mon infamie,
> Comme un gredin...
>
> *Le Pauvre Diable.*

Tout le monde peut prétendre à la réputation.

Mais comme le même poëte dit ailleurs à un barbouilleur de papier,

> Çà, que prétendez-vous? — De la gloire. — Ah! gredin,
> Sais-tu bien que cent rois la briguèrent en vain?

il faut en conclure que la gloire n'est pas faite pour tout le monde.

Mais à quoi bon, me dira-t-on, cette grave dissertation? A plus d'une chose, chers lecteurs; elle apprend à ceux d'entre vous qui aiment à savoir ce qu'ils disent la juste valeur des termes que nous avons examinés; elle leur indique avec une rare précision le poids réel de ces sortes de pierres que, dans l'impatience, on est trop souvent porté à jeter à celui qui la cause. Grâce à cette petite instruction, et pour peu qu'on garde de présence d'esprit dans la colère, on choisira ses mots proportionnément au tort qu'on a reçu, ou à celui que l'on veut faire, et l'on fera concorder l'adjectif avec le substantif, comme la syntaxe le commande.

Les injures ne doivent pas plus être employées indifféremment par un esprit juste, que les compliments et les qualifications. On se garde bien d'appeler une altesse, excellence; un monseigneur, monsieur; un monsieur, l'ami ou l'*homme,* ce qui est, comme on sait, le terme le plus méprisant dont on puisse se servir par politesse. Le même discernement doit présider à la distribution des compliments négatifs.

Un petit mot avant de finir, sur l'emploi injurieux que nous faisons du mot *homme.* En cela les Français diffèrent beaucoup des Espagnols, qui n'y voient qu'une honorable qualification, et emploient si volontiers le beau mot *hombre,* dans leurs plus nobles interpellations. Il est vrai qu'il y a eu chez eux des hommes.

Il y a des gueux partout, et il y en a eu de tous les temps. Mais tous ces gueux-là n'ont pas été, ne sont pas et ne seront pas des héros.

DES VOISINS.

Vicus, en latin, signifie bourg, village, quartier. *Vicinus,* qui en français fait *voisin,* dérive évidemment de *vicus.* L'application du mot *vicinus,* qui primitivement semble avoir dû s'étendre à tous les habitants d'un même endroit, aura été insensiblement restreinte par l'usage, et ne se faisait plus qu'à ceux des habitants dont les maisons étaient contiguës, quand il a été transporté dans les langues modernes. *Nous sommes voisins, nos deux*

maisons se touchent. Nous ne sommes séparés que par
la rue : nous sommes presque voisins.

A la campagne ainsi qu'à la ville, notre voisin est celui qui habite le plus près de nous. Mais comme les terres
sont plus étendues que les maisons, on peut se traiter
de voisins, et vivre à quatre lieues l'un de l'autre.

Dans les réunions, comme au théâtre, à l'église, à
table, à la noce, les voisins sont plus rapprochés. Ce
nom désigne alors les personnes qui se trouvent immédiatement placées les unes à côté des autres, et qui souvent se trouvent encore trop éloignées.

Est-ce un avantage, est-ce un inconvénient que d'a-
voir des voisins? Oui et non, dirait Sganarelle.

Le voisinage est une conséquence de l'état de société,
lequel est une conséquence de l'intérêt que les hommes,
si faibles, si bornés dans leurs moyens, quand ils sont
isolés, ont de se réunir pour augmenter leur force de
celle de tous les individus auxquels ils s'associent, et
leurs ressources de toutes celles de leurs voisins, auxquels par échange toutes les leurs doivent profiter.

Le voisin vous donne le feu et l'eau. Les voleurs vous
attaquent-ils, le voisin vient à votre secours. De là le
proverbe, *Qui a bon voisin a bon mâtin* [1].

Mais si votre voisin est homme d'humeur difficile, si
sa femme est hargneuse, si ses enfants sont turbulents,
si ses domestiques sont insolents, au lieu de tous ces

[1] Bon chien de garde.

avantages, le voisinage ne vous donne que des désagréments. Mieux vaudrait pour vous être en pleine solitude que près de cet homme qui vous insulte, vous
pille ou vous plaide; de là l'autre proverbe tout aussi
sage que le premier, *Mauvais voisin, bon avocat.*

Le voisinage n'est guère d'utilité réciproque qu'entre
personnes absolument égales en fortune et en condition,
telles que l'Escarbot et Jeannot lapin, dans la fable que
tout le monde connaît [1]; autrement il ne fait que rapprocher le fort du faible, et ce n'est pas pour l'avantage
du dernier; il ressemble à ces fleuves qui rongent continuellement les terres auxquelles ils servent de limites.

Toute la puissance des lois est insuffisante contre la
malveillance d'un voisin puissant. Votre bien lui fait-il
envie, il vous en dégoûtera par mille désagréments, si
les avantages qu'il vous offre n'ont pas pu vous en détacher. Le plus petit seigneur est bien plus enclin à
imiter Frédéric dans son ambition que dans sa modération. S'il ne peut pas déposséder un meunier de vive
force, il tente d'y parvenir par adresse; il le met autant
qu'il peut en état de siége au milieu de son petit héritage. J'ai vu un riche propriétaire acquérir dans ce but
tous les terrains qui entouraient un quart d'arpent que
l'on refusait de lui vendre, et l'enfermer dans une enceinte de hauts peupliers qui, bien que plantés à la dis-

---

[1] C'est mon voisin, c'est mon compère.
LA FONTAINE.

tance voulue par la loi, frappaient de stérilité ce petit champ privé de soleil pendant presque toute la journée.

Aimez-vous le repos, monseigneur fait adosser son chenil au mur mitoyen; dès le matin les meutes, qui la nuit vous ont ennuyé de leurs hurlements, vous étourdissent de leurs aboiements; et les valets étudient sur le cor toutes les fanfares que, pour vous faire enrager, leur noble maître daigne leur enseigner à sonner faux de toutes les forces de leur poitrine.

Le président de Rose, secrétaire du cabinet de Louis XIV, possédait au milieu du domaine de Chantilli un bien assez considérable qui n'en relevait pas. Jules de Bourbon, fils du grand Condé, ayant voulu d'autorité chasser dans ce domaine, on lui en ferma les portes, dont il n'avait pas demandé l'ouverture dans les formes voulues par la civilité. Son Altesse, blessée de ce refus, résolut de s'en venger. Elle fait rassembler à grand'peine et à grands frais par sa vénerie trois ou quatre cents renards. On les jette par-dessus les murs dans le parc du voisin, qui jusqu'alors n'avait eu que des poules chez lui. Bientôt il n'y eut plus que des renards! Depuis Samson on ne les avait jamais vus rassemblés en si grand nombre sur un si petit espace. Heureusement avait-on oublié de leur mettre des flambeaux à la queue. Tout président qu'était le voisin, et quoique messieurs du parlement ne fussent pas d'ordinaire des voisins commodes, il eût été obligé de rire de ce tour de prince ou de page, si le roi, instruit de la chose, n'eût jugé à propos de ne la pas trouver plaisante. Il prit fait et cause pour son secrétaire ; et le cousin du roi, obligé par S. M. de faire réparation au domestique du roi, fit reprendre à ses frais tous les renards, mais il n'est pas dit qu'il ait restitué toutes les poules.

Ce Condé-là est le même qui, par forme de plaisanterie, vida une boîte pleine de tabac d'Espagne dans un verre de vin d'Aï que son voisin le poëte Santeuil se disposait à avaler. Le pauvre moine en mourut. C'était un prince singulièrement facétieux que celui-là.

Louis XIV, qui réprime ici les torts d'un mauvais voisin, n'était rien moins que voisin commode. Son voisinage coûta à la maison d'Autriche la Franche-Comté et une partie de la Flandre. Il alla voisiner même en Hollande ; s'il ne rendit pas en personne visite à l'électeur palatin, le souvenir des politesses qu'en bon voisin il lui fit faire par Turenne n'est pas encore effacé de la mémoire des habitants du Palatinat. Il y fit mettre le feu. Ces sortes d'incendies brûlent encore des siècles après qu'ils ont cessé de fumer.

Si ce prince a souvent importuné ses voisins, ils le lui ont quelquefois rendu : Dieu le sait, et les peuples aussi. Au reste, il n'a pas dépendu de lui de n'avoir pas de voisins. Tel était le but de ses guerres éternelles. Le monde soumis, probablement eût-il vécu tranquille, car que prendre après, à moins qu'on ne prenne la lune avec les dents ?

Comme particulier, Louis n'aimait pas plus les voisins que comme roi. Il lui était insupportable que, dans l'espace que sa vue pouvait embrasser du palais qu'il habitait, un autre que lui pût dire, Cela est à moi. Aussi engloba-t-il dans son parc de Versailles, dont l'étendue équivalait à celle d'une province, à celle du royaume d'Yvetot, tous les héritages qui s'y trouvaient enclavés. Disons qu'à la vérité, c'est en les acquérant et non en les conquérant qu'il se les appropria. Il avait trop d'orgueil pour daigner employer la force avec une tête non couronnée. C'est à prix d'or qu'il reculait les bornes de ce genre de voisinage. Mais les reculer ce n'est pas les détruire. Aussi un paysan lui disait-il un jour : Quoi que vous fassiez, sire, vous aurez toujours des voisins.

D'après l'étendue qu'il donnait aux droits de la royauté, je suis étonné cependant qu'il ait pris la peine d'acheter les terrains qu'il voulait réunir à ses jardins. Avait-il, dans son système, des voisins ailleurs qu'aux limites de la France? N'était-il pas, à l'entendre, le seul propriétaire de toutes les richesses du royaume, où il ne voyait que des fermiers et des dépositaires? D'après cette opinion, consignée dans les conseils qu'il laissa à ses successeurs, il s'est montré, certes, le plus modéré, je ne dis pas des rois, mais des hommes, en payant ce qui était à lui. Quand on y aura un peu réfléchi, on rendra plus de justice à ce bon homme.

Notre voisin est si porté à devenir notre ennemi.

qu'en politique il est tenu pour tel. Ces mots pour elle sont synonymes. Les alliés naturels, demandez-le plutôt au dernier des employés de la dernière des ambassades, sont les peuples séparés par un intermédiaire commun. Tel est le rapport où la France se trouve avec la Russie, qui, comme elle, est voisine de la Prusse et de l'Autriche, et, comme elle, devrait, d'après ce principe, voir dans la Prusse et l'Autriche ses véritables ennemis. Toute alliance entre la Russie et ces peuples contre la France est donc alliance extraordinaire, alliance contre nature. Ainsi en est-il de l'alliance de la France avec l'Angleterre, sa bonne voisine. Mais ce qui est contre nature ne peut durer. Patience donc.

Heureux le peuple qui n'aurait pas de voisins! L'Angleterre est dans ce cas. Grâce aux mers dont elle est environnée, aucune nation n'est en contact avec elle; et, d'autre part, grâce à l'empire qu'elle exerce sur ces mers, elle se met en frottement à volonté avec tous les peuples chez qui ses vaisseaux peuvent aborder, et ce n'est pas pour leur avantage. Voisine de tout le monde, sans avoir au monde un seul voisin, elle jouit ainsi de tous les bénéfices que les rapports de voisinage peuvent procurer, sans éprouver aucun de leurs inconvénients. Ainsi dureront les choses, tant que le monde ne se fermera pas de toutes parts à ces voisins qui n'ont de relations avec lui que celles qui existent entre les héros de la caverne de Gil Blas et les contrées qui avoisinent leur repaire.

Les nations ne peuvent pas se choisir leurs voisins. Nous ne sommes plus au temps des patriarches et de la guerre de Troie, où les peuples déménageaient de trois mois en trois mois, comme font les filles. Les individus sont plus heureux en cela que les peuples. Le voisinage leur déplaît-il, ils en changent. Mieux vaudrait ne pas se mettre dans la nécessité d'en changer. Souvent vous êtes déjà compromis par vos voisins, quand vous songez à les quitter. On a déjà jugé de vos mœurs et de vos sentiments d'après les leurs, lorsque vous vous en séparez par suite du peu d'accord qu'il y a entre leurs mœurs ou leurs sentiments et les vôtres.

Êtes-vous éligible, ne vous placez donc pas à côté du premier venu dans le collége électoral. Êtes-vous législateur, sachez bien aussi auprès de qui vous allez vous asseoir. Ici ce n'est pas la tête qui l'emporte. Que d'honnêtes gens ont été compromis pour avoir mal choisi leur siége; et, pour n'en avoir pas usé en pareille circonstance avec toute la circonspection requise, se sont trouvés enrégimentés à leur insu dans le parti avec lequel ils sympathisaient le moins, comme autrefois un badaud était réputé soldat si, buvant dans un cabaret à côté d'un racoleur, il avait dit *tope* à la santé du roi !

En tout lieu public il est bon de savoir à côté de qui on est, quand ce ne serait que pour ne pas s'exposer à recevoir des politesses de tout le monde. Qu'un Lazarille vous offre en pleine église, et il y va, du tabac ou de l'eau bénite, vous voilà compromis. Au spectacle méfiez-vous aussi de votre voisinage, non seulement dans l'intérêt de votre réputation, mais encore dans celui de votre plaisir. Vous croyez avoir la meilleure place au parquet, à l'orchestre, au balcon : eh, mon ami, vous avez justement choisi la plus mauvaise. Renoncez à rien voir, à rien entendre avec le voisinage dont vous êtes entouré. Devant vous une femme charmante à la vérité, mais ne vous tourne-t-elle pas le dos? mais n'est-elle pas encapuchonnée dans le pavillon d'un énorme cor de chasse qui, au ciel près, vous cache toute la décoration. A côté de vous sont deux hommes des plus respectables de la capitale, j'en conviens; mais il y a quarante ans qu'ils ne manquent pas une représentation; ils savent leur théâtre par cœur : aussi tandis qu'à votre droite l'un, qui pourrait remplacer le souffleur, récite les vers avant que l'acteur ait pu les estropier, à votre gauche, l'autre, qui pourrait suppléer le directeur de l'orchestre, battant à faux la mesure, et chantant comme il bat, couvre de sa voix la symphonie, les cris des chœurs et ceux de Lainez lui-même. Derrière vous cependant des connaisseurs se disputent sur le spectacle qu'on donnait hier, et ne s'interrompent que pour imposer silence par des *chut* au bruit qu'ils font eux-mêmes.

Tout ce bruit est très amusant sans doute pour les gens qui le font, mais pour ceux de leurs voisins qui ne viennent au théâtre que pour jouir des plaisirs du théâtre, c'est autre chose.

Quelqu'un qui avait la manie de ne vouloir entendre
chanter à l'opéra que les acteurs disait à un de ses voisins qui avait la manie de chanter en même temps que
les acteurs : Mon ami, combien te dois-je pour le plaisir que tu me fais? Je te prie de me le dire ou de te taire,
car je n'ai payé que pour entendre les chanteurs annon-
cés sur l'affiche.

L'AMBITION.

Ambire signifie tourner autour d'un objet. *Ambitus*
indique le mouvement qu'on décrit par cette action.
Telle est l'étymologie du mot ambition. Les Romains
appelaient *ambitiosi,* ambitieux, les intrigants qui cir-
culaient dans les assemblées du peuple pour briguer
les suffrages, comme tant de gens le font encore aujour-
d'hui; la brigue s'est conséquemment appelée *ambitus.*

Que si on donne le nom d'ambitieux à quelques pauvres hères qui se tourmentent pour se faire nommer
membres d'une législature, d'une municipalité ou d'une
académie, à plus forte raison convient-il à ces hommes
qui, à la tête d'armées innombrables, ont parcouru le
globe et changé la face du monde. L'importance du but,
la puissance des moyens établissent sans doute quelque
différence entre les uns et les autres; mais leurs actions
partent toutes d'un même principe. Les uns et les au-

tres sont également avides de pouvoir. César, quand il tendait à la dictature, n'était pas plus ambitieux que tel maire ou tel bourgmestre, qui n'échangerait pas plus volontiers que lui la première place de son village contre la seconde dans la première ville du monde.

On donne généralement le nom d'ambition à la soif des grandeurs. Quel contraste entre ces grandeurs et les bassesses auxquelles les ambitieux descendent pour y parvenir! Un lord n'a pas honte d'aller boire à la taverne, où les hommes du peuple qu'il se met en état de représenter s'enivrent à ses dépens. Et à quelles mortifications ne s'exposent pas tous les ans ces prétendus amis du peuple, qui souvent ne briguent l'honneur de le servir que pour avoir l'occasion de le trahir!

Tout désir d'avancement est ambition. Un gardeur de cochons a l'ambition d'être moine; moine, il a l'ambition d'être prieur, puis d'être prélat, puis d'être cardinal. De là à la papauté il n'y a qu'un pas, assez grand à la vérité; mais, Dieu aidant, ce pas peut se faire, ainsi que l'a prouvé Sixte-Quint, qui fut successivement travaillé de toutes ces ambitions :

> Cet homme était planteur de choux,
> Et le voilà devenu pape.
> LA FONTAINE.

Puisqu'il est ici question de la papauté, ne serait-il pas plus facile d'y parvenir en sortant d'une étable que d'un palais? On serait tenté de le croire. Adrien IV ne fit qu'un saut de la chaire de recteur de Louvain à la chaire de saint Pierre. Que de moines, de l'obscurité du cloître, passèrent à la gloire du pontificat!

Parmi les souverains qui aspirèrent à cette dignité suprême, je ne vois guère qu'un duc de Savoie qui ait pu y parvenir; encore n'a-t-il pas pu s'y tenir. Amédée VIII, que l'on appela le Salomon de son siècle, avait mérité ce surnom en quittant sa cour pour se faire ermite à Ripaille; il y perdit ses droits quand il eut la faiblesse de quitter Ripaille pour être pape, ou anti-pape, sous le nom de *Félix* (heureux), nom qu'il prit justement le jour où le bonheur le quitta :

Ripaille, je te vois. O bizarre Amédée !
    Est-il vrai que dans ces beaux lieux
Des soins et des grandeurs écartant toute idée,
Tu vécus en vrai sage, en vrai voluptueux,
Et que, lassé bientôt d'un si doux ermitage,
Tu voulus être pape, et cessas d'être sage?
Dieux sacrés du repos, je n'en ferais pas tant,
Et malgré les deux clefs dont la vertu nous frappe,
    Si j'étais ainsi pénitent,
    Je ne voudrais pas être pape.
VOLTAIRE.

Et puis la papauté vaut-elle ce qu'on quitte?
Le repos! le repos! trésor si précieux
Qu'on en faisait jadis le partage des dieux.
LA FONTAINE.

Heureusement la miséricorde divine tira-t-elle d'embarras ce pauvre Amédée. Eugène IV, son concurrent, étant venu à mourir, la tiare, qui semblait devoir lui rester, fut transportée à Nicolas V par le suffrage unanime du conclave. Amédée dut bien reconnaître là l'intervention du Saint-Esprit, et surtout le bénir de ce qu'il lui retirait l'abondance de ses grâces.

L'empereur Maximilien Ier eut un pareil accès d'ambition. Saisi *della rabbia papale*, il voulait abdiquer l'empire pour la papauté. C'eût été troquer son cheval borgne contre un aveugle. Il avait pressé le pape Jules II de se l'adjoindre dans le sacerdoce, et de disposer ainsi, au mépris des droits du sacré collège, d'une dignité élective, comme les empereurs romains avaient disposé autrefois de l'empire par l'adjonction. Heureusement pour lui, Jules ne lui voulait-il pas assez de mal pour le satisfaire. Maximilien conçut un tel ressentiment contre le saint père pour ce service, qu'il employa tout son crédit, et même tout celui de Louis XII, son allié, pour le faire déposer par le concile de Pise. C'était porter loin l'ingratitude.

Tantaene animis cœlestibus irae!
Tant de fiel entre-t-il dans l'âme des dévots!

Maximilien fut-il en cette circonstance dévot ou ambitieux? Voici un extrait de la lettre qu'il écrivit à cette occasion à sa fille Margot [1]. Lisez et prononcez.

[1] L'archiduchesse Marguerite, qui, pendant une tempête où elle semblait devoir périr, se composa cette singulière épitaphe :

Ci gît Margot, la gente demoiselle,
Qu'eut deux maris, et si mourut pucelle.

25.

Le 18 septembre 1511.

« J'envoyons demain à Rome pour trouver façon que
le pape nous prenne pour coadjuteux, à st'fin qu'après
sa mort nous puissions être assurés de la papauté et devenir prêtre, et après saint ; et vous sera nécessité de
m'adorer après ma mort, dont je me trouverai bien glorieux... Le pape a encore ses fièvres doubles et ne peut
long-temps vivre [1]. »

C'était encore là de l'ambition. Ce désir d'être adoré
après sa mort n'est rien moins que conforme à l'humilité, sans laquelle il n'y a pas, ce semble, de vraie piété.
Ce n'était pas comme Charles-Quint, son petit-fils, par
dégoût des honneurs que Maximilien voulait quitter
l'empire, mais par appétit pour d'autres honneurs ; l'ambition était rassasiée dans Charles-Quint ; dans Maximilien l'ambition se renouvelait. Tout considéré, le moine
de Saint-Just fut moins fou que son grand-père.

La satiété qui porta ce dernier à abdiquer est enfin
compatible avec l'héroïsme. On conçoit qu'une grande
âme, après avoir goûté du pouvoir, prenne en mépris
cet objet qu'elle avait recherché avec tant d'ardeur, cet
objet dont la possession semble devoir être réservée à
des hommes supérieurs. En le dédaignant, on croit,
sans trop s'en rendre compte, se montrer supérieur à
tous ceux qui le gardent, à tous ceux qui le désirent.
C'est encore là une modification de l'ambition. Auguste

[1] Extrait du *Recueil des lettres de Louis XII*, c. 1.

a pu être de très bonne foi quand il parlait de quitter l'empire, qu'il avait acheté par tant de périls, par tant de travaux et de sacrifices. Le cardinal de Retz pouvait être de bonne foi quand il voulait renvoyer à Rome ce chapeau qu'il avait désiré avec tant de passion, et obtenu avec tant de peine. Le même sentiment peut se retrouver aussi dans Champfort, qui, parvenu aux honneurs de l'académie, a écrit contre les académies, et concluait à les supprimer.

> L'ambition déplait quand elle est assouvie ;
> D'une contraire ardeur son ardeur est suivie,
> Et, comme notre esprit, jusqu'au dernier soupir,
> Toujours vers quelque objet pousse un autre désir ;
> Il se ramène en soi, n'ayant plus où se prendre,
> Et, monté sur le faite, il aspire à descendre.
>
> CORNEILLE.

L'ambition est au fond de tous les cœurs. Si l'on en doute, c'est qu'on ne prête à cette passion qu'un objet. Quiconque désire primer dans quelque classe, et par quelque moyen que ce soit, est ambitieux. Fitz-James, ce bouffon qui mourut comme un héros lors de la première défense de Paris, avait un fils qui annonçait de l'intelligence et de l'esprit. — Il faut cultiver ces dispositions-là, elles peuvent aujourd'hui le mener à tout, disait quelqu'un au père ; il faut les développer par une bonne éducation. — C'est ce que je compte bien faire, répond Fitz-James ; je veux que d'ici à trois ans mon fils soit le premier ventriloque de son siècle.

Il y a de l'ambition même chez les êtres qui semblent les plus indifférents pour ce que chacun désire. Ils ont seulement l'art de dissimuler le sentiment que les autres laissent paraître, ou bien, comme le renard de la fable, ils affectent de mépriser l'objet qu'ils ne peuvent atteindre. Tel homme aussi se croit dénué d'ambition, parcequ'il n'a pas encore rencontré l'occasion qui doit la développer ; mais qu'elle se présente, et vous verrez.

Né dans une condition aussi obscure que Sixte-Quint, Amyot dut comme lui son élévation à ses talents. Nommé par Henri II précepteur des enfants de France, il compta Charles IX parmi ses élèves. Ce roi, qui autorisa le massacre de la Saint-Barthélemy, aimait les lettres, goût qui semblerait devoir être incompatible avec la cruauté, et il ne fut pas ingrat envers son instituteur. Amyot fut successivement nommé par lui grand aumônier de France, abbé de Saint-Corneille et évêque d'Auxerre. Une grasse abbaye vient à vaquer; Amyot la demande. — Riche comme vous l'êtes ! Vous m'assuriez autrefois, dit Charles, que vous borniez votre ambition à mille écus de rente. — Il est vrai, sire, mais *l'appétit vient en mangeant.*

Ce mot peut expliquer bien des fortunes. Qui peut rassasier ces gens dont l'appétit s'accroît en raison de ce qu'ils mangent davantage ? De cette nature était le tempérament d'Olivier Cromwel. Après avoir avalé la royauté, il dévora la république.

Certes, quand il était simple officier dans l'armée parlementaire, sir Olivier ne songeait guère à s'emparer de la première place. Le premier échelon franchi, il se sentit assez de force pour monter plus haut, et, d'échelon en échelon, il s'éleva aussi haut que l'échelle pouvait le porter. Aussi disait-il à M. de Bellièvre que l'on ne monte jamais si haut que quand on ne sait où l'on va.

Sa grandeur ne fut pourtant pas l'ouvrage de sa seule ambition. Ou je me trompe, ou la peur y contribua quelque peu; oui, la peur. En butte, après la mort de Charles Ier, à la haine des royalistes; en butte à celle des indépendants, après la dissolution du parlement, Cromwel sentit qu'il était perdu s'il se dessaisissait du pouvoir, bien plus, s'il n'en accroissait pas l'énergie et l'intensité. Sous le nom de protecteur, il se fit despote, et, pour échapper à l'échafaud, il se réfugia sur le trône.

Cromwel régna. L'Europe s'inclina devant sa fortune. Le monde l'estima heureux, *heureux comme un roi!* Dieu sait ce que c'est que ce bonheur-là. Il y a peu de malheurs qui ne lui soient préférables.

Qui pourtant, une fois dans sa vie, n'a envié le sort des rois?

Si j'étais roi, disait un petit pâtre, je garderais mes moutons à cheval. Et moi, disait un autre polisson, si j'étais roi, je mangerais de la soupe à la graisse dans une écuelle de velours. Ils pensaient aux bénéfices de la

place et non à ses charges. Voltaire me semble montrer
plus de jugement qu'eux quand il dit :

> Si j'étais roi, je voudrais être juste,
> Dans le repos maintenir mes sujets ;
> Et tous les jours de mon empire auguste
> Seraient marqués par de nouveaux bienfaits.

Honorable vœu que celui-là ! Il est permis de désirer
de commander aux hommes quand c'est de leur bonheur
qu'on fait l'objet de son ambition. Telle était celle de ce
bon Lambertini [1] ; il n'avait sollicité la papauté que pour
y voir arriver un bon homme. « *Se volete un buon c...
di papa, pigliate mi,* » disait-il à la troupe écarlate. Mais
les philosophes se voient plus rarement encore sur le
trône que les amateurs de soupe à la graisse.

LE BONHOMME.

L'autre jour je me promenais le long du canal de Vil-
vorde [2] avec un officier allemand qui, par amour-
propre, estime les Français, avec lesquels et contre lesquels il a fait la guerre.—Si nous allions voir, me dit-il,
le colonel, à *Koekelberg* [3].—Je ne demande pas mieux.
Mais il faut prendre pour cela un chemin de traverse,

---

[1] Benoît XIV.

[2] Canal de communication entre cette petite ville et Bruxelles

[3] Village voisin de Bruxelles.

que je ne retrouverai jamais. Quand je sors de chez moi, je sais quelquefois où je vais, mais je ne sais pas toujours par où je dois aller.

Sur ces entrefaites passe un homme de la campagne : *Bonhomme,* lui dis-je sans hauteur comme sans familiarité, le chemin de *Koekelberg,* s'il vous plaît? *Bonhomme* vous-même, me répond-il avec humeur; je ne suis pas *plus bonhomme* qu'un autre; et il continue sa route.

Un soldat que nous rencontrâmes à quelques pas de là fut plus obligeant; il est vrai que je l'avais appelé *brave homme,* expression à laquelle je n'attache pourtant pas plus d'importance qu'à l'autre. Je flattai ce soldat sans intention, comme sans intention j'avais offensé le paysan.

Mon compagnon sait bien le français pour quelqu'un qui n'a jamais été en France : il l'a étudié dans les grammaires et dans les dictionnaires. Aussi construit-il régulièrement une phrase, et connaît-il la signification positive de tous les mots. Il sait le français, enfin, aussi bien ou aussi mal qu'un excellent écolier de rhétorique, ou qu'un *premier de Louvain* sait le latin.

D'où vient, me dit-il, l'humeur de ce paysan ? Que lui avez-vous dit dont il doive se blesser? — Je l'ai appelé *bonhomme.* — Est-ce donc une injure? Cette interpellation ne se compose-t-elle pas de deux mots honorables? *Homme* ne désigne pas seulement un animal à deux pieds sans plumes, mais aussi un être intelligent, qui rit, et

pleure même à volonté, porte le nez en l'air, ne marche
que sur ses pattes de derrière, et est fait à l'image de
Dieu. Quant à l'adjectif *bon*, peut-on, au premier aspect,
en donner un plus flatteur à l'homme que l'on rencontre ?
N'est-ce pas exprimer en trois lettres toute la confiance
qu'il inspire ? N'est-ce pas lui dire que la probité siège
sur son front, la candeur sur son visage, et qu'à le voir
seulement on le tient pour exempt de tous les défauts
et doué de toutes les qualités ?

—Rien de plus juste, mon cher monsieur ; c'est raisonner à merveille. Vous possédez toutes les ressources
de la logique ; mais vous ne connaissez pas toutes les
finesses de notre langue. Indépendamment de leur signification positive, sachez que les mots ont des significations relatives que certaines circonstances peuvent varier
au point de leur donner un sens tout opposé à leur sens
naturel. Certaines locutions même ont été si fréquemment employées dans un sens détourné, que ce n'est
plus que par exception qu'on les emploie dans leur acception primitive. *Bonhomme* est dans ce cas ; quoiqu'il
se compose de la réunion de *bon* et d'*homme*, il ne signifie pas du tout *homme bon*. Quand vous voudrez vous
servir de ces mots réunis, prenez garde d'abord à l'ordre
dans lequel vous les placerez. Ce n'est pas dans ce cas-ci

Qu'il n'importe guère
Que Pascal soit devant ou Pascal soit derrière.

L'adjectif avant le nom peut changer la bonté en bêtise.
C'est ce que ce paysan m'a fait sentir, en me répon-

dant, « Je ne suis pas plus *bonhomme* qu'un autre. »
C'est le mot de l'orgueil; la modestie aurait répondu :
Je ne suis pas *meilleur*.

J'entends, me dit l'étranger; dorénavant je ne me ser-
virai plus de ce mot que pour désigner un imbécile.

Tout en discutant, nous étions arrivés chez le colonel, vieux militaire de trente ans. Inactif entre deux armées qui ont besoin de lui, et dont l'une n'a pas su le
garder et l'autre ne sait pas l'acquérir, il se délasse de la
gloire avec l'étude, et se rit de la fortune avec la philosophie.

Vous arrivez à propos, me dit-il après les civilités
d'usage. J'ai augmenté ma bibliothèque. Voyez mes ac-
quisitions; un Polybe, un Tacite, un Montesquieu, tout
cela échangé contre des bouquins, des romans, des contes de grand'mère. Ce qui me plaît surtout, c'est cette
édition de La Fontaine; je n'ai pu résister au désir de
l'acheter, quoique j'en eusse déjà une *stéréotype*. La
nouvelle sera pour l'appartement, la vieille pour la promenade; car c'est mon auteur favori : je ne saurais me
passer du *bonhomme*.

A ce mot, mon jeune allemand me jette un coup d'œil
que je crus comprendre, et la conversation que nous
eûmes en revenant à Bruxelles me prouva que je l'avais
compris.

Quel est cet imbécile, me dit-il, dont le colonel estime les œuvres au point d'en porter toujours un exem-
plaire avec lui? — Que dites-vous, un imbécile? savez-

vous qu'il s'agit ici d'un des génies les plus originaux qui aient existé; d'un poëte qui n'a d'analogue ni parmi les anciens ni parmi les modernes; d'un esprit tout-à-fait à part; du premier de tous les fabulistes; de La Fontaine enfin?—Je crois avoir entendu parler de cet auteur-là. Nous en faisons peu de cas à Tubingue; mais si vous l'estimez tant, vous autres Français, pourquoi lui donner un nom injurieux, un nom dont un rustre s'offense? pourquoi l'appeler *bonhomme?* — Voilà encore, mon cher ami, un de ces cas où le mot prend une acception particulière. Tantôt l'homme était qualifié par le mot; à présent le mot est modifié par l'homme. *Bonhomme,* dit de La Fontaine, ne désigne pas absence d'esprit, mais caractérise la nature de son esprit. Il est impossible d'avoir un esprit plus fin, plus étendu, plus varié que celui de La Fontaine; mais comme tout en lui porte le caractère de la simplicité, on lui a donné le nom de *bonhomme,* ce qui n'a pas peu réhabilité cette qualification. Aussi je ne sache pas que depuis il se soit trouvé un homme d'esprit assez sot pour n'en pas vouloir; les plus malins en sont les plus friands. Pas un satirique qui ne veuille être *bonhomme.* Je suis *bonhomme,* disait *Palissot* à ses amis, qui ne l'en croyaient guère, pendant que les amis de *Beaumarchais,* dont la plume était bien autrement redoutable, disaient de lui, c'est un *bonhomme,* et ils avaient raison. — Je connais ce Beaumarchais; M. Goëthe en a fait le héros d'une de ses tragédies en prose.—Cet homme décrié de tant de manières, par-

cequ'il excitait l'envie sous tant de rapports, a dit, *Ma
vie est un combat;* mais sa vie est celle d'un homme qui
s'est défendu sans cesse et n'a jamais attaqué ; d'un
homme qui sans prétendre faire la loi n'a pas voulu la
recevoir. Dans cette vie abondante en traits de malice,
on n'en trouve pas un de méchanceté : avec ses malices
il faisait de l'argent, et avec de l'argent des bonnes
œuvres. Le produit de cent cinquante représentations
du *Mariage de Figaro* a été distribué *aux mères nour-
rices.* Beaumarchais a fait avec ses fonds plus de bien aux
pauvres, à lui seul, que depuis lui tant d'économes de
bienfaisance, tant de cuisiniers de philanthropie, n'en ont
fait avec les deniers d'autrui. D'ailleurs, simple en ses
mœurs, dévoué à ses amis, idolâtre de sa famille, et, dans
toutes les circonstances, les grandes affaires exceptées,
mené en tout, par tout le monde, il se donnait à quiconque aurait besoin de lui : il s'était donné à son chien
même, jolie levrette, sur le collier de laquelle on lisait :
Je m'appelle Florette, Beaumarchais m'appartient.
C'était vraiment un *bonhomme* que ce méchant-là.

Cette conversation nous conduisit jusqu'à Bruxelles.
Nous ne fûmes pas peu satisfaits en passant de voir le
Manneken-pis [1] réintégré dans ses honneurs et dans ses

---

[1] Fontaine célèbre, petit chef-d'œuvre de l'art qui n'a jamais imité plus
exactement la nature. Vers l'époque où ceci fut écrit, le *Manneken-pis*
avait été volé et démembré. Retrouvé bientôt après, il fut restauré et replacé sur sa base, à la grande satisfaction des bourgeois, qui crurent avoir
retrouvé leur *palladium*

fonctions. Non loin de là demeure un gros négociant
pour lequel mon Allemand avait des lettres de recommandation. Nous passions devant sa porte : Entrons,
dis-je, ce sera une visite de faite.

On nous introduit : nous trouvons dans un cabinet
un homme gros et court, à la panse rebondie, au
teint fleuri, à la figure joviale; il est entre quarante
et cinquante, c'est-à-dire à l'âge où, sans être ridé,
l'homme qui a pensé et senti en porte des traces sur son
visage. Loin d'être sillonné par le sentiment ou par la
pensée, son front est lisse et tendu : on remarque seulement des deux côtés de sa bouche de petits plis tracés
par l'habitude du rire, qui semble avoir établi sa rési-
dence sur cette large face, où habite aussi le contentement de soi-même.

C'est en riant que le patron nous accueillit, sans trop
se déranger. Point de cérémonie, dit-il; vous m'êtes
adressé par mon meilleur ami : je vous aime déjà autant que lui. Les amis de mes amis sont mes amis : j'aime
tout le monde. Puis, prenant un ton plus grave : Avez-
vous besoin de mes services? — En aucune manière; j'ai
voulu seulement... — Je n'en suis pas moins tout à vous,
reprit-il en recommençant à rire. Touchez là, et retenez
bien que quand une fois on a touché là, et il tendait la
main, on peut compter sur moi en toute circonstance.
Tout ce que je dis part du cœur, ajouta-t-il en frappant
sur son ventre. Votre ami sait à quoi s'en tenir ; il vous
dira que *je suis bonhomme.*

A ce mot, nouveau regard de surprise de la part de mon compagnon : nous levons le siége.

Ah çà, me dit-il quand nous fûmes dans la rue, quelle est la prétention de ce gros réjoui? Veut-il passer pour un imbécile, ou pour un homme d'esprit? A quelles fins s'intitule-t-il *bonhomme?* — A plus d'une fin, mon cher. Cet homme ne manque pas de finesse, sous son enveloppe épaisse. Si l'esprit n'est pas sa qualité dominante, il a assez de jugement pour s'en apercevoir, et se dit *bonhomme* pour faire croire que c'est par dédain pour l'esprit qu'il en fait si peu d'usage. L'explication de son vocabulaire vous donnera au reste celle de son caractère. Comme tout le monde peut lui être utile, il salue tout le monde du nom d'ami; mais cela signifie : *Vous êtes à moi.* Vous dit-il, *Je suis tout rond;* entendez par là qu'il ne se dérangera pas pour vous. Ajoute-t-il, *Comptez sur moi en toute circonstance;* concluez-en qu'il compte sur vous en toute occasion.

Ce *bonhomme*-là est un *égoïste.* Ce mot peut encore être pris dans cent acceptions différentes; mais ce serait à n'en pas finir que d'entreprendre d'en faire l'énumération.

Nous achevâmes notre journée au spectacle. On donnait *le Déserteur.* Mon jeune Allemand, riant et pleurant tout à la fois, écoutait ce singulier ouvrage dans le silence de l'attention; mais son admiration ne put se contenir quand le *grand cousin* se mit à chanter à tue-tête :

Tous les hommes sont
Bons.
On ne voit que des gens
Francs,
A leurs intérêts
Près.

Vers admirables! s'écria le compatriote de M. Goëthe.
Voilà le portrait de notre dernier *bonhomme,* — et
de bien d'autres!

DE LA DÉCADENCE DU THÉATRE

EN FRANCE.

Une commission tirée de l'institut de France est
chargée par le ministre de l'intérieur de rechercher les
causes qui menacent le théâtre français d'une prochaine
décadence, et d'indiquer les moyens de la prévenir.

Quoique je ne sois pas de l'institut, ce qui n'est ni
de sa faute ni de la mienne, me sera-t-il permis, en qualité d'auteur dramatique, de donner, vaille que vaille,
mon opinion sur ces questions? Je les ai traitées plus
d'une fois, et dans l'intérêt des auteurs, et dans l'intérêt
du gouvernement, et j'ai sur ces choses-là, malheureusement pour moi, à peu près quarante ans d'expérience.

Si la décadence du théâtre français est imminente,
ce que je crois, ce n'est pas aux auteurs, ce n'est pas

aux acteurs qu'il faut s'en prendre. Cette décadence, effet de la déviation du goût, n'est-ce pas au public seul qu'il faut l'imputer? Que sont en effet les auteurs et les acteurs, si ce n'est des fabricants et des débitants? N'est-il pas naturel que les uns et les autres, vivant des recettes du théâtre, composent et représentent de préférence des ouvrages analogues au goût qui alimente ces recettes? Semblables aux marchandes de modes, leur industrie doit s'appliquer à offrir aux acheteurs moins ce qui est de bon goût, que ce qui est dans le goût du moment.

La première cause de la décadence du goût est la trop grande multiplicité des théâtres dans la capitale [1]. Ce n'est que par des ouvrages extraordinaires que les spéculateurs qui ont élevé ces tréteaux peuvent se disputer la faveur de la foule. De là cette multitude de pièces niaises ou barbares. Déjà le mélodrame, parodie sérieuse, tant du grand opéra que de la tragédie, est né de cette déplorable concurrence; et quelles nouvelles monstruosités n'en doit-on pas attendre, quand on songe que s'il y a des bornes pour le sublime, il n'y en a pas pour le détestable, et que l'extravagance offre un champ inépuisable à l'activité toujours croissante d'une si sotte émulation !

Une autre cause qui n'a pas moins nui peut-être au

---

[1] Ceci fut écrit en 1817 : et, pour la prospérité de l'art, je ne sais combien de petits théâtres ont été établis depuis.

maintien du bon goût, c'est le privilége exclusivement donné aux comédiens français d'exploiter l'ancien répertoire [1]. Que d'inconvénients résultent de cette mesure, que le gouvernement n'était pas en droit de prendre, et qui n'est pas moins en opposition avec l'intérêt de l'art qu'avec l'esprit de la loi!

D'abord il en résulte que les ouvrages parfaits n'étant représentés que sur un seul théâtre, tandis que les ouvrages vicieux le sont sur dix, on offre journellement aux applaudissements des spectateurs et à l'imitation des jeunes auteurs dix mauvaises pièces pour une bonne, en supposant qu'on ne joue que de bonnes pièces au Théâtre-Français. De plus, il en résulte que les auteurs ayant dix théâtres prêts à recevoir des ouvrages du mauvais genre, tandis que rien n'est moins certain que la réception d'un bon ouvrage au Théâtre-Français, qui, de plus, ne le joue pas toujours, même quand il est reçu; il en résulte de plus, dis-je, que les auteurs ont dix motifs contre un pour travailler dans le genre qui leur offre en bénéfice et en vogue dix chances de succès. Aussi le moins laborieux des petits théâtres donne-t-il, comparativement au Théâtre-Français, quatre nouveautés contre une.

Quelques esprits élevés, et portés par leur nature vers le beau, resteront peut-être à l'abri de cette corruption, mais c'est surtout en n'écrivant pas qu'ils le prouveront.

[1] Ce privilége leur fut retiré, mais il leur a été bientôt rendu

Que conclure de là? qu'il faut obliger tous les théâtres à ne jouer que des ouvrages de bon genre? non; mais qu'il faut tout au moins leur en laisser la faculté, et rendre commun à tous les théâtres l'ancien répertoire, ainsi que le législateur l'a voulu.

Élèverait-on des doutes sur cette volonté? Pour les résoudre, il suffit de rechercher avec quelque attention le sens véritable des mots employés dans la loi.

Cette loi, qui détermine le temps pendant lequel les héritiers d'un auteur jouiront de ses droits, ne porte-t-elle pas que, ce temps révolu, les ouvrages de cet auteur deviendront propriété *nationale?*

En conservant aux héritiers d'un auteur la propriété de ses ouvrages pendant dix ans, propriété qui antérieurement ne leur était pas transmise, cette loi a mis un terme à une grande injustice. Mais est-elle conforme à la justice la plus parfaite, quand, après ce terme, elle donne à la nation le fruit des veilles du père de famille, qui, s'il se fût livré à tout autre travail, eût transmis à ses enfants la totalité des fruits de ce travail? A-t-on jamais songé à limiter le temps pendant lequel les héritiers d'un charpentier ou d'un maçon jouiraient des loyers de la construction élevée par leur père?

Mais écartons cette question incidente, et ne considérons la loi dont il s'agit que sous le rapport du droit qu'elle donne à la nation sur les ouvrages des auteurs morts.

En quoi la nation a-t-elle joui jusqu'à présent du droit qui lui est si positivement transféré? Les comédiens, qui

26.

seuls retirent à Paris le bénéfice de l'ancien répertoire, seraient-ils la nation à l'exclusion du reste de la population? Dans les départements, ne faut-il voir la nation que dans les directeurs de théâtres, qui exploitent aussi le même répertoire à leur profit? Puisque les enfants de Corneille et de Racine sont déshérités en faveur de la nation, que ce soit du moins à la nation que profite la succession de ces grands hommes.

Elle porte un grand dommage aux progrès de l'art, cette usurpation du domaine public. C'est encore une des causes qui contribuent à écarter les auteurs du Théâtre-Français. Les représentations des anciens ouvrages n'étant pas grevées des droits d'auteur, les comédiens y ont un intérêt constant à jouer ces ouvrages de préférence aux ouvrages nouveaux; et les auteurs un intérêt constant aussi à ne pas travailler pour un théâtre où leurs ouvrages sont admis si difficilement, et si rarement représentés. Le prêtre qui n'a que l'autel pour vivre s'attache à la paroisse où il trouve le plus de messes à dire.

Les moyens les plus efficaces d'arrêter la décadence du théâtre en France seraient, je crois :

1° De ne pas restreindre au seul Théâtre-Français le droit d'exploiter l'ancien répertoire, qui par cela même en serait joué par eux avec plus de soin, parceque la concurrence est mère de l'émulation;

2° D'encourager, par des récompenses honorifiques et pécuniaires, les poètes à s'adonner soit à la tragédie,

soit à la haute comédie, genres auxquels la France a dû
la gloire de son théâtre;

3° De percevoir, sur le produit des représentations
des pièces des auteurs morts, des droits égaux à ceux
que perçoivent les auteurs vivants.

De quelles ressources le produit de ce droit, qui serait versé dans une caisse particulière, ne pourrait-il
pas être pour la régénération de l'art dramatique! Perçu
dans la totalité de la France, il formerait bientôt un
fonds sur lequel le gouvernement pourrait assigner les
pensions et les gratifications à donner aux gens de lettres dont les travaux soutiennent l'honneur de notre
scène. L'héritage de Corneille, de Racine, de Voltaire,
profiterait ainsi à leurs successeurs : ainsi la dette de la
nation envers les lettres serait acquittée à son dégrève-
ment par les lettres elles-mêmes; consacrées à secourir
le génie, ainsi les richesses créées par les hommes de
génie reviendraient à leur véritable famille.

Après dix ans je relis ces observations et ces propositions, elles me semblent plus justes que jamais.

DES TYRANS.

A ce mot je vois tel lecteur sourire, et tel autre
froncer le sourcil; je vois les figures prendre l'expression de l'humeur ou de la satisfaction, suivant la nature

des opinions dont chacun est dominé. Celui-ci craint que je n'insulte à la magistrature la plus auguste, que je n'attente à la majesté suprême. Celui-là se flatte au contraire que je ferai courte et bonne justice des abus de pouvoir, et que cet article ira jusque sous le dais punir les oppresseurs de l'humanité, quand il y en aura : les uns et les autres sont dans l'erreur. Je n'aime ni les lieux communs, ni les *alibis forains*. Comme tout ce qu'il est possible de dire sur les tyrans couronnés est dit depuis long-temps, je ne reprendrai pas ce thème rebattu. Ce n'est pas qu'on ne puisse traiter ce sujet aujourd'hui sans inconvénient, même en France. Mais où en est l'utilité? Depuis l'établissement des gouvernements constitutionnels, on sait bien que les chefs de ces gouvernements, impuissants pour le mal, n'ont fait que du bien, et que, grâce à la droiture et à la fidélité avec lesquelles les ministres interprètent et exécutent les constitutions, il n'y a plus lieu à la tyrannie. Comme je ne suis pas plus flagorneur que frondeur, je laisse de côté la tyrannie proprement dite; et, à propos de tyrans, je parlerai de tous, excepté des tyrans par excellence.

Il y a des tyrans ailleurs que sur le trône; il n'est pas nécessaire pour l'être d'avoir la couronne sur la tête. Que de tyrans en bonnets de nuit, en cornettes, en bonnets carrés et même en bourrelet! Pas une famille, pas une maison, pas une société qui n'ait son tyran.

Ce nom appartient à tout individu qui exerce une autorité usurpée, ou abuse d'une autorité légitime.

Regarde autour de toi, mon ami, toi qui te crois indépendant parceque tu vis sous une constitution libre,
tu es entouré de tyrans, et peut-être es-tu tyran toi-
même.

Rien de moins rare que les *tyrans domestiques*,
hommes qui réservent pour leur famille tous les effets
de l'humeur impérieuse qu'ils sont obligés de réprimer
dans la société; hommes dont l'indocilité se révolte à
l'observation la plus juste, si elle émane de quelqu'un
des leurs; hommes dont le despotisme exige une obéissance d'autant plus aveugle qu'ils se sentent plus aimés.
Un des plus recommandables auteurs de l'époque a mis
ces personnages en comédie; j'y renvoie le lecteur.

Je reviens à toi, mon ami. Je ne suis pas tyran, me
réponds-tu, et je ne suis pas tyrannisé. Fils unique, or-
phelin, célibataire et bâtard, je suis libre.—Tu n'es pas
marié, on le sait; on le voit; n'es-tu pas toujours avec
la même femme? Tu n'es pas marié; en es-tu plus indépendant? Quelle volonté fais-tu du matin au soir qui
soit véritablement la tienne? Quelle preuve de ta liberté as-tu donnée depuis six mois, si ce n'est l'obstination qu'en débit de la raison, tu mets depuis six
mois à perpétuer ton esclavage?

Et vous, monsieur, vous qui, parceque vous êtes marié depuis quinze ans, vous croyez affranchi de toute
tyrannie, l'êtes-vous bien, même en supposant qu'il
n'y ait pas toujours un tyran là où il y a une femme,
fût-ce la plus soumise: n'êtes-vous pas le très docile es-

clave du plus petit de vos enfants? savez-vous rien lui
refuser? savez-vous le reprendre en rien? C'est, dites-
vous, qu'il ne veut que ce que je veux? Dites plutôt que
tout ce qu'il veut vous le voulez. Le despotisme de ces
petits êtres-là est sans bornes. Forts de notre faiblesse,
ils sont quelquefois aussi déraisonnables que la plus
sage des femmes, et aussi exigeants que le plus discret
des princes.

Un enfant se dépitait et répétait en criant de toute sa
force, Je la veux! je la veux! Bourguignon, donnez donc
à cet enfant ce qu'il veut, dit le père, homme grave, qui
était accouru aux cris du marmot. — Mais, monsieur...
—Je prétends qu'on ne le contrarie en rien.—Mais, monsieur...—Donnez-lui, dis-je, ce qu'il veut, ou je vous
chasse. — Mais, monsieur, c'est qu'il veut la lune. — La
lune!—Oui, papa, je veux une lune.—Mais, mon enfant, tu vois bien qu'on ne peut pas te la donner.—Eh
bien! papa, j'en veux deux.

Un enfant, comme on sait, gouvernait Aspasie, qui
gouvernait Périclès, qui gouvernait Athènes. Cet enfant
était le véritable tyran de la république.

Il est rare qu'entre deux individus liés d'affection il
n'y ait pas tyrannie. Dans ces cas-là, l'esclave est celui
qui aime le plus. Il y a tyrannie même entre le maître et
le chien, et ce n'est pas toujours la bête à quatre pattes
qui obéit.

Ce sont des tyrans aussi que ces gens qui abusent de la
faiblesse du corps ou de l'esprit pour nous asservir à

leurs volontés. Et ce docteur, dont l'autorité est dans votre ignorance, et ce directeur dont l'autorité est dans votre sottise; pauvres malades, pauvres dévotes, comment voulez-vous qu'on les nomme? La tyrannie entre partout où s'introduit, soit M. *Purgon*, soit M. *Tartufe*.

Je connais un homme qui n'est ni l'un ni l'autre. Il n'a jamais endossé soit la robe doctorale, soit la soutane apostolique ; nul n'entend mieux que lui néanmoins l'art de dominer partout; et, sur cet article, il ne le cèderait à qui que ce soit au monde. Sans titre, sans mission, sans fonction, sans caractère, il affecte partout le ton et les airs de l'autorité; il enseigne à l'administrateur ce qu'il doit faire, à l'orateur ce qu'il doit dire, au journaliste ce qu'il doit écrire, à une femme ce qu'elle doit lire, à un législateur ce qu'il doit penser. D'office, et sans en être prié, il fait les honneurs ou la police de votre salon; il vous indique, et qui vous en devez exclure, et qui vous y pouvez admettre, et qui vous y devez attirer. Critiquant vos opinions, censurant vos affections, distribuant au gré de ses intérêts présents le blâme ou l'éloge, prononçant en dernier ressort sur les personnes et sur les choses, ce personnage auguste, dont vous n'êtes ni le fils, ni la nièce, ni le frère, ni la femme, ni le subordonné, ni l'ami, veut, entend et prétend que ses avis, tant qu'il sont les siens, soient les vôtres, et qu'ils aient chez vous force de loi. Si ce n'est pas un tyran, qu'est-ce donc que cet homme-là?

Sortons-nous de nos familles pour nous mêler à la société, c'est la même chose. Tyrannie partout; dans quelle réunion d'hommes, de quelque nature qu'elle soit, n'y a-t-il pas des *meneurs*, des *faiseurs*, synonymes de tyrans?

Aux bals ils forment les listes, reçoivent les souscriptions, inspectent le costume, désignent les places, appareillent les contredanses, ordonnent le buffet, dirigent l'orchestre, distribuent les bougies, apurent les comptes et donnent des billets.

Vous qui n'allez pas au bal, allez-vous aux spectacles? Là vous trouverez encore des tyrans; et ce n'est pas de ceux dont on fait justice sur la scène que je veux parler. Les tyrans dont il s'agit sont mêlés aux spectateurs. C'est l'abbé Geoffroi, qui vous soutient que la pièce doit être mauvaise, parceque l'auteur ne lui a pas envoyé une écuelle d'argent; c'est l'abbé Tourniquet qui vous affirme, par une raison différente, que la pièce est bonne; c'est je ne sais quel homme, qui, juge suprême en matière dramatique, du milieu du parterre, où il a établi son tribunal, vous indique qui et quand vous devez siffler, quand et qui vous devez applaudir, et de sa banquette exerce sur le public, au nom du public, une véritable tyrannie.

Et qui de nous ne le connaît, ou plutôt ne l'a connu, ce chevalier *la Morlière*, qui, pendant quarante ans, dictateur à Paris dans les trois théâtres, entreprenait à juste prix les chutes et les succès? Comme il faisait à volonté sur ces mers le calme et la tempête, il n'avait rien hasardé en se mettant à la tête d'une compagnie d'assurance pour ces sortes d'expéditions. Tout mort qu'il est, ce chevalier est *immortel encore* sous le nom de chevalier *Claque.*

Je prie le lecteur de ne pas trop me chicaner sur ce rapprochement des mots *immortel* et *encore;* ils se repoussent moins qu'on ne croit. Qu'il lise la liste des prédestinés tour à tour dotés du titre *d'immortel* par leur admission à l'académie française; quand il y verra tant de grands hommes morts de leur vivant, il conviendra qu'on n'est pas toujours *immortel* pour toujours.

Des hommes plus recommandables que le chevalier *Claque* se sont saisis de ses attributions, mais tous n'en font pas un métier. J'en sais plusieurs qui exercent cette honorable magistrature purement pour l'honneur, et y font même plus encore preuve de désintéressement que de jugement. Quelque réserve, quelque circonspection qu'ils apportent dans l'exercice de leur autorité, comme ils ne la tiennent pas du public, et que c'est une véritable usurpation, nous les rangerons pourtant dans la catégorie des tyrans. Ce qui constitue la tyrannie n'est pas le but dans lequel on use du pouvoir, mais le droit en vertu duquel on l'exerce. Si ceux qui veulent dominer dans les spectacles, préfèrent l'intérêt du goût à la liberté des goûts, n'hésitons pas à les déclarer tyrans. Y font-ils autre chose que ce que Sylla faisait dans Rome, qu'il tyrannisait pour son bien?

Une tyrannie bien autrement redoutable est celle qu'exercent les brétailleurs, les tirailleurs, les batteurs de fer, les pointeurs de pistolet. Vingt duels qui ont eu lieu en moins de vingt jours, entre des hommes d'épée et des hommes de lettres, prouvent à quel point ce genre de tyrannie préjudicierait aux plus grands intérêts de la société s'il ne portait en lui-même son correctif, si, dans un temps où le maniement des armes est familier à tous les Français, le danger n'était pas égal entre l'attaquant et l'attaqué, ainsi que le fait l'a plus d'une fois démontré. Cela fait faire des réflexions au plus étourdi. Si un corps, pour se défaire d'une dizaine d'hommes qui raisonnent, se détermine à sacrifier dix, vingt ou trente de ses membres qui ne raisonnent pas, chaque membre en particulier, instruit par l'expérience, renonce bientôt à une guerre dans laquelle il peut succomber sans honneur, et ne peut vaincre avec profit.

Au reste, si les champions des vieilles idées s'étaient obstinés à garder leur attitude tyrannique, d'autres champions se seraient bientôt présentés volontairement aussi, pour défendre l'excellence des idées nouvelles, et protéger l'indépendance des opinions.

Au temps de l'assemblée constituante, des jeunes gens, soit par fanatisme de parti, soit par calcul d'ambition, se constituant ainsi redresseurs des torts, s'étaient faits Don Quichotte de l'aristocratie. Plusieurs hommes respectables, à commencer par Mirabeau, avaient été injurieusement provoqués par ces messieurs, pour opinions émises, soit à la tribune, soit dans les journaux, qui sont aussi une tribune. Ne pouvant les réfuter, on voulait les égorger, et pour leur couper la parole, *leur couper le sifflet.*

Cette tyrannie révolta plus d'une âme indépendante. Le brave Boyer, entre autres, qui n'était pas alors colonel de hussards, mais qui n'en était pas moins une des meilleures lames et des plus mauvaises têtes qui fussent au monde, rêvant, tout en prenant du punch, au moyen d'arrêter le mal, n'en trouva pas de plus efficace que celui d'opposer terreur à terreur. Le voilà donc qui, en son propre et privé nom, rédige sur la table d'un café, et publie dans les journaux, une proclamation par laquelle, « vu l'inviolabilité dont tout représentant du « peuple est investi, lui soussigné déclare qu'à dater du « présent jour, il prendra fait et cause pour tout député « insulté ou provoqué, de quelque parti qu'il soit. » Il tint parole. Apprenait-il qu'un délit prévu par lui avait été commis, il courait au délinquant, exhibait sa proclamation, la lui faisait lire, ou la lui lisait, suivant que le gentilhomme auquel il avait affaire était plus ou moins lettré, l'invitait à se mettre en garde, et le reste s'ensuivait. Le plaisant de la chose est que ce champion de l'inviolabilité y allait si fort en conscience, que la première personne qu'il étendit sur le carreau, en conséquence de sa proclamation, fut un homme de son parti, un patriote, un ami, qui s'était permis de rire au nez de l'abbé Maury. Voilà ce qui s'appelle être homme d'honneur.

Qu'il y ait des tyrans dans les monastères, dans les collèges, dans les ateliers, cela doit être; mais dans les sociétés libres, dans des réunions dont l'égalité fait la base, dans des loges maçonniques où l'un vaut autant que l'autre, dans des académies où l'un ne vaut pas plus que l'autre, cela devrait-il être?

Le duc de Richelieu, l'homme d'esprit, c'est du père et non du fils du duc de Fronsac que je veux parler; le duc de Richelieu, malgré l'égalité qui existe à l'académie française, dont il était membre né, avait bien tenté d'y introduire quelque tyrannie; mais Duclos, mais d'Alembert et leurs amis n'étaient pas gens à se laisser tyranniser. L'académicien-duc était là sans crédit. Aussi dit-il un jour en sortant avec humeur au milieu d'une séance où il avait été contrarié: *Il n'est plus possible de tenir ici; c'est un* despotisme *insupportable; chacun y fait ce qu'il veut* [1].

Aujourd'hui ce n'est plus la même chose. Le *despotisme* règne sans doute dans les académies, mais chacun n'y fait pas toujours ce qu'il veut; quelquefois même la volonté générale fléchit devant la volonté particulière. D'où vient cela? C'est qu'en fait de tyrannie, nos vieux ducs en apprendraient de nos nouveaux marquis. Voyez comment un certain géomètre, pour qui égaux et pairs ne sont pas toujours synonymes, en use avec ses pairs de l'Institut; voyez comment il relève ceux de ses confrères qui parlent contre son avis, ou sans son agrément. Le professeur Bavoux a-t-il été redressé plus vertement

---

[1] Historique.

par le doyen Delvincourt que l'académicien Geoffroi par l'académicien Laplace, ou de Laplace, car la qualité de marquis exige le *de?* La tyrannie que ce marquis exerce dans les sociétés savantes n'est au reste que la conséquence de la patience de ceux de ses collègues qui l'endurent. En pareil lieu, pair ou non, on est égal à tout homme à qui l'on tient tête, comme d'Alembert l'a si bien démontré. Messieurs des sciences ne savent-ils plus que *les angles opposés au sommet sont égaux?*

À propos de tyrans, ne parlerons-nous pas des journalistes? Pourquoi non? parceque nous sommes un peu du métier? Raison du moins pour en parler pertinemment; et puis on n'est trahi que par les siens.

S'il y a de la tyrannie à contrarier sans cesse les jugements publics, à s'efforcer continuellement de faire prévaloir sa propre opinion sur l'opinion générale, à promulguer depuis le premier jour de l'année jusqu'au dernier des lois et des jugements sur toutes les matières, qu'on les entende ou non, les journalistes ont droit sans doute à un petit article dans le chapitre des tyrans; mais convenons qu'il y a peu de tyrans dont la tyrannie soit aussi supportable que la leur. On peut en appeler de leurs arrêts; on peut les casser, on peut même en rire. Tous les jours nous en avons la preuve. Pardonnons-leur donc une tyrannie fondée, après tout, sur leur infaillibilité, qui n'est guère moins positive que celle du pape.

FAUT-IL FAIRE DES FABLES

APRÈS LA FONTAINE?

Un nouveau recueil de fables paraît-il, les arbitres du goût de s'écrier, sans l'avoir lu: Pourquoi des fables après La Fontaine?

S'il avait été défendu de faire des tragédies après Corneille, et des comédies après Molière, le théâtre français serait-il le premier de tous? Racine, Crébillon, Voltaire, Regnard, Destouches et d'autres, l'auraient-ils enrichi de nouveaux chefs-d'œuvre?

Il y a plus d'une manière de bien traiter un genre, et de s'y montrer original.

Pour blâmer un poëte de s'être exercé dans un genre où un génie singulier occupe la première place, il faudrait, ce me semble, s'être assuré que, destitué d'originalité, le débutant ne peut que mal recommencer ce qui a été bien fait avant lui; ou que, plutôt bizarre qu'original, il a fait ce que le bon goût et le bon sens ont dédaigné de faire.

Mais si, en s'ouvrant une route nouvelle, il y a trouvé des ressources que ses devanciers n'ont pas connues; s'il ne diffère d'eux que parcequ'il plaît par d'autres moyens, sachons-lui gré de son audace, justifiée par cette dissemblance même.

Cette dissemblance est celle que vous seriez bien fâché de ne pas trouver entre Racine et Corneille. Ne préféreriez-vous pas Racine, qui ne ressemble pas à Corneille, à tout poëte qui lui ressemblerait? et ce qui détermine votre préférence, n'est-ce pas cette dissemblance même qui varie vos plaisirs?

Cela est conforme à la nature. Elle se plaît à varier les beautés dans les mêmes espèces. Que de belles femmes, d'ailleurs si différentes entre elles! Aimerions-nous mieux qu'elles se ressemblassent toutes? Non, certes, dussent-elles être toutes modelées sur la Vénus de Praxitèle! *Variété, c'est ma devise,* a dit La Fontaine; c'est celle de tout le monde. La femme que nous sommes portés à aimer le plus, inconstants que nous sommes! n'est-elle pas celle qui ressemble le moins à la femme que nous avons le plus aimée?

Pardonnons donc aux poëtes d'oser faire des fables après La Fontaine, s'ils ont le bon esprit de ne pas l'imiter. La gloire de ce genre, dans lequel il est inimitable, peut être augmentée par des hommes qui ne l'imiteront pas. Le *bon homme* annonce lui-même qu'il laisse encore à faire après lui :

> La feinte est un pays plein de terres désertes;
> Tous les jours nos auteurs y font des découvertes.
>
> La Fontaine, fab. 1, lib. III.

Florian, Aubert, Ginguené, pour ne citer que des morts, ont déjà prouvé, par des fables excellentes, qu'en émettant cette opinion, le bon homme ne s'était pas trompé.

Il faut oser le dire aussi, ce fabuliste, si admirable dans ses narrations, n'est pas irréprochable dans ses compositions, et dans cette partie il permet de mieux faire que lui. Les rapports qui doivent se trouver entre la fable et l'affabulation, par exemple, ne sont pas toujours établis chez lui de la manière la plus exacte. Ses moralités pourraient être quelquefois aussi plus conformes à la saine morale. C'est avec peine qu'on lui voit terminer une de ses plus jolies fables par ce vers :

> Le sage dit, suivant les temps,
> Vive le roi ! vive la ligue !

Plus d'un heureux du jour doit, je le sais, à la pratique de cette maxime le bonheur dont il jouit aujourd'hui, comme celui dont il jouissait hier, comme celui dont il jouira demain. C'est ainsi qu'on se perpétue dans les honneurs et dans la fortune ; c'est ainsi qu'on est successivement ministre de la monarchie et de la république, et pair sous l'empereur comme sous le roi. L'honneur mis à part, cette règle est, sans contredit, de l'observation la plus salutaire pour l'intérêt privé. Mais en est-il de plus pernicieuse à l'intérêt public ? et n'est-il pas affligeant de voir le génie, dans ses distractions, consacrer un principe que la vertu réprouve ?

Le charme que La Fontaine répand dans les apologues que terminent une moralité inexacte ou fausse peut racheter ces défauts, mais il ne saurait les effacer. Le fabuliste qui les évitera aura donc un avantage sur La Fontaine. C'est, à la vérité, le seul qu'il soit possible de prendre sur lui. Cependant si le nouveau fabuliste sait imprimer à ses apologues un caractère particulier, s'il sait être original aussi, on ne peut que le féliciter d'avoir eu, non pas la présomption, mais le courage de faire des fables après La Fontaine.

Ce dont un homme de bon sens ne s'avisera jamais, c'est de refaire un des sujets traités par le maître, lors même que le bon goût le lui permettrait. Il y aurait à cela imprudence dans l'homme de talent, et dans l'homme sans talent impudence.

Un grammairien, que je voudrais pouvoir accuser d'imprudence, a fait cette faute il y a une douzaine d'années. La fable du *Cygne et du Cuisinier* ne lui paraissant pas assez parfaite, il a cru devoir la refaire, et qui mieux est, la publier [1]. On n'en saurait disconvenir, la fable nouvelle ne ressemble pas à l'ancienne; on n'y trouve rien de La Fontaine. Notre grammairien débute ainsi :

Un manant nourrissait un cygne avec une oie.

N'est-ce pas dire que le manant donnait l'oie à manger au cygne? *Nourrir un enfant avec un dindon* ne

[1] Voyez la *Décade philosophique* de je ne sais quelle année.

27.

signifie pas la même chose qu'*élever un enfant avec un dindon*. La Fontaine avait dit tout uniment :

> Dans une ménagerie,
> De volatiles remplie,
> Vivaient le cygne et l'oison.

Il n'y a pas là d'équivoque.

Après avoir peint d'une manière aussi vive que gracieuse les jeux de ces deux compagnons, nourris pour un sort bien différent, le bon homme dit plus bas :

> Le cuisinier, ayant trop bu d'un coup,
> Prit l'oison pour le cygne, et, le tenant au cou,
> Il allait l'égorger, puis le mettre en potage.

Le rival de La Fontaine donne une cause différente à l'erreur du cuisinier. Le sien, homme très sobre, n'y voit pas trouble, mais n'y voit goutte. C'est de nuit qu'il procède à l'exécution, c'est de nuit que, *trompé par la couleur du plumage,* il prend le cygne pour l'oie. Le proverbe dit *qu'à la nuit tous chats sont gris. La couleur du plumage* ne peut donc influer en rien dans une pareille méprise. D'autre part, comme la différence, que les yeux auraient peine à apercevoir en cette circonstance, ne saurait échapper au toucher, si noire que soit la nuit, un cuisinier ne peut pas long-temps prendre pour une oie le cygne qu'il tient par le cou, à moins qu'il ne soit soûl, à moins qu'il *n'ait trop bu d'un coup,* comme le cuisinier de La Fontaine, que le gram-

mairien a très grand tort de dégriser. Il est difficile de
rassembler plus de bévues en moins de mots. Le reste
de la pièce est digne de ces échantillons. Mais eût-elle
été meilleure, mais fût-elle meilleure même que celle
de La Fontaine, c'eût été une faute que d'avoir refait le
sujet, que de heurter de front un préjugé qui approprie
à tout grand maître tout sujet sur lequel il s'est essayé;
préjugé justifié surtout par le génie de La Fontaine, qui
imprime son cachet sur les sujets mêmes qu'il a traités le moins heureusement; et qui, si négligemment
qu'il ait travaillé, les a toujours enrichis de quelques
beautés.

Il n'y a rien à gagner à lutter contre un pareil adversaire. Évitons donc de traiter les sujets qu'il traite, et
dans cet intérêt aussi, connaissons bien quels sujets il a
traités. Belle recommandation! dira-t-on. Un fabuliste
pourrait-il ne pas connaître cet auteur, cet ami de tous
les âges, avec qui l'enfance elle-même est familiarisée, et
que tous les écoliers savent par cœur?

Un fabuliste s'est trouvé pourtant à qui La Fontaine
était inconnu; et c'est dans l'avertissement qui précède
son recueil, que cet homme unique en France fait l'a-
veu naïf de son ignorance. Il y dit en substance : « Au
moment où je livre ces fables à l'impression, j'apprends
qu'un M. de La Fontaine a traité quelques uns des sujets sur lesquels je me suis essayé. J'affirme que jusqu'à ce jour j'ignorais qu'il existât un M. de La Fontaine, et je prie le public de croire que, s'il se trouvait

quelque ressemblance entre les fables de ce M. de La
Fontaine et les miennes, ce n'est pas moi qui suis le
plagiaire. »

Il ne s'en trouva aucune, et personne n'a jamais moins
été coupable de plagiat que l'auteur de cette déclaration,
qui l'a fait plus connaître que ses fables [1]. Il y a entre
lui et La Fontaine toute la distance qui se trouve entre
l'alpha et l'oméga ; et de même que toutes les lettres de l'alphabet sont comprises entre ces deux termes, de même
tous les fabulistes bons ou mauvais, y compris même le
grammairien, se rangent entre ces deux extrêmes.

Il est encore un avantage que La Fontaine a dédaigné,
ou plutôt négligé, car le dédain n'était pas dans sa nature ; celui d'inventer ses sujets. Il n'avait pas besoin
d'inventer, lui, pour être original ; ou plutôt ses sujets
deviennent ses inventions dès qu'il les a mis en œuvre.
Mais si ce n'est pas pour prendre un avantage sur La Fontaine, avec qui personne ne peut entrer en concurrence,
inventez pour ne pas laisser prendre avantage sur vous
à vos concurrents.

Indépendamment de ce qu'il y a un mérite quelconque, si petit qu'il soit, à inventer le fond de vos fables,
vous évitez par là l'inconvénient de vous trouver en
rivalité avec trente fabulistes modernes, ce à quoi sont
exposés les poëtes qui empruntent aux étrangers le fond

---

[1] Elles ont été imprimées, je crois, chez Goujon, rue Taranne, en
1801 ou 1802. La *Décade* a parlé aussi de ce singulier avertissement.

de leurs apologues. Ces richesses étant du domaine public, chacun se croit en droit de s'en saisir. C'est ce qui fait que les trois quarts des recueils publiés depuis trente ans sous le titre de Fables nouvelles, n'offrent que des vieilleries traduites et retraduites de *Lessing*, de *Gay*, d'*Yriarte* ou de *Pignotti*.

Si dans vos imitations vous avez mieux fait que vos devanciers, le mal n'est pas grand; mais si vous avez fait moins bien, quel intérêt pourra déterminer le lecteur à reprendre votre livre? Il n'a pas même pour sa curiosité le mérite de la nouveauté. Cet oubli absolu menace moins le fabuliste inventeur; il ne doit pas le craindre s'il a su créer d'ingénieuses fictions. C'est ainsi que Lamotte, décrié depuis si long temps, ne s'en fait pas moins lire de ceux-là même qui le décrient. L'invention l'a sauvé. Il serait mort à jamais s'il eût traité les mêmes sujets que La Fontaine, avec lequel, ni J.-B. Rousseau, ni Despréaux lui-même, moins prudents que Lamotte, n'ont pu soutenir la comparaison.

Fabulistes, inventez donc vos sujets. De plus, traitez de préférence des sujets d'intérêt général. Emprisonnez-vous le moins souvent possible dans des intérêts de circonstance ou de localité. Écrivez pour tous les temps et pour tous les lieux. Les grands principes de la morale sont les mêmes partout. C'est en vous élevant à leur hauteur, à l'exemple d'Ésope et de Pilpai, que vous pourrez vous faire un domaine égal en étendue à celui de la nature; que vous écrirez, non pas pour des Indiens, des

Grecs ou des Français, mais pour les hommes ; que vous serez fabulistes pour le monde entier.

Les questions de politique générale sont aussi d'intérêt général ; et, quoi qu'on en dise, la politique n'est pas moins à la portée de l'intelligence commune que la morale elle-même, comme laquelle aussi elle ne devient obscure que lorsqu'elle se déprave. Ne craignez donc pas de faire des fables politiques, ne fût-ce que pour divulguer les mystères de la politique dépravée. Quel que soit le moyen qu'on emploie, c'est bien mériter de l'humanité entière que d'éclairer l'homme sur ses droits et sur ses devoirs. C'est par la crainte seule qu'ils ont de voir les hommes sortir de l'enfance, que les professeurs d'un certain parti voudraient que les fables et d'autres ouvrages encore, tels que la comédie, voire la tragédie, ne fussent propres qu'à divertir des enfants sans les former.

Les anciens ne pensaient pas ainsi. Les intérêts politiques sont peut-être les premiers qu'ils aient débattus dans leurs apologues. La fable des *Membres et de l'estomac*, que Menenius Agrippa avait empruntée à Lokman, est plus ancienne que celle du *Renard et le Corbeau*, qui appartient à Ésope. La plupart des apologues de la Bible sont politiques. On trouve aussi un bon nombre d'apologues politiques dans Phèdre.

Quant aux modernes, sans nous prévaloir de l'apologue en trente-six chants que nous a laissé l'abbé *Casti*, ne recourons qu'à l'autorité de La Fontaine. *Le Dragon à* plusieurs têtes et le *Dragon à plusieurs queues*, le *Vieill-lard et l'Ane*, *les deux Taureaux et la Grenouille*, *les Loups et les Brebis*, et tant d'autres fables du bonhomme, sont-elles autres que des fables politiques?

Au reste, en écrivant pour les hommes, de quelque âge qu'ils soient, n'est-ce pas les trois quarts du temps écrire pour des enfants? Écrivez du moins pour qu'ils cessent, s'il se peut, de l'être.

SUR UNE LOI

PROPOSÉE PAR M. LE PRINCE DE TALLEYRAND CONTRE LA CURIOSITÉ.

Avant d'en venir à l'examen de cette loi, nous demandons la permission de faire une petite digression sur son objet.

La *curiosité* est un désir immodéré de connaître ou d'apprendre. Comme toutes les passions, elle a ses avantages et ses inconvénients.

C'est à la *curiosité* que nous sommes redevables d'une partie de nos grandes découvertes. Les sciences lui ont presque autant d'obligations qu'au hasard.

En revanche, à combien de braves gens n'a-t-elle pas rendu de mauvais services? Que d'honnêtes maris ne doivent la perte de leur sécurité qu'à la *curiosité!*

Appliquée à la recherche du beau et du bon, la *curiosité* est une vertu. Ne s'exerce-t-elle que sur des objets futiles, c'est un défaut; n'agit-elle que dans un but pernicieux, c'est un vice.

Si l'on en croit les moralistes, la *curiosité* domine chez les dames, et ce n'est pas celle que nous réputons vertu. Comme nous tenons plus ou moins de nos mères, il me semble qu'on en peut dire autant de la *curiosité* qui tourmente la plupart des hommes. Cette passion oiseuse est également commune aux deux sexes. Partout où un évènement appelle les curieux, les hommes y sont-ils en moindre nombre que les femmes? A en juger d'après cette observation, les hommes pourraient bien n'avoir pas gain de cause dans ce procès; et puis, que de faits concluants contre eux dans l'histoire, si l'on voulait faire ici de l'érudition.

L'histoire ne manque pas non plus de faits contre les dames; il en est même d'accablants, tels que la triste aventure d'*Édith*, femme de Loth, et celle des sept femmes de la *Barbe-Bleue*. Mais ces faits sont-ils aussi concluants qu'on semble le penser?

Édith fut, comme on sait, changée en statue de sel, en punition de sa *curiosité*. Mais pour que cette histoire, toute certaine qu'elle est, pût tirer ici à conséquence, n'aurait-il pas fallu que les deux sexes y figurassent en nombre égal, et que l'épreuve à laquelle trois femmes ont été soumises, et dans laquelle une seule a succombé, eût été concurremment supportée par trois hommes? Or, il est de notorité publique que, dans cette aventure, le bon homme Loth était seul de son sexe.

Quant à l'histoire des sept femmes de la *Barbe-Bleue*, toutes sept victimes de leur *curiosité*, nous avouons qu'elle ne laisserait pas que de nous embarrasser si elle se trouvait, comme l'autre, dans un livre canonique.

Quelle que soit la proportion dans laquelle la *curiosité* est répartie entre les deux sexes, du moins elle est assez commune ici-bas pour qu'on puisse compter sur le succès de toute spéculation conçue de manière à l'irriter.

Avec ce talent, on est surtout assuré de faire fortune en littérature, écrivît-on comme une servante ou bien comme Rétif de la Bretonne. Cela explique la vogue de tant de romans.

Cela explique aussi la vogue de quelques histoires, surtout de celles qui sont relatives à des évènements et à des hommes contemporains; et comme la *curiosité* la plus avide de ces sortes de romans n'est pas du genre le plus innocent, il s'ensuit que la vogue de ces ouvrages s'accroît en raison du nombre et de l'importance des personnages qu'on y fait figurer, comme en proportion du scandale des scènes où on les met en jeu.

Rien de plus propre à réveiller cette *curiosité* que les mémoires particuliers; rien de plus propre à satisfaire sa malignité que les confessions d'un homme à la mode. Plus l'ordre de la société dans laquelle il a vécu est élevé, plus ses révélations auront de prix. La classe inférieure, d'autant plus nombreuse que le héros est d'un

plus haut rang, est surtout ravie de retrouver dans les
mœurs de la cour ses propres faiblesses, ses propres
ridicules; et, si elle y découvre des vices, et surtout
des turpitudes dont la médiocrité de sa condition l'a garantie, quel contentement! On n'est pas fâché d'avoir
occasion de mépriser ceux à qui l'on a porté envie.

Que les honnêtes gens à qui cette réflexion paraîtra
un peu sévère relisent, avant de la condamner, les
Mémoires de Grammont; qu'ils se rendent bien raison
de toutes les causes du plaisir que donne cette lecture.
Si ce plaisir se renouvelle toutes les fois qu'on la recommence, si elle est toujours du même intérêt pour la *curiosité,* cela tient-il seulement au charme du style dont
ces mémoires sont écrits? Cela ne tient-il pas surtout à
ce que le héros de ces mémoires, modèle de médisance,
immole à la malignité publique ce qu'il a connu de plus
brillant parmi les grands, à commencer par lui-même?

C'est probablement un attrait de ce genre qui fait rechercher avec tant d'empressement, à Paris, la lecture
des *Mémoires du duc de Lauzun.* A cela près qu'il ne
prit jamais sa revanche avec les fripons, et qu'il était
noble jusque dans ses écarts, ce seigneur avait beaucoup
de ressemblance avec le comte de Grammont. Doué de
toutes les qualités et même de tous les défauts qui font
un *homme charmant,* il vécut en chevalier, s'il est
mort en philosophe, et ne fut pas moins un héros de
roman qu'un héros d'histoire. Peut-être en avait-il jugé
ainsi quand il se plut à recueillir, sous le titre de Mé-

moires, les aventures diverses et nombreuses dont sa vie errante fut semée.

Son intention était-elle de rendre ces Mémoires publics? C'est probable ; car est-ce pour soi que l'on écrit ce qu'on ne peut jamais oublier? Mais était-il résolu à les publier sans accorder aux convenances les délais que la probité semble réclamer? Voilà sur quoi l'on ne saurait avoir des doutes sans calomnier la loyauté du duc de Lauzun. Le goût des plaisirs l'avait conduit dans toutes les cours de l'Europe. Fait pour plaire partout, partout il avait plu. Ses Mémoires sont nécessairement ceux de beaucoup de monde, et doivent renfermer plus d'un secret dont il n'était pas seul propriétaire.

« *Permis à Jean-Jacques*, disait madame d'Houdetot, « *de faire ses confessions; mais pourquoi fait-il celles* « *d'autrui?* »

Si les égards dus aux contemporaines permettent peu à un galant homme de divulguer l'histoire de ses succès quand elle est celle de leurs défaites; si la délicatesse peut même nous faire hésiter à jamais publier certains faits véritables qui les concernent, à plus forte raison nous défend-elle de les diffamer par des calomnies.

Quelque félon a-t-il ce tort, il est d'un chevalier courtois d'en poursuivre le redressement. Ne soyons donc pas étonnés de l'empressement un peu solennel avec lequel M. le prince de Talleyrand s'est constitué, d'*office*, champion des dames, et a pris fait et cause pour leur honneur calomnié dans les *Mémoires du duc de*

Lauzun. On ne pouvait pas moins attendre d'un Français qui, l'habit militaire excepté, s'est montré sous tous les costumes assidu courtisan de la beauté, à laquelle il n'est pas moins fidèle depuis quarante-cinq ans qu'à la puissance.

Ce prince dénonce, dans une lettre adressée au *Moniteur* le 25 mars 1818, une copie subreptice des *Mémoires de Lauzun*, copie, dit-il, horriblement falsifiée. C'est déjà bien mériter de la société que de lui donner un pareil avis, que de la prévenir contre une fraude pareille à celle de ces bijoutiers infidèles qui vendent pour pur l'or qu'ils ont altéré en l'alliant à un vil métal.

Que cherche-t-on en effet dans des mémoires particuliers, l'histoire du temps? Non, mais celle de l'homme qui les a écrits. Les opinions de l'éditeur? Non, mais celles de l'auteur sur les autres et sur lui-même. Ajouter ou retrancher à des mémoires, c'est donc tromper la confiance du public. Prêter à des mémoires des beautés qui ne leur sont pas propres, leur ôter même des défauts qui leur conviennent, ce n'est donc pas les embellir, c'est les dénaturer, c'est leur faire perdre leur physionomie, c'est trahir le lecteur et l'auteur; et cela ne saurait se tolérer.

A plus forte raison les altérations sont-elles impardonnables, si elles chargent le texte original de fautes qui lui sont étrangères; si elles lui donnent sur les personnes et sur les choses des sentiments qui n'ont pas été ceux de l'auteur, et qui ne sont pas ceux du public. L'infidélité de l'éditeur en pareil cas est un véritable crime, et même un double crime : car il se rend coupable à la fois envers l'individu dont il parle, et celui qu'il fait parler ; envers l'individu sur qui porte la calomnie, et celui auquel la calomnie est imputée.

L'indignation de M. le prince de Talleyrand contre des falsificateurs criminels sous ce double rapport est donc très louable. Elle prouve, quoi qu'on en dise, qu'il a aimé quelqu'un, et qu'il attache quelque prix à l'opinion. Nous aimons à lui voir chercher les moyens d'empêcher *« les âmes passionnées ou mercenaires d'abuser de la facilité que leur offrent des mémoires particuliers, inédits, pour répandre sous le nom d'autrui le venin dont elles sont remplies. »*

Mais les moyens proposés par son altesse sont-ils admissibles ? c'est ce que nous nous permettrons d'examiner.

« Le premier de ces deux moyens, *qui ne peuvent rien l'un sans l'autre,* serait de rappeler *la curiosité publique* à son légitime objet par une loi qui *lui laissât une latitude entière* sur ce qui est véritablement de son ressort. »

Malgré les égards dus au caractère et à la qualité du législateur et à ses excellentes intentions, nous ne pouvons le taire, cet article, que nous n'avons pas compris d'abord, ne nous a pas édifiés quand nous avons cru le comprendre.

Qu'est-ce qu'une loi qui rappellerait *la curiosité publique* à son légitime objet ? sinon une loi qui la res-

treindrait dans certaines limites. Que serait alors *l'entière
latitude laissée à la curiosité restreinte?* probablement
celle qu'on laisse à un homme libre enfermé entre quatre
murailles. Si cet article a un sens, ce ne peut être que
celui-là. N'était-il pas possible de s'exprimer d'une manière plus simple, et de dire : Permis désormais de lire
tous les livres, excepté ceux dont la lecture sera défen-
due; et de parler de tout, excepté de ce dont il sera
défendu de parler?

Cette loi, qui s'entendrait bien, ne serait cependant pas
plus juste que celle qu'on n'entend pas. Elle punirait la
curiosité quand c'est l'*indiscrétion* qu'il faut réprimer.
La *curiosité* est avide de caquets imprimés; mais n'est-ce
pas l'*indiscrétion* qui les imprime?

Semblable à ces animaux qui se nourrissent de tout
ce qu'on leur jette, mais qui sont surtout friands de
chair humaine, le public n'est, il est vrai, que trop an-
thropophage en fait de réputations. Toutefois ne dévore-
t-il que celles qu'on lui livre tout assassinées; c'est le
pourvoyeur qu'il faut punir, et non le consommateur.

La vérité cependant nous oblige à convenir que la
théorie de M. le prince de Talleyrand n'est pas neuve,
qu'elle est pratiquée depuis des siècles par une autorité
respectable, et que ce n'est qu'un emprunt fait à l'inquisition, laquelle ne sévit pas moins contre les lecteurs
que contre les auteurs.

Passons au second moyen : « C'est d'établir comme
principe fondamental de politique et de morale que

rien de ce qui n'appartient pas exclusivement à la *conduite des hommes publics... ne peut être déféré à l'o-
pinion publique...* que par la voie des tribunaux...
Il ne faudrait alors, poursuit le législateur, de lois pé-
nales contre les calomnies qu'en *faveur des hommes publics attaqués dans leur conduite publique; toutes imputations qui leur seraient faites à d'autres titres étant
tenues de plein droit pour calomnies.*»

Si le premier article nous a paru trop obscur, celui-
ci nous paraît trop clair. Il est probable que les hommes
d'état ne le repousseraient pas. La douce condition que
la leur, sous la protection d'une pareille loi! Respon-
sables de leur administration devant un tribunal auquel
ils ne peuvent être déférés que dans des formes qui ne
sont pas déterminées, qu'ont-ils à craindre comme *hommes publics?* et que redouteraient-ils comme hommes
privés, puisque *toutes imputations dirigées contre eux
comme particuliers seraient tenues de plein droit pour
calomnieuses?*

Ainsi monseigneur eût-il été vénal comme le cardinal
Dubois, exacteur comme le cardinal Mazarin, proscripteur comme le cardinal de Richelieu, on ne saurait
l'affirmer sans le calomnier, parceque ces faits constatés
par le cri général ne l'auraient pas été par un jugement;
et l'opprimé qui en appellerait à l'opinion publique se
verrait *poursuivi d'office* comme calomniateur, non pas
parceque monseigneur serait innocent, mais parceque
monseigneur n'aurait pas été puni.

Une pareille loi ne semble-t-elle pas plutôt dirigée contre ceux qui disent la vérité que contre ceux qui l'altèrent, contre la médisance que contre la calomnie?

On ne peut que trop s'étonner, au reste, de la voir souscrite du nom d'un homme irréprochable; d'un homme qui, grâces à cette union de talents et de vertus sans laquelle on n'est pas un ministre parfait, a joui du rare privilége de se perpétuer dans le ministère à travers toutes les révolutions et sous tous les régimes. Que proposerait de pis le duc d'Otrante si, pour la première fois, il s'embarrassait de ce qu'on dit de lui; si sa dernière disgrâce lui avait tourné la tête au point de lui faire croire qu'on peut imposer silence à l'opinion?

Mais est-il bien certain que ce projet de loi soit de M. le prince de Talleyrand? Sa signature n'est qu'une faible garantie de ce fait pour quiconque est un peu au courant de ses habitudes. Ne se trouve-t-elle pas au bas de quantité de travaux, soit sacrés, soit profanes, soit théologiques, soit philosophiques, soit diplomatiques, tels que mandements, monitoires, notes, rapports, voire certains rapports sur l'organisation de l'instruction publique, lesquels ne sont pas plus sortis de la plume de son altesse, que le texte d'un certain contrat de mariage au bas duquel sa signature se trouve aussi? A défaut de feu Champfort, l'abbé Desrenaudes qui n'est pas mort, et tel homme qui vit encore, pourraient nous donner sur tout cela d'utiles éclaircissements; mais le premier est discret comme un confesseur, et quant au second, qui sait tout le prix d'un secret, il n'est pas aisé de le faire parler si l'on n'est pas riche.

Au reste, quel qu'il soit, si l'auteur de ce travail le revoit, comme nous le croyons nécessaire, nous engageons ce publiciste à le compléter en déterminant le laps de temps pendant lequel cette loi aurait son effet. Faute de cela, ceux de nos petits enfants qui écriront l'histoire pourraient être aussi poursuivis en calomnie. Veut-on donc que M. le prince de Talleyrand ne soit jamais un personnage historique?

LES AVEUGLES.

Leur nombre est grand ici-bas. On en rencontre à chaque pas dans les rues; on en rencontre à chaque page dans les livres.

Le premier aveugle connu ne serait-il pas Isaac? faute d'y voir, il donna à Jacob la bénédiction qu'il devait à Ésaü. Que de pères ont fait depuis la même bévue, faute d'y regarder!

En tête des vieux aveugles, mettons aussi OEdipe, qui n'y voyait clair que pour deviner les énigmes. On sait à quelle occasion il s'arracha les yeux. Sophocle, Voltaire et Ducis, lui ont fait raconter ses mésaventures en vers sublimes, mais non pas plus que les airs sur lesquels Sacchini les lui fait chanter. Nous nous abstien-

drons donc de tout détail à ce sujet. La matière est délicate à traiter dans un livre aussi moral que le nôtre.
Des faits de ce genre ne peuvent être rappelés sans scandale qu'à la scène.

Au temps d'OEdipe vivait Tirésias, lequel fut aveugle
et devin; ce qui n'est pas absolument incompatible.
Celui-là perdit les yeux pour s'en être trop bien servi:
il avait lorgné Pallas pendant qu'elle se baignait dans
l'Hippocrène. Pallas s'en formalisa : Pallas avait probablement quelque secrète imperfection; l'amour-propre
est moins indulgent que la pudeur, n'est-il pas vrai,
madame?

Les muses arrachèrent les yeux au chanteur Thamy-
ris, parcequ'il avait osé les défier. Voilà ce qu'on gagne
à blesser dans leurs prétentions les beaux esprits fe-
melles.

Anchise fut aveuglé par la foudre, en punition de ce
qu'il avait divulgué les faveurs dont Vénus l'avait gra-
tifié. Les aventures avec les grandes dames ne sont pas
toujours des bonnes fortunes.

Les Philistins, pour se venger de Samson, qui les
avait battus avec une mâchoire d'âne, lui crevèrent les
yeux après s'être emparés de lui par trahison. Samson
s'en vengea en les écrasant avec lui sous les débris de
leur propre palais. Il y a des hommes qui, pour tout
renverser, n'ont eu besoin que de se laisser mourir.
Samson avait été vingt ans juge et général en Israël.

Le bonhomme Tobie perdit et recouvra la vue d'une

façon assez singulière. Le fiel d'un poisson lui rendit ce dont la fiente d'une hirondelle l'avait privé.

Le plus illustre des aveugles est, sans contredit, Bélisaire ; il lui en coûta les yeux pour avoir sauvé l'empire. Justinien vit dans ce qu'un héros avait fait pour lui tout ce que ce héros pouvait faire contre lui, et il trouva moins d'inconvénients à se montrer ingrat que reconnaissant. Cet exemple n'a pas été perdu pour les princes qui l'ont suivi. Justinien n'a pas émis de principe qui soit plus religieusement observé, quoique ce ne soit pas absolument un principe de justice ; mais c'est un principe de droit, dans le code du plus fort s'entend.

Ce fut un rude aveugle que Jean de Trocznou, surnommé *Zisca,* ce qui veut dire *borgne.* Ce chef des Hussites avait déjà perdu un œil à la bataille, quand, au siége de Rubi, une flèche vint lui crever l'autre. Borgne des deux yeux, Zisca n'en guerroya que plus vigoureusement. Lié sur un cheval, il se faisait mener aux ennemis, criant comme un aveugle et frappant comme un sourd. Après sa mort, on fit, par son ordre, un tambour de sa peau : ainsi, tout défunt qu'il était, Zisca marchait encore en tête de son armée, et donnait encore à ses soldats le signal de la victoire.

Nombre de poëtes ont été aveugles. Les moins célèbres ne sont pas Homère et Milton. Je connais un chansonnier qui se croit la moitié de leur génie parcequ'il est borgne.

Piron fut aveugle dans les dernières année de sa vie. Sa gaieté n'en fut pas altérée. On en trouve la preuve dans son testament. Tout en le soignant, sa nièce recevait les soins d'un musicien nommé Caperon; et comme elle croyait inutile d'en faire confidence à son oncle, elle mettait sur le compte du frotteur le bruit que cet amant discret faisait en entrant ou en sortant. Notre aveugle, qui avait paru ne se douter de rien, laissa un legs considérable *au frotteur de sa nièce.*

La cécité n'altéra pas non plus l'admirable douceur de La Mothe Houdard. Un jeune homme, sur le pied duquel il avait marché, lui ayant donné un soufflet, « *Vous allez être bien fâché,* lui dit-il, *je suis aveugle.* »

Notre Delille aussi perdit la vue long-temps avant de perdre la vie. Jusqu'au dernier jour, il n'en vit pas moins tout ce qu'il avait vu antérieurement à sa cécité, et ne continua pas moins à décrire en beaux vers ces tableaux empreints dans son imagination.

> Ma muse, chère au ciel, anime encor ma voix;
> J'erre encor sur ses pas sous la voûte des bois,
> Au bord du clair ruisseau, sur la montagne altière
> Que pour d'autres que moi vient dorer la lumière.

Le Brun le pindarique avait de mauvais yeux, et se disait aveugle. Il ne pouvait souffrir que Delille eût le moindre avantage sur lui.

Les aveugles retrouvent leurs yeux au bout de leurs doigts; mais quelquefois leurs doigts les trompent. Ma-

dame du Deffant, qui était d'autant plus curieuse qu'elle
n'y voyait goutte, touchait à tout pour tout voir, et
faisait, en les palpant, connaissance avec toutes les physionomies. Gibbon étant venu à Paris, on le lui présenta.
Empressée de se faire une idée précise de la figure d'un
homme aussi célèbre, la voilà qui promène ses mains
sur les joues de cet historien, qui était des plus bouffis
et des plus camards : « L'effroyable plaisanterie ! » s'écria-
t-elle aussitôt. Ses doigts lui faisaient voir tout autre
chose qu'un visage.

Plusieurs divinités sont aveugles. L'Amour, la Fortune, la Justice, ont eu, de toute éternité, le bandeau
sur les yeux. L'Amour et la Fortune, cela se conçoit ;
mais la Justice ! ne saurait-elle donc pas plus qu'eux ce
qu'elle fait ? Ne ferait-elle donc pas plus acception des
droits que les autres aveugles n'en font des titres ?
Thémis enfin frapperait-elle au hasard comme l'Amour ?
Au moins ne favorise-t-elle pas au hasard comme la
Fortune.

Les aveugles se multiplient depuis quelque temps
dans une proportion remarquable. On en rencontre dans
tous les lieux publics. Cela tient, dit-on, à ce qu'en fer-
mant les yeux on est sûr de mieux entendre.

Le métier d'aveugle a ses profits, mais il faut le bien
faire. Arlequin n'y était pas habile. Un jour qu'il s'en
mêlait, Monsieur l'habillé de rouge, dit-il au seigneur
Pantalon, donnez quelque chose à ce pauvre aveugle.
— Coquin, lui répond le seigneur Pantalon, si tu es

aveugle, comment sais-tu que je suis habillé de rouge?
— Quand je dis, Donnez quelque chose à ce pauvre
aveugle, je me trompe, réplique Arlequin; Monsieur
l'habillé de rouge, donnez quelque chose à ce pauvre
muet.

On dit que, dans le pays des aveugles, les borgnes
sont rois. Des aveugles peuvent avoir intérêt à être gou-
vernés par un roi borgne. Mais si, par hasard, le sceptre
échéait là à un aveugle, par qui le peuple serait-il conduit? Par le chien qui conduit l'aveugle. Dieu veuille
alors que cette bête soit fidèle et ne devienne pas en-
ragée.

DES MOUSTACHES,

ET DE LA BARBE PRÉALABLEMENT.

Tout traité *ex professo* doit commencer par la définition de l'objet qu'on y traite. Nous croirions néanmoins
insulter à la science de nos lecteurs si nous ne dérogions
cette fois à cette coutume: qui ne saurait aujourd'hui ce
que c'est que des moustaches, n'aurait rencontré de sa
vie un geai, un hussard, ou un chat.

D'où vient cet usage de conserver la partie de la barbe
qui se trouve entre le nez et la bouche?

Avant de discuter cette question, avant de traiter de
l'excellence de la moustache, traitons de la noblesse de

la barbe, ce n'est pas sortir de notre sujet; en matière
de généalogie, l'histoire de la branche commence par
celle de la souche.

Barba virum probat; la barbe caractérise l'homme:
la barbe doit donc être aussi vieille que l'homme lui-
même; car Adam, qui n'a eu ni enfance ni adolescence,
a dû naître avec tous les attributs de la virilité: de plus,
il était fait à l'image de son créateur.

Insigne de la sagesse lorsqu'elle n'est plus celui de la
force, la barbe de l'homme fait commande la soumis-
sion, la barbe du vieillard commande le respect. Aussi
quel peintre négligerait de donner à Jupiter une barbe
bien noire et bien frisée, ou au père éternel une barbe
bien longue et bien blanche, ce à quoi n'a jamais manqué Raphaël?

Tous les patriarches portaient la barbe; les prêtres
juifs la portaient aussi; celle d'Aaron était parfumée, dit
le psalmiste. La barbe de David n'a pas toujours été aussi
propre: il fut un temps où il bavait dessus, dit l'histoire; il est vrai qu'alors il contrefaisait l'insensé pour
tromper ses persécuteurs, ce qui seul peut expliquer un
tel fait dans le plus galant des rois d'Israël, après Salomon, bien entendu.

L'usage de porter la barbe existe de temps immémorial dans une partie de l'Orient. Chez les Grecs ce fut
long-temps aussi celui des hommes de toutes les conditions; mais Alexandre ayant fait réflexion que par la
barbe un soldat offrait prise à l'ennemi, les Macédoniens

se la coupèrent; et depuis cette époque, indice d'habitudes pacifiques, la barbe ne fut plus guère portée en Grèce que par les pontifes et par les philosophes, et aussi par les sophistes, ce qui est souvent la même chose.

Chez les Romains, qui, jusqu'à l'an 354 de la fondation de Rome, avaient conservé leur barbe, l'usage voulut long-temps que tout homme y parût imberbe jusqu'à l'âge de quarante-neuf ans; mais une fois entré dans la cinquantaine, on devait laisser croître sa barbe. Cette partie de l'individu n'est pas celle pour laquelle le peuple roi exigeait le moins de respect. Lors de la prise de Rome par Brennus, comme ceux des sénateurs à qui l'âge ne permettait plus de combattre attendaient immobiles dans leur chaise curule le sort que leur réservait ce barbare, un de ses soldats s'étant permis de caresser la longue barbe de M. Papirius, celui-ci, sans s'embarraser des conséquences, frappa le Gaulois de son bâton d'ivoire; sacrifiant à l'honneur de sa barbe sa vie et celle du sénat, et Rome tout entière, où tout fut égorgé et brûlé par les Gaulois, en représaille d'un coup de bâton.

Scipion l'Africain est le premier Romain qui ait fait sa barbe tous les jours.

Il paraît que dans les derniers temps de la république les vieillards même renoncèrent à la barbe, à en juger pas les statues de Cicéron et de César.

Depuis Auguste jusqu'aux Antonins, les Césars suivirent cette mode, dont l'empire était si puissant, que

Domitien lui-même ne crut pas pouvoir s'y soustraire. Mais,

> Craint de tout l'univers, lui qui devait tout craindre,
>
> RACINE.

osait-il confier sa tête au barbier? osait-il se raser lui-même? A l'exemple d'un autre tyran, à l'exemple du vieux Denys, brûlant ses poils au lieu de les couper, ne se servait-il pas pour cela de coquilles de noix? Cette opération n'était pas moins digne de cet empereur que celle d'enfiler des mouches. Il a quelquefois moins innocemment employé son temps.

C'est, dit-on, pour cacher les cicatrices de son menton que Marc-Aurèle laissa croître sa barbe. On peut en douter : Marc-Aurèle, stoïcien comme Epictète, connaissait le prix du temps, et n'en voulait pas perdre à sa toilette. J'aime mieux voir dans la barbe de l'homme le plus sage qui se soit jamais assis sur un trône, l'enseigne de la philosophie que celle de la coquetterie.

Ce n'est certainement pas par coquetterie que Julien, son noble imitateur, portait cette longue barbe qui excitait l'hilarité des bourgeois d'Antioche, et dont il fit si gaiement l'apologie dans son *Mysopogon*.

Cette mode, revenue à Byzance avec la philosophie, fut ramenée à Rome par la barbarie; les Tottila, les Attila, les Genseric et les Alaric, étaient barbus si on le fut jamais. On remarquera, néanmoins, que les autres barbares qui fondèrent notre monarchie ne portaient pas la barbe longue. C'est par ordre de Clodion que les Français se la laissèrent croître pour se distinguer des Romains; loi dont l'effet a moins duré que la loi salique, dont nous sommes redevables aussi à ce prince, qui voulait que la toute-puissance fût du côté de la barbe.

Ce premier règne de la barbe en France dura toutefois sept cents ans. Depuis Clodion jusqu'à Louis-le-Jeune, la barbe ne manque guère qu'à ceux de nos rois à qui il n'a pas été permis d'atteindre l'époque de la vie où la nature accorde au sexe masculin ce signe de suprématie.

Louis-le-Jeune se fit raser en public par Pierre Lombard, évêque de Paris. En perdant la barbe, il perdit l'estime de sa femme. Cette judicieuse princesse, à qui Saladin avait appris ce que valait la barbe, et qui préférait un Turc à un moine (chacun son goût), prit son mari en grippe parcequ'il ressemblait à un bénédictin. Un divorce s'ensuivit, au grand détriment de la couronne. Louis, en répudiant Éléonore, lui restitua le domaine qu'il en avait reçu en dot; et cette princesse n'eut rien de plus pressé que de le porter en dot aussi à Henri *Plantagenet*, prince barbu, qui déjà possédait la Normandie, le Maine, l'Anjou et le Poitou, et depuis devint roi d'Angleterre. Ainsi, à propos de barbe et d'un coup de rasoir, la Guyenne fut séparée de la France pour trois cents ans. Nos rois la reprirent, toutefois, avant la barbe.

François Ier, prince un peu moins philosophe que Marc-Aurèle, recourut réellement à cet expédient pour

cacher la cicatrice d'une blessure qu'il avait gagnée
en assiégeant le château d'un de ses favoris, par forme
de plaisanterie. Quatre-vingts ans après finit le règne
de la barbe avec celui de Henri IV. On ne l'a plus revue
depuis, en France, qu'au menton des sapeurs, des capucins, et de Jourdan *coupe-tête*. A ces exceptions près,
tout Français, pendant la durée du dernier siècle, se
rasa.

On ne passa pas toujours de plein saut d'une extrémité à l'autre. Aussi l'époque où tous les visages étaient
barbus, et celle où tous les visages étaient tondus, furent-elles liées par une transition. Cette époque intermédiaire appartient tout entière au règne de la
moustache.

Nous en écrirons incessamment l'histoire, à laquelle ce
chapitre servira d'avant-propos, ou de préface, ou de
discours préliminaire, ou d'introduction, *ad libitum*.

DES PROSCRIPTIONS SANGLANTES.

La proscription est une condamnation non précédée
d'un jugement, un acte illégal par lequel un chef de
parti ou même le chef du gouvernement prive arbitrai-
rement un citoyen de l'exercice de ses droits, ou le
condamne soit à l'exil, soit à la mort.

Les proscriptions peuvent se diviser en sanglantes et

en non sanglantes. Occupons-nous pour le moment des
proscriptions du premier genre.

Assassiner, c'est le plus sûr, dit un valet de Molière.

Cette manière expéditive de se débarrasser de ceux
qu'on craint n'est pas neuve. On en trouve plus d'un
exemple dans l'histoire des peuples anciens, à commencer par les Juifs. Proscrits en Égypte, proscripteurs
dans la terre promise, les Juifs ont été souvent coupables des crimes qu'ils reprochent aux autres nations.
Aman l'Amalécite a-t-il l'intention de les faire massacrer; prenant l'intention pour le fait, non seulement ils
font pendre les dix fils d'Aman, qui lui-même avait été
pendu, mais ils égorgent soixante-quinze mille de leurs
ennemis, et célèbrent par des festins ces massacres, en
mémoire desquels ils instituent une fête qui se chôme
encore dans toutes les synagogues le quatorzième et le
quinzième jour du mois *Adar*. Ce n'est pas la dernière
fois, au reste, qu'on a outragé la divinité jusqu'à la rendre complice de pareilles horreurs. Le massacre de la
Saint-Barthélemy fut aussi solennisé par des actions de
grâces et par des fêtes religieuses dans la capitale du
monde chrétien, et le pinceau de Vazari fut chargé, par
le souverain pontife, de retracer sur la toile, aux regards de la postérité, l'image de cet exécrable évènement.

Les Grecs sont plus coupables de condamnations injustes que d'actes arbitraires. La mort de Socrate, celle
de Phocion, celle d'Agis, sont des assassinats juridi-

ques. C'est en conséquence d'une loi qu'après la bataille d'OEgos-Potamos, Lysandre, général des Lacédémoniens, condamna à mort trois mille Athéniens qui s'étaient rendus à lui. « Use de tes droits puisque tu es vainqueur, lui dit Philoclès, leur général; fais contre nous ce que nous aurions fait contre toi si tu avais été vaincu. » Et cet horrible droit d'égorger les prisonniers c'est le peuple le plus policé de la Grèce qui l'avait consacré, comme c'est chez le peuple le plus policé de l'Europe que, depuis, on a tenté de le remettre en vigueur.

Les proscriptions furent cependant connues des Grecs, lorsqu'ils vécurent sous des rois ou des tyrans. Démosthènes fut réellement proscrit par Antipater. Les proscriptions se faisaient chez eux avec de grandes formalités. Un héraut proclamait le prix auquel la tête désignée avait été mise, et ce prix était déposé dans un temple, où l'homme qui l'avait osé mériter l'allait prendre. Cent talents furent ainsi consignés pour payer la tête de Xercès, que les Athéniens avaient proscrit solennellement.

Les *oiseaux*, dans la comédie grecque ainsi appelée, promettent un talent à qui ôtera la vie à leur ennemi Philocrate, et le quadruple à qui l'amènera vif. Ce Philocrate était un rôtisseur; il y a eu des proscriptions plus injustes.

Voici le texte de cet édit très motivé. Il semble avoir été rimé par un greffier :

Les oiseaux, en ce jour de fête,
Mortels, vous font savoir que quiconque osera
De Philocrate mort leur apporter la tête
Un talent d'or il recevra,
Et quatre fois autant qui vif l'amènera.
D'autant que ce bourreau, ce maudit Philocrate,
Cent fois plus cruel qu'un pirate,
Les outrage en mille façons;
Faisant enfler comme ballons
Bécasses, gélinotes, cailles;
Vendant sept à sept les pinsons,
Et les enfilant comme perles
Par longs colliers et par cordons;
Insultant à de pauvres merles...
. . . .
Enfin en d'étroites prisons
Retenant d'innocents pigeons.
. . . .
A CES CAUSES, nous désirons
Que vif ou mort on nous le livre,
Car telle est notre volonté.

Les Oiseaux, acte II, trad. de Boivin.

L'on aura sans doute remarqué qu'ici les *oiseaux* s'attribuent un droit qu'ils n'ont pas, et que Philocrate le cuisinier n'est pas plus leur justiciable que le roi Xercès ne l'était des Athéniens. Peut-être est-ce la proscription du roi des rois qu'Aristophane voulait tourner en ridicule ici. On a vu depuis d'autres républicains proscrire en masse toutes les têtes couronnées; mais ceux-là n'étaient pas des Grecs.

Les Romains furent grands proscripteurs. C'est à dater de la mort de Tibérius Gracchus qu'ils prirent cette habitude, qu'ils n'ont pas perdue depuis. « Tous les amis de ce tribun furent enveloppés dans son infortune, dit Plutarque. Les nobles bannirent, *sans aucune forme de procès*, ceux qu'ils ne purent arrêter, et firent mourir ceux qui tombèrent entre leurs mains. » Voilà ce qui s'appelle une proscription en règle.

Marius proscrivit moins qu'il ne fit massacrer. Son entrée dans Rome est celle d'un conquérant qui prend possession d'une ville dans laquelle tout est dévolu au glaive, et où l'on n'est sauvé que par exception. Ses sicaires frappaient quiconque l'ayant salué n'en obtenait pas un salut, ou lui ayant parlé n'en recevait pas de réponse. Son silence était un ordre, son immobilité une approbation; il ne désignait que ceux qu'il fallait épargner.

Sylla procéda plus régulièrement; soit qu'il satisfît ses passions particulières ou celles de ses amis, il n'a rien fait qu'en forme. Des listes affichées publiaient les noms des Romains qu'il proscrivait, à mesure que ces noms lui revenaient à la mémoire. La marche méthodique qu'il suivit dans ses vengeances leur imprime un caractère bien plus atroce que celles de Marius. Sa cruelle sagacité d'ailleurs donna si bien à la proscription toute l'extension qu'elle pouvait recevoir, que tous les proscripteurs qui sont venus depuis ont cru ne pouvoir rien faire de mieux que de calquer leurs édits sur les siens. Tous les cas y sont prévus. La confiscation des biens du proscrit et l'exhérédation de ses enfants ne sont pas des inventions de 1793. Sous Sylla, on battait déjà monnaie avec la hache.

Ce dictateur, mettant la pitié au rang des crimes, est aussi le premier qui ait étendu les effets de la proscription sur quiconque accueillerait ou secourrait un proscrit. En revanche, il faisait très scrupuleusement payer deux talents à quiconque les assassinait ou contribuait à les faire assassiner; récompense que des esclaves méritèrent en tuant leurs maîtres, et des frères en livrant leurs frères. Des enfants même livrèrent, dit-on, leurs pères. Nous valons mieux que les Romains.

L'exemple de Sylla fut bientôt imité et même surpassé par les triumvirs. Comme chacun de ces proscripteurs avait ses aversions et ses affections, et qu'ils se contrariaient par là réciproquement, ce conflit de sentiments donna lieu à de nouveaux phénomènes de cruauté. Les tigres furent obligés de se faire mutuellement des sacrifices pour en obtenir, et d'acheter la tête d'un ennemi par celle d'un ami ou d'un parent. C'est par un effet de cette complaisance mutuelle qu'Octave abandonna Cicéron à la vengeance d'Antoine, qui, par reconnaissance, lui sacrifia son oncle Lucius César. Non moins courtois qu'eux, Lépidus, leur digne collègue, en cruauté du moins, signa de même, par procédé, la proscription de Paulus, son propre frère.

Nous n'entrerons pas dans les détails de l'histoire des Césars, qui, pour la plupart, furent moins les successeurs d'Auguste que ceux d'Octave. Ce n'est qu'une série de proscriptions. Cruels par calcul, quand ils ne l'étaient pas par folie, ces monstres regardaient non seulement la proscription comme le premier des droits de l'empereur, mais aussi comme le moyen le plus naturel de remplir leur trésor continuellement épuisé par leur folle prodigalité. La cruauté fournissait aux besoins de la débauche, et ils regagnaient par le meurtre l'or qu'ils avaient dépensé en volupté.

Laissons là Tibère, Caligula, Néron, Vitellus, Domitien, Commode, Caracalla, et Constantin lui-même, qui, sur le trône impérial, est à la fois le dernier des proscripteurs païens et le premier des proscripteurs chrétiens.

Passons à l'histoire du moyen âge : c'est encore celle des proscriptions. Malgré l'établissement du christianisme, dont le véritable esprit devrait rapprocher les hommes et les porter à la charité, nous les voyons de toutes parts ensanglanter l'Europe. Dans l'histoire des Mérovingiens et des Carlovingiens, les proscriptions signalent même les règnes les plus tranquilles et les plus glorieux. Ceux de Clovis et de Charlemagne n'en sont pas exempts, et l'on n'ignore pas que ce n'est pas par leurs vertus que les héritiers de ces deux monarques leur ressemblèrent.

Deux passions agitèrent incessamment les hommes pendant le long période qui s'est écoulé depuis la propagation de l'évangile et la chute de l'empire romain jusqu'à nos jours, le fanatisme de la religion et celui de la liberté. De quelles fureurs ces deux passions généreuses n'ont-elles pas été la source! Que de crimes ont déshonoré ces deux causes sacrées! En France, en Allemagne, en Italie, combien n'ont-elles pas désolé les monarchies et les républiques pendant ces longues guerres de l'empire et du sacerdoce, du peuple et des nobles, des citoyens contre les citoyens!

L'Angleterre alors n'était pas plus tranquille. Moins barbare, mais non moins cruelle après avoir été conquise par un vassal du roi de France, elle fut presque continuellement déchirée par des factions, depuis le règne du premier des Plantagenets jusqu'à l'expulsion du dernier des Stuarts. *Cette histoire*, dit Voltaire, *devrait être écrite par la main du bourreau;* ajoutons à cela que des arrêts de proscription en pourraient être les chapitres. Le moins considérable ne serait pas celui des proscriptions qui suivirent la bataille de Culloden, perdue, comme on sait, par les défenseurs de la légitimité.

L'histoire des proscriptions se mêle aussi à celle de tous les autres peuples de l'Europe, de tous les peuples du monde.

De toutes ces horreurs, la plus horrible fut sans doute le massacre de la Saint-Barthélemi. En proscrivant les huguenots en masse, Charles IX délégua à chacun des catholiques le droit de proscrire. Le monarque associa par là ses sujets à l'exercice de la plus terrible attribution du pouvoir arbitraire. En désignant les têtes, les autres proscripteurs avaient au moins donné des limites à la proscription. Et c'est au nom de la religion que tant de sang a été versé! En a-t-on moins répandu au nom de la liberté? Non, sans doute. Mais si des crimes pouvaient être atténués par quelques considérations, on dirait que les fanatiques qui s'en sont rendus coupables en conquérant la liberté combattaient pour un bien dont on voulait les priver. Les catholiques au contraire ne proscrivaient les protestants que parceque ceux-ci ne voulaient pas renoncer au plus précieux de tous les droits, la liberté de conscience. Les zélateurs de la liberté politique ont été parfois cruels dans une juste défense. Les oppresseurs de la liberté religieuse ont toujours été atroces dans la plus injuste des agressions.

Qu'on ne nous soupçonne pas néanmoins de vouloir excuser ici les proscriptions, qui se sont renouvelées sous tant de formes pendant le long cours de la révolution de France. Nous les détestons d'autant plus que nous aimons plus la cause qu'elles ont fait calomnier. Nous ne pouvons trop gémir en nous ressouvenant qu'un sentiment si fécond en vertus a été le prétexte de tant de forfaits. Anathème donc contre quiconque ferait l'apologie des proscriptions exercées par les proconsuls de Nantes, de Nevers, de Toulon, d'Arras, et par cette commission temporaire de Lyon, dont on rencontre encore tous les jours le secrétaire.

Nous n'avons pas moins horreur des jugements du

tribunal révolutionnaire, qui ne sont que de véritables actes de proscription, puisque la mort de tout homme condamné par cette cour d'assassins était ordonnée d'avance; puisque c'est d'après une liste dressée par Robespierre, et sur ses notes, que ces sanglantes procédures se succédaient et se conduisaient. Les listes de Robespierre valaient bien les tables de Sylla.

La chute de ce gouvernement féroce fut signalée par de nouveaux actes de férocité. La vengeance ne fut pas moins cruelle que l'offense. Pour toutes ces factions qui, depuis la destruction du décemvirat jusqu'à la création du directoire, se disputèrent plutôt la hache que le sceptre, proscrire était gouverner.

A cette époque finissent les proscriptions sanglantes.

Il semble qu'en conséquence des dernières constitutions acceptées par la France et même de la charte qui lui a été octroyée, ces condamnations arbitraires ne pouvaient plus se renouveler sous quelque forme que ce soit. Il semble que, dans aucun cas, aucun Français ne pouvait être puni qu'en conséquence d'un jugement rendu dans les formes légales. Dès la seconde année du gouvernement directorial, on vit cependant les proscriptions se renouveler. Elles ne furent pas sanglantes, il est vrai; mais furent-elles moins cruelles? On vous dira peut-être, en vous montrant l'honorable *Barbé de Marbois,* qu'on n'en meurt pas; mais la veuve de l'honnête *Tronson du Coudrai* sera sans doute d'un avis différent.

L'histoire de ces proscriptions non sanglantes fera le sujet d'un autre article.

RENÉGAT, APOSTAT.

Ces deux mots ne sont pas synonymes. Le second dit bien plus que le premier. Le *renégat* est l'homme qui renie ou a renié ; l'*apostat* est celui qui persiste dans sa renégation. On est *renégat* par un seul crime, et *apostat* par la persévérance dans le crime ; différence qui établit entre ces deux espèces de pécheurs celle qui se trouve entre le prince des apôtres et le prince des démons. [1] *Errare humanum est : perseverare diabolicum*, vous dira le premier théologien venu.

Il n'est personne qui ne connaisse l'histoire de saint Pierre. Après avoir donné sur les oreilles à Malchus, il renia Jésus jusqu'à trois fois ; et Dieu sait s'il se serait arrêté là, si le coq n'eût chanté. Quel exemple de la fragilité humaine ! Comme il nous apprend à ne pas trop présumer de nos forces, et à être indulgents pour la faiblesse d'autrui ! Simon-Pierre effaça, il est vrai, sa faute par un prompt repentir. *Flevit amarè*, il pleura amèrement. S'il a été *renégat*, du moins ne fut-il pas *apostat*.

[1] Errer est d'un homme ; persévérer est d'un diable.

Pour être réellement l'un et l'autre, il faut avoir cru, ou avoir cru croire la religion qu'on abjure; il faut l'avoir volontairement pratiquée. D'après cela, bien des gens ont été très injustement gratifiés de ces épithètes, dont nous autres bons catholiques nous sommes quelquefois un peu prodigues. C'est très témérairement, il faut en convenir, que nous avons appelé *apostat* un grand empereur, un grand stathouder et un grand roi.

Julien, dit l'*apostat*, ne fut point apostat. Très à plaindre d'ailleurs, puisque les lumières de la foi ne l'avaient pas éclairé, il n'avait été chrétien que de nom et par la volonté de son oncle. De peur qu'il ne devînt un héros, on en avait fait un moine. La violence dont Constance avait usé envers lui à ce sujet n'était pas propre à lui faire aimer une religion qui, pour être celle de l'empereur, n'était pas celle de l'empire. La religion de l'empire est la seule que Julien ait embrassée librement, et volontairement pratiquée. Plaignons charitablement ce philosophe de n'avoir pas été plus chrétien que Marc-Aurèle, cela suffit pour le damner; mais ne l'accusons pas d'avoir été *apostat*, pour le déshonorer.

Henri IV ne fut pas *apostat* non plus quand, malgré sa conversion, si promptement opérée par ces trois mots, *mort*, *messe* ou *Bastille*, il retourna au prêche, ou *ad vomitum*, comme le disent élégamment les casuistes; et quand, une fois échappé du Louvre, il continua de professer la croyance dans laquelle il avait été nourri, et envers laquelle il avait été *renégat*. Mais il faut en convenir, sous ce rapport, il fut un peu plus excusable que saint Pierre. Les menaces du roi très chrétien étaient bien plus faites pour intimider un brave homme que les propos d'une servante pour interloquer un apôtre.

Le Béarnais, a la vérité, finit par faire de bon gré, en 1593, ce qu'en 1572 il avait fait de force, mais cela ne peut lui être imputé à crime. D'abord, le salut de la France était attaché réellement à cette conversion ; et que ne devait-il pas faire pour le salut de la France, si *Paris seul valait bien une messe?* De plus, passer d'une croyance quelconque à la foi catholique, ce n'est pas apostasier, c'est se convertir : choses très différentes.

Quant au premier des Nassau, lorsqu'il se détacha de la communion romaine, comme Henri IV, il retournait à la croyance de son père ; comme Julien, il manifestait une opinion jusqu'alors comprimée en lui par une autorité tyrannique : il se montrait ce qu'il était ; Guillaume ne fut ni *renégat*, ni *apostat*, ni *perverti*, ni *converti*, si vous l'aimez mieux.

Il n'en est pas ainsi du fameux comte de Bonneval. Las des persécutions de toute espèce qu'un caractère impétueux et indépendant lui avait attirées, après s'être fait Allemand, ce Français se fit Turc. Ce pas une fois franchi, le général Bonneval, devenu Osman pacha, et pacha à trois queues, vécut fort tranquille : c'est tout ce qu'il voulait. « Souvenez-vous bien, écrivait-il à son frère, qu'il n'y a que fadaises dans ce bas monde, distinguées en gaillardes, sérieuses, politiques, juridiques, ecclésiastiques, savantes, tristes, etc., etc., etc. Mais, ajoute-t-il, il n'y a que les premières, et se tenir toujours le ventre libre, qui fassent vivre joyeusement et long-temps. » Lorsqu'on a payé par les sacrifices qu'il a dû faire de pareilles jouissances, il est probable qu'on n'a été ni bon chrétien ni bon musulman. Néanmoins Bonneval, qui pour Rome n'est qu'un *apostat*, est un converti pour Constantinople, où nous ne sommes nous autres que des infidèles.

Renégat, apostat, se disent aussi d'un moine, d'un prêtre, qui désertait le cloître ou se parjurait par des actes interdits au caractère monacal ou sacerdotal.

Henri IV, qui riait de tout, quoiqu'il n'ait pas toujours eu sujet de rire, étant un jour au balcon avec le maréchal de Joyeuse, et remarquant que le peuple les regardait avec curiosité, dit assez gaiement : Mon cousin, ces gens-ci me paraissent fort aises de voir ensemble un *apostat* et un *renégat*. Ce Joyeuse-là était *frère Ange,* si connu par ces vers de *la Henriade :*

> Ce fut lui que Paris vit passer tour à tour
> Du siècle au fond du cloître, et du cloître à la cour;
> Vicieux, pénitent, courtisan, solitaire,
> Il prit, quitta, reprit la cuirasse et la haire.

Frère Chabot le capucin, don Gallais le bénédictin, et certain évêque qu'il n'est pas besoin de nommer, ont fait bénir leur mariage à l'autel même où naguère ils bénissaient celui d'autrui. Ce sont de véritables *apostats;* plaignons-les, encore que deux d'entre eux aient fait bon ménage.

Ces noms de *renégat*, d'*apostat*, s'appliquent par extension, comme dit le *Dictionnaire de l'académie*, aux personnes qui violent certains engagements d'honneur; et cela est juste, car l'honneur aussi est une religion; et dans cette acception, que de *renégats!* que d'*apostats!* surtout en politique.

Il y aurait cependant injustice à donner cette ignominieuse dénomination à l'homme de bonne foi qui, éclairé par les lumières de la raison, se serait détaché d'un parti devenu odieux par sa déviation de tout principe honnête; on ne doit voir en lui qu'un homme fidèle à l'honneur et à la probité, auxquels les hommes dont il se sépare ont fait infidélité. Ce n'était pas un *apostat* que ce courageux *conventionnel* qui, disant, *Je suis las de ma part de tyrannie*, abjura des intérêts de parti pour ne pas trahir ceux de la liberté.

Mais c'est bien un *renégat*, c'est bien un *apostat,* que ce déserteur infatigable de tout parti malheureux; que ce courtisan de la fortune qui, fidèle à elle seule, toujours prêt à trahir ceux qu'il sert, se vendant sans cesse et ne se livrant jamais, a trouvé dans chaque révolution une occasion d'avancement, et compte par le nombre des malheurs publics celui de ses infâmes prospérités.

Que je vous plains, hommes droits et fermes, qui avez

persisté dans l'une des innombrables opinions reniées par cet *apostat!* Que n'avez-vous pas à redouter d'un acharnement entretenu par les passions, par les calculs d'un traître, qui croit se montrer d'autant plus dévoué au parti auquel il se prête, qu'il se montre plus perfide envers le parti auquel il se reprend? Chacun de vous n'est-il pas coupable du plus grand des crimes à ses yeux : celui de ne pouvoir s'offrir à lui sans le faire rougir de ce qu'il était et de ce qu'il est; celui d'offrir sans cesse à sa conscience, un accusateur, un juge, un bourreau?

Il est rare qu'un apostat ne soit pas un persécuteur. Rien de plus cruels que ces misérables, en politique comme en religion! Le secret de leur haine est dévoilé tout entier dans ces vers d'Athalie, où Abner dit en parlant de Mathan :

> Ce temple l'importune, et son impiété
> Voudrait anéantir le Dieu qu'il a quitté.

Que si l'*apostat* simple est si fort à redouter, que ne faut-il pas craindre de l'*apostat* complexe? de l'homme qui, ayant été revêtu de tous les caractères, se serait signalé par toutes les apostasies; de l'homme qui, noble, prêtre, philosophe, républicain, impérialiste, reniant la noblesse, le sacerdoce, la philosophie, la république et l'empire, aurait trahi tous les partis, servi toutes les tyrannies, souscrit toutes les proscriptions, déshonoré tous les honneurs, et profané tous les sacrements, excepté l'extrême-onction, que Dieu veuille bientôt lui permettre de recevoir avec des sentiments de componction; car il serait fâcheux qu'il mourût dans l'impénitence?

Un pareil homme, dira-t-on, n'existe pas; il existe, et pour le trouver il n'est pas besoin d'aller à Rome. Point de pardon pour un *apostat* de cette espèce; au défaut des lois, c'est à l'opinion à en faire justice.

Tous les *apostats* ne doivent cependant pas être traités avec cette sévérité; ne refusons pas notre pitié à ces bonnes gens qui, pour être toujours honnêtes, n'ont besoin que d'être braves, et qui professeraient toujours les mêmes principes, s'ils ne disaient jamais que ce qu'ils pensent. Ces bonnes gens ont porté toutes les couleurs, parlé tous les langages, sacrifié à toutes les idoles. Mais toutes ces démonstrations prouvent qu'ils ne sacrifiaient qu'à une divinité, que les Romains encensaient aussi : *la peur*. Et puisqu'ils ne lui ont sacrifié qu'eux-mêmes, sont-ils plus coupables, après tout, que ces dévots qui immolaient un poulet à Esculape, ou un verrat à Hercule? il n'y pas là mort d'homme. Rions de ces innocents *apostats*.

Rions aussi de ces autres *apostats* plus malins peut-être, mais non pendables pourtant, qui ne changeaient d'opinion quinze fois par jour qu'en conséquence de spéculations excusables dans un homme qui veut faire la fortune de sa famille ou la sienne. Le portrait de ces *apostats*, qui ne négligeaient jamais d'assortir leur toilette à l'opinion qu'ils avaient pour le quart d'heure, me

semble assez bien tracé dans les quatre vers qu'on va
lire, espèce de parodie des quatre vers qu'on a lus :

> Au gré de l'intérêt passant du blanc au noir,
> Le matin royaliste, et jacobin le soir;
> Ce qu'il blâmait hier, demain prêt à l'absoudre,
> Il prit, quitta, reprit la perruque et la poudre.

DES MOUSTACHES

ET DE LA MOUSTACHE [1].

D'où vient, disions-nous, cet usage de conserver la
partie de la barbe qui se trouve entre le nez et la bouche?

Nous n'avons guère mis qu'un mois à réfléchir à cette
question, et ce n'est pas trop, vu son importance. Voilà
ce que nous croyons pouvoir y répondre.

La moustache ne serait-elle pas une invention de l'orgueil masculin? Chez les Orientaux, d'où elle nous vient,
la barbe n'est pas seulement l'insigne de la dignité, c'est
aussi celui de la liberté. Les esclaves ne la portent pas;
mais comme en se rasant tout-à-fait ils courraient risque d'être confondus avec d'autres esclaves, qui n'ont
pas besoin de se raser, n'est-il pas probable qu'ils ont
demandé à conserver la moustache comme un échantillon de virilité, comme une réfutation de la calomnie
que ferait contre eux leur menton?

[1] Voyez, page 440, l'article sur *la barbe*.

Peut-être aussi cet usage vient-il des soldats, qui, ne pouvant donner à la barbe les soins qu'elle exige, auront trouvé commode de n'en garder que la partie dont la toilette se fait facilement.

Tous les peuples d'Asie portent la moustache; il est probable que c'est avec eux qu'elle a passé en Europe, où les peuples qu'elle a effrayés l'ont adoptée pour en effrayer d'autres. Ainsi les Polonais, les Hongrois et les Grecs tiendraient cette mode de leurs guerres avec les Turcs, et les Espagnols de leurs rapports avec les Maures.

On est d'autant plus porté à croire la moustache originaire d'Orient, que ce mot, qui se retrouve dans plusieurs langues d'Occident, est grec. *Mustax*, qui dans la langue d'Homère signifie lèvre supérieure, se dit aussi de la barbe qui s'y attache. Ainsi dans la langue de nos grand'mères, si l'on en croit madame de Genlis, qui la possède, une pièce de leur toilette que, moins hardis qu'elle, nous n'osons pas nommer, prenait son nom de la partie de leur individu sur laquelle elle s'appliquait, et c'était tout autre chose que le visage.

Les musulmans ne portent jamais le rasoir à leurs moustaches. Ils ne les taillent qu'avec des ciseaux, et cela à l'imitation d'Abraham. Ce patriarche, disent-ils, taillait la sienne avec cet instrument, qui est plus vieux que la censure, laquelle ne date pas, je crois, de quatre mille ans.

La moustache, à en juger par les monuments publics,

n'a guère été d'usage commun en France qu'au dix-
septième siècle. Louis XIII et Louis XIV sont les seuls
de nos rois dont le visage se soit décoré de cet ornement.
Mais il a subi sous le règne de ces deux monarques, des
modifications notables.

Indépendamment des moustaches, Louis XIII portait
au-dessous de la bouche deux bouquets de poils; l'un,
assez petit et presque rond, tenait à la lèvre inférieure;
l'autre, séparé du premier par la fossette du menton,
s'alongeait en langue de chat sur sa convexité. Cela s'appelait le *punctum cum virgula*, le point et la virgule.

Sous Louis XIV, la moustache, réduite d'abord à deux
petits filets, finit par disparaître tout-à-fait du visage
royal, et bientôt après de tous les visages du royaume.
C'est en 1680 que s'opéra cette grande révolution. Alors
la mode des moustaches était si générale, que les ecclésiastiques eux-mêmes s'y conformaient. Richelieu et
Mazarin, Corneille et Molière, Bossuet et Fénélon, portaient la moustache, comme la portaient Turenne et
Condé, comme la portent encore Crispin, Sganarelle,
et M. de Pourceaugnac.

Les acteurs feraient bien de prendre note de ce fait:
avant le règne de Louis XIII, la moustache était peu
admise en France. Talma seul pourtant n'en prend pas
dans les pièces qui se rattachent à des faits antérieurs au
règne de ce roi; il porte la barbe dans les rôles de
Bayard, de Henri IV. Ses camarades, au contraire, croi-
raient manquer au costume s'ils jouaient ces rôles au

trement qu'avec des moustaches. C'est leur ornement favori. Ils en mettent jusque sous le nez de Tancrède.

Les artistes qui dessinent Abailard le gratifient également d'une belle paire de moustaches. Ils se fondent pour cela sur ce que dans un médaillon qui décore la façade de la maison du chanoine Fulbert, celle-là même où Abailard perdit sa barbe, ce martyr de l'amour est représenté avec des moustaches. Cette sculpture peut-elle faire autorité? N'est-il pas démontré qu'elle appartient au dix-septième siècle, des modes duquel elle affuble sans scrupule deux amants du douzième? Ces sortes d'anachronismes ne sont que trop communs. Je ne sais quel peintre italien habille à la suisse les soldats qui assistent au crucifiement de Jésus. S'ensuit-il que les compatriotes de Guillaume Tell et de Jean-Jacques soient complices de Caïphe, de Pilate et d'Hérode?

La moustache ne le cède pas en crédit à la barbe. Il fut un temps où en Espagne on trouvait à emprunter sur cette hypothèque. Les moustaches alors représentaient l'honneur.

C'est pour cela, sans doute, qu'un gentilhomme tenait tant aux siennes. En montant à l'échafaud, Bouteville caressait encore ses moustaches. Prêt à perdre la tête, ses moustaches étaient la chose dont il avait le plus de peine à se séparer.

Il y a moustache et moustaches: en fait de moustache, le singulier ou le pluriel ne s'emploient pas indifféremment: le singulier désigne la moustache qui s'étend d'un coin de la bouche à l'autre, sans solution de continuité, le housard porte la moustache ; le pluriel, celle qui est séparée sous le nez ; le grenadier porte des moustaches.

La forme de la moustache n'est pas indifférente à l'expression de la physionomie ; la moustache retroussée lui donne un air gai et ouvert ; la moustache raide et cirée, un air hostile et menaçant ; la moustache touffue et tombante, un air sombre et de mauvaise humeur, un air de *grognard ;* celles des grenadiers de la vieille garde appartenaient à cette dernière catégorie.

Ces moustaches-là ne donnaient pas envie de rire aux gens qui les voyaient de près. Toutes les moustaches ne produisent pas cet effet, heureusement pour nous. Il en est même qui produisent l'effet opposé. Il est probable, au reste, que ce n'est pas pour faire peur que celles-là sont taillées, frisées et parfumées. Telles devaient être celles de Renaud, s'il en portait dans le jardin d'Armide.

La moustache ou les moustaches sont aujourd'hui plus en vogue que jamais, déjà même elles ornent plus d'un visage pacifique, quoique les abbés ne les aient pas encore reprises. N'en ayez donc pas trop peur ; tel homme les porte qui n'est pas plus familiarisé avec les armes que ne l'est avec le cheval tel autre qui ne se montre jamais sans éperons.

DES PROSCRIPTIONS

NON SANGLANTES.

Ce ne sont pas toujours les moins cruelles.

Elles ne s'étendent, dira-t-on, qu'à l'exil, ou tout au plus à la déportation. Arracher un citoyen à ses plus douces habitudes, à ses plus chères affections, l'enlever du pays où il est né, le priver du ciel et du sol de la patrie, n'est-ce donc pas un acte d'inhumanité? parceque les bourreaux n'interviennent pas en cette affaire, croyez-vous n'avoir pas infligé un supplice? Croyez-vous épargner la vie d'un homme quand vous lui ôtez non seulement tout ce qui rend la vie douce, mais supportable?

On a plus d'un exemple de proscriptions de ce genre dans l'histoire des âges qui ont précédé le nôtre. Mais c'est du nôtre dont nous allons parler.

Le 18 fructidor an V, des législateurs, des membres du directoire, enlevés par ordre du gouvernement, sont tout-à-coup jetés dans des prisons. A la vérité, les charrettes sur lesquelles ils en sortirent ne les ont pas conduits à l'échafaud. Mais n'est-ce pas à la mort qu'ils allaient par le chemin de l'exil? Le directeur Barras fut-il plus humain à Paris, en 1796, que Barras le procon-

30.

sul ne l'avait été, en 1793, à Toulon? Et les hommes
d'état de cette époque ne procédèrent-ils pas tout aussi
révolutionnairement en cette circonstance que l'avaient
fait les impitoyables comités auxquels ils avaient succédé, et qu'ils ressuscitaient sous une autre forme?

Comme l'horreur pour le sang s'était manifestée de
toutes parts, on crut devoir faire quelques sacrifices à
l'opinion. Le directoire, s'efforçant de déguiser sous des
formes moins violentes ses intentions meurtrières, dé-
porta au lieu d'égorger. C'était toujours proscrire.

L'exemple qu'il donna, au reste, lui devint fatal.
On ne transgresse pas impunément une constitution.
Cette barrière, qui n'a pas protégé les autres contre
vous, finit par ne plus vous protéger contre les autres,
et le jour arrive où l'on parvient à vous par la brèche
que vous-même avez ouverte. La révolution du 18 bru-
maire, qui substitua le consulat au directoire, se con-
solida en partie avec les moyens qu'on avait employés
le 18 fructidor.

D'autres coups d'état furent encore frappés révolutionnairement depuis la destruction du gouvernement
révolutionnaire. En 1801, une *machine infernale* éclate.
Dans le but de perdre un seul homme, qui leur échappe,
de *bons Français* en font périr deux cents sous les débris d'un quartier de la capitale. Un tel forfait devait
être puni. Les tribunaux attendaient les coupables. Le
ministère désigne comme tels deux cents individus qu'il
redoute; et violant les lois, sous prétexte de les ven-

ger, le sénat déporte, par un acte extra-judiciaire, ces deux cents individus, contre lesquels on n'a que des présomptions ; présomptions si mal fondées qu'au bout d'un mois on est obligé d'avouer que le crime a été commis par un parti diamétralement opposé à celui qu'on en a puni. N'importe.

Les hommes convaincus du crime sont exécutés, mais ceux qu'on en avait soupçonnés n'en restent pas moins bannis. Un *sénatus-consulte* avait déclaré que cet acte anti-constitutionnel *était conservateur de la constitution.*

Cet acte, provoqué par Fouché contre ses anciens frères, est-il autre chose qu'un véritable édit de proscription ?

Observons encore ici que le corps complice de cette transgression en fut puni par ses conséquences ; cette lâche déférence dénatura les attributions du sénat. L'espèce de dictature législative qu'il avait acceptée pour sa gloire tourna à sa honte. C'est l'origine de son avilissement. Bientôt on ne vit plus en lui qu'un corps réservé à revêtir d'un semblant de légalité toutes les atteintes que le pouvoir exécutif voudrait porter à la constitution, et ce ne fut plus que par dérision qu'on lui donna le titre de *conservateur.*

Les plus récentes des proscriptions non sanglantes, et plaise au ciel que l'exemple ne s'en reproduise plus, sont celles du 24 juillet 1815 et du mois de janvier suivant. Cette dernière fut le complément de la précédente :

loin de la restreindre, elle l'étendit à un nombre assez considérable d'individus qui n'avaient pas été portés sur les listes. Ces individus étaient pourtant mis à l'abri de toutes recherches, par une disposition expresse de la charte. Comme cela tranche cours à toute discussion quant à ce qui les concerne en ceci, n'examinons la mesure dont il s'agit que dans ses rapports avec les personnes qui se trouvaient déjà comprises dans l'ordonnance du 24 juillet; elle est accompagnée de circonstances si particulières, qu'on peut affirmer qu'il n'en est pas de pareille dans l'histoire.

Malgré les droits consacrés par la charte, trente-huit Français sont poussés hors du royaume, sans avoir été jugés, non seulement par les tribunaux que la loi leur donnait, mais même par les chambres que l'ordonnance fatale avait érigées, pour ce cas, en tribunal d'exception, en commission royale. Et ces chambres, dont les proscrits imploraient la protection, n'intervenant dans cette affaire que pour revêtir un coup d'état d'une forme constitutionnelle, convertissent en loi un acte illégal! Bien plus, elles constituent le ministère juge des prévenus inscrits par lui sur les tables de proscriptions!

Est-ce donc par devant le ministère, qui les accusait, que les prévenus devaient être renvoyés? Le ministère pouvait-il les acquitter sans s'accuser lui-même? N'était-ce pas entre les accusateurs et les accusé qu'il fallait prononcer? N'était-ce pas enfin aux tribunaux qu'appartenait le droit de rendre ce jugement définitif, car le pouvoir judiciaire ne peut pas plus être cumulé avec le pouvoir législatif, qu'avec le pouvoir exécutif.

Cette affaire n'a pas même été instruite. Qu'en conclure, sinon que les preuves sur lesquelles tout jugement doit être établi manquaient pour condamner? On a condamné cependant. Or, condamner sans preuves, punir sans avoir jugé, est-ce autre chose que proscrire?

Une circonstance particulière à cette proscription, c'est que sur cette liste de trente-huit individus, choisis dans une population de vingt-huit millions, on ne trouve que des hommes évidemment immolés à des ressentiments particuliers. De quoi se compose-t-elle en effet? De quelques hommes d'état, antérieurement rivaux des membres influents dans le ministère proscripteur, et de quelques individus moins importants, qu'une malveillance particulière a pu seule tirer de leur obscurité pour les désigner à la persécution.

C'est en effet ainsi que les choses se sont passées. Dans ce ministère, dont la majorité, trop étrangère à la révolution, n'avait sur les individus que des notions imparfaites, on s'en rapporta presque aveuglément aux documents fournis par les citoyens *Fouché* et *Talleyrand*. C'est sous la dictée de ces deux révolutionnaires qu'une proscription contre-révolutionnaire fut dressée; et toutes les forces de l'état se réunirent pour sanctionner les décrets de ces deux apostats de 89 et 93.

Disons toutes les forces de l'Europe. La faute faite

par les deux chambres n'a-t-elle pas été répétée par tous les cabinets? Les quatre grandes puissances ne se sont-elles pas engagées à traiter en proscrits, dans leurs états respectifs, les proscrits à qui tout refuge était fermé ailleurs par leur convention du 24 septembre 1815?

Cette convention, non moins attentatoire aux droits des souverains d'un ordre inférieur qu'à ceux des proscrits, qui, eussent-ils été coupables, cessaient de l'être en sortant du territoire sur lequel leur faute aurait été commise ; cette convention n'a-t-elle pas changé en crime contre l'humanité le malheur d'avoir déplu à l'une des excellences susnommées? N'a-t-elle pas fait des railleries même provoquées par leurs frasques politiques, de véritables crimes de *lèse-majesté européenne?* et l'Europe entière s'est armée contre ces trente-huit infortunés! Nous le répétons, l'histoire des hommes n'offre rien de semblable.

Avant cette époque, tout banni avait trouvé dans un état, tant qu'il en respectait les lois, l'asile que sa patrie lui refusait. Dans les temps anciens, Thémistocle et Alcibiade furent accueillis chez le roi des rois, qu'ils avaient combattu, battu même. Les décrets de Sylla n'atteignaient pas ses ennemis au-delà des limites de la république. Ils cessèrent même d'y avoir leur effet lorsque le dictateur se fut dépouillé de sa puissance. Et aujourd'hui, 24 juillet 1819, aujourd'hui quatrième anniversaire de la proscription, cet édit de nos deux ministres a encore force de loi dans toute l'Europe, bien que, dépouillés de la puissance, ils soient presque devenus proscrits eux-mêmes!

L'Europe, dira-t-on, ne pouvait connaître tous les secrets du ministère français. Après de si longues agitations, elle veut le repos. Elle sacrifie à ce grand intérêt des hommes qui lui ont été désignés comme perturbateurs du repos européen. N'a-t-elle pas droit de traiter en ennemi quiconque agit hostilement contre elle? Fait-elle une si grande injustice, en mettant hors du droit des nations des hommes criminels envers toutes les nations?

Non, si elle avait acquis la preuve de leur crime. Mais c'est en qualité de juge qu'à cet effet elle devait intervenir dans une pareille affaire; c'est en qualité de juge qu'elle devait prononcer entre le gouvernement français et les trente-huit infortunés qu'elle persécute, depuis quatre ans, comme fauteurs d'une conspiration qui n'a pas existé. Dans ce défaut de toute preuve, n'était-il pas de sa justice de regarder la dernière proscription française de l'œil dont elle avait regardé les autres, de n'y voir qu'un effet de ces divisions de famille dont les hommes sages gémissent, et dont les hommes justes se gardent de se mêler, si ce n'est pour les pacifier, rôle que les grandes puissances ont sans doute la noble ambition de prendre dans les circonstances où nous nous trouvons?

C'est dans cette espérance, nous l'avouons, que nous avons donné quelques développements aux causes et aux effets de la proscription des *trente-huit* dont le malheur dure encore. S'il était possible que le gouvernement français, tout éclairé qu'il est sur ces faits, s'obstinât à prolonger ce malheur, et que le ministère actuel crût devoir perpétuer une cruauté qu'il n'a pas commencée, que du moins les arbitres de l'Europe cessent de l'aggraver! La compassion n'est ici que justice. En l'écoutant ils ne feront d'ailleurs qu'imiter l'exemple donné par le gouvernement français lui-même à l'occasion des réfugiés espagnols, pour lesquels il fait plus que les réfugiés français ne demandent pour eux-mêmes, car il donne aux proscrits espagnols les moyens de vivre en Europe, et les proscrits français ne réclament que la liberté d'y vivre par leurs propres moyens.

Nous ne terminerons pas cet essai sans observer qu'une modification nouvellement apportée dans la législation criminelle contribuera sans doute à rendre plus rares les proscriptions devenues moins rigoureuses sous un rapport important. Nous voulons parler de la suppression de la confiscation. Par là on a dépouillé les proscriptions de l'attrait qu'elles avaient pour l'avarice. Elles en conserveront toujours assez, il est vrai, pour la vengeance. Mais encore est-ce bien mériter de l'humanité que de diminuer de moitié les risques des citoyens, que d'avoir détruit l'intérêt que la plus insatiable des passions avait eu jusqu'à présent à la perte de quiconque était riche.

C'est à la législation du royaume des Pays-Bas qu'appartient la gloire de cette heureuse innovation [1]. Il faut

---

[1] La confiscation y est abolie par la constitution qui lui fut donnée le 2 avril 1815.

l'en féliciter, mais ajoutons que la législature française a suivi cet exemple [1], ce qui est presque aussi glorieux que de l'avoir donné.

Reste une dernière question à examiner. N'est-il point des cas où les proscriptions sont justifiées par le salut public? Les politiques répondront oui. Législateurs, n'hésitez pas à répondre non.

Tant que l'autorité législative, en suspendant l'action de la loi, n'a pas investi le pouvoir exécutif d'une puissance sans bornes, ces sortes d'actes ne peuvent être réputés que criminels dans tout état régi par une constitution.

A Rome, les consuls avaient besoin pour se mettre au-dessus de la loi d'y avoir été invités par le sénat. Les pères de la patrie donnaient ce droit aux consuls, en les avertissant de prendre garde à ce que la chose publique ne reçût aucun dommage, *caveant consules ne quid detrimenti capiat respublica.*

C'est en vertu de ce décret que leurs actes arbitraires devenaient légaux. C'est en vertu de ce décret que Cicéron fit arrêter et étrangler Céthégus, Lentulus et les autres complices de Catilina.

Quand cet accroissement du pouvoir consulaire ne paraissait pas suffire contre l'intensité du danger, opposant au mal extrême un extrême remède, le premier consul nommait un dictateur, magistrat dont le pouvoir absor-

[1] La confiscation est aussi abolie par la charte, dont l'émission est de deux mois postérieure à celle de la constitution hollandaise.

bait pendant sa durée celui de toute autre magistrature ; mais c'était encore en conséquence du droit dont il avait été investi par l'avertissement émané du sénat, que le consul faisait cette nomination, et qu'il assujettissait pour un certain temps la république à un despotisme salutaire.

Exempt de toute responsabilité, le dictateur faisait tout ce qui lui semblait commandé par l'intérêt public, et tel était son devoir. C'est pour opérer avec cette liberté qu'il avait été nommé. Le peuple romain se confiait à lui comme un malade se livre aux médecins, en se soumettant d'avance à toutes les opérations réputées nécessaires à sa guérison, si douloureuses, si sanglantes même que ces opérations puissent être.

Les coups frappés par un tel magistrat étaient légitimes, parcequ'ils dérivaient de son pouvoir même, et que le pouvoir judiciaire était une des attributions du pouvoir dictatorial. Les condamnations prononcées par lui ne sauraient donc être appelées proscriptions, à moins toutefois, que, comme Sylla, il n'eût usurpé la dictature. L'usage d'un pouvoir usurpé n'est pas moins criminel que l'abus d'un pouvoir légitime.

FIN DU PREMIER VOLUME.

TABLE

DU PREMIER VOLUME

DE

MON PORTE-FEUILLE.

FIN DE LA TABLE.

Imprimé en France
FROC011904060720
24425FR00014B/594

9 782329 422718